U0109510

古典詩歌研究彙刊

第二八輯

龔鵬程 主編

第 10 冊

明代閣臣詩歌唱和研究

賈艷艷 著

國家圖書館出版品預行編目資料

明代閣臣詩歌唱和研究／賈艷艷 著 -- 初版 -- 新北市：花木
蘭文化事業有限公司，2020〔民 109〕
序 4+ 目 4+262 面；17×24 公分
（古典詩歌研究彙刊 第二八輯；第 10 冊）
ISBN 978-986-518-207-6（精裝）
1. 明代詩　2. 詩評
820.91　　　　　　　　　　　　　　　109010854

ISBN-978-986-518-207-6

9 789865 182076

古典詩歌研究彙刊
第二八輯　第 十 冊　　　ISBN：978-986-518-207-6

明代閣臣詩歌唱和研究

作　　者　賈艷艷
主　　編　龔鵬程
總 編 輯　杜潔祥
副總編輯　楊嘉樂
編　　輯　許郁翎、張雅淋　美術編輯　陳逸婷
出　　版　花木蘭文化事業有限公司
發 行 人　高小娟
聯絡地址　235 新北市中和區中安街七二號十三樓
　　　　　電話：02-2923-1455／傳真：02-2923-1452
網　　址　http://www.huamulan.tw 信箱 hml810518@gmail.com
印　　刷　普羅文化出版廣告事業
初　　版　2020 年 9 月
全書字數　184311 字
定　　價　第二八輯共 10 冊（精裝）新台幣 18,000 元　　版權所有・請勿翻印

明代閣臣詩歌唱和研究

賈艷艷 著

作者簡介

賈艷艷，山東大學文學院博士後。現任職於蘇州經貿職業技術學院。主要從事明清文學研究。

提　　要

　　明代閣臣詩歌唱和與臺閣文學關係密切，前者促進後者的生成和泛衍，後者借助前者傳播，故可以說閣臣詩歌唱和是臺閣文學的表徵之一。永樂至正統初，是閣臣詩歌唱和的高峰，也是臺閣文學的鼎盛期。這一高峰是皇帝、閣臣、翰林院學士、部院官員、地方官員等自上而下的明代社會精英群體共同努力和作用的結果。在這一鏈條中，閣臣起到承上啟下的作用，向上積極響應皇帝的號召，通過和其詩、獻歌等一系列舉措迎合帝意，帶領文風；向下積極倡導或參加翰院或部院同僚舉辦的各類雅集、宴集、節日聚會等私人領域的唱和活動，並為離京的地方官員、親友、門生等贈詩，有意識地引領文風。其唱和集不僅流布京師，亦隨離京官員流向帝國的四面八方，在地方生根發芽，與中央遙相呼應，由此臺閣文學「雍容典雅」「和平雅正」的詩風在你唱我和中迅速風靡全國，奠定了其文壇主流地位。正統十一年至天順八年，閣臣唱和數量減少，且遭到士大夫的質疑和批評，預示著臺閣文權的動搖。成化至正德，皇帝缺席，李東陽獨挑大樑力挽狂瀾，通過與同年聯句、同僚步韻等唱和掀起唱和浪潮，阻止了臺閣文權的下滑，但後期以七子為代表的郎署官員崛起，挑戰並替代了臺閣文學的地位，臺閣文權由此旁落。正德至嘉靖中期，儘管唱和依舊是皇帝與閣臣交流的媒介，但其輻射力明顯下滑，由翰林院萎縮至內閣，喪失了文學的影響力，淪為普通的交流工具。嘉靖末至崇禎末，閣臣唱和完全復歸於私人領域，不再承擔引領或匡扶文風的職責，亦不再是上下溝通的橋樑，故以葉向高為首的閣臣倡導臺閣文權的回歸。總之，通過閣臣詩歌唱和的發展脈絡，可以透視明代臺閣文學的興衰和探析其變化的因由。

序

李桂奎

　　在中國文學史上，以各種互相酬答的方式所展開的詩詞創作，往往兼具歷時性與共時性的影響，並具有社會性與政治性交互特徵。追根溯源，這種風雅的唱和現象，在《詩經・鄭風・蘀兮》中就留下過記錄：「叔兮伯兮，倡予和女。」只是由於歷史久遠，唱和的內容與主角已不甚清楚，或謂單純的男女兩情相悅，互訴衷情，或視之為比興，已搭上與政治的關聯。後來，詩歌唱和活動屢屢發生於親友之間，如唐代元稹與白居易、柳宗元與劉禹錫等友人之間的唱和不僅留下了一段段佳話，而且也留下了一組組深情厚誼的詩歌；至宋代初年，西崑酬唱團體出現，他們追求詞藻，格調雍容華貴，成為君臣「清平樂」際遇的見證。至明代，館閣朝臣之間的唱和，更是掀起高層團體互動寫作的潮流，推波逐浪，以「臺閣體」氣勢引領一代風氣，將唱和這種詩詞創作方式推向了高峰。賈豔豔博士的《明代閣臣詩歌唱和研究》以此為研究對象，從唱和視角梳理明代閣臣詩歌唱和的發展脈絡，總結不同時期閣臣詩歌唱和特徵，探討閣臣詩歌唱和與明代文學史、唱和史的關係，初步揭示了閣臣詩歌唱和的文學、史學價值，其學術性自不待言。

　　賈豔豔博士致力於這項研究多年，不僅搜集並新發現了大量資料，整理出豐富的文獻，而且以此為基礎寫成博士論文，並納入她的導師

姚蓉教授主持的國家社科基金重大項目「明清唱和詩詞集整理與研究」，有著良好的研究基礎和乘風破浪的條件。幾年下來，《明代閣臣詩歌唱和研究》出版時機已經成熟。賈豔豔曾於上海財經大學跟著我攻讀碩士，而今又追隨到山東大學從事博士後研究工作，故懇切邀我為序。雖然從研究領域看，我並不在行，但鑒於兩度師生，其情殷殷，不能不接受。

文如其人，賈豔豔博士的這份研究態度認真，文風樸實、紮實。她的研究往往基於一些基本判斷，如她以明代閣臣詩歌唱和與臺閣文學關係密切為起點，得出結論說，臺閣文學的發展離不開閣臣詩歌唱和，閣臣詩歌唱和是臺閣文學的表徵之一。再如，她一絲不苟地梳理了館臣詩詞唱和的發展脈絡以及臺閣文學發展的軌跡，指出明代閣臣與文學的關係呈現由盛到衰，直線下降的趨勢。在她看來，建文四年至正統十年是明代閣臣詩歌唱和逐漸走向興盛的時期，並提出了這個結論的具體理據：皇帝積極主動的提倡，閣臣的積極推動，部院官員積極呼應，地方官員的加入；而正統十一年至天順八年，明代閣臣詩歌唱和逐漸開始走向下坡路，表現為唱和活動頻率低、參與人員數量少（僅現於翰林官員）、唱和影響小，其原因是唱和核心力的缺席，唱和成員的銳減，唱和形式由步韻唱和轉向自和、追和，士林對唱和態度的轉變。隨後，賈豔豔博士也具體分析了成化元年至正德七年，李東陽力挽狂瀾阻止閣臣詩歌唱和的衰落，正德末至嘉靖前中期，閣臣唱和再次出現生機，嘉靖末期至崇禎末，閣臣的詩歌唱和僅限於翰林院同僚的小範圍步韻唱和等情況，這些分析不僅頭頭是道，而且以實證道出原因，令人信服。除了歷時性梳理，賈豔豔博士還從共時性角度講探討了明代閣臣詩歌唱和在明初和明代中期對當時文壇產生巨大影響。尤其對明代閣臣詩歌唱和促進了聯句興盛問題進行了較為獨到的闡釋和分析，指出李東陽帶動了聯句唱和的風尚，他不僅喜歡作聯句詩，還熱衷於推廣聯句詩。為了說明某個參與唱和的文人創作的特點和貢獻，賈豔豔博士往往引用他們的友人和學生的文獻資料論

證,共時語境資料無疑具有更令人信服。

閣臣作為特殊的政治群體,他們之間的唱和作為一種特殊的文學活動方式,都會使得流傳至今的詩詞文本具有獨特性。除了其中賴以抒情的敘事本事、寫人心態值得繼續發掘,與臺閣體有關的詩體特質想必也有繼續探討的空間。按說,閣臣酬唱之作總不免應酬性、矯情性甚至表演性,其情感蘊涵自然會不同於親友唱和的情真意切,這對於詩歌抒情實踐與理論建設有何意義,應該值得探討;同時,閣臣詩歌唱和也應該天生具有政治諷喻性,也應該存在某種程度的戲謔性,如何闡釋其文學意義,如何看待這些關係,也可以進一步納入研究重點。

在從事博士後工作期間,賈豔豔博士時時不忘對過去的閣臣唱和研究成果字斟句酌,也常常發給我一些章節讓我幫助提提意見。由於專業領域限制,我只是對其結構和行文提出過自己的看法,但願對其完善自己的成果有所裨益。經過最近兩年的努力,《明代閣臣詩歌唱和研究》已經基本達到成熟,應該抓住時機交付出版了。

賈豔豔博士業精於勤,她生活的常態是泡在圖書館裏看書,數年堅持不懈,故積累豐厚。現在拿出來的這份成果看起來似乎分量並不是特別重,但卻是在她豐富的資料基礎上凝練而成的,點點滴滴的背後飽含著無數辛勤的付出。她平時尊師愛友,為人謙遜謹言,求進心切,自我要求也高。每次與我見面,總是感歎自己水平不夠,表現出沒有達到目標的負疚感;每當短信、微信聯繫,也通常就是「好的,謝謝老師」那一兩句話。儘管言談不多,但我深感她是真誠的、實心實意的。無論如何,賈豔豔博士治學態度嚴謹,能夠堅守自己熱愛的專業,總會得到好的發展,期待她在博後工作期間所從事的金聖歎小說理論研究成果更加豐碩。

李桂奎

2020 年 4 月 24 日

緒　論

一、研究對象

　　唱和又稱「倡和」，意思是一人倡導，一人或數人應和，通常以詩為媒介，通過一唱一和，前呼後應，實現互動的一種文學活動。其是文人交流互動的產物，一般而言，受產生場合的限制，具有文學性、競技性、遊戲性等多種特質。其中，產生於社會上層精英群體的詩歌唱和具有一定的特殊性，在此特徵基礎上，又增入政治性因素，故上層文人集團的詩歌唱和現象頗為顯著。上層文官集團唱和典型的表現是君臣詩歌唱和和文官集團內部之間的唱和。最早的君臣唱和是漢武帝與群臣的聯句，其後歷代皇帝與其身邊文人集團唱和不絕如縷，比如唐代武則天與「北門學士」的詩歌唱和、宋代孝宗與文人群體的唱和、元代奎章閣文人群體唱和等等。至明，圍繞皇帝身邊的文官集團是以閣臣為中心的翰林學士，這一群體與皇帝和群體間詩歌互動是明代文學變化、群臣關係等的晴雨表，頗具有研究價值。

　　需要說明的是，有明一代閣臣眾多，但由於不同時期入閣條件不一，造成後世學者對其身份界定困難和統計偏差，現存至少有 5 種說法，即 170 人說，164 人說，163 人說，162 人說，161 人說。懷效鋒在《中國官制通史》中列 170 人；《明史・輔年表》中列 163 人；王

其矩《明代內閣制度史》中「簡傳」列 164 人；洪早清《明代閣臣群體研究》中「明代閣臣群體一般情況簡表」列 162 人；田澍以《明代閣臣數考實》列 161 人。本文認同田澍以「入內閣，預參機務」為標準統計出的 161 人說。

自明代建文四年（1402）九月，朱棣成立內閣始，直至崇禎十七年（1644）明代滅亡，明代內閣存在 242 年，其間產生 161 位閣臣。本文正是以這 161 位閣臣的唱和詩作為研究對象。

明代閣臣唱和詩數量驚人，粗略統計約 2500 餘首。有趣的是，其分布呈現不平衡性，90%的唱和詩集中在明初期和中期，而後期僅占 10%。一般來說，明初、中期的閣臣唱和通常以群體唱和形式展開，產生一系列唱和集，比如《元宵唱和詩》《中秋宴集詩》《燕京八景圖詩》《西城雅集詩》《對雨詩》《聚奎堂詩》《大祀宿齋唱和詩》《東郭草亭宴集詩》《南園宴遊詩集》《杏園雅集》《登正陽門樓唱和詩》《和東行百詠集句》《再和東行百詠集句》《和陶詩》《同聲集》《後同聲集》《聯句錄》《聯句私抄》《宸章集錄》《輔臣贊和詩集》《翊學詩》等。其中，大部分唱和集已經亡佚。儘管如此，但從散佚諸家的唱和詩以及唱和詩集序、跋等，瞭解當時唱和。現在僅存的閣臣唱和詩集有十餘部，諸如總集有《北京八景圖詩》《西城雅集》《聯句錄》《聯句私抄》《宸章集錄》《輔臣贊和詩集》《翊學詩》等；別集有《和東行百詠集句》《再和東行百詠集句》《和陶詩》等，約有唱和詩 900 餘首。明末閣臣詩歌唱和參與者較少，唱和活動規模不大，唱和詩不多，唱和影響相對較小。這一時期，九位首輔的唱和詩不足 200 首，不足嘉靖時期閣臣夏言唱和詩的一半，由此可見閣臣詩歌唱和的衰落。

總之，明代閣臣唱和詩數量龐大。由於閣臣特殊的政治地位，其唱和中蘊含著大量的政治元素，鼓蕩著別樣的文化潮流，故頗值得研究。

二、研究現狀

　　提到明代閣臣，人們會不由自主地將其和政治掛鉤，故而對其研究主要集中在史學方面。事實上，除政治身份外，他們還有文學侍從的身份，日常履行「黼黻皇猷」「粉飾太平」的職責。對此，學者早已關注，並將此類創作稱為「臺閣體」，且對其做了深入細緻的研究和探討，頗值得借鑒。儘管成果豐碩，但尚有一定闡釋空間。研究者主要聚焦在臺閣體形成成因、成員構成、創作風格等一系列文本內部問題，而對其如何形成、又如何在短時間內風行全國的等外部或深層因素關注甚少，而這些恰恰是解決臺閣體在明代獨佔鰲頭問題的關鍵。憑實說，詩歌唱和統攝了這一文體，其人員聚攏性和極強的傳播性是臺閣體生成和發展的基石。遺憾的是，對明代閣臣詩歌唱和的研究並不多。但值得欣慰的是，對其史學和臺閣體的研究或多或少的涉及到我們的研究對象，頗有借鑒價值。茲將所見明代閣臣詩歌唱和、臺閣文學和史學主要研究現狀總結如下：

（一）涉及閣臣詩歌唱和的成果

　　20世紀80年代以來，「詩歌唱和」這一文學現象，已受到研究者關注，並取得一定研究成果，出現一系列專著，諸如趙以武《唱和詩研究》（1997）、吳大順《歐梅唱和與歐梅詩派研究》（2008）、李桂芹《明末清初唱和詞集》（中山大學，2008）、鞏本棟《唱和詩詞研究——以唐宋為中心》（2013）、岳娟娟《唐代唱和詩研究》（2014）、有劉東海《順康詞壇群體步韻唱和研究》（2014）等。可知，詩歌唱和的研究主要集中在唐宋時段，而對明清唱和研究相對較少。事實上，明清唱和之風盛行，亦頗值得研究。據姚蓉教授初步統計，現存明清唱和詩詞集共637種，其中唱和詩集557種，明代150種，清代487種；唱和詞集共48種，明代6種，清代42種；詩詞合集共9種，明代1種，清代8種。可知，明清唱和集總數是以前歷朝唱和詩詞總集之和的10倍。在明代150種唱和詩集中，臺閣唱和集就有十餘種，

比如胡廣等人《北京八景圖詩》、楊士奇等人《西城雅集》、陳循《和東行百詠集句》《再和東行百詠集句》、李賢《和陶詩》、李東陽《聯句錄》、毛紀《聯句私抄》、嘉靖皇帝《詠春同德錄》《宸章集錄》《宸翰錄》《翊學詩》等。可見，詩歌唱和在明代上層精英群體中的活躍。遺憾的是，當前學界對之關注不足，僅有零星的幾篇論文和專著直接涉及到閣臣的詩歌唱和，其著眼點主要在君臣唱和、翰林學士間唱和、唱和詩集等上。

對臺閣唱和的關注，主要集中在翰林院學士間的唱和和君臣唱和上。較早關注明代翰院學士唱和並做了詳細闡釋的是葉曄，其《明代中央文官制度與文學》（浙江大學出版社，2011 年版）第三章「明代京城詩文風會及其制度背景」中第一節「明代翰林雅集與玉堂唱和」對明代臺閣唱和作了細緻的分類，即齋宿唱和、宿直唱和、院闈唱和、史館唱和四類唱和。第三節「明代同年會與文學流派的同年背景」將制度背景下的翰林院文人聚會分成翰林雅集、郎署聚會、同年會、同鄉會四個類別，分別對不同的雅集做了追溯源流、分析成因、揭示特徵，給本文以啟示。總之，葉著分成四章，對制度和文學並行的關係做了全面地論述和詳細地分析，並對臺閣唱和做了細緻的分類，是本文主要的參考專著。李軍《明代文官制度與明代文學》（南開大學，2013 年）一文從制度的角度，探討明代文學，也涉及到閣臣的唱和活動。李著從文官制度出發，探討不同類型的文官制度與文學的關係，進而對作家和作品進行全方位的解讀。其中，第五章「考核制度與明代文學」中「制度背景下的作家創作」對文人致仕與酬酢做了一定的闡釋，具有一定的參考價值。

有的研究涉及到君臣唱和尤其是明初君臣唱和。比如，羅宗強《明代文學思想史》（中華書局，2013）在討論明初統治者的文學觀念和創作對文學思想的影響時，談及明太祖、永樂、仁宗、宣宗等皇帝通過君臣詩歌唱和活動和作品，一方面來潤色鴻業，另一方面推行自己的詩文觀念，頗有啟示意義。又如，余來明和周思明《明初君臣唱和

與臺閣體》(《中國文學研究》(輯刊)，2019 第 0 期)一文，關照到明初君臣唱和現象，指出以詩唱和包括特定時令、場合以詩應制，君臣間以詩唱酬、聯句，君王賜詩而臣下以詩應和等不同情形；揭示這一風氣與朱元璋本人喜好作詩有很大關係，又與上位者引導文壇風氣走向、塑造符合王朝建構的士人精神的訴求密不可分；在此基礎上展開的明代前期關於臺閣文學的論述，一定程度上影響了明代前期文學的走向。他們研究細緻，頗值得借鑒。

對閣臣唱和詩集的關注，主要集中在李賢《和陶詩》和李東陽《聯句錄》上。對於前者，湯志波有《明前期臺閣詩人陶詩接受初探》(《九江學院學報(哲學社會科學版)》2013 第 3 期)一文，從陶詩闡釋與「和陶詩」兩方面揭示明代前期臺閣詩人之陶詩接受：在陶詩闡釋中，臺閣詩人對歸隱田園之內容解讀為忠君愛國，將沖淡自然之風格歸因於性情之正；在以李賢為代表的臺閣詩人「和陶詩」中，塑造了壯志未酬的陶淵明形象。明前期陶詩接受中不自覺地表現出「頌世鳴盛」的臺閣文學色彩。陸久坤《李賢和陶詩研究》(西南大學碩士論文，2018 年)對李賢和陶詩的創作背景、對陶淵明及其陶詩的理解和體認、和陶詩的思想內容、和陶詩的思想與藝術成就四方面做了全面深入的討論。對於後者，司馬周有《李東陽〈聯句錄〉藝術特色初探》(《藝術百家》，2009 第 A2 期)一文探析了聯句詩的創作體制，分析了聯句詩的娛樂性、流派性、趨同性三大藝術特徵。又有潘林《明初茶陵派聯句體詩歌創作的繼承與創新——以〈聯句錄〉為中心》(《古籍整理研究學刊》，2016 第 1 期)，主要分析《聯句錄》的藝術特質和詩學價值。

以上研究涉及到明代著名閣臣唱和、唱和活動、唱和現象、唱和結集等頗值得借鑒。但是明代閣臣詩歌唱和人員繁雜、唱和活動眾多、唱和集豐富等，並非僅限於知名的人物、結集、活動等，故明代閣臣詩歌唱和仍有一定的挖掘空間。

（二）關於臺閣文學的研究

20 世紀 80 年代以來，研究者從多方位、多角度出發對明代以閣臣為主的臺閣文學進行了深入而系統的研究，出現一系列的專著和論文。

1. 臺閣文學研究專著

研究臺閣文學的專著有湯志波的《明永樂至成化間臺閣詩學思想研究》（上海古籍出版社，2016 年版）和鄭禮炬的《明代洪武至正德年間的翰林院與文學》（中國社會科學出版社，2011 年版）。湯著主要考察明代永樂（1403～1424）至成化年間（1465～1487）佔據主流文壇的「臺閣體」及以臺閣文人為主體的詩學思想。對學界爭議較多的臺閣體的名稱、作者、時間、作品等問題作了較為深入的辨析，糾正了前人的一些謬誤，釐清了臺閣體之基本概念。鄭著分為上、中、下三編：上編為綜論，對館閣的經學思想、發展流變、人員的地理分布做了細緻的梳理和分析；中、下兩編為作家作品論，其以時間為線，對館閣作家和作品做了全面的探討。鄭著從整體到局部對明代翰林文學做了詳盡的闡釋，為本文首要的參考專著。

涉及臺閣文學的論著亦有不少。比如，臺灣學者簡錦松在《明代文學批評研究》（臺灣學生書局，1989 年版）一書中單列一章專論臺閣體，對臺閣體的外部形成因素和內部變化做了詳細的論證和考察。陳書錄《明代詩文的演變》（江蘇教育出版社，1996 年版）第二章「儒雅品位的沉降與審美意識的回升——從臺閣體到茶陵派、吳中派演變的軌跡」中梳理了臺閣文學發展的源流，並對不同時期的閣臣，比如三楊、李東陽、楊一清等的創作進行了深入的分析和探討。黃卓越《明永樂至嘉靖初詩文觀研究》（北京師範大學出版社，2001 年版）一書中第一章「明代的臺閣體及其早期思想基礎的形成」，從明代的臺閣制度、文風、政治理念等方面論述了明代前期臺閣體形成的諸多因素和特徵。第二章「臺閣模式的衰降與七子派的興起」，探討了臺閣體面臨的質疑，以及七子派別的興起，有一定的啟發性。何宗美和劉敬

《明代文學還原研究：以《〈四庫總目〉明人別集提要為中心》（人民出版社，2014 年版）第二章「臺閣體及其審美範疇考釋」對臺閣體命名、起源、作家、審美範疇等四方面做了深入細緻的探討。其中，第三節「明代臺閣作家考辨」將臺閣作家劃分為五類：第一類臺閣淵源，宋濂、劉崧、梁蘭等；第二類臺閣正宗，「三楊」、李東陽、吳寬等；第三類臺閣羽翼，黃淮、金幼孜、吳儼等；第四類臺閣別派，胡儼、王鏊、吳桂芳等；第五類臺閣末流，周敘、商輅、周用等。這些學者從不同的視角，對臺閣文學形成、成員、創作等進行了深入的探討和分析，具有一定的借鑒意義。

2. 臺閣文學研究論文

研究臺閣文學的論文頗多。這些論文從地域、流派、流變、創作等多種視角出發對臺閣文學進行全面深入的研究。

在眾多論文中，有的從地域角度對臺閣文學進行研究。諸如，魏崇新《明代江西文人與臺閣文學》（《中國典籍與文化》，2004 第 1 期），鄭禮炬《明代初中期吳中翰林文學發展論略》（《漳州師範學院學報》2007 第 4 期），陳廣宏《明初閩詩派與臺閣文學》（《文史知識》，2007 第 12 期），鄭禮炬《明初翰林院江西籍作家傳承研究》（《泉州師範學院學報》，2008 第 3 期），任永安《明初越派文人與臺閣體文學》（《理論界》，2011 年第 1 期），饒龍隼《接引地方文學的生機活力：西昌雅正文學的生長歷程》（《文學評論》2012 第 1 期）等。以上論文從吳中、江西、閩等地域不同角度出發，探析地域人文對以閣臣為的翰林院學士文學觀念的形塑，追尋這些人物發展的歷史行跡，進而揭櫫明初地方文學對臺閣文學影響。

有的論文從流派角度對臺閣體命名、成員、發展、演變等不同角度作了全面探討，其間亦有涉及其詩歌唱和的，但未做深入探討。比如，李振松《明代「臺閣體」芻議》（《理論界》，2007 年第 11 期），郭萬金《臺閣體新論》（《文學遺產》，2008 第 5 期），李精耕《明代「臺閣體」的相關問題淺探》（《甘肅社會科學》，2008 年第 6 期），

史小軍、潘林《〈四庫全書總目〉對臺閣體的文學批評特色》(《南昌大學學報》，2012 年第 4 期)，何坤翁《明初臺閣體形成芻議》(《中國文學研究（輯刊）》，2013 年第 2 期)，何宗美《「臺閣體」命名的還原研究》(《西南大學學報》，2013 年第 3 期)、湯志波《永成間帝王與臺閣體興衰》(《文藝評論》，2013 第 6 期)、湯志波《明前期臺閣文人「風格論」探析》(《山東師範大學學報》，2015 第 6 期)，鄭利華《明代前期臺閣詩學與唐詩宗尚》(《復旦學報》，2016 第 4 期)等。值得注意說明的是，張仲謀《論明詞中的臺閣體》一文(《江蘇師範大學學報（哲學社會科學版）》，2016 第 2 期)從詞的角度研究臺閣文學，為臺閣體的研究提供了新的視角。

有的論文從閣臣與文學關係入手，比如陳慶元《楊榮與閩籍臺閣體詩人》(《南平師專學報》，1995 第 3 期)，魏崇新《楊士奇之創作及對臺閣文風之影響》(《南京師範大學文學院學報，2004 年第 2 期)，李精耕、黃佩君《明代臺閣體盟主楊士奇詩文取向初探》(《江西社會科學》，2008 第 11 期)，朱桂芳《以楊士奇及其詩文為標本審視臺閣體》(《重慶師範大學》，2011 年第 7 期)，張紅花《楊士奇被確立為明代臺閣體盟主的歷史與文學新探》(《湖北社會科學》，2013 第 12 期)，薛泉《李東陽與臺閣體》(《海南師範大學學報》，2015 第 4 期)等，探析單個閣臣尤其是代表性人物楊士奇、楊榮、李東陽等首輔在臺閣文學形成中重要性。有的從文學流變角度，梳理臺閣文學，諸如陳書錄《尊崇氣節，致力於儒雅文學的復壯──由茶陵派向前七子過渡的楊一清》(《南京師大學報》，1996 第 4 期)、郭皓政《從明中期狀元詩文看臺閣體向茶陵派的過渡》(《武漢大學學報》，2010 第 1 期)等。

有的從文本創作入手對閣臣文學進行研究。一是研究閣臣創作的論文，比如黃佩君碩士論文《楊士奇臺閣體詩歌研究》(南昌大學 2010 年)，劉財福碩士論文《明初閣臣楊士奇之研究（1365～1444）》(國立中央大學 2012 年)，籍芳麗碩士論文《明代文壇「三楊」研究》(上

海師範大學 2006 年）等，或多或少的涉及閣臣雅集、唱和等活動和創作。二是研究閣臣創作轉變的論文，主要集中在李東陽創作上，比如鄭禮炬《李東陽詩歌創作的轉變傾向》《貴州師範大學學報》，2008，第 1 期），鄭禮炬《李東陽詩歌創作的宗宋轉向》（《鹽城師範學院學報》，2008 第 4 期）等，揭示李氏創作轉變的原因。三是探討單個閣臣創作在明代文壇上地位，分析其創作特徵以及探討創作的影響或意義，比如嘉華《楊一清在明代詩壇上的地位》（《雲南師範大學哲學社會科學學報》，1994 第 2 期）、汪超《明人夏言詞版本述略》（《古籍整理研究學刊》，2009 第 1 期）、林小燕《論張居正的文學觀》（《長春理工大學學報》，2012 第 2 期）、鄭禮炬《論葉向高的文學活動在晚明文壇的意義》（《漳州師範學院學報》，2013 第 2 期）等。

（三）關於閣臣的史學研究

談到閣臣，人們關注更多的是其政治成就，很少有人關注作為國家上層的精英階層的閣臣對明代文學領域的影響，故對其研究主要集中在史學領域。明代閣臣的史學研究，一般分為群體和個案兩類：

在群體研究方面，成果頗豐。其中，代表性著作有楊樹藩《明代中央政治制度》（臺灣商務印書館，1978 年版）、王其榘《明代內閣制度史》（中華書局，1989 年版）、譚天星《明代內閣政治》（中國社會科學出版社，1996 年版）、關廣發、顏文廣《明代政治制度研究》（中國社會科學出版社，1995 年版）、張治安《明代政治制度》（五南圖書出版有限公司，1999 年版）、洪早清《明代閣臣群體研究》（華中師範大學出版社，2012 年版）等，主要從政治制度入手對明代內閣作了深入細緻的研究。其中，王其榘《明代內閣制度史》和譚天星《明代內閣政治》兩本專著分別論述明代內閣制度生成演變史和明代內閣制度史，對閣臣群體及相關表現都作了較好的論述。〔註 1〕王著中最後單列「明代閣臣簡表」和「明代閣臣簡傳」，這對本書的閣臣

〔註 1〕洪早清：《明代閣臣群體研究》，華中師範大學出版社，2012 年，第14 頁。

研究提供了查證的線索。張治安《明代政治制度》中「閣臣出身經歷及其籍貫」和「閣臣的任用」兩章，為本書提供了閣臣的背景資料。洪早清《明代閣臣群體研究》對閣臣群體的特徵、政治行為、人格特性、權力運作作了詳細的分析和探討，也具有一定的借鑒和指導意義。

在個體研究方面，史學研究成果也很豐富。閣臣研究關注焦點在「三楊」李賢、楊廷和、張璁、夏言、嚴嵩、徐階、張居正、葉向高等在歷史上具有影響力的內閣首輔上，其中又以「三楊」、嚴嵩和張居正居多。比如，研究「三楊」的論文有韋慶遠《三楊與儒教政治》（《史學集刊》，1988 年第 1 期）趙毅、劉國輝《略論明初「三楊」權勢與「仁宣之治」》（《東北師大學報》，1997 年第 1 期）等；研究嚴嵩的有張顯清《嚴嵩傳》（黃山書社，1992 年版）《嚴嵩、徐階比較研究》（《中國人民大學學報》，1996 年第 6 期）等；研究張居正的有韋慶遠《張居正和明代中後期政局》（廣東高等教育出版社 1999 年版），樊樹志《張居正與馮保——歷史的另一面》（《復旦學報》，1999 年第 1 期）等。這些個案研究從歷時性和共時性角度對閣臣作了全方位立體式的定位，梳理了發展淵源和探析其在關係網絡中的作用，對本書的研究提供了一定的歷史資料。

以上研究成果，既為本文的撰寫提供了寫作基礎和論證借鑒，同時又提示現有研究存在的一些問題：

首先，明代閣臣研究的不平衡性。這種不平衡性主要體現在三個方面。一是「重史輕文」學科研究的不平衡性。提到明代閣臣，人們關注最多的是其政治成就，故相對史學研究，對閣臣文學研究相對較少。但事實上，明代閣臣雖然有「參與機務」的政治義務，但也有「黼黻皇猷」的文學職責。兩種職務在不同的時期所佔比重不同，一般而言，明代前期，文學是其主要義務，後期政治是主要工作範疇，故閣臣研究依不同時期職能來研究。二是「重主輕次」閣臣研究的不平衡。不論是史學還是文學研究，學者關注點主要集中在「三楊」、嚴嵩、

張居正等政元輔上，而對胡廣、岳正、許璧、張治、呂本等人關注較少。三是「重前期輕後期」時段的不平衡性。閣臣的文學研究主要集中在仁宗、宣宗和弘治、正德時期，而對其他時期關注較少。事實上，閣臣唱和活動的多寡、唱和詩數量的多少、唱和類型集體或追和，均反映出閣臣們的文學觀念，或者說，其代表的文官集團文學觀念，反映出政治與文學的關係。

其次，缺乏對閣臣文學群體的觀照。內閣是明代中樞的主要機構，閣臣是這個機構運行的推動力，其任何一個決策對明代各個領域產生深遠的影響，故研究者往往從史學角度研究這一群體，比如譚天星《明代內閣政治》、洪早清《明代閣臣群體研究》、田澍《明代閣臣數考實》（《文獻》，2010 第 3 期）等。對明代整個閣臣群體的文學關注甚少，只是對某一時段閣臣群體的文學成就討論較多。

最後，對閣臣詩歌唱和缺乏關注。現在學者對於閣臣文學的探討主要集中在「三楊」代表的臺閣體和李東陽代表的茶陵派等詩派上。他們的研究集中在該流派形成的時間、名稱的由來、成員、觀念、創作、影響、意義等方面，而未觀照到其唱和活動在創作中的作用。

三、研究思路

本文共分為兩個部分：第一部分為綜論，對內閣制度、閣臣情況作整體概述，為下一步論述打下基礎；第二部分為分論，主要根據閣臣詩歌唱和發展的內在脈絡，將其劃分為五個時期。具體論述如下：

（一）明代內閣概況：開篇梳理內閣制度的演變歷程，將其分為萌芽、形成、完備、上升、衰落五期。接著，從閣臣的選拔、入閣、在閣時間、機緣關係等入手，總結和概括出閣臣構成的特徵，最後，在此基礎之上，探討明代閣臣唱和的作用。

（二）建文四年（1402）至正統十年（1445）的閣臣唱和：該章主要分為兩節。第一節是建文四年（1402）至永樂十六年（1418），以元輔胡廣為主的詩歌唱和。本節首先梳理出胡廣在閣其間參與或主

持的唱和活動，歸納出其唱和活動的特徵。其次，根據胡廣唱和的內容，將他的唱和詩分為節日、陪駕、送行、題畫、內直唱和五類，展現其以國家宏闊的盛世氣象、歌頌壯麗的山河為主的「鳴盛」特質。第二節永樂十六年（1418）至正統十年（1445），閣臣唱和主要以「三楊」為主，尤其是楊士奇。他們的唱和既有與皇帝的唱和，又有與同僚的唱和。作為政治、道德、文學三位一體的閣臣將國家的意識形態融入唱和之中，這種意識形態在文學上則以歌功頌德，黼黻皇猷的形式表現出來，所以在其的推動下掀起了臺閣體熱潮。

（三）正統十一年至天順八年的閣臣唱和：由於時局的巨變，閣臣唱和也隨之發生變化，其形式以自和、追和為主。閣臣陳循和李賢的詩歌唱和最有代表性。陳循的詩歌唱和主要以自和為主。這些自和詩雖作於他出閣以後，但是其詩歌風格依舊是臺閣風。李賢的詩歌唱和以追和陶詩為主。他的唱和詩體現了閣臣詩歌風尚的轉變。

（四）成化元年至正德十一年以李東陽為首的詩歌唱和：此屬於閣臣唱和的個案研究。對李東陽的詩歌唱和，本節從其聯句唱和、唱和影響等方面進行探討。根據李東陽《懷麓堂文集》和錢振民《李東陽年譜》，梳理其一生主持或參與的主要 51 次唱和活動，分析和探討其唱和活動的特徵。其次，梳理李東陽的唱和歷程，總結他的唱和特徵；再次，分析李氏唱和之作，概括出其語言平易，風格淡雅的特徵。最後，討論李東陽詩歌唱和對文壇的正面和負面的影響。

（五）正德末至嘉靖前中期的首輔唱和共分為兩節：第一節是在「大禮議」之下的閣臣詩歌唱和。本節結合歷史事件，以時為線，將閣臣分成兩批：一是以武宗舊日閣臣楊廷和、蔣冕、毛紀為首的護禮派的唱和，其詩歌唱和沿襲前期模式，以聯句為主，詩風呈現出平易流麗的特徵；二是世宗新任閣臣，其中既有一部分在大議禮事件中態度溫和的費宏、楊一清等人，又有以議禮事件驟貴的張璁、翟鑾、桂萼等。其詩歌唱和對象主要是世宗，所以詩歌以歌功頌德為主。第二

節是「青詞宰相」夏言詩歌唱和。夏言的創作極富文采，不僅詩文燦然，而且青詞極佳，所以世宗擢其為首輔。他熱衷於詩歌唱和，集中留有不少的唱和詩。本節梳理其唱和詩與首唱詩，概括出詩歌唱和呈現的唱和身份的多樣性、唱和的政治性、和多唱少的這三大特徵。進而分析夏言不同時期的詩歌唱和創作，最後探討其文藝觀念和創作對於詩壇的影響。

（六）嘉靖末期至崇禎末，歷時八十餘年，產生 100 餘位閣臣，但其詩歌唱和較少。本節先結合歷史背景，探討和分析徐階、高拱、張居正、申時行、葉向高五人的文藝觀念；然後分析他們的詩歌唱和之作，揭示部分閣臣詩歌理論與創作脫節的現象；最後，結合史料，探討閣臣詩歌唱和較少的原因。

第一章　明代內閣概況

　　明代內閣作為朝廷中樞的一級行政機構，在明代國家正常運行中起著重要的作用。如果說明代是一艘正在海上航行的船，那麼內閣就是在這艘船的駕駛室，閣臣就是掌舵人，即使在皇帝缺席的情況下，他們仍能保證帝國的正常運行。故而，內閣在明代有著很高的地位。明代以前並無內閣，它是朱元璋罷黜宰相之後，在多方嘗試下建立的為皇帝分憂的秘書機構，但伴隨其制度化，最終成為名副其實的行政機構。

第一節　明代內閣制度演變

　　閣臣之所以稱為閣臣，是由其身處內閣機構的身份決定的，在內閣中，其職責範圍廣泛，既能「文」，參加國家大製作、大議論的制定和兼顧粉飾太平的職責，又能「武」，參與國家行政事務，甚至軍事。「文武」是閣臣工作的職責範疇，兩者並非並行不悖的，而是此消彼長的，一般來說，明初「文」占上風，其後隨閣臣權力增長，至中期「武」占上風，直至明末「文武」職權盡消。進一步講，閣臣職責隨內閣制度的演變而演變，故在瞭解閣臣文學之前，必先瞭解其生成的溫床——明代內閣機構製度。明代內閣制度的形成和發展有一定的起伏軌跡，從萌芽到衰落，可分為五個階段：洪武為萌芽期；永樂至仁宣為形成期；正統至正德為完備期；嘉靖至萬曆前期為上升期；萬曆中後期至崇禎時期為衰落期。

一、洪武朝內閣制度的萌芽

內閣制度萌芽於洪武時期。洪武十三年（1380）正月，朱元璋「罷中書省，廢宰相等官」〔註1〕，直接廢除了自春秋起建立的宰相制度，實現皇權最大化。一方面，皇帝收回了宰相職權，並兼任宰相，「從中央到地方的軍事、行政、監察等大權，全都由皇帝獨攬，一人專決。」〔註2〕另一方面，為防止「小人專權亂政」，朱元璋將宰相權力分予六部，直接聽命於己，且使六部彼此制衡，不能一家獨大，這樣皇權就最大化了。但伴隨宰相制度的廢除，問題接踵而來，由宰相承擔的政治事務全部落到皇帝一人身上，工作量之大可想而知，以至事必躬親的朱元璋不得不承認：「人主以一身御天下，不可無輔臣」〔註3〕，故而另闢蹊徑尋求解決路徑，其後歷經了四輔官、殿閣大學士等多方嘗試。

四輔官在這樣的環境中應運而生。其根據「古者三公四輔，論道經邦，理陰陽，順四時」的說法所設，官員主要職務是「協贊政事」，「命刑官議獄，送四輔及諫院給事中覆核，無礙，奏行之；有疑讞，四輔官封駁之」〔註4〕，也就是參與簡單的行政職務。擔任該官職的成員多是長期居處在鄉間的老儒，雖威儡不到政權，但也「純樸無他長」〔註5〕，工作能力不強，所以洪武十五年（1382）七月，朱元璋取消四輔官的建置。

其後，朱元璋又仿宋制，設置殿閣大學士。關於大學士人員，黃佐《翰林記》記載較為詳實：「以禮部尚書劉仲質為華蓋殿大學士，翰林院學士宋訥為文淵閣大學士，檢討吳伯宗為武英殿大學士，典籍吳沈為東閣大學士。是月辛酉，復命耆儒鮑恂、余詮、張長年為文華殿大學士，皆辭不拜，遂以金思誠為之。」〔註6〕殿閣大學士

〔註1〕（清）張廷玉等，《明史》卷二，1974年，第34頁。
〔註2〕王其矩：《明代內閣制度史》，中華書局，1989年，第8頁。
〔註3〕（明）楊士奇等：《明太祖實錄》卷三三，「洪武十三年九月戊申」條。
〔註4〕（明）王世貞：《弇山堂別集》卷七，中華書局，1985年，第12頁。
〔註5〕（清）張廷玉等：《明史》卷一三七《安然傳》。
〔註6〕（明）黃佐：《翰林記》卷二，中華書局，1985年，第11頁。

的職務是草擬詔諭，並充當皇帝的顧問，但「不得平章國事」〔註7〕。可見，殿閣大學士不能參政，只做一些瑣事政事。儘管如此，其出身、品秩等已具後世內閣雛形。張居正云：「雖罷宰相，分任六卿，然設四輔官以為輔導，置諸大學士以備顧問，則師保內閣之職悉具矣。」〔註8〕其具體表現為三點：其一是出身翰林院。從上可知，殿閣大學士劉仲質、宋訥、吳伯宗、吳沈等人多出自翰林院。這一規制在後世被沿用。永樂時期，閣臣入閣前並非翰林出身的，需轉入翰林院，再入內閣，如楊士奇、胡廣、金幼孜等人便是如此入閣的。至天順，其成為入閣的必備條件，有「非進士不入翰林，非翰林不入內閣」之說。其二，閣臣大學士的品秩。殿閣大學士品秩為正五品，終明之世一直未變。其三，閣臣職掌。殿閣大學士充當皇帝的顧問和代言，不能平章國事。雖不同時期閣臣職掌有所不同，但他們主要任務是備顧問和代王言，一旦超過這個界限，就成了專姿擅權。〔註9〕儘管已現雛形，但由於朱元璋極端統治和性格缺陷，很少有人能勝任此職，洪武二十五年（1392）後，僅有劉三吾一人備顧問，故洪武朝的輔助制度並不成功，而殿閣大學士不能算是真正意義上的閣臣。

　　建文朝，朱允炆繼承和發展了朱元璋的輔政制度。其繼承朱元璋的殿閣大學士，僅對官員和名稱略做調整，「增翰林學士一人、學士一人、文學博士一人，省去侍讀、侍講學士（改名文學博士）。置文翰、文史二館。文翰館設侍書，即中書舍人，文史館設修撰、編修、檢討，改孔目為典籍。」〔註10〕在此基礎上，其還發展了輔政制度，翰林學士由前期偏重論經史義理，轉為「國家大政事輒咨之」，臣僚

〔註7〕（明）陳子龍：《明經世文編》卷二百九十三，中華書局，1962，第
　　　3086頁。
〔註8〕（明）張居正，《張太岳先生文集》卷十八，明萬曆四十年（1612）
　　　唐國達刻本，第17頁。
〔註9〕王其矩：《明代內閣制度史》，中華書局，1989年，第260頁。
〔註10〕（明）徐學聚：《國朝典匯》卷三十五，書目文獻出版社，第794頁。

「臨朝奏事」，被命「辰前批答」。〔註11〕閣臣輔政的職能得以擴展。
〔註12〕他對內閣制度的發展在於將洪武朝翰林院「評駁諸司文章」〔註13〕和殿閣大學士備顧問的職能合二為一，即翰林官員比如方孝孺和黃子澄等，他們集批奏章、掌誥敕、備顧問於一身，這突破了祖制，有著承前啟後的作用。

可知，內閣制度在洪武朝和建文朝已萌芽。但由於殿閣大學士的設置未制度化，所以，此時為內閣制度的萌芽期。〔註14〕

二、永樂至宣德內閣制度的形成

永樂至宣德，內閣制度發展有了長足進步，其作為一種建制正式成立，內閣名稱、權限、閣臣職責、閣臣地位、參政方式等隨著時間的推移逐漸細化。

建文四年（1402），朱棣取代朱允炆成為皇帝，於九月命解縉、黃淮、胡廣、金幼孜、胡儼、楊士奇、楊榮七人入值文淵閣，參預機務，標誌著內閣正式成立。對於閣臣工作權限和內容，朱棣作了清晰的界定。其一，內閣權限，「不置官屬，不得專制諸司。諸司奏事亦不得相關白。」朱棣規定內閣沒有掾屬，不能與其他部門相聯繫，這時的內閣就相當於現在的政策研究室。其二，內閣的工作內容。內閣大臣工作主要包括看各部門的章奏、充當皇帝的顧問、起草詔書三部分。這樣，朱棣就將洪武朝翰林院的看章奏和殿閣大學士備顧問的職能融為一處，促進了內閣制度的形成。

仁宗朝，內閣制度的發展主要表現在閣臣品秩提高上。永樂朝，閣臣品秩僅為正五品。成祖採用東漢光武帝「授尚書以政而卑其秩」

〔註11〕（清）張廷玉等：《明史》卷一四一《方孝孺傳》。
〔註12〕張顯清、林金樹：《明代政治史》，廣西師範大學出版社，2003 年，第 256 頁。
〔註13〕（明）黃佐：《翰林記》卷十一，中華書局，1985 年，第 124 頁。
〔註14〕張顯清、林金樹：《明代政治史》，廣西師範大學出版社，2003 年，第 259 頁。

的政治策略，一方面，榮耀增加，晉升他們為翰林院學士、殿、閣大學士等官，並享有正二品的待遇，另一方面品秩未變。這造成閣臣實際權力與地位不相襯的問題。至仁宗朝，這一問題日益嚴重，為防止閣臣受到打擊，仁宗在維持祖制不變的前提下，即保持殿閣大學士舊有的品階，為閣臣加官，進封師保，並加尚書銜，提高其品秩，使兩者相襯。《明史・職官志一》記載：「仁宗以楊士奇、楊榮東宮舊臣，升士奇為禮部侍郎兼華蓋殿大學士，榮為太常卿兼謹身殿大學士，閣臣漸崇。其後，士奇、榮等皆遷尚書職。」〔註15〕《明史・宰輔年表一》稱：「迨仁、宣朝，大學士以太子經師恩，累加至三孤，望益尊。」〔註16〕這樣，閣臣品秩被提到前所未有的高度，內閣輔政的權威性得以加強。

宣宗朝，朱瞻基在位十年，內閣制度不僅沒有發展，反而出現倒退現象。這主要表現在以下兩方面：一是閣臣十年沒有進秩。自洪熙帶公、孤之後，僅楊榮在宣德五年（1430）四月晉升為少傅，其餘閣臣品秩未有變動，這在各朝極為罕見。二是解除閣臣參政權。宣宗本著「嗣世之君，當守祖法，為輔相者，因當以清淨處之」復古的治國方針，在宣德三年（1428）初七，對顧命大臣的職務作了一次大的調整，基本解除楊士奇、楊榮等閣臣的政治職務。其說：「今少師蹇義、少傅楊士奇、少保夏原吉、太子少傅楊榮，皆先帝簡畀以遺朕者，而年皆富。令兼有司之務，非所以禮之。」初九，宣宗以「不宜復典冗劇」，綴了蹇義、楊士奇、夏元吉、楊榮等有司之政，敕文中曰：「朝夕在朕左右，相與討論治理，共寧邦家。」〔註17〕這樣閣臣雖位列公、孤，兼尚書職，但卻無權干涉六部政務，只能擔任代言和備顧問的職

〔註15〕（清）張廷玉等：《明史》卷七十二，中華書局，1974 年，第 1734 頁。

〔註16〕（清）張廷玉等：《明史》卷七十二，中華書局，1974 年，第 1729 頁。

〔註17〕（清）張廷玉等：《明史》卷一百四十九，中華書局，1974 年，第 4149 頁。

務。所以，其一再強調內閣的論思職能。比如，宣德八年初七（1435），
蹇義和楊士奇已歷官三考，宣宗各賜敕獎諭。其給蹇義的敕書中云：
「卿歷事祖宗，於今四紀。始擢禁近，進政本之地。學廣識明，小心
恭恪，老成忠厚，端靖和平，有重臣之體。」給楊士奇敕中云：「卿
歷事祖宗，及今三十餘年。始擢禁近，在論思之地，學廣識明，端靖
忠厚，有良臣之體。」前者，宣宗說他「進政本之地」。對於政本之
地，朱元璋做過解釋，認為「中書省，政之本。」〔註18〕但中書省被
廢，權分六部，自然六部成為行政權利機構，也就成了政本之地，其
中吏部又是重中之重，所以宣宗這樣說較為妥帖。後者，楊士奇在論
思之地，顯然論思之地為翰林院，作為議政諮詢機構的內閣是翰林院
的一部分。宣宗在敕書中作了明顯的區分，說明內閣制度經過永樂、
洪熙、宣德三朝的演變後，仍未越出議政的範疇。〔註19〕

　　永樂至宣德，內閣制度已基本形成。內閣作為一種規制已經初步
確立，閣臣品秩提高，有了一定參政議政權，所以內閣制度已經形成。
但是內閣仍存在三大問題。一是閣臣地位仍居尚書之下。儘管楊士奇、
楊榮等人位列三孤、兼尚書職，「然品敘列尚書蹇義、夏原吉下」〔註
20〕，直白的說就是「居內閣者，必以尚書為尊。」二是閣臣職責仍
為備顧問為主。其做的最多是行政人事任免的事情，很少涉及兵刑錢
穀的實政。即使其參與一定政務和軍機，但未有決策權，而決策權在
皇帝手中。三是內閣無掾屬。內閣一直在翰林院內，沒有自己獨立的
辦公場所。這一切說明內閣制度在永樂至宣德間並不完備。

三、正統至正德內閣制度的完備

　　正統元年（1436）至正德末（1521），內閣制度歷經八十五年的發

〔註18〕　（明）余繼登：《典故紀聞》卷一，清畿輔叢書本，第 16 頁。
〔註19〕　張顯清、林金樹：《明代政治史》，廣西師範大學出版社，2003 年，
　　　　　第 275 頁。
〔註20〕　（清）張廷玉等：《明史》卷七十二，中華書局，1974 年，第 1739
　　　　　頁。

展和演變，閣臣職責、地位、選拔、內閣班次、規制等逐漸趨於完備。

正統朝，內閣制度的發展主要體現在票擬制度化和內閣獨立上。宣德十年（1435）正月初三，宣宗去世，國家大權由皇太后和皇后執掌，但其不願違背後宮不得干政的祖制，所以「委政內閣」，這樣內閣擁有了票擬權。所謂「票擬」，又稱票旨、條旨、票本、擬票、調旨、擬旨，即閣臣將彙集內閣的奏章列出處理意見，貼於奏章之上進呈皇帝，由他裁決。事實上，宣德時「票擬」已經存在。黃佐《翰林記》記載：「（宣宗）始令內閣楊士奇輩及尚書兼詹事賽義、夏原吉，於凡中外章奏，許用小票墨書，貼各疏面以進，謂之條旨，中易紅書批出，上或親書或否。」〔註21〕通過此條可知兩條信息：一是票擬決策權不在內閣而在宣宗；二是「票擬」並非內閣特權。此時，「票擬」尚未演變成固定制度，只是一種輔助性手段，一般凡遇到重大事件，皇帝還是以廷臣面議取旨的方式進行。至正統初期，情況有所變化。由於皇太后不便與大臣面議，「始專命內閣條旨」，這樣「票擬」就成了上下相通的主要方式。「票擬」的主筆由資深望重的內閣大臣來擔任，而皇帝的朱批，一般按照內閣票擬批出，這樣內閣評論朝政的權利擴大。正所謂「事權所在，閣權遂不得不重」。有學者認為，「票擬」的出現，使內閣突破了翰林院舊制的藩籬，發展成為一種新的政治體制。〔註22〕票擬的制度化是內閣最終形成的標誌。

正統七年（1422）四月，隨著翰林院的落成，內閣與翰林院分離，有了單獨的辦公地點，在空間上獲得極大獨立。有學者認為，「內閣」成為專設機構的建制，又前進一步。〔註23〕此時，翰林院官員認為內閣已是獨立部門，據《明史》「職官」二記載：「以故鴻臚寺為翰林院。落成，諸殿閣大學士皆至，（錢）習禮不設楊士奇、楊溥座，曰『此

〔註21〕（明）黃佐：《翰林記》卷二，中華書局，1985年，第18頁。
〔註22〕吳琦：《漕運・群體・社會——明清史論集》，湖北人民出版社，2007年，第173頁。
〔註23〕王其榘：《明代內閣制度史》，中華書局，1989年，第88頁。

非三公府也』。士奇等以聞。帝命具座，後遂為故事」。錢習禮不為其設座，是因為內閣其時已不再被視為翰林院的「內署」，而是一個位高權重的行政中心了。〔註24〕這一時期，內閣有了票擬權和自己的辦公地點，內閣制度的發展又向前邁進了一大步。

景泰間，內閣制度發展日趨細化，內閣印信、入閣品秩、官署、到班序等日趨完善。首先，內閣有了專屬印信。景泰之前，內閣多用翰林院印。尹直云：「文淵閣本翰林院內署，非衙門名，故凡朝廷之宣召，諸司文移，雖關事務，上稱翰林院或會同翰林院堂上官，初不以內閣名。」至景泰元年（1450）九月，內閣文書不再用翰林院名，「初定九卿內閣相移文書名內閣」。其次，閣臣入閣品秩增高。景泰以前，閣臣多以檢討、編修、侍講等官入閣，品秩不過五品或六品，而景泰以後，王文以左都御史吏部尚書入閣，拉開正二品作為入閣品級的序幕，「於時陳循則戶部尚書，高穀則工部尚書。體統尊於三公，而內閣之望益隆。」再次，內閣有了自己的掾屬——誥敕和制敕兩房。《明史·職官制》記載：「景泰中，王文始以左都御史進吏部尚書入內閣，自後誥敕房、制敕房俱設中書舍人。」〔註25〕最後，內閣班序提前。景泰以前，閣臣在經筵的班序上，位於六部、都御史之後。對此，陳循在正朝儀的奏章中針對目前「班次失序」問題提出了異議，成王下詔，命直經筵時，內閣的官序在尚書、都御史之上，且午朝時，先奏事。此後，內閣排序在六部、都御史之上，並有優先奏事的權力。故而，朱國楨《湧幢小品》云：「若閣中規制，至景泰中陳芳洲（陳循）始備。」〔註26〕

天順時期，內閣制度發展主要表現在首輔制出現上。首輔制是明朝內閣制的重要內容，也可以稱作內閣首輔制。關於內閣首輔制的緣

〔註24〕林樺：《略論明代翰林院與內閣的關係》，《史學月刊》，1990 年第 3 期，第 42～47 頁。

〔註25〕（清）張廷玉等：《明史》卷七十二，中華書局，1974 年，第 1734 頁。

〔註26〕王其矩：《明代內閣制度史》，中華書局，1989 年，第 83 頁。

起目前學界尚無定論，但一般認為天順元年（1457）李賢「掌文淵閣事」，意味著內閣首輔制度的誕生。「首輔」之稱最早見於《明史・李賢傳》：「終天順之世，（李）賢為首輔，呂原、彭時佐之，然賢委之最專。」〔註27〕可知，首輔權力大於次輔，負責整個文淵閣的事務，而次輔僅起到協助作用。英宗設首輔的初衷在於通過委任一名信得過的輔臣，以統領和管理自己的秘書班子，更好地協助皇帝更好地行使皇權。〔註28〕

　　成化朝，由於宦權壓制閣權，內閣制度處在停滯狀態。憲宗皇帝在朝二十三年間，僅召見一次閣臣，一般通過內臣與外界交流，凡大小事由太監傳諭，閣臣的奏揭，也交太監轉呈。〔註29〕由於憲宗親近宦官，疏遠閣臣，所以宦官的權力增大。至成化末，奏章中公開提出「今後政務，不分大小，俱下司禮監及內閣共同商榷，取自聖裁」。可知，司禮監得到了官員的任可，可以與內閣一樣有著合法的參政權。這樣的情況下，內閣制度難以發展。

　　弘治朝，內閣制度有了發展，閣臣選撥方式出現新變。明初，閣臣選拔主要是「特簡」。所謂「特簡」亦稱親擢，即皇帝任命閣臣，不經任何程序，全憑己意，親自簡撥任用。永樂時期閣臣如解縉、黃淮、楊士奇、楊榮等，均以此入閣。史載：「弘治乙卯（1495）以前，內閣大臣皆特簡，不從廷推。」〔註30〕但隨著內閣制度的日漸完善，閣臣的選撥趨向制度化，廷推制度應運而生。所謂「廷推」，即由九卿和科道官聯席會議共同推舉產生候選人的一種方式。《正德會典》云：「閣臣、吏、兵二部尚書，會九卿、五品以上官及科道，廷推上

〔註27〕（清）張廷玉等：《明史》卷一百七十六，中華書局，1974 年，第 4675 頁。

〔註28〕時江玲：《明朝嘉靖至萬曆前期的內閣首輔制研究》，2010 年中國政法大學碩士論文。

〔註29〕王其矩：《明代內閣制度史》，中華書局，1989 年，第 121 頁。

〔註30〕（明）王世貞：《弇山堂別集》卷十八，清文淵閣四庫全書本，第 10 頁。

二人，或再上三、四人，皆請自上裁。」〔註31〕李東陽和謝遷等人的入閣亦緣於此。〔註32〕其後，「廷推」制度逐漸完備，成為閣臣入閣的主要方式。如果閣臣不按此途入閣，而是由特簡或私薦而入，多遭非議，如成化朝的尹直入閣、隆慶朝的殷士儋等。

正德朝，內閣制度發展再次停滯。這一時期，皇帝武宗荒誕不羈，國家大事悉數委任宦官劉瑾，其一方面排除異己，將閣臣劉健、謝遷逐出內閣，另一方面扶持黨羽，將焦芳、劉宇、曹元引入內閣，成功地掌控了內閣。其不僅掌控內閣，還將六部操縱控制於手，且又染指地方民政事務，此時國家事務悉數歸於宦官。這樣，國家機關處在癱瘓狀態，內閣制度發展也無從談起。

總得來說，正統至正德間，內閣制度發展歷時八十五年，雖幾經磨難，在宦權的擠壓多次停滯甚至萎縮，但仍在曲折衷前進，並逐漸趨於完備。首先，內閣有了一定的參政議政權。票擬是這種權利的集中體現。閣臣通過票擬，參與到國家行政事務的處理之中。隨著閣臣權力的增大，閣臣權力逐漸趨超六部，在經筵時位列六部和都御史之上，並有了優先奏事權。其次，首輔制導致閣臣關係變化。天順前的閣臣關係屬於相協型，彼此之間各有職掌，沒有明顯的側重，其中三楊最有代表性。他們雖有先後，但在票擬時彼此協商，並不專權。天順間，英宗命李賢「掌文淵閣事」，意味著其權力超過了同閣的彭時和呂原，成為首輔，打破了原有的閣臣關係，使其向首輔專權的方向發展，至嘉靖朝，出現張璁、夏言、嚴嵩、張居正等權相，即是首輔制度的集中體現。最後，是閣臣選拔形式的新變。隨著內閣制度的不斷完善，閣臣的選拔日趨正規化。與前期皇帝的簡任比，廷推具有一定的民主性。

雖然內閣制度發展已經完備，但是閣臣權力仍是有限，僅是通過

〔註31〕（明）申時行：《大明會典》卷五，明萬曆內府刻本，第 19 頁。
〔註32〕中華文化復興運動推行委員會主編：《中國史學論文集·第 4 輯》，幼獅文化事業公司，1981 年，第 349～385 頁。

票擬影響皇帝，但皇帝對不合己意的條旨，有中旨和留旨的權力，所以閣臣參政議政的權力仍然有限。

四、嘉靖至萬曆前期內閣制度的高峰

　　嘉靖朝，內閣制度得到空前發展，主要表現在閣臣權力、首輔制度、內閣排班次序、內閣官署等方面。其一，內閣行政權力的提升。嘉靖皇帝突破「不置官屬，不得專制諸司。諸司奏事，亦不得相關白」〔註33〕的祖制，命張璁、方獻夫等閣臣掌都察院事和吏部事，擴大了內閣的行政權力。其二，首輔制度的最終確立。首輔制度雖然在天順朝已經出現，但是首輔與次輔之間並未有太多差異，僅在經筵、祭祀等活動次序上位於首席，權力上無實質差別，所以閣臣間能彼此同寅協恭，相互扶持。至嘉靖朝，情況有所不同，隨著皇帝「委政內閣」，首輔「責任尤專」〔註34〕，獨享有專決、專票擬、專應對三大特權〔註35〕，直接凌駕於次輔之上。首輔三大特權的獨攬標誌著內閣首輔制度的確立。其三，閣臣排班次序的變化。嘉靖七年（1528）正月初六，嘉靖視朝時，看到張璁班列於兵部尚書之下，感歎說：「璁是輔弼重臣，似或不可。」於是，楊一清建議加張璁、桂萼二臣為一品散官，官階與兵部尚書李承勳相等。此後，又加兩人品秩，遂在李承勳之上。兩年之後，嘉靖又定閣臣為文班之首，與錦衣衛指揮一起，侍立在御座左右。世宗通過以上舉措，大大提高了閣臣的班次，誠如《明史·職官志》所說：「嘉靖以後，朝位班次，俱列六部之上。」〔註36〕其四，整修內閣房舍。嘉靖十六年（1537）四月二十五，下令整修內閣的辦公場所。《國朝典匯》載：「上以內閣規制未備，命太監高忠率官

〔註33〕（清）張廷玉等：《明史》卷七十二，中華書局，1974 年，第 1734 頁。

〔註34〕（清）永瑢：《四庫全書總目》卷五十八，中華書局，1965 年，第 524 頁。

〔註35〕方志遠：《論明代內閣制度的形成》，見《文史》第 33 輯，中華書局，1990，第 231～246 頁。

〔註36〕林延清：《明代中葉的皇權和內閣》，《文史知識》，1998 年第 10 期，第 96～101 頁。

匠詣閣，相計修造事宜，乃與大學士李時等議，以文淵閣之中一間，恭設御座，旁四座各相間隔，而開戶於南，以為閣臣辦事之所。閣東誥敕房內裝為小樓以貯書籍，閣西制敕房南面隙地，添造卷棚三間以容各官書辦。於是，閣制視前稱完美矣。」〔註37〕這是自景泰間有自己的辦事機構，即由中書舍人等組成的「左、右誥敕」房，約 80 多年後，修繕文淵閣，使其更加完備。這一舉措顯示內閣地位的上升。

隆慶朝，閣權依舊擴展，閣臣可以兼長部院事務，至萬曆頭十年，張居正執政時期，閣權日炎，直接侵奪部權，內閣首輔儼然成為真宰相。《明史·楊巍傳》云：「迨張居正時，部權盡歸內閣，逡巡請事如屬吏。」〔註38〕一方面，他通過安置黨羽來操作控制六部，所以「吏、兵二部遷除必先關白」〔註39〕，另一方面，創建考成法，加強內閣首輔的行政權力。考成法是一種逐級考核官員的考察方法，具體安排是：內閣審查六科（監察、制約六部的機構），六科審查六部，六部和都察院審查巡按、巡撫，巡按和巡撫則負責審查地方官員。這樣，張居正的首輔權力超出了備顧問、議政、票擬的範圍，並且擁有了監督諸司的權力，顯示出宰相制的復歸。

概而言之，嘉靖至萬曆初，內閣制度已經成熟。首先，內閣規制自建文四年（1402）至嘉靖十六年（1537），歷時一百三十五年，才真正完備。大致經歷了五個階段：建文四年（1402）至正統七年（1442），內閣寄居翰林院內；正統七年（1442），翰林院建成，內閣與之分離，有了獨立的官署；景泰三年（1452），內閣有了由中書舍人組成的誥敕和詔敕兩房；天順（1457）至正德（1521），七十多年間內閣受制於司禮監，沒有話語權，所以內閣規制沒有發展；嘉靖時期，隨著閣

〔註37〕（明）徐學聚：《國朝典匯》卷三十二朝端大政，明天啟四年（1624）徐與參刻本，第 8 頁。

〔註38〕（清）張廷玉等，《明史》卷二百二十五，中華書局，1974 年，第 5917 頁。

〔註39〕（清）張廷玉等，《明史》卷二百三十二，中華書局，1974 年，第 6055 頁。

權的上升，內閣規制於嘉靖十六年（1537）得以完備。其次，首輔制度得以確立。仁宗、宣宗時期，內閣主次已現端倪，其中楊士奇最受重視，已被稱為「元輔」，但閣臣之間各司其職，側重不同，相互協作，所以權力差異並不明顯。天順時，李賢「掌文淵閣事」，意味著他的地位已超過同在內閣的彭時和呂原，標誌著內閣首輔制的出現，但此時的首輔僅是奏章和許多儀式的領頭人，在權力方面閣臣之間差異不大。嘉靖時期，首輔權力變大，擁有專決、專票擬、專應對的特殊權力，完全碾壓次輔，閣臣之間的和諧被打破，紛爭不斷，至萬曆初張居正為首輔，首輔已經相當於真宰相了，所以首輔制度發展至此算是正式確立。最後，閣權侵奪部院之權。永樂至宣德，內閣成立之初，僅備顧問，「不得專制諸司」，而「諸司奏事，亦不得相關白」。即使仁宣時期，三楊權勢日重，但仍在尚書之下。正統至正德，內閣壓制部院。正統元年至正統七年，三楊作為顧命大臣通過票擬干預政權，內閣權力在部院之上。景泰時期，內閣在經筵班次列部院之上。其後，宦官篡權，閣權日下，無力壓制部院。嘉靖至萬曆間，閣權壓過並侵奪部院之權。嘉靖以外藩登基，厭惡宦官，信任閣臣，培養了集權力於一身的首輔，並修繕內閣規制，所以閣權日重，至萬曆張居正為首輔，他主張考成法，通過內閣監督六科，六科監督六部的方法，這樣意味著內閣掌握了六部和督察院，相當於中書省，所以內閣首輔已有了宰相的權力。內閣制度發展自此已到極致。

五、萬曆中後期至崇禎內閣制度的衰落

　　萬曆中後期至崇禎，內閣制度開始由盛到衰，首輔地位逐漸下降，內閣權力被瓜分，至崇禎朝內閣制度也已走到暮年，對國家已無裨益，形同虛設。

　　萬曆中後期，內閣失去了對吏部的人事任免權，標誌著內閣權力下降。吏部和內閣展開曠日持久的權力之爭奪。歷任吏部尚書，如宋纁、陸光祖、陳有年等人，相繼努力反抗閣權，維護了吏部權力。項

鼎鉉在日記中回顧「萬曆水火」時云：「先是，顧涇陽（憲成）先生謂余曰：『曩閣權極重時，頗侵銓地（吏部）職掌，冢宰（吏部尚書）無弗唯之聽，甚失祖宗朝重銓之意。自浙陸莊簡光祖典銓事，多與閣持，始不相關白。孫清簡、陳恭介有年但守之不變。』」在他們「力與閣爭」的努力下，經過尖銳而持續的鬥爭，結果是「黜陟權盡歸吏部，政府不得侵撓」，內閣失去對吏部用人權的支配，是閣權下降的轉折點和標誌。這實際上可以說是「六卿分職」中樞體制的局部恢復。〔註40〕

　　至天啟，閣權繼續下降，主要表現為首輔專票擬的權力被瓜分。嘉靖至萬曆前期，首輔制度確立以後，「內閣調旨，惟出首輔一人，餘但參議論而已」〔註41〕。張居正死後，大臣就有請求分票的奏章，監察御史王允成云：「閣臣名為政本，票擬即屬絲綸。寧可漫天主持而以模稜為也。……今之內閣已非單匱之家，盡可協贊以成廟謨。自今以後，某旨係共擬，旨下之次日發抄曉然，與舉朝共見之。」〔註42〕但是，其分票的請求並未得到應允，直至天啟朝，分票制才成為定例。次輔魏廣微為了專政，分得首輔韓爌的權力，求魏忠賢「傳特諭分票商量」〔註43〕。魏忠賢隨令票擬「眾輔分任」，「後遂沿為故事」〔註44〕。熹宗諭內閣云：「今後元輔還當同寅協恭，集思廣益。次輔等亦勿袖手坐視，伴食依回。大家殫力抒忠，共期於平，以副眷注。」〔註45〕

　　崇禎朝，國家大廈將傾，內閣制度也已徹底衰落。一是閣權徹底弱化。崇禎在位十六年，約產生五十位閣臣，在閣時間短，任期不滿一年的13人，超過兩年的只有2人，意味著閣臣難以有所作為。〔註46〕

〔註40〕（明）項鼎鉉：《呼桓日記》卷一，萬曆四十年五月二十七日。
〔註41〕（清）張廷玉等：《明史》卷三百六，中華書局，1974年，第7845頁。
〔註42〕（明）金日升：《頌天臚筆》卷十五，明崇禎二年（1629）刻本，第37頁。
〔註43〕（明）文秉：《先撥志始》，清寫刻本，第62頁。
〔註44〕（清）張廷玉等：《明史》卷三百六，中華書局，1974年，第7845頁。
〔註45〕（明）文秉：《先撥志始》，清寫刻本，第62頁。
〔註46〕洪早清：《明代閣臣群體研究》，華中師範大學出版，2012年，第39頁。

同時，加之崇禎多疑，緊握大權，「禁朝臣私探內閣、通內侍」，這樣分割了閣臣與六部九卿的聯繫，內閣回歸到了明初「諸司奏事，亦不得相關白」的狀態。二是選撥閣臣方法的隨意性。崇禎急於用人，選撥人才的方法自於此又是一變，衍生出枚卜和考選兩途。枚卜是閣臣先經會推之後，將其姓名貯在金甌之中，皇帝焚香禱告，以抓鬮的形式從中選出閣臣。廷推的人選一般三、四人，此時竟多達二三十人，顯然把嚴肅的問題當成了兒戲。考選始於崇禎八年（1635），由於翰林院出身的閣臣不習世務，所以崇禎召廷臣數十人，各授一疏，令他們擬旨，任命文震孟、張至發為閣臣。顯然，崇禎頻繁的變換閣臣選拔方式，急於從中選出人才，但是方法不當，終究沒有選出人才。

這一時期，內閣制度逐漸衰落，閣權歸還部權，首輔的票擬之權被瓜分，閣臣整體水平下降，不能解決實際問題，所以崇禎以枚卜和考選的方式，選撥閣臣，但他用人見疑，隔斷了閣臣與部院的聯繫，故而閣權徹底衰落。

第二節　明代閣臣構成的主要特質

自建文四年（1402）九月，朱棣成立內閣始，至崇禎十七年（1644）明朝滅亡，凡 262 年間共產生 161 位閣臣。[註47] 深入瞭解這些閣臣，則發現他們在入閣方式、地域分布、在閣時間、機緣關係等方面呈現出鮮明特徵。

一、閣臣的入閣資格

（一）「非翰林不入內閣」

明代閣臣尤其是中後期閣臣入閣一般必須遵循天順李賢提出「非進士不入翰林，非翰林不入內閣」的條例。事實上，這一慣例肇始於洪武朝。洪武十五年（1383），朱元璋仿宋制，設殿閣大學士，「以禮

〔註47〕田澍：《明代閣臣數考實》，《文獻》，2010 第 3 期，第 138～143 頁。

部尚書劉仲質為華蓋殿大學士，翰林院學士宋訥為文淵閣大學士，檢討吳伯宗為武英殿大學士，典籍吳沈為東閣大學士。」〔註48〕其中，四人中有三人出自翰林院。永樂朝，朱棣建立內閣，選拔人才，靈活地沿用了這一祖制。其特簡解縉、黃淮、胡廣等七人入閣，但七人中黃淮、胡儼、金幼孜、楊士奇四人，並未有供職翰林院的經歷，所以朱棣就將他們轉入翰林院任職，如黃淮從翰林院編修改侍讀，胡廣擢侍講改侍讀，金幼孜與胡儼則授翰林檢討遷侍講，楊士奇擢編修〔註49〕，然後以翰林院學士的身份入閣。宣德始，入閣者基本上都是翰林官員。天順二年（1458），「李賢奏定纂修專選進士」，於是「非進士不入翰林，非翰林不入內閣」遂成定制。〔註50〕直至崇禎中期，這一規制才被打破，其間僅劉宇、曹元、楊一清三人沒有翰林官經歷。崇禎中期以後，國家內憂外患，有著翰林官經歷的閣臣由於缺乏實踐經驗，難以應對複雜的時局，所以崇禎「遂有館員須歷推知之諭，而閣臣不專用翰林矣」。〔註51〕雖然崇禎打破了這一規制，但細察其閣臣出身，50 人中，僅有 10 人沒有翰林官經歷。

（二）「閣職漸崇」

有明一代，尤其是中葉以後，閣臣入閣前品階逐漸增高，最後升至正二品或正三品。事實上，內閣形成初期，閣臣出身品秩並不高，比如永樂朝的首批閣臣，待詔解縉和修撰胡廣為正六品，胡儼知縣為從七品，編修楊榮為正七品，給事中金幼孜為從七品，王府審理副楊士奇為正七品，中書舍人黃淮為從七品，可見入閣前品秩不高，且彼此間差異不大。宣德時，張瑛以禮部侍郎入閣，為三品官大員入閣之始，然未成規制。正統時，馬愉、苗衷、高穀、張益以侍讀學士入閣，為五品；曹鼐以侍講入，為正六品；彭時、商輅以修撰入，為從六品，

〔註48〕（明）黃佐：《翰林記》，中華書局，1985 年，第 11 頁。
〔註49〕譚天星：《明代內閣政治》，中國社會科學出版社，1996 年，第 14 頁。
〔註50〕（清）張廷玉等：《明史》卷七十《選舉二》。
〔註51〕（清）張廷玉等：《明史》卷二百五十一《鄭以偉傳》。

這與永樂時期品秩相差無幾。至景泰朝，閣臣入閣前的品階大幅度上升，比如，有正二品左都御史王文，正三品侍郎江淵、王一寧，從三品太僕少卿的俞綱，從六品修撰的彭時、商輅。值得注意的是，同時入閣的人員品階之間差異較大，有正二品的御史，也有從六品的編修，兩者之間差了六級。這顯示出入閣條件呈現逐漸上升的態勢。《明會要》記載：「景泰以前，內閣未有兼吏部尚書者。吏部尚書入閣，自王文始。於時陳循則戶部尚書，高穀則工部尚書。體統尊於三公，而內閣之望益隆。」〔註52〕天順時期，依舊延續前期入閣模式，不同的是出現太常寺卿、吏部侍郎、詹事、侍讀、修撰等職務參用的情況，閣臣入閣品秩差異依舊較大，有正二品左都御史徐有貞，也有從六品修撰岳正。兩朝之所以如此，與當時動盪的政治有關。正統十四年，土木堡之變，英宗被俘，所帶閣臣曹鼐、張益死於陣前，其弟以親王入繼大統，是為代宗，在朝其間選拔對自己有利者，故入閣前身份差異較大；其後，英宗復位，將景泰所用閣臣商輅、江淵、蕭鎡、王文、高穀五人全部清理出閣，亟需人員補位，所以造成這一現象。成化至天啟，約163年間，閣臣入閣前的品秩趨同於一致，為正二品和正三品，職務多傾向於尚書和侍郎。至崇禎朝，雖閣臣入閣品秩依舊以為正二品和正三品為主，但其中有所變化，出現從六品修撰入閣的例子，打破沿襲163年的規制。

二、閣臣的選拔方式

閣臣入閣方式多樣，主要有特簡、私薦、廷推、枚卜、考選五種。通常來講，入閣方式與時代有關，不同時期有不同的入閣方式。

永樂初至宣德間，「特簡」是閣臣入閣的主要方式。所謂「特簡」亦稱「親擢」，即皇帝任命閣臣，不經任何程序，全憑己意，親自簡撥任用。「特簡」最早出現在內閣形成之出，首批閣臣解縉、黃淮、

〔註52〕（清）龍文彬：《明會要》卷二十九，清光緒十三年（1887）永懷堂刻本，第6頁。

胡廣、胡儼、楊士奇、楊榮等七人均以「特簡」入閣。其後，各朝都用「特簡」，但因皇帝性格和時局不同，「特簡」的頻率也高低不同。仁宗、宣宗時期，閣臣仍以皇帝「特簡」入閣，如楊溥、陳山、張瑛等；嘉靖時期，世宗以刑威臨下，二十二位閣臣中，大半出於「特簡」，如張璁、桂萼、方獻夫、夏言、嚴嵩、郭樸等；隆慶間，陳以勤、張居正等「特簡」入閣；崇禎朝，周延儒、錢象坤特簡入閣。

正統時，英宗以幼沖登基，「特簡」已不適用，「私薦」應運而生。所謂「私薦」，即由閣臣或者宦官推舉閣臣，經皇帝同意後，准許入閣。一是閣臣推薦，比如「三楊」推薦馬愉、苗衷、陳循等人入閣，開啟私薦模式；成化時，萬安引薦彭華、尹直入閣；嘉靖末，徐階推薦郭樸和高拱入閣；萬曆時，張居正薦申時行和馬自強入閣，申時行推趙志皋和張位入閣。一是宦官推薦。這主要發生在明代中後期。隨著宦權的高漲，宦官引薦成為閣臣入閣的門徑之一，如武宗朝，劉瑾推薦焦芳、劉宇、曹元入閣；隆慶中，陳洪私薦殷士儋；天啟，魏宗賢引馮銓、施鳳來、張瑞圖等入閣。

弘治時期，隨著內閣制度的完備，閣臣入閣方式也日趨制度化，出現「廷推」。「廷推」，即由九卿和科道官聯席會議以共同推舉的方式產生候選人，然後由皇帝裁定。此後，閣臣入閣多由廷推而入，如閣臣不按照此途入閣，是謂中旨或傳奉，多遭非議，如成化尹直入閣、隆慶殷士儋等。此後，「廷推」成為閣臣入閣的主要方式，直至崇禎朝才有所改變。至崇禎，大廈將傾，有著翰林官經歷的閣臣缺乏實踐經驗，面對危局不能做出正確的決策，所以皇帝對閣臣入閣方式做了調整，產生枚卜和考選兩途。枚卜是在廷推的基礎上，將候選人姓名貯在金甌之中，以抓鬮的方式產生閣臣的方法。終崇禎一朝，僅天啟七年（1627）十一月用過一次，再沒使用，其後有考選之法。考選始於崇禎八年（1635），由於翰林院出身的閣臣不習世務，所以崇禎召廷臣數十人，各授一疏，令他們擬旨，任命文震孟、張至發為閣臣。可以看出，閣臣入閣方式多樣，與皇帝性格、閣權之高低、時局等密

切相關，其中仍以皇帝為主導。〔註53〕

三、閣臣群體籍貫分布

　　對明代閣臣群體地域分布，現代學者已有關注，比如王其榘《明
代內閣制度史》（1989）、譚天星《明代內閣政治》（1996）、吳琦和
洪早清《明代閣臣群體構成主要特徵》（2007）、時亮和郭培貴《明
代閣臣群體的構成特點及其成因和影響——以閣臣的地域及戶類分
布、中進士及入閣年齡和在閣年限為中心》（2015）等專著和論文中
均有涉及。由於劃分依據不同，產生兩種結果：一類是以王其榘為
代表，其以現行行政區劃與地域範圍統計閣臣，並以閣臣祖籍為標
準來劃分閣臣省（直）屬；一類是以時亮和郭培貴為代表，其以明
代兩直十三布政司為統計單位，並以閣臣本人戶籍所在地作為劃分
其省（直）屬依據來統計閣臣的地域分布。對此兩種劃分標準，筆
者認為前者以現行行政區域與地域範圍來統計閣臣，未將時代更迭
帶來的地域劃分變化考慮在內，故統計時由於地域名稱和劃分標準
的不同，出現了錯位和偏差，而後者回歸到歷史語境，以明代地域
範圍標準統計，更接近歷史事實，故本文借鑒後者研究成果，來瞭
解明代閣臣籍貫地域分布特徵。〔註54〕根據其表統計可知，明代地
域分布主要呈現以下兩點：

　　一是閣臣群體地域分布的集中性。南方遠超北方。排在前四位為
南直、北直、浙江、江西，其中南方佔了 3 個，擁有閣臣 70 名，占
閣臣總數的 43.5%。事實上，這與南方經濟、文化息息相關。明代南
方地區經濟富庶，農業發達，民間有「蘇湖熟，南方足」的諺語；南
方文化底蘊豐厚，魏晉以降，北方世家大族南遷，儒學積澱深厚，浙

〔註53〕中華文化復興運動推行委員會主編：《中國史學論文集·第 4 輯》，
　　　　幼獅文化事業公司，1981 年，第 349～385 頁。
〔註54〕詳見時亮，郭培貴《明代閣臣群體的構成特點及其成因和影響》的
　　　　《明代歷朝閣臣（161 人）分省直數量統計》表，《北方論叢》，2015
　　　　年第 3 期，第 103～112 頁。

西朱學，西昌清江儒學，均傾向於積極入仕，在文化基因的傳承中，無形中塑造了士人積極入仕的觀念，所以士人參加科舉人數眾多。除此之外，地域集中性與個人因素有關。從上可知，明代閣臣選拔有特簡、私薦、廷推、枚卜、考選五途，其中私薦和廷推都是要求閣臣或其他官員推薦的，而推薦中鄉誼關係起到極大的作用。以私薦為例。其一般由第三人（閣臣或宦官）向皇帝推薦人選，經過皇帝認可後，方能入閣。「私薦」在正統間最為盛行，「三楊」推薦馬愉、陳循、苗衷、曹鼐、高穀五人入閣，其中五人中陳循是楊士奇的同鄉。王世貞在《內閣首輔太宰同鄉》卷三單列這種鄉緣關係云：「我朝大政寄之內閣，次則吏部，正統中楊文貞士奇以少師首揆，而王文端直拜太宰，景泰中文端進加少傅，而何盱江文淵以宮保同為尚書，陳盧陵循以少保居首揆，四公皆江西人，楊、王、陳又皆吉安也。弘治劉文靖健以少師首揆，而馬端肅文升以少師為太宰，馬致仕，焦泌陽芳繼之，皆河南人。嘉靖嚴少師嵩首揆，而熊宮保浹、萬宮保鏜、歐陽少保必進後先為太宰，皆江西人，歐陽又嚴之兒女姻也。其後徐公階首揆，而滁州胡簡肅松及嚴公訥為太宰，皆吾直隸人……。」〔註55〕可見，鄉緣在閣臣選拔和晉升方面的重要性。

二是明代閣臣籍貫分布逐漸趨向廣泛性。永樂至天順，閣臣籍貫集中，太宗簡命入閣的七人，解縉、胡廣、胡儼、金幼孜、楊士奇五人出自江西。對於閣臣籍貫集中性問題，當前學者已從地域人文、儒學傳統、個人因素、歷史機緣等方面作了全面深入的探討，認為是江西地域儒學的文化底蘊推動閣臣群體在變革之際，抓住時機，迎合朱棣，藉此由政治邊緣進入國家的中樞機構。當然，這種集中性並不只是表現在閣臣上，亦體現在翰林院官員上。以永樂朝所選庶吉士為例，八科中共選 262 名庶吉士，其中江西籍 73 名，占總人數 28%。可見，江西文運之盛。黃佐《翰林記》卷十九《文運》：

〔註55〕（明）王世貞：《弇山堂別集》，中華書局，1985 年，第 47 頁。

> 國朝文運盛於江西。開國之四年，策士以文，即得倫
> 魁於金溪；又十餘年，始定今制，會試天下士，褒然舉首
> 者，分宜人也；永樂甲申，選庶吉士，讀書中秘，以應二
> 十八宿，其中十二人出江西，而官翰林者七人；宣德甲寅，
> 合丁未、庚戌、癸丑三科選之，亦如甲申之數，出江西者
> 七人，留翰林者四人。奉敕教之者，前則吉水解公大紳，
> 後則西昌王公行儉，是又皆江西人也。蓋當時有「翰林多
> 吉安」之謠。首甲三人或純出江西者凡數科，間亦有連出
> 福建者，士論或以為楊士奇、榮互相植黨，豈其然耶？

儘管此是駁斥楊士奇和楊榮培植黨羽的傳言，但是卻側面印證江西翰林作家的興盛。其後，又有江西人陳循、蕭鎡等人相繼入閣。為避免籍貫的集中性，宣宗皇帝改變取士制度，解決這一問題，確保地域的均衡性。宣宗命閣臣制定了南、北、中錄取比例，其中一般南占55%，北占10%，中占35%。庶吉士的占比與之相一致，而庶吉士卻是閣臣的主要來源，這就確保了閣臣分布的均勻性，從而起到平衡政權的作用。雖在宣德已制定會試比例，但閣臣分布比例與之稍晚，直至天順間才得以凸顯。

四、閣臣的在閣時間

關於閣臣在閣時間，學者早已關注，比如吳琦和洪早清《明代閣臣群體構成的主要特徵》一文中有《閣臣任職時間分段統計表》，時亮和郭培貴《明代閣臣群體的構成特點及其成因和影響——以閣臣的地域及戶類分布、中進士及入閣年齡和在閣年限為中心》有《閣臣在閣年限分層統計》。雖然兩文均按照相同的時段來分，但兩者卻存在細微的差異，本文以後者為準。

明代閣臣在閣時間沒有規制，長短不一，最短幾天，最長達40餘年。根據時亮和郭培貴的統計，明代閣臣任職 1 年以下的有 30人，占總數 18.63%；任職 1～2 年的有 37 人，占總數的 22.98%；

任職 2～5 年的有 42 人，占總數的 26.09%；任職 5～10 年，占總數的 16.53%；任職 10 年以上的閣臣，占總數的 16.77%。〔註56〕

在閣時間久的閣臣主要集中的明代前期。比如，楊士奇（41 年）、楊榮（37 年）、楊溥（21）、金幼孜（29 年）、胡廣（15 年）、黃淮（15 年）、彭時（18 年）、商輅（18 年）、萬安（18 年）、劉吉（17 年）、劉健（19 年）、李東陽（18 年）、嚴嵩（19 年）、徐階（16 年）、張居正（15 年）等人。可知，在位最久的閣臣主要集中在明初，楊士奇、楊榮、楊溥、金幼孜四人，平均在閣時間 20 年以上。這主要有兩方面的原因。一方面，其入閣較早，四人中入閣年齡最小的是楊榮，31 歲入閣；最大的是楊溥，53 歲時入閣，即便其入閣時已經年長，但根據時亮和郭培貴的統計，明代閣臣的平均入閣年齡為 55.04，其亦低於平均值。這就說明明初閣臣入閣年齡普遍偏低，而年輕為他們的長久在閣提供了保障。另一方面，其與皇帝特殊關係決定的。他們不僅與仁宗、宣宗有師生之誼，而且也曾與其患難與共。楊士奇、黃淮、楊溥三人因仁宗而下獄，仁宗即位，立刻釋放了在獄十年的楊溥、黃淮等人，並加官進爵；胡廣、楊榮、金幼孜在永樂皇帝去世後秘不發喪，為仁宗登基爭取了時間，並在仁宗去世後，協作宣宗評定漢王朱高煦的叛亂。可知，其與皇帝們有一定的感情，故深得的信任，以至宣宗死後，太后將票擬權委任內閣。

在閣時間短的閣臣群體出現在明末。以崇禎朝為例。儘管崇禎一朝只有 17 年，但卻選出 50 位閣臣，其中一年以下 14 位，一至三年 26 位。〔註57〕從歷時角度看，根據時亮和郭培貴統計：「洪武到宣德閣臣的平均在閣年限為 17.307 年，正統到萬曆十年則減至 6.31 年，萬曆十一年到崇禎十七年（1583～1644 年）更是降低到 2.69 年，

〔註56〕詳細見時亮，郭培貴《明代閣臣群體的構成特點及其成因和影響》的《明代歷朝閣臣（161 人）分省直數量統計》，《北方論叢》，2015 年第 3 期，第 103～112 頁。

〔註57〕張顯清、林金樹著：《明代政治史》，廣西師範大學出版社，2003 年，第 199 頁。

說明明代閣臣的更迭速度愈來愈快。」〔註58〕而閣臣更迭快，在閣時間短，難以保證其政治觀念穩定、持久地執行。導致其任職時間短的原因有三：一是崇禎多疑的性格。其善於猜疑，剛愎自用，和閣臣的關係並不融洽，君臣之間缺乏和諧的張力，加之大權獨攬，僅把閣臣當做奴僕，限制了內閣的發展。二是閣臣內部之間的不和諧。明初閣臣之間關係和諧，內閣作為一個整體應對突發事件。至崇禎，隨著首輔專票制的瓦解，閣臣之間為了爭奪更多的利益，關係日漸緊張，彼此相互傾軋。如崇禎八年（1635）文震孟與首輔溫體仁因票擬意見不同，而被迫致仕。三是閣臣自身業務能力差。閣臣多是翰林院出身，很少出京，甚至有的「歷官館閣，四十年不出國門」（錢謙益《列朝詩集小傳》），所以視野和實踐較少，至明末更是如此，出現一批碌碌無為的人。〔註59〕如程國祥「委蛇其間，自守而已」，「召對無一言」〔註60〕蔡國用「居位清謹，與同列張四知，皆庸才碌碌無所見。」范復粹被人勃奏為「學淺才疏，伴食中書，遺譏海內。」〔註61〕最後一任首輔為魏藻德，他在位「一無建白，但倡議令百官捐助而已。」〔註62〕

　　有趣的是，閣臣在閣時間最長和最短分布於明代兩端，即開始和結束，最長的閣臣群體出現在明初，最短更迭速度最快的群體在明末，兩者構成鮮明對比，這與明代臺閣文學的分布一致，閣臣詩歌唱和的高峰在明初，消歇恰恰是在崇禎時期。

五、閣臣的機緣關係

　　閣臣關係錯綜複雜。閣臣關係網路主要有親戚、同鄉、同年、同

〔註58〕時亮，郭培：《明代閣臣群體的構成特點及其成因和影響》，《北方論叢》，2015年，第3期。
〔註59〕紀榮：《崇禎時期的閣臣群體》，2009年西北師範大學碩士論文。
〔註60〕（清）張廷玉等：《明史》卷二五三《程國祥傳》。
〔註61〕（清）張廷玉等：《明史》卷二五三《范復粹傳》。
〔註62〕（清）張廷玉等：《明史》卷二五三《魏藻德傳》。

僚四種交織而成，它們彼此之間交叉重疊，有的既是同鄉，又是同年，還是親戚；有的既是同僚，又是親戚；有的既是親戚，又是同僚和同年等。仔細梳理其關係網絡，則發現其主要由為地緣關係、學緣關係、事緣關係來維繫的。

（一）地緣關係

地緣關係是個人構建生活圈子的基礎。費孝通「差序格局」概念中有提及地緣，他認為：「在此格局中，每個人都以自己為中心，通過血緣和地緣關係建構出一個屬於自己的圈子。」﹝註63﹞這就是說，在鄉土中國的社會裏，地緣起著重要的作用。地緣關係對明代閣臣群體的形成有也同樣重要。有學者統計指出：「幾乎每一位皇帝在位期間，內閣官僚群體成員的籍貫都有相對集中的地區。永樂時，七人中有五人屬於江西；景泰時，八人中三人屬浙江；成化時，六人中三人屬江西；正德時有河南三人；萬曆時浙江六人；泰昌時六人中三人屬浙江；天啟時，四人集中屬河北；崇禎時屬江蘇者九人，數量之多遠遠超出了其他地區。」﹝註64﹞顯然，這種集中性並非偶然，有著人為的因素。王世貞《弇山堂別集·內閣首輔太宰同鄉》卷三中歷數了永樂初至萬曆間，閣臣援引同鄉入閣的例子，可見鄉緣在閣臣群體形成中的重要性。

（二）學緣關係

學緣關係是在古代私塾、科舉和書院等空間形態下建構起來的關係網絡，在中國尊師重道的傳統中顯得尤為重要。學緣關係主要包括師生關係和同門關係。就閣臣來說，除明初楊士奇等個別情況外，閣臣在入閣前都是按照傳統的考科舉、做庶吉士、任職翰林院等路途一步一步走向內閣的，故在此過程中其關係網絡基本已經建成，與同榜進士有同年之誼、與主考官有師生之誼。在擔任閣臣之後，其往往有

﹝註63﹞費孝通：《鄉土中國》，世紀出版集團，2007 年，第 25 頁。
﹝註64﹞江力心：《明代內閣官僚群體形成因素析論》，《史學集刊》，1996 第
　　　　3 期，第 14～17 頁。

主持科舉考試和教育庶吉士的義務，故他們又成了未來閣臣的座師、館師、閣師，以其為中心建立起新的師生關係網絡。閣臣的學緣關係與傳統學緣關不同，不論是入閣前的學緣，還是入閣後的學緣，它們都是建立在科舉上，進一步講，就是建立在政治因素之上的關係，而這一關係往往成為其日後進閣或擴張勢力的基石，亦或者說是他們的政治資本。

　　座師援引門生入閣的例子比比皆是。王世貞《弇山堂別集》卷三「師弟同居內閣」云：「李文達賢以吏書、學士入內閣，而薛文清瑄以禮侍、學士繼之，李公，薛公之講學門人也。楊少師廷和為靳宮保貴座主，靳公又嘗受業楊少師一清，二楊先後入，皆同官。近袁少傅煒為少師徐公階督學所取士，少保江陵張公居正為徐公教習庶吉士。弘治乙丑，少傅謝公遷廷試讀卷，己丑與是科進士翟公鑾同居內閣。」〔註65〕可見，師生之誼是內閣利益集團的向心力。值得說明的是，還有一種特殊的師生關係，即閣臣和皇帝的師生情，其在閣臣入閣中也起到相當重要的作用。比如，張瑛和陳山的入閣就是皇帝宣宗的親簡；高拱的入閣得益於穆宗的提拔。由此可見，學緣關係在閣臣入閣方面的重要性。〔註66〕

　　同年在閣的例子不在少數，諸如永樂首批閣臣胡廣、楊榮、金幼孜、黃淮四人為建文二年進士；嘉靖閣臣申時行、王錫爵、余有丁同為嘉靖壬戌二十二年進士，等等。所謂「同年」，又稱「同寅」，是同榜進士之間的稱謂，其最早源自於唐代，「以科目為弟昆師友，以道義為父子師友」〔註67〕，故彼此之間關係非常親密。直白的說，同年關係是從科舉考試發展而來，故其往往借助於文學來維繫。

　　翻檢明代閣臣別集，大多數是應酬文字，為出京官員或在京官員家人或親戚所作送別序、跋、唱和詩等，其中一部分是基於同年

〔註65〕（明）王世貞：《弇山堂別集》卷三，清文淵閣四庫全書本，第8～9頁。
〔註66〕洪早清：《明代閣臣群體研究》，華中師範大學出版，2012年，第27～46頁。
〔註67〕（元）歐陽玄撰：《歐陽玄集》，嶽麓書社，2010年版，第163頁。

之情的。其中，以弘治時期，閣臣李東陽與其同年的交往最有代表性。李東陽為天順八年（1463）進士，於成化元年（1465）散館，供職翰林院。與其一同留在翰院的還有同榜進士彭教、羅璟、陸釴、倪岳、謝鐸、焦芳、陳音、吳希賢、劉淳、傅瀚、張泰等十餘人。這些同年經常聚集一堂，舉辦同年節日唱和。陳音在《中秋遇雨詩序》中云：「成化初，予同年官翰林者凡十人，每節序，迭為賓主以相樂。」〔註68〕彭教在《席上詠史詩序》中云：「成化丁亥十一月甲子，南至。翰林諸同年沿故約，來會飲予家。」〔註69〕由此可見，詩歌唱和是同年交流的主要媒介。同年關係不僅用於文學切磋上，而且在仕途上也起到一定的作用。比如，謝鐸在仕途上是「三進三退」，其之所以能三進，主要是因為同年李東陽的推薦。當然同年關係並非都是和諧的，他們入閣以後由於觀念不同，彼此之間亦是政敵，比如永樂朝的胡廣和黃淮，胡氏曾多次在永樂皇帝面前詆毀黃淮；正德時期的閣臣李東陽和焦芳，焦芳與劉瑾沆瀣一氣，排斥和打壓作為政敵的李東陽。由此可見，學緣關係是一把雙刃劍，有好的一面，亦有壞的一面。

（三）業緣關係

業緣關係是以人們廣泛的社會分工為基礎而形成的社會關係，它是在血緣關係和地緣關係的基礎上發展起來的，與傳統社會的自然分工有重要差別。明代社會分工並不明確，但士、農、工、商社會階層卻非常明顯，其中士作為四民之首，具有很高的社會地位。除傳統的地緣和學緣關係外，這一階層的運作還需要業緣關係的存在。業緣關係就是同事關係。因同事關係良好，進入內閣的人也不在少數。比如，英宗正統初年，王振把持政權，企圖將「三楊」擠出內閣，楊士奇推薦苗衷、馬愉、曹鼐、陳循四人入閣。《明史》載：「英宗即位，開經

〔註68〕陳音：《愧齋文萃》卷三，明嘉靖刻本，第13頁。
〔註69〕彭教《東瀧遺稿》卷一，《四庫全書存目叢書》本，第25頁。

筵，楊士奇薦及苗衷、馬愉、曹鼐四人侍講讀。」〔註70〕也就是說，平時四人同為侍讀，彼此相知，所以楊士奇推薦其三人入閣。此外，因業緣推薦入閣還有不少，比如徐有貞薦李賢；張居正推薦張四維、申時行；申時行推薦趙志皋、張位等。〔註71〕

　　閣臣在實際的工作中與皇帝亦建立事務性關係，借由這層特殊關係亦可進入內閣。一是以東宮舊僚的身份加入閣臣群體。比如弘治初，隨朱祐樘繼位，曾在東宮任職的劉忠、楊廷和、蔣冕等人相繼入閣；隆慶間，皇帝的東宮舊部，如陳以勤、張居正等人入閣。二是以滿足皇帝的特殊需要而加入閣臣群體。如嘉靖前朝，大禮儀事件中，站在皇帝立場的張璁、萼桂、方獻夫等人，相繼入閣；嘉靖後期，世宗在道士的引導下，好道術，喜歡「青詞」，投其所好得以入閣的有嚴嵩、徐階、袁煒、郭樸、李春芳等。

　　概而言之，閣臣的關係網絡是由鄉緣、學緣、業緣三種網絡交織而成，是其主要的生存環境和生活空間。〔註72〕

第三節　明代閣臣的應制職能

　　明代閣臣職能眾多，既有行政職務，比如草擬詔書、票擬、舉薦官員、參與會審、代行祭祀、參與國家軍國大事議決、封駁諭旨、主持經筵、擔任總裁官、為宗室請封和臣子請諡、扈從出行、收藏檔案文件、總領科舉考試等〔註73〕，又有文學職能，「凡贊翊皇猷、敷敘人文、論思獻納、修纂制誥書翰等事，無所不掌。」〔註74〕當然，此

〔註70〕（清）張廷玉等：《明史》卷二百三十二，中華書局，1974年，第4533頁。

〔註71〕洪早清：《明代閣臣群體研究》，華中師範大學出版，2012年，第45頁。

〔註72〕洪早清：《明代閣臣群體研究》，華中師範大學出版，2012年，第30～47頁。

〔註73〕王興亞：《明代行政管理制度》，中州古籍出版社，1999年，第12頁。

〔註74〕傅璇琮，施純德編：《翰學三書》，遼寧教育出版社，2003年版，第3頁。

處的文學並非現代意義上的文學，而是廣義上的文學。「應制」是贊
翊皇猷的一種呈現方式。對於「應制」，黃佐《翰林記》中解釋最為
精準，他說：「凡被命有所述作，則謂之應制。」〔註75〕閣臣應制範
圍較廣，「凡上徽號、議勸進箋、登極表並一應奉旨應制文字，俱從
內閣撰進」〔註76〕。此外，還有詩、賦等其他文學形式的應制。在這
些應制文體中，詩文是適用頻率最高的，「唐宋人詩文有以應制為標
題的」，元代沒有應制，至明代，尤其是永樂、宣德、嘉靖、萬曆四
朝，應制詩文，尤其是應制詩激增。在內容上，「唐宋人應制詩，多
數根本就沒有歌功頌德，極少數的詩文歌功頌德成分都微乎其微」〔註
77〕，至明代，應制詩在內容上以頌讚為主，歌功頌德，粉飾太平不
絕如縷。即便內容都以歌頌為主，但皇帝喜好不同，應制的內容和形
式，也就呈現出不同面貌。

一、永樂朝閣臣的祥瑞應制

永樂朝是閣臣應制的高峰期。在此之前，儘管朱元璋周圍亦有文
人集團，其間也有君臣之間的文學互動，但幾乎沒有受命而作的祥瑞
應制。至永樂朝，應制驟增，題材甚眾，有軍事大捷、地方獻瑞、外
邦進貢、節日朝賀、扈從巡幸等，全方位立體式的展示出永樂朝勃勃
的生機和皇帝的文治武功。事實上，這些好事之所以在永樂朝蜂擁而
至，並得到上層精英人士人從閣臣到六部文人的搖旗吶喊和賣力鼓吹，
離不開永樂的皇帝默許和鼓勵。朱棣以「靖難之役」代替其姪子朱允
炆登上皇位，這有違「立嫡立長」宗法傳統，故名不正言不順，遭到
多方詬病，為使帝位合法化，其不得不借助「天人感應」原理，通過
遍地開花的祥瑞證明自身執政得到上天的認可，而祥瑞需要輿論鼓吹，
故以閣臣為首的文官集團開啟了黼黻皇猷，粉飾太平的應制模式。也

〔註75〕（明）黃佐：《翰林記》卷十一，中華書局，1985 年，第 142 頁。
〔註76〕（明）申時行：《大明會典》卷二百二十一：明萬曆內府刻本，第 3
　　　　頁。
〔註77〕陳傳席：《席文集 1 文學卷》，安徽美術出版社，2007 年版，第 76 頁。

就是說，祥瑞應制成為政治的工具，而閣臣充當皇帝喉舌，為其發聲。
最早的祥瑞應制產生於永樂二年，周王朱橚獲得騶虞並進獻給朝廷，
當時「百僚稱賀，以為皇上至仁格天所至」，由此拉開祥瑞應制的序
幕。對進獻，朱棣表面謙讓，說著「騶虞若果為祥，在朕更當加慎」
的話，但從「是日宴王於文華殿，賜其從官宴於中右門」和其後又屢
加賞賜的行為看，其對這種進程獻瑞是非常鼓勵的。〔註78〕在其默許
下，深知帝意的閣臣們開始領頭主動獻詩，並得到皇帝嘉獎。黃佐《翰
林記》卷十一「進呈書詩文字」條云：「已而甘露屢降，嘉禾呈瑞，
外國獻麒麟、白雉、元兔、白鹿、白象、靈犀、白兔之屬，榮與學士
胡廣等咸為詩歌以進，上嘉之。」〔註79〕朱彝尊《靜志居詩話》卷六
《夏原吉》亦云：「長陵靖難而後，瑞應獨多。黃河清，甘露降，嘉
禾生，醴泉出，卿雲見，野蠶成繭，麒麟騶虞，青鸞、青獅、白雉、
白燕、白鹿、白象、玄兔、玄犀，史不一書。甚矣！天之難諶也。當
時詞臣爭獻賦頌。」〔註80〕可知，祥瑞應制是在皇帝鼓舞下增長起來
的。值得注意的是，永樂三年（1405），鄭和下西洋，與海外有了聯
繫，海外進貢紛至沓來，詠海外獅子、大象等的應制之作大量涌現，
具體以表格形式呈現：

表 1-1：永樂時期閣臣應制作品一覽表

類型	年份	徵引文獻
祥瑞應制	永樂二年八月	胡廣《騶虞詩》有序、胡儼《騶虞頌》、黃淮《騶虞頌》有序、楊士奇《騶虞詩》並序、唐文鳳《騶虞頌》、高得暘《騶虞賦》、王偁《騶虞歌》、李昌祺《騶虞歌命補作》

〔註78〕湯志波：《明永樂至成化間臺閣詩學思想研究》，上海古籍出版社，
2016 年，第 70 頁。

〔註79〕傅璇琮，施純德：《翰學三書》，遼寧教育出版社，2003 年版，第 137
頁。

〔註80〕（清）朱彝尊：《靜志居詩話》卷六，人民文學出版社，1990 年，第
149 頁。

永樂二年秋	胡廣《神龜頌》有序、楊榮《神龜詩》有序、黃淮《神龜詩》有序、楊士奇《神龜頌》有序、金幼孜《神龜詩》有序、曾棨《神龜詩》、梁潛《神龜賦》有序、金實《神龜詩》、唐文鳳《寶石神龜頌》、王褒《神龜贊》有序
永樂三年正月	解縉《河清頌》有序、胡廣《河清賦》有序、楊士奇《河清賦》、黃淮《河清詩》有序、曾棨《黃河清賦》有序、章敞《河清賦》
永樂四年	楊士奇《出師頌》有序
永樂五年二月	胡廣《聖孝瑞應歌》有序（獻）
永樂八年三月二十九	楊榮《神應泉詩》有序
永樂十年十月	胡廣《瑞應甘露頌》、楊榮《甘露詩》有序、楊士奇《甘露賦》有序、曾棨《甘露頌》有序
永樂十一年	楊士奇《騶虞頌》有序、楊榮《瑞應騶虞詩》有序、金幼孜《騶虞詩》有序、陳敬宗《騶虞賦》、曾棨《騶虞歌》、鄭棠《騶虞頌》有序（二篇）、王紱《騶虞歌》
永樂十二年至永樂十三年	胡廣《麒麟賦》有序、楊榮《瑞應麒麟詩》有序、金幼孜《麒麟贊》（有序）、王洪《瑞應麒麟賦》
永樂十三年八月	胡廣《賀壽星表》、王直《賀壽星表》
永樂十三年九月	胡廣《獅子贊》有序、金幼孜《獅子賦》有序
永樂十六年九月	金幼孜作《瑞象賦》有序、王洪《瑞象賦》
永樂十七年	金幼孜作《獅子贊》有序、王直《獅子贊》
永樂十七年四月	金幼孜作《白烏頌》（有序）、王直《瑞應白烏頌有序》
永樂十七年八月	金幼孜《駝雞賦》、余學夔《駝雞》

　　以上可知，應制的高峰主要集中在永樂二年（1404）至永樂十七年（1419）十年間，也就是永樂朝的前中期，永樂十七年（1420）之後，閣臣應制銳減。之所以減少，主要有兩個原因，一方面是永樂皇帝皇位已穩，無須通過祥瑞來粉飾當下，另一方面，政治環境日益嚴

峻，詞臣們生存環境日漸逼仄，沒有精力去創作了，比如永樂十二年東宮潛邸的黃淮和楊溥等下獄十年、永樂十三年解縉瘐死、永樂十六年梁潛冤死等，除必要所作外，其進呈熱情也隨之衰退，作品也隨之減少。

　　這一時期，祥瑞應制有兩個鮮明特徵：一是應制人員身份多樣，其中以閣臣為主，比如胡廣、楊榮、金幼孜、楊士奇等，以翰林官員和部院為輔，比如陳敬宗、曾棨、王洪、王直、王英、夏原吉等，這些人恰恰是閣臣詩歌唱和的主要成員，同時又是臺閣文學的成員和骨幹分子。二是應制文體不限。以閣臣為首的詞臣應制文體多樣，有詩、賦、頌、贊、表等。

二、宣德朝閣臣的元夕和遊覽應制

　　至宣德，應制內容由永樂時期祥瑞、軍事為主的應制，轉向以元夕應制、遊覽應制等雅遊應制。宣德時期，大明已歷經太祖朱元璋、太宗朱棣的勤政，政治、經濟、文化等各方面呈現蒸蒸日上的態勢。王直在《送曾學士詩序》中說：「承以太宗之聖，深仁厚澤，洽於天下，五六十年之間，人物生息，所在繁滋，以至於今，蓋太平極盛之時也。」〔註81〕王洪在為胡儼作《胡祭酒詩集序》中亦說：「聖明混一四海，肇復先王之制，興禮立學，以風厲學者，至於今五十餘年之間，政教之隆，並乎三代；年穀豐稔，民物滋殖。」〔註82〕也就是說，至宣德，大明四境已相對穩定，人民生活富足，宣宗已是守成君主，無須開疆闢土，南征北戰，加之皇位名正言順承繼而來，故永樂時期象徵天人感應的祥瑞題材銳減，征戰和扈從的內容亦消歇了，取而代之的是祥和的節日和君臣遊藝的應制。下面以表格形式，瞭解宣宗時期閣臣的應制作品。

〔註81〕王直：《抑庵文集》卷四，清文淵閣四庫全書本，第34頁。
〔註82〕王洪：《胡祭酒詩集序》，《毅齋集》卷五，清文淵閣四庫全書本，第24頁。

表 1-2：宣德時期應制創作一覽表

類型	年份	徵引文獻
元夕應制	宣德三年	楊榮《元夕賜觀燈》
	宣德四年正月	楊士奇《元夕觀燈詩》有序（十首）、楊榮《元夕賜觀燈》、《元夕賜觀燈》（四首）、《元夕賜觀燈》（五首）、《上元賜觀燈》、金幼孜《元夕賜觀燈》（十首）、《元夕午門賜觀燈》五首、《拜和聖製元夕觀燈詩》、《元夕午門觀燈應制》十二首、《元夕觀燈應制》、《元夕賜觀燈廿六韻》
遊覽應制	宣德三年三月	楊士奇《賜從遊萬歲山詞》（十章 有序）、《賜遊西苑同諸學士作》（四首）、《從遊西苑》（三首）、《侍遊西苑應制》（九首）、《元宵侍宴萬歲山》（五首）、楊榮《賜遊萬歲山詩》有序
	宣德三年七月十一日	楊榮《賜遊東苑詩》（有序）、楊士奇《賜遊東苑詩》（九首 有序）
	宣德八年四月	楊士奇《賜遊西苑詩序》、楊榮《賜遊西苑詩》（有序）、王直《賜遊西苑詩引》
祥瑞應制	宣德四年正月	楊溥《瑞應騶虞詩》（有序）
	宣德四年七月	楊士奇《瑞應白烏賦》（有序）
	宣德五年十二月二十一日	楊士奇《瑞星詩》（有序）、王直《瑞星詩》有序、陳循《瑞星頌》有序
	宣德五年十二月	楊士奇《瑞雪頌》、金幼孜《瑞雪應制詩》（有序）、陳循《奉和聖製喜雪歌》（有序）、劉球《瑞雪頌》（有序）
	宣德八年八月初八	楊士奇《瑞應景星頌》（有序）、李時勉《瑞應景星賦》（有序）、王直《瑞應景星賦》（有序）、孫瑴《瑞應景星賦》
	宣德八年	《瑞應麒麟詩》十六冊 獻
	宣德九年八月	楊士奇《龍馬歌》、李時勉《龍馬頌》

　　從上可知，元夕應制和遊覽應制是這一時期的主流，應制人員多是永樂朝的舊人，其歌頌內容多是展現和睦的君臣關係。之所以如此，有兩重目的。一是宣宗有意拉近與閣臣的距離。宣宗作為守成君主，沒有太祖、太宗的魄力和能力，而想要穩定和治理好國家，必然依靠豐富行政能力的閣臣，故其在元夕節日間，多賜閣臣共同賞燈，以示對閣臣的恩寵。二是抑制閣臣權力。儘管仁宗在朝只有一年，但是其在朝其間擴大了閣臣的權力，提高閣臣品級，給予閣臣極大信任。至宣宗，其傚仿朱元璋和朱棣皇權獨攬，不許臣下掌握一點實權，所以，以「尚典繁劇」，「圖善始終」為名，把這幾位老臣供奉起來。〔註83〕但是，架空閣臣不能過於明顯，畢竟其既是在永樂朝支持東宮，幫助其父朱高熾順利登上皇位的人，又是在其初登皇位之時，協助其平定漢王朱高煦叛亂穩定國家的功臣。所以，一方面，採用獎賞政策，肯定他們的功績。三年（1428）三月，宣宗賜閣臣楊士奇、楊榮等人遊萬歲山、西苑，七月，他又賜遊東苑，其間閣臣作應制詩稱頌。另一方面，以恩榮之名，行架空之實。賜遊後不久，他於同年的十月七日便對顧命大臣的職務做了一次重大的變動。他說：

　　　　卿等祗事祖宗，多歷年所，忠謨讜議，積效勤誠。朕
　　　嗣統以來，尤資贊輔，夙夜在念，圖善始終。蓋以卿春秋
　　　高，尚典繁劇，優老待賢，禮非攸當。況師保之重，寅亮
　　　為職，不煩庶政，乃副倚毗。可輟所務，朝夕在朕左右，
　　　相與討論治理，共寧邦家，職名俸祿悉如舊。卿其專精神，
　　　審思慮，益致嘉猷，用稱朕眷注老成之意。〔註84〕

這樣久任殿閣大學的楊士奇（時年六十四歲）、楊榮（時年五十八歲）和吏部尚書蹇義（時年六十六歲）、戶部尚書夏原吉（時年六十三歲）成了朱瞻基的顧問。由此可見，應制的背後實則是政治的推動。

〔註83〕王其榘：《明代內閣制度史》，中華書局，1989年，第65～66頁。
〔註84〕（明）張元忭：《館閣漫錄》卷二，明不二齋刻本，第10頁。

三、嘉靖朝青詞應制

宣德以後至嘉靖，有英宗、代宗、憲宗、孝宗、武宗五位皇帝，他們很少與閣臣交流，更不用說文學了。進一步講，英宗以幼沖即位，被王振左右，甚少與閣臣交流；代宗為廢除英宗太子朱見深，以己子取而代之，故主要以金錢籠絡閣臣；憲宗在位二十三年，「這位皇帝的新作風，就是不召見閣臣。開創作了一個皇帝不接見大臣的惡例」〔註85〕；有「弘治中興」之名的孝宗亦甚少與閣臣交流；武宗荒唐，甚少與閣臣進行文學交流。所以，七十多年間，幾乎沒有應制，至嘉靖，世宗熱衷文學，閣臣應制增多，有祥瑞、遊覽、元夕、伴駕、青詞等，沉寂已久的閣臣應制復甦。

表 1-3：嘉靖時期閣臣應制一覽表

類型	年份	徵引文獻
祥瑞應制	嘉靖十二年	夏言《白鹿賦》（有序）、廖道南《瑞應白鹿賦》
遊覽應制	嘉靖十二年夏	張孚敬《召遊西苑》、夏言《恭和御製孟夏遊西苑樂府三闋》
青詞應制		張孚敬《恭和御製步虛詞五言律》（二首）、夏言《恭和御製鍾粹宮成奉安玄真》（二首）
元夕應制		張孚敬《恭和御製》（二首）、夏言《恭和御製元夕宮中閣子懸之彩燈詩》（一十二首）
伴駕應制		夏言《恭和御題漢江》、嚴嵩《恭和御題漢江》
	嘉靖己亥三月十四	夏言《恭和御製朝泛舟於金海》（五首）、嚴嵩《恭和聖製朝泛舟於金海》（二首）、孫承恩《恭和聖製朝泛金海詩》（二首）
	嘉靖己亥三月	夏言《恭和御製初閱純德山喜而自得詩》、嚴嵩《恭和聖製初閱純德山喜而自得》有序
	嘉靖己亥三月	夏言《恭和御製春分祭大明道中作》、廖道南《御製春分祭大明道中作恭和》（一章）
	嘉靖己亥中秋	夏言《恭和御製中秋思母歌》、嚴嵩《恭和聖製中秋思母歌》

〔註85〕王其榘著：《明代內閣制度史》，中華書局，1989 年版，第 121 頁。

可知，嘉靖時期應制可分為兩個時期。嘉靖前期，閣臣應制內容主要凸顯皇帝仁孝。這與皇帝以外藩入繼大統有關。正德十六年（1521），世宗以外藩入繼，成為皇帝。其登基後不久，便因父親興獻王的封號問題與大臣展開了曠日持久的禮儀之爭。故而，這時的應制詩更多地凸顯皇帝的孝。

嘉靖中後期，隨著世宗沉迷於玄修，閣臣應制內容為之一變，主要以玄修的青詞為主。嘉靖十八年（1536），世宗齋居西內，不時召大臣應制，撰寫青詞。十二月除夕，下令在無逸殿內，賜給應制大臣居直廬以待召見。〔註86〕當時，閣臣夏言、翟鑾是主要的應制大臣。其後，撰寫青詞成為閣臣應制的主要內容，同時也是入閣的主要途徑。比如，袁煒、嚴訥、李春芳、郭樸等善於撰寫青詞，得以入閣，被稱為「青瓷宰相」。由此可知，嘉靖中後期，應制在閣臣的升遷起著重要的作用。

四、萬曆朝題畫應制

萬曆初期，神宗留心文藝，喜歡鳥、馬、兔等動物類圖畫，常命閣臣應制，故閣臣應制詩主要以題畫為主。沈德符《萬曆野獲編》「翰林應制」條云：「今上大婚以後，留意文史篇什，遇元旦、端陽、冬至，必命辭臣進對聯及詩詞之屬，間出內帑所藏書畫，令之題詠，或遊宴即宣索進呈。至講筵尤為隆重，宴賞之外，間有橫賜。先人與同年諸公無日不從事楮墨，而禁臠法醞，亦時時及門。」〔註87〕對於當時應制情況，于慎行《應制題畫四首》記載甚詳：「萬曆戊寅正月，上出內府畫冊二十六幅，命日講六臣分題奏上，各賜銀豆一包。時同事者，宮詹吳門申公、宮諭信陽何公、宮洗新都許公、宮贊武陵陳公、翰撰南充陳公也。予分得四題如左。」〔註88〕他們的作品具體如下：

〔註86〕王其矩：《明代內閣制度史》，中華書局，1989年，第203頁。
〔註87〕（明）沈德符：《萬曆野獲編》，中華書局，1959年，第267頁。
〔註88〕（明）于慎行：《穀城山館詩集》卷六，清文淵閣四庫全書本，第9頁。

表 1-4：萬曆時期閣臣應制題畫詩一覽

類型	年份	徵引文獻
題畫應制		張居正《應制題四景翎毛》、申時行《應制題四景翎毛四首》
		張居正《應制題畫馬》、申時行《大閱白馬恭題宣皇帝御筆》、王家屏《應制題宣廟御筆花驄馬》
		張居正《玄兔》、申時行《應制題玄兔》、余有丁《詠玄兔圖應制》王家屏《應制題玄兔》
		張居正《應制題百子圖》、余有丁《畫百子圖歌應制》、申時行《應制題百子圖》王家屏《應制題宣廟四季百子圖》（二首）
	萬曆六年	于慎行《應制題畫》（四首　有序）

　　縱觀有明一代，閣臣應制主要集中在永樂、宣宗、嘉靖、萬曆四朝。應制的多寡與皇帝需求有密切關聯。太宗借祥瑞應制，證明政治地位的合法性；宣宗通過節日應制拉近與閣臣的關係；世宗應制主要為其玄修服務；萬曆皇帝的題畫詩應制是滿足對文藝的熱愛。由此可知，應制內容隨皇帝喜好而變。

第四節　明代閣臣唱和特徵

　　自建文四年（1402）九月內閣伊始，至崇禎十六年（1644）明代滅亡，其間 242 年，閣臣唱和從未間斷，由於與政治關聯密切，故其在明代文學歷史的長河中或隱或現。具體來講，在明代前期尤其是永樂朝至正統朝約 30 餘年間，閣臣唱和與政治關係親密，受到翰林大夫的推重，唱和者甚眾，影響甚廣；其後閣臣唱和和政治關係逐漸疏離，退回至原初士大夫飲酒唱和的本來面貌，僅是朋友間交流方式。從關係親密到疏離的轉變，不僅反映出明代政治與文學的關係，亦反映出閣臣唱和的特殊性。由於政治因素的注入，明代閣臣唱和有政治功用性、權力導向性、發展不平衡性三大特徵。

一、政治功用性

明代閣臣是一群特殊文人，擔負文學之職，既有國家大製作、大議論，又有應制詩、文、賦等，目的在於「歌頌盛世」「黼黻皇猷」「粉飾太平」，直白的說，就是以文學的形式歌功頌德，換言之，「為政治而文藝」。從閣臣文集中看，其歌頌文體有詩、賦、頌等多種，其中詩最為常用。這些詩以唱和詩居多。從唱和的題目看，其多是同僚間的唱和。由於閣臣文學中含有「為政治而藝術」的母胎特性，其詩歌唱和尤其是明代前期的詩歌唱和，往往並不單純，帶有一定政治功利性，這功利性主要體現在之於個人和國家上。

就個人而言，詩歌唱和有利於閣臣升遷和人際關係的和諧。其一是閣臣唱和有利於仕途。茲以胡廣為例。永樂時期，在朱棣的鼓勵下，各地祥瑞噴湧而出，閣臣應制活動增多。朱棣對應制頗為看重，評比排名詞臣所作，胡廣在眾人中脫穎而出。據《國史唯疑》記載：「永樂四年，集儒臣及修書秀才數十人於丹墀內，同賦《白象詩》，胡廣第一。」〔註89〕胡廣在數十位應制者中脫穎而出，排名第一，顯示出其不凡的文學才能，成為朱棣的寵臣，其後官運亨通，一直做到內閣元輔。除應制外，胡廣在日常的僚友唱和中，亦有意取悅皇帝，以北京八景詩唱和為例。這次唱和，由翰林官鄒緝於永樂十二年（1414）發起，參與者有胡廣、楊榮、金幼孜、胡儼等十二人，收詩一百一十二首，其中胡廣作了兩組，並為之作《北京八景圖詩序》。胡廣之所以一和再和，賣力地向世人展現北京的景色和歷史，並非發自內心地熱愛北京，實則是為了迎合皇帝，為遷都北京造勢。由此可知，詩歌唱和對閣臣的仕途有一定裨益。但有明一代十六位皇帝中，僅有太祖、太宗、仁宗、宣宗、世宗零星的幾位皇帝，熱衷於與閣臣詩歌互動，所以唱和的政治功用性有時並不太顯著。

其二是閣臣唱和有利於建立和諧的交遊網絡。以楊榮唱和為例。

〔註89〕（明）黃景昉著，陳士楷、熊德基點校：《國史唯疑》，上海古籍出版社，2002 年，第 39 頁。

翻檢楊榮《楊文敏集》，有不少的唱和詩。這些唱和主要集中在仁、宣、正統時期，其中多是與楊士奇互動之作。其之所以與楊士奇頻繁互動，原因有二：一是楊士奇為內閣元輔，深得仁、宣二宗信任；二是楊士奇管理人事任勉事務，對其有一定的好處。比如，宣德五年（1430）六月，宣宗召楊士奇至文華殿，屏去左右，與其密議楊榮蓄馬之事，其時楊士奇並未落井下石，而是歷數楊榮優點，幫其化解了危機，楊榮得知此事後，更加頻繁參與楊士奇組織的唱和活動。由此可見，閣臣間唱和也有一定的功用性。

就國家而言，其有「鳴國家之盛」的職責。翻檢明代前期閣臣別集，諸如楊士奇《東里集》《東里敘集》、楊榮《文敏公集》、楊溥《楊文定公詩集》、金幼孜《金文靖集》等，集中各種文體，諸如詩、賦、序、跋等，內容均以鳴盛為主，風格相似，雍正典雅，感情平和，無太大悲喜。之所以如此，與其創作宗旨有關，他們創作的目的在於「鳴國家之盛」。當然，「鳴盛」是歷代館閣文人的職責，但將其範圍擴大到私人領域的也只有明代前期的閣臣了。其不論是職業寫作，還是私下創作的非職業寫作，不論是公共領域，還是私人領域，他們鳴盛意識一以貫之，故其所有的創作都呈現鳴盛的樣態。

二、權力導向性

閣臣唱和的另一個特徵則是權力的導向性。也就是說，閣臣詩歌唱和是閣臣權力的外在表現，它的盛衰直指內閣元輔權力或閣權的升降，可以說是閣權的風向標。換句話說，閣臣唱和也受制於內閣首輔權力的大小。

這種權力導向性在永樂十九年（1421）至正統間表現的最為顯著。這一時期，內閣制度初步形成，隨著閣臣權力不斷上升，閣臣唱和較為興盛。以楊士奇唱和為例。永樂十九年（1421），朱棣定都北京，意味著南北內閣合而為一，但內閣此時僅有楊士奇、楊榮、金幼孜三人。此時，朱棣將國事多交給太子朱高熾處理，楊士奇從旁協助。這

時，以楊士奇為中心的唱和開始出現，直至正統七年（1442）王振篡權，才告於段落，其間唱和隊伍日漸擴大，由翰林院官員、部院官員最後發展到地方官員等。按其權力的增減，唱和活動大致分為三個階段。第一階段為永樂十九年（1421），楊士奇伴隨太子朱高熾監國之時。這時他主持的唱和主要以翰林同鄉為主。楊士奇住在北京西城，與其比鄰而居的多為翰林官員，如陳光世、曾棨、章敞、張重器、錢習禮、張宗璉、周忱、周敍、余學夔、陳循等人。這些人多半出自江西，與楊士奇為同鄉，楊士奇在七律《次韻行儉移居其四》中云：「萬里能無鄉井意，數家相倚客居安。」〔註90〕王直《移居唱和詩序》中曰：「先生（楊士奇）……，不欲棄餘於遠，思求近宅而處之。」〔註91〕，顯然他們住在西城是楊士奇刻意組織的。這樣，就形成了以楊士奇為中心的江西群體，他們之間雅集不斷，有齋宿唱和、西城雅集、移居唱和等等。第二階段為仁宣時期。楊士奇一躍成為內閣首輔，以強大的感召力擴大了唱和隊伍。唱和成員地位和地域有所變化，突破地域的限制，開始延伸到非江西籍的六部官員。第三階段為正統時期。唱和活動更加頻繁。宣德十年（1435），朱瞻基離世，三楊為顧命大臣，有了票擬之權，可以通過票擬直接影響皇帝，閣權驟然上升。隨之，以楊士奇為首的唱和，如東郭草亭雅集、杏園雅集、真率會等，雅集的時間、場所、唱和方式等成為當時爭相模擬的對象。可以看出，隨著閣臣權力的上升，他們所引領的唱和也會隨之增加。

　　正統七年（1442）至正德十六年（1521），約80年間，閣權一直受到宦權的壓制，雖然內閣制度逐漸完善，但閣臣權力卻沒有增加，難以與宦權抗衡，所以此時閣臣首輔的唱和，不僅難以得到下級官員的呼應，甚至遭到同僚的譏諷，如首輔李賢於天順二年（1458）舉辦

〔註90〕　（明）楊士奇：《東里集》《東里續集》卷五十九，清文淵閣四庫全書本，第 27 頁。

〔註91〕　（明）王直：《抑庵文集》卷四，清文淵閣四庫全書本，第 72～73 頁。

的賞花會，就遭到部院官員的諷刺。通過這一事件，可以反映出閣權的下降。

嘉靖元年（1522）至萬曆前期，閣權壓過宦權，並侵奪六部之權，內閣首輔成為名副其實的宰相。內閣首輔的唱和，得到次輔、部院、下級官員的積極相應。其中最著者莫過於夏言所引領的唱和，據《詞苑萃編·指謫·夏言贈答》云：「詞至夏桂洲（夏言）、嚴介溪（嚴嵩），俱以《百字令》、《木蘭花慢》為贈答之什。如陸儼山、周白川亦無不傚之。」〔註92〕可見，當時唱和之盛況，亦側面反映出閣權之大。

萬曆中後期以後，內閣權力逐漸縮小，首輔唱和未能再掀起浪潮。

三、發展不平衡性

明代閣臣唱和的發展脈絡呈現高低不平的起伏狀。閣臣唱和的高峰在集中在永樂元年（1402）至正統十年（1445），成化元年（1465）至正德十一年（1521），嘉靖前中期這三個時段。

永樂元年（1402）至正統十年（1445），是臺閣唱和的頂峰期。此期間解縉、胡廣、楊榮、楊士奇先後任內閣元輔，其中胡廣和楊士奇任職較久，聚集力較強，前後接續，將其推向頂端。之所以如此，與君臣同心有關。一方面是皇帝有意提倡。縱觀明代十六帝，前期太祖、太宗、仁宗、宣宗等皇帝留心翰墨，時常通過與閣臣唱和或是詩歌評點，激勵文人創作，引導時代文風。其中，仁宗、宣宗最有代表性。仁宗對詩歌有著濃厚的興趣，常與王汝玉、徐善述、梁潛等人討論詩法。宣宗好作詩，凡節令、重要日子，甚至出征，不忘作詩。所以，他們的提倡，帶動了閣臣詩歌唱和的熱情。另一方面是閣臣有意迎合。閣臣自身的社會責任感也至關重要。從身份上講，此時閣臣不僅是皇帝的文學侍從，也是國家意識形態的制訂者、推布者，同時還

〔註92〕孫克強、岳淑珍編著：《金元明人詞話》，南開大學出版社，2012年，第472頁。

掌握著對之的運作權與闡釋權。〔註93〕永樂年間，朱棣命閣臣胡廣、楊榮、金幼孜主持統一經注的活動，即一概用宋儒的注經，從而達到經學與理學的融合。統一後的思想，不僅貫穿於閣臣的日常工作之中，如經筵、修書等，而且還將其意識形態融會貫通，以此要求、指導文藝，達到政治的教化。所以，其提倡詩教觀念，試圖將文藝與意識形態等同起來；在創作上，內容多是「鳴國家之世」，情感上講求含蓄蘊藉，風格上追求「舂容典雅」等。其將這種創作觀念和形式，通過與同鄉、同年、同僚的唱和傳播出去。由於位高權重，他們推布的文學觀念很快得到廣泛的傳播和接受，形成了聲勢浩大的臺閣體。也就是說，皇帝的認可和閣臣的呼應是此時期唱和的基礎，換言之，兩方努力是臺閣唱和的必要條件。

正統十一年（1446）至天順八年（1464），皇帝缺席，閣臣引領唱和的意識亦不高，故閣臣唱和呈現低迷狀態。一是皇帝不在場。英宗、代宗、憲宗很少與閣臣交流，通常依靠宦官傳達信息，助長了宦官的權勢，出現正統的王振、天順的曹吉祥、成化的汪直等大權在握的宦官，故而閣臣唱和少。一是閣臣整體素質不高，如王文、萬安、劉吉、彭華、尹直等，大多借助宦官上位，品格低劣，溜鬚拍馬，文學素養不高，所以很少文學交流。至天順朝，快速下滑的閣權，得以遏制，並出現小幅度的回升，與此同時，唱和亦有所回暖。具體原因有二：侵奪閣權的太監曹吉祥被李賢用計制服，宦權下落，閣權隨之上升；內閣人員較為穩定，有李賢、彭時與呂原三人，一直持續至天順六年（1462），三人在閣其間關係融洽，所以有天順二年（1458）以李賢為首的賞花會。

弘治元年（1488）至正德十一年（1516），內閣唱和增多。這一期的唱和主要以李東陽為首。據《明史・藝文志》，他有《集句錄》《集句後錄》《同聲集》《後同聲集》《聯句錄》《西涯遠意錄》《西涯

<hr />

〔註93〕黃卓越：《明永樂至嘉靖初詩文觀研究》，北京師範大學出版社，2001年，第28頁。

詩箋》《學士柏詩》等八部唱和詩集，雖大多已亡佚，但仍想見當時唱和之盛。其詩集中有大量的唱和詩，多是參加雅集、同年會等唱和之作。但與前期「三楊」唱和相比，其引領的唱和並未達到「三楊」時期的規模和聲勢。這由皇帝的漠視導致的。弘治時，內閣不受重視，孝宗直接略過內閣，與尚書、侍郎討論國事；正德時，宦官篡權，內閣形同虛設。所以，閣臣並無實際權力，而在權力之上滋生的唱和，難以形成最初的規模，僅是小範圍的活動。

正德末至嘉靖前中期，內閣唱和出現兩次高峰，一次由世宗帶動，一次由夏言發起。前者主要集中在嘉靖三年（1524）至嘉靖八年（1528）間，世宗與內閣大臣楊一清、費宏等人連續唱和，產生 9 部唱和集。與前期君臣互動相比，這一時期的君臣唱和不僅沒有得到臣子的積極回應，反而遭到反對，影響甚微。原因有二：一是閣臣關係緊張。這時閣臣間因大禮儀事件，分成兩派，一類以費宏、楊一清等為代表的保守派，另一類以張璁、桂萼為代表的大禮儀派。兩派之間劍拔弩張，水火不容，相互傾軋。這兩派中世宗傾向於大禮儀派。由於大禮儀派反對世宗與費宏、楊一清等人唱和，世宗便放棄了君臣唱和。一則翰林院人員外調。前期「三楊」的內閣唱和之所以聲勢浩大，是因為得到翰林院學士的呼應，所以影響廣泛。此時，翰林院人員不屑與張璁為伍，遭到張氏的排擠，張氏外放了嘉靖五年（1526）和八年（1529）的庶吉士，重創了館閣文學。故而，這時的君臣唱和影響較小。在張璁的勸說下，嘉靖皇帝放棄詩歌創作，其後轉向修道，再無君臣唱和。這時閣臣張璁、桂萼、方獻夫無意於文藝，所以內閣唱和停滯。直至夏言為首輔，閣臣引領的唱和活動再次興起。夏言善於寫詞，所以以他為中心形成了詞人群體。這一群體人員眾多，約有 120 餘人，從在朝官員到地方名流，無所不包。其發起以《百字令》《木蘭花慢》為贈答的活動，據《詞苑萃編·指謫·夏言贈答》云：「詞至夏桂洲（夏言）、嚴介溪（嚴嵩），俱以《百字令》、《木蘭花慢》為贈答之什。如

陸儼山、周白川亦無不傚之。」〔註94〕可見，當時唱和盛況。雖然他發起的唱和牽動各級官員，但未形成氣候，這與夏言在閣時間短、個人性格、政治形式等不無關係。

　　嘉靖末至崇禎末（1644），閣臣唱和逐漸消歇。這主要有兩方面的原因。一方面，皇帝的漠視。從嘉靖至崇禎，其間多任皇帝不與臣子見面，所以更不用談君臣唱和了。另一方面，閣臣關係惡化。這時，形成了一批權相，如張璁、嚴嵩、高拱、張居正等人，他們大權在握，彼此之間相互傾軋，以前相和的閣臣關係，自此蕩然無存，首輔、次輔、群輔間爭權奪利，爭得你死我活，唱和缺乏人際關係的基礎。此外，明代中後期國事衰微，內部黨爭不斷，外部烽煙四起，所以內閣唱和逐漸消歇。

<hr />

〔註94〕孫克強，岳淑珍編著：《金元明人詞話》，南開大學出版社，2012 年，第 472 頁。

第二章　建文四年至正統十年閣臣詩歌唱和

　　建文四年（1402）至正統十年（1445），產生十三位閣臣，分別是：解縉、黃淮、胡廣、金幼孜、胡儼、楊士奇、楊榮、楊溥、馬愉、苗衷、高穀、陳循、曹鼐。其中，馬愉、苗衷、高穀、陳循、曹鼐五人是正統後期產生的閣臣，此一期影響不大，所以放至下一章討論。本章根據元輔的在閣時間，將其分為兩個時期：建文四年（1402）至永樂十六年（1418），以元輔胡廣為中心的詩歌唱和；永樂十六年（1418）至正統十年（1446），以「三楊」為首的唱和。

第一節　以胡廣為中心的詩歌唱和

　　胡廣是明代繼解縉之後的第二位內閣「元輔」，以詩文見長，尤擅作詩，時常與翰院同僚詩酒唱和。由於這些唱和者均是在帝王交替之際以科舉、舉薦、徵召等路徑進入翰林院的同僚，故其唱和詩臺閣化傾向明顯。又由於這些唱和同僚大多是在「靖難之役」中臨陣倒戈的官員，既要背負背主求榮的罵名，又要面對新主對其衷心程度的猜忌和懷疑，故而其公私領域的唱和內容不外乎節會、伴駕、送行、八景、內直五類，以展現國家宏闊的盛世氣象、歌頌壯麗的山河為主，

形成「鳴盛」特質。這種唱和帶有明顯的政治功利性和濃重的表演痕跡，在明代早於「三楊」，當為臺閣體詩歌創作之先鋒。

人們通常將永樂至正統近半個世紀臺閣體的興盛歸功於「三楊」（楊士奇、楊榮、楊溥），殊不知，「三楊」到了洪熙元年後才在政壇和文壇上發揮作用，而在此之前領銜永樂朝臺閣體文學，尤其是臺閣詩創作的實則是「元輔」胡廣。回到明初那段歷史語境中就會發現，胡廣才是臺閣體最早的發起者和推動者，而名震後世的「三楊」此時僅是其羽翼。胡廣（1370～1418）字光大，江西吉水人，建文二年（1400）進士，永樂內閣「元輔」。其才華卓著，以文、書法見長，深受永樂皇帝賞識。但因前有才華橫溢的「元輔」解縉，後有在閣42年之久的「元輔」楊士奇，故不論文學，還是政治，胡廣光芒均被兩者所掩，以至古今學者對其關注較少。與臺閣體代表「三楊」所受的萬眾矚目相比，胡廣文學研究黯淡無光，僅有零星幾篇文章，即使論及明初臺閣體，也往往以楊士奇羽翼目之，然而事實並非如此。本文擬從唱和活動、唱和詩、唱和特質等方面對胡廣之於臺閣詩歌唱和的貢獻和地位加以重估。

一、胡廣唱和活動概述

建文四年（1402）八月，胡廣與解縉、楊榮、楊士奇等七人入閣「參與機務」，成為明代首批內閣大臣之一，永樂五年（1407）升為「元輔」，一直伴隨朱棣左右，直至十六年（1418）逝世，其間曾任《太祖高皇帝實錄》《五經四書性理大全》等明初大製作、大議論的總裁官，又於永樂七年、八年、十一年、十二年、十四年扈從出征或巡幸，以備顧問、紀功德。從其工作性質看，與後世側重政事的內閣不同，此時初興的內閣偏重文事，充其量是皇帝的秘書處。作為秘書之一的胡廣，由於文筆較好，創作很快在眾人中脫穎而出，得到皇帝嘉獎，於永樂五年，提升為「秘書長」，即內閣「元輔」。當然，其晉升的原因有很多，其中文學尤其是粉飾太平的文學佔了極大比重。明黃佐《翰林記》卷十一「進呈書詩文序」條載：「（永樂二年）甘露屢

降，嘉禾呈瑞，外國獻麒麟、白雉、元兔、白鹿、白象、靈犀、白兔之屬，榮與學士胡廣等咸為詩歌以進，上嘉之。」〔註 1〕明焦竑《玉堂叢語》卷三「寵遇」條云：「永樂四年八月，集翰林儒臣及修書秀才十數人於丹墀內，同賦白象詩。擢右庶子胡廣為第一，王洖為第二，餘賞賚有差。」〔註 2〕從皇帝「嘉之」和「第一」看，胡廣屢獲認可的是頌讚祥瑞之作，就可說明這一點。此外，胡廣二十卷《胡文穆公文集》中大量的頌世之作亦可做旁證。在其頌世之作中，詩歌頌世最為突出，占創作總量的一半，有十卷，其中應制詩文和扈從詩各一卷，其餘散見於八卷中。在這些詩中，又以展現國家宏大氣象的雅集唱和詩為最，其中這些詩大多數是首倡詩，既有自覺首倡詩，又有被首倡的詩。這些唱和詩以及其附著的唱和活動清晰展現永樂初、中期在「元輔」胡廣引領下翰院創作日趨臺閣化的全過程，見表1。

表2-1：胡廣唱和活動一覽

唱和活動	時間	地點	首倡	參與者	唱和集	現存唱和詩
元宵唱和	永樂四年（1406）正月十五	黃淮南京宅	胡廣	黃淮 王洖 金幼孜 王褒 曾棨 王紱等	《元宵唱和詩》（已佚） 胡儼《元宵唱和詩序》	王洖《元夕黃庶子淮宅詠蓮花燈和胡學士廣韻》 金幼孜《黃公宗豫元夕卿賞蓮花燈次光大胡公韻》 王褒《元夕黃庶子宅觀紅白蓮花燈》 曾棨《蓮花燈和胡庶子韻》 王紱《用韻賦荷花燈》 胡廣《丙戌元夕黃庶子宅賞芙蓉燈》

〔註 1〕傅璇琮，施純德編：《翰學三書》，遼寧教育出版社，2003 年版，第137 頁。

〔註 2〕（明）焦竑撰，顧思點校：《玉堂叢語》，中華書局，1981 年版，第79 頁。

中秋宴集	永樂七年（1409）正月十九	北京城南公宇	胡廣	金幼孜李時勉梁潛等	《中秋宴集詩》（已佚）梁潛《中秋宴集詩序》	金幼孜《中秋宴集和答胡學士》李時勉《和胡學士中秋韻》
遊萬歲山唱和	永樂七年（1409）三月	北京	胡廣	金幼孜王英王洪胡儼梁潛	鄭雍言《次胡學士廣從遊萬歲山韻》	胡儼《次韻胡學士春日陪駕遊萬歲山》（十首）金幼孜《奉和學士胡公春日陪駕遊萬歲山》（十首）王洪《奉和胡學士光大侍從遊萬歲山詩韻》（十首）梁潛《和胡學士從駕幸萬壽山》
扈從唱和	永樂十年十月十六日陽山二十五日武岡	南京	胡廣	胡儼金幼孜楊士奇等		胡儼《和胡學士扈從獵陽山》《胡學士扈從再獵武岡》金幼孜《扈從狩陽山次韻答胡學士》《扈從再狩武岡次學士胡公韻》楊士奇《從狩陽山和胡學士韻》《從狩武岡和胡學士韻》（二首）夏原吉《和胡學士扈從獵陽山詩韻》《又次胡學士扈從獵武岡山詩韻》
送行唱和	永樂十一年（1410）冬	北京	胡廣	胡廣金幼孜	《贈劉士皆僉憲四川倡和詩》（已佚）	胡廣《贈劉僉事咸之蜀中》陳循《和胡學士韻送劉咸僉事》
北京八景唱和	永樂十二年（1414）十月日	北京	鄒緝	胡廣楊榮金幼孜胡儼曾棨梁潛王洪王英	《燕京八景圖詩》一卷	存詩122首

				王直 王紱 許翰 林環 王紱 等十三人	
山居 八景 唱和		南京	胡廣	楊士奇 金幼孜 胡儼等	楊士奇《胡學士山居六景》《胡學士山居八景之》（二首） 金幼孜《山居八景為大學士胡公光太賦》 胡儼《胡學士山居八詠》等
內閣 新成 唱和		北京	胡廣	胡儼 金幼孜 楊榮等	胡儼《次韻胡學士內閣新成四首》 金幼孜《內閣新成次大學士胡廣公韻》 楊榮《和胡學士四韻》

　　根據對胡廣在閣十七年具有代表性的詩歌唱和列表分析，對其臺閣唱和的引導性認識如下：

　　其一是聚合翰林院官員。從上表可知，與胡廣唱和的主要是翰院官員。從元宵唱和至內直唱和，主要參與者十八人，即黃淮、鄒緝、楊榮、金幼孜、胡儼、曾棨、梁潛、王英、王直等，他們供職於翰林院內閣、左右春坊、史館等各部門，承擔論思獻納、備顧問、修史等職。其之所以以胡廣為中心形成的一個個小的唱和群，除政治因素外，主要依託胡氏關係網絡中的「地緣」和「師緣」。一是由「地緣」的同鄉情串聯起的同鄉群體。「地緣」之於頻繁流動的現代人已沒那麼重要了，但之於安土重遷的古人卻有非凡的意義，一旦其背井離鄉，相同的籍貫便把這些散落天涯的遊子綰結起來，組成一個個小的團體。就與胡廣唱和人員的籍貫看，他們大都產自江西，諸如楊士奇、金幼孜、胡儼、梁潛等，是胡廣的同鄉，所以以其為中心締結成同鄉群，該群成為其唱和網絡中的主要群體。一是由「師緣」的師生情綰起的門生群。「師緣」是維繫中國傳統禮法社會中人際關係的主要鏈條，

其以學緣為紐帶，將沒有血緣和鄉緣關係的人聚合一處，形成一個以師為中心的關係網絡。（明）張元汴《館閣漫錄》云：「（永樂元年）八月，應天府奏請鄉試，上命翰林院侍讀胡廣、編修王達為考試官。」〔註3〕胡廣曾是甲申科的考試官，按中國慣常的科舉傳統，其便與該科士子結成了師生之誼，所以胡廣是曾棨、王英、王直等人的座師，而他們又是的胡廣門生，故而同居翰院的門生構成胡廣詩歌唱和的次要群體。當然，這兩個群體界限並非涇渭分明的，它們之間既又交叉，又有重疊，有人既是胡廣同鄉，又是其門生的，諸如王英、王直、李時勉等。這也就是說，以胡廣為中心的臺閣唱和群實質上是一個由熟人組成的社交群，所以其唱和才能一呼眾應，迅速傳播，且得以延續。在其謝世後，這一網絡群體經楊士奇的接續，迅速成長為洪熙、宣德臺閣體的骨乾和羽翼，繼續沿胡氏指引的道路前進。也就是說，胡廣為稍後臺閣體的興盛積蓄了人員力量。

其二是對臺閣唱和的引領。以胡廣為中心的關係網絡，創作是以他馬首是瞻的，表現在唱和形式和內容的亦步亦趨上。其一是以胡廣偏愛的步韻唱和形式和其詩。翻檢《胡文穆公文集》發現，胡廣幾乎所有的唱和詩不管是首倡、群體和詩，還是個人追和，都是步韻唱和，可見其對步韻的鍾愛，而翰林院集體不約而同地步韻其詩，側面顯示出胡廣創作的向心性。之所以如是說，是因為當對步韻唱和無感的楊士奇執文壇牛耳時，步韻跌落神壇，由楊氏偏愛的用韻和分韻迅速取代，可見「元輔」創作鮮明的導向性。其一是其詩歌一出，便得到同僚積極賡和。明黃佐《翰林記》「搜摭故事」條，即「（永樂四年二月）學士胡廣進《視學詩》，一時詞林諸儒臣咸和之」〔註4〕，就證明了這一點。由此可知，「元輔」胡廣臺閣式創作對翰林官員的創作的引領性。

〔註3〕陳傳席著：《陳傳席文集 1 文學卷》，安徽美術出版社，2007 年版，第 343 頁。

〔註4〕傅璇琮，施純德編：《翰學三書》，遼寧教育出版社，2003 年版，第 137 頁。

　　其三是促進唱和的泛化。從唱和類型看，胡廣的節會、伴駕、送行、山水、內直五類唱和事實上並非職業性寫作，而屬日常寫作。伴駕和內直唱和儘管作於公務之暇，但其以此工作性質為題時，內容未跳出臺閣範疇，這是因為它們是翰林院官員，尤其是閣臣專屬職務，以此醒目的題目為題，多少帶有特意標出的意味，所以一眼就可辨別出。可見，胡廣臺閣式創作向工作之餘寫作的延伸。節日、送行、八景三類皆屬唱和常見題材，單從題目看並無獨特之處，但從內容看，其不出歌頌聖德、歌唱山川、報效祖國等範疇，仍屬臺閣式的，顯示出臺閣創作向假期創作的濡染。由此可見，胡廣臺閣式的職業寫作已經滲入工作之餘和假日的創作，使得其呈現出臺閣氣象，而由於其創作具有導向性，故導致翰院官員公私領域的創作都充斥著臺閣氣。

　　以上可知，胡廣以其特有的號召力將翰院群聚合一處，指引唱和方向，促進臺閣體在翰院的泛化。儘管如此，胡廣的詩歌唱和仍很難與一唱百和影響全國的楊士奇唱和相較。這主要有政治和個人兩重因素。就政治來說，由於朱棣久居陪都北京，將翰林院官員一分為二，一部分隨其駐紮北京，一部分留在南京監國，這直接導致胡廣唱和人員既分散，又不固定，所以唱和人員不及永樂二十年南北內閣合併後楊士奇唱和的一半，故唱和聲勢不可同日而語。就個人而言，胡廣缺乏引領文壇的意識，這主要表現在其嚴謹的創作態度和居家自守的行動上。一方面，胡廣創作態度較為嚴謹，對「不考證其源流，輒採摭典故數語於上文者」頗為不屑，所以「每惡此有來求文者，固拒之。」〔註5〕這與「樂然應之不倦」〔註6〕的楊榮和「往往不得已而應人之求」〔註7〕的楊士奇兩人的創作態度截

〔註5〕胡廣：《胡文穆公文集》，清乾隆十五年刻本，卷十二，第6頁。
〔註6〕（清）黃宗羲編：《明文海》第三冊，中華書局，1987年版，卷二六〇，第2724頁。
〔註7〕（明）楊士奇：《東里續集》，清文淵閣四庫全書補配清文津閣四庫全書本，卷十五，第24頁

然不同。這一態度直接影響他們創作的數量和作品的流佈範圍的大小。另一方面，胡廣不太熱衷社交，退朝後「閉戶讀書賦詩而已。」〔註8〕這兩點意味著其大多數作品只能在京師同僚或家鄉友人間傳播，所以行之不遠，主要流佈於京師。由於政治和個人因素，其唱和群體限定在京師熟人群體，所以唱和影響較小，故在楊士奇聲勢浩大流佈京師內外的唱和衝擊和映襯下，幾乎淹沒在歷史的長河中，而拂去歷史層層的塵埃，則發現胡廣才是臺閣體泛衍的先驅。

二、胡廣唱和詩之「政治鳴盛」特質

所謂「鳴盛」是指鳴國家之盛。韓愈在《送孟東野序》中首次提出「天將和其聲而使鳴國家之盛」這一說法。事實上，該說法早在《禮記·樂記》「治世之音安，以其政和」就已出現，經唐韓愈闡釋後得到臺閣文人的認同，受到廣泛提倡。如以往臺閣官員一樣，鳴盛是明代臺閣文人的職責所在。黃佐《翰林記》「職掌」條載：「學士之職，凡贊翊皇猷、敷教人文、論思獻納、修纂制誥書翰等事，無所不掌。」〔註9〕其中，「贊翊皇猷」即鳴盛，其居於首位，可見其之於學士的重要性。但又與以往臺閣文人職業性的鳴盛不同，其將鳴盛推向極致，公私創作合而為一，翻開此期翰院官員的文集，滿目都是歌功頌德字眼，可見鳴盛的泛化。對此，胡廣起到推波助瀾的作用，在其導引下，創作和政治扣合，成了政治的傳聲筒，展現出安閒心境、山河壯麗等盛世元素，呈現出「和平雅正」「黼黻皇猷」「潤色鴻業」等不同的臺閣側影。

（一）「和平雅正」——胡廣的節會唱和詩

「節會唱和」是士大夫在元宵、上巳、端午等節日匯聚一堂，

〔註8〕郭皓政，甘宏偉編著：《明代狀元史料彙編·上》，武漢大學出版社，2015年版，卷十二，第12頁。

〔註9〕傅璇琮，施純德編：《翰學三書》，遼寧教育出版社，2003年版，第3頁。

詩酒酬答產生的一種唱和。據黃佐《翰林記》卷二十「節會倡和」條，即「永樂七年中秋之夕。學士胡廣合同院之士會于北京城南公宇之後，酒酣，分韻賦詩成卷，學士王景為之序，此節會倡和之始也」〔註10〕，可知黃佐以為明代最早的「節會唱和」是永樂七年「中秋宴集」。需要指出的是，此條記載有兩處錯誤。一是唱和形式記錄錯誤。從金幼孜《中秋宴集和答胡學士》和李時勉《和胡學士中秋韻》的和詩看，其唱和形式為步韻，而非分韻。二是對最早「節會唱和」的時間記錄有誤。早在永樂四年，在黃淮府邸胡廣就發起了「元宵唱和」，這要比其記載早了三年。雖然「節會唱和」的時間有變，可向前推三年，但倡導者胡廣未變，由此可以說胡廣是明代臺閣「節會唱和」的開創者。

「元宵唱和」是永樂四年（1406）元夕，胡廣參加黃淮南京官舍蓮花燈會之時產生，其以蓮花燈為題，首倡一詩，金幼孜、王紱、王褒等依韻和之，結《元宵唱和詩》。該集現已不存，唱和詩散見於諸家集中。擇要列舉如下：

胡廣《丙戌元夕黃庶子宅賞芙蓉燈》

　　五色芙蓉剪綵新，却先桃花豔芳春。已看麗資侵燈焰，似向東風避暑塵。銀燭照時微有影，玉堂對處更宜人。不辭爛漫尊前醉，顛倒陶潛漉酒巾。〔註11〕

金幼孜《黃公宗豫元夕請賞蓮花燈次光大胡公韻》

　　錦簇星房巧樣新，畫堂不夜暖生春。瓊杯貯露承仙掌，絳幕流霞度暗塵。豔質交輝風度席，紅粧低照月隨人。年年此夕陪清燕，傾倒寧辭醉脫巾。〔註12〕

　　胡廣首倡詩呈現出清明氣象，元夕之夜，到處張燈結綵，顏色豔麗的蓮花燈最為耀眼，此時詩人以悠閒的心態，觀賞月影中的蓮花燈，

〔註10〕傅璇琮，施純德編：《翰學三書》，遼寧教育出版社，2003年版，第351頁。

〔註11〕胡廣：《胡文穆公文集》，清乾隆十五年刻本，卷七，第15頁。

〔註12〕（明）金幼孜：《金文靖集》，清文淵閣四庫全書本，卷四，第8頁。

將其美麗的側面付諸於詩，表現出詞氣安閒的心態。〔註13〕其餘和詩風格與之相近，凸顯出節日和樂的氣氛、國家太平的氣象，流露出安然的心態。

「中秋宴集」唱和是永樂七年（1409）中秋，胡廣在北京城南家中舉辦中秋宴集，席間首倡，鄒緝、金幼孜等和之，結《中秋宴集詩》。該集已亡佚，諸家集中亦不多見，僅有胡廣《己丑中秋鄒侍講諸公招飲》、金幼孜《中秋宴集和答胡學士》、李時勉《和胡學士中秋韻》三首。胡廣首倡詩以「幾年玩月在都城，今歲燕臺看月明」起句點出時間地點，流露出悠然的心態，進而以「自是玉堂多樂事，況逢四海頌升平」句收尾，透露出富貴福澤之氣。和詩內容和風格與之相彷彿，亦透露出安閒的心態，呈現雍容典雅的風格。

以上兩次唱和雖內容不同，但其展現的安閒平和心態和和平雅正的風格卻始終如一。事實上，這一不溫不火的平和心境在胡廣領銜編撰的《四書性理大全》中可找到淵源，即士大夫推崇的「性情之正」。《四書大全·大學或問》講正心，是指收其放心。放心，就是心起邪思邪念。正心，就是去掉邪思邪念，以回到自然本心。《性理大全》卷二十九論性理，引朱子說：「性是人之所受，情是性之用。」引程子論性情說：「情者，性之動也，要動之於正而已。」歸於正就是節制情感，去私欲，不要過度。〔註14〕擔任官方意識形態的制定者和潤色鴻業的文學侍從雙重職務的胡廣，是基於四書五經所推行的儒家思想看待和審視一切文學的，所以不僅職業寫作為政治所用，就連非職業寫作也拿來為政治服務，承擔職業寫作的職責，由於職業寫作的受眾是大眾，創作中當然不能含有太多個人喜、怒、哀、樂主觀性的私情，只能以儒家提倡的不徐不慢的和平溫婉創作面貌示人，所以非職業寫作在向其靠攏的過程中也摒棄了私情，呈現出和平雅正的風格。其他和詩亦是如此，呈現出平和之氣。但胡氏在

〔註13〕陳廣宏：《明初閣詩派與臺閣文學》，《文學遺產》，2007年，第5期。
〔註14〕羅宗強：《明代文學思想史下》，中華書局，2013年，第153頁。

和詩中倡導的平和之氣在永樂中期因翰林院官員陷入「奪帝」之爭而一度中斷，直至永樂二十年後，才在以楊士奇為首的詩歌唱和中得以接續，至正統初期達到高峰。由此可見，胡廣「節會唱和」的開創和引領性。

（二）「黼黻皇猷」——胡廣的「祥瑞唱和」詩

「祥瑞唱和」是以祥瑞為主題的唱和，是祥瑞應制向日常寫作延伸的產物。胡廣詩中有不少祥瑞應制之作，既有詠麒麟、白象等動物頌讚，又頌瑞星、甘露等自然現象的歌頌，頗為豐富。雖然胡廣在御前歌頌了祥瑞，但似乎意猶未盡，私下又二度創作，以詩的形式對此再次頌讚，楊榮、金幼孜等同僚皆有和詩，形成頗有聲勢的「祥瑞唱和」。在這些唱和中，以甘露唱和最具典型。永樂十年十月，胡廣扈從朱棣先後狩獵陽山和武岡，應制後，私下又作詩三首，其中第三首即祥瑞詩。對此背景，胡儼《瑞應甘露頌序》記錄甚詳：「永樂十年冬十月十一日，命皇太孫演武于方山，甘露降于松栢；十六日，太駕狩于陽山，甘露大降；二十五日，太駕復幸武岡山，甘露又降。」[註15]在永樂皇帝狩獵時，三降甘露，而甘露向來被古人視為祥瑞的象徵，有「甘露者，神路之精也。其味甘，王者和氣茂，則甘露降於草木」的說法，那麼依據此理推演，則甘露的降臨就帶有上天肯定皇帝仁德的意味了。眾所周知，朱棣的皇位並非是按照中國宗法社會中長幼有序的次序繼承來的，而是篡了侄子建文帝的位，擾亂了宗法次序，其皇位是不合正統的，所以亟待富含上天喜悅之意的特殊動植物、自然現象等出現，來佐證身份的合法性。所以，三降甘露就有了超凡的象徵意義，被胡廣等文學侍從拿來大肆頌讚，諸如胡廣《瑞應甘露頌》、楊士奇《甘露頌》等。其後，胡廣將此內容援引至日常寫作，寫了《扈從再獵武岡》（其一）二詩，具體如下：

[註15]（明）黃佐：《南廱志》，民國景明嘉靖二十三年刻增修本，卷二，第32頁。

扈從再獵武岡（其一）

萬騎飛騰不動塵，□風晴日勝陽春。金盤厭浥盛甘露，
御手親分賜近臣。曾見上林夸巨麗，今逢四海沐皇仁。太
平況是多祥瑞，沼有□龍野有麟。〔註16〕

該詩以明麗的天氣為背景，寫皇帝親手將甘露賜給近臣，詩人作為近
臣之一，只在書中見過這樣場景，卻沒有想到有一天親眼見證它，側
面透露出和諧的君臣關係，由此推導出四海在皇恩的籠罩下，多有祥
瑞出現。該詩一出受到翰院同僚的積極唱和，出現大批和詩，如金幼
孜《扈從再狩武岡次學士胡公韻》、胡儼《胡學士扈從再獵武岡》等。
在胡廣首倡的定調下，和詩在內容、用語、主題等與其一致。可見，
粉飾太平的應制文學在胡廣的導引下，出現泛衍的傾向，逐漸向非職
業寫作滲入和延伸。換言之，非職業寫作在胡廣的開發下開始承擔職
業寫作「黼黻皇猷」的職責。

（三）「潤色鴻業」——「北京八景」唱和詩

「山水唱和」是以吟詠山水為主題的唱和，以「北京八景」唱和
為代表。「北京八景」唱和是永樂十二年（1414），胡廣公務之暇，「偕
翰林侍講兼左春坊左中允鄒公仲熙，考求其跡」〔註17〕，其間鄒緝傚
仿元人「燕京八景」首倡八景詩一首，合胡廣、楊榮、胡儼等十三人，
重章疊韻，得詩一百十二首，王紱為之配八景圖，合《北京八景圖詩》
（一卷）。雖然「北京八景」唱和由鄒緝首倡，但將它推向大眾視野
的卻是胡廣，其不僅連作《北京八詠和鄒侍講韻》《後北京八景》兩
組詩，又作《北京八景圖詩序》，而且「寫八景圖並集諸作置各圖之
後，表為一卷，藏於筐筒，遇好事者則出示之」〔註18〕，可見其推動
之功。所謂「北京八景」，指的是「金臺夕照」「太液晴波」「瓊島春
雲四」「玉泉垂虹」「居庸疊翠」「薊門煙樹」「盧溝曉月」「西山霽雪」。

〔註16〕胡廣：《胡文穆公文集》，清乾隆十五年刻本，卷七，第1頁。
〔註17〕（明）楊榮：《文敏集》，清文淵閣四庫全書本，卷十五，第39頁。
〔註18〕胡廣：《胡文穆公文集》，清乾隆十五年刻本，卷十二，第54頁。

胡廣作兩組和詩，擇第一組兩首如下：

居庸疊翠

軍都之山蟲居庸，飛崖曲折路當中。白晝千峰陰欲雨，翠屏萬疊高連空。西望洪河底柱小，東接滄溟碣石雄。天非長城限南北，神京永固無終窮。

玉泉垂虹

玉泉之山下出泉，泉流縈折如虹懸。却帶西湖連內苑，直下東海匯百川。微風時度碧波動，明月夜映清光圓。靜觀太易有至理，此中曾見義皇年。〔註19〕

這組詩氣象、套路等均趨於一致：採用遠景和近景結合方式，突出北京城郭宮室和園亭勝景的昂揚氣勢，呈現帝國宏闊氣象；敘事上，先寫美景，中間渲染，最後落腳在鳴國家之盛上。其餘和詩不論內容，還是風格都與此相近。

其後，胡廣又倡「山居八景」「江頭八景」等，金幼孜、楊士奇等皆有和詩。可知，胡廣八景唱和不僅包括京師之景，又涵蓋地方山居之景，其八景唱和將全國景象涵蓋在內，極大拓展了八景唱和的題材和範圍，打破館閣和山林的界限，不僅引來翰院學士的跟風唱和，諸如胡儼《富溪八景》、曾棨《江西八景》、陳循《北溪書社八景》等，而且帶動地方文人士大夫的八景賡歌，如劉定之之父劉髦《石潭八景》等，由此產生明代頗具規模的八景書寫。

「北京八景」唱和之所以凡響巨大主要得益於政治。此時，朱棣有意遷都，但恐遭南方官員以北京文化、地理等不佔優勢為由的反對，示意以胡廣為首的文學侍從美化北京，為遷都造勢，「北京八景」唱和由此誕生。「北京八景」唱和以詩畫結合的形式形象地向世人展示了北京得天獨厚的人文和地理景觀，收到良好的推廣效果。王世貞《文伯仁燕臺八景》亦云：「永樂中人主移蹕大都，而一時館閣諸先生扈從者，光侈其事，分勝標詠，大抵損益勝國之遺，如所

〔註19〕胡廣：《胡文穆公文集》，清乾隆十五年刻本，卷八，第6～9頁。

傳金臺八景。」〔註20〕可見，「北京八景」唱和推廣效果甚佳。

　　以上可見，在胡廣的引領下，臺閣創作出現泛化，私人創作呈現臺閣化，翰林院官員的非職業寫作不僅承擔職業寫作黼黻皇猷和潤色鴻業的職責，還呈現出和平雅正的風格。

三、胡廣臺閣唱和的「政治表演」特質

　　詩歌唱和一般具有娛樂性、競技性等特徵，但作為特殊文人胡廣等人的創作隨著私人創作臺閣化，其唱和在兼顧以上特質的同時，又增添了政治功利性和表演性兩種特性。

　　政治功利性是胡廣詩歌唱和的顯著特質。由於胡廣等人唱和的假想觀眾是皇帝，所以其唱和又與一般文人唱和不同，少了幾分文學氣息，多了幾分政治功利色彩。這種政治功利性主要表現在借助詩歌唱和達到國家宣傳和群體忠貞形象的構建上。對於前者，非職業寫作「祥瑞唱和」、「北京八景」唱和等承擔起職業寫作黼黻皇猷、粉飾太平等職責即可說明這一點。對此，上文已論及，此不再贅述。後者表現在胡廣等人借助詩歌唱和建構自身的忠貞形象上。這有一定的歷史淵源，可溯至「靖難之役」。與胡廣唱和的群體大多是進士，尤其是建文二年「胡廣榜」進士，比如黃淮、楊榮、胡儼、鄒緝等，他們在「靖難之役」之時，果斷背棄舊主建文帝，積極迎降新主朱棣，其行為與他們從小習染的儒家忠君觀念的背道而馳，所以在道義上頗遭士林非議。黃佐《鼎革遺事》批之云：「與廣同時者解縉、楊士奇、夏原吉、楊溥、楊榮、黃淮、金幼孜、蹇義輩，皆攀龍附鳳，為時大臣云。」其中，狀元胡廣尤遭詬病。又云：「西涯《讀文山集附錄詩》云：『狀元忠義古今傳，野史何如舊史全，刪述總煩胡學士，姓名猶記丙申年。』」〔註21〕由他們受到後世文人士大夫的嘲諷可以推想，在當是時方孝孺、

〔註20〕（明）王世貞：《弇州山人四部稿》，明萬曆刻本，卷一百三十八，第 15 頁。

〔註21〕郭皓政，甘宏偉編著：《明代狀元史料彙編　上》，武漢大學出版社，2015 年版，第 164 頁。

黃子澄、齊泰等忠君之士慘死的襯托下，其背棄行為是何等卑劣，推廣忠貞的口號是何等蒼白，故他們生存境地又是何等窘迫和尷尬，所以其不得不重塑自身忠貞形象。身為文學侍從，其首當其衝的選擇用筆來建構自身形象，既用應制詩文表衷心，又用非應制詩文傳忠義，公私領域一以貫之向皇帝展現自己的表裏如一。由此可見，詩歌唱和已淪為他們的政治工具。

　　表演性是胡廣唱和的另一顯著特徵。如果僅讀胡廣的唱和詩，而未讀明初歷史的話，會被詩中展現的君臣和諧、山河壯麗等一幅幅盛世圖景所吸引，但如果切實回到永樂初期的歷史語境，則會發現事實全非如此，有一種上當受騙的感覺，可見其偽裝性。就君臣關係一項來說，皇帝懷疑臣子，臣子懼怕皇帝，何談和諧呢？朱棣登上皇位不久，建立了監察偵緝機關，對上至官員，下至百姓，進行嚴密監控，並鼓勵告密、揭發等行為，一時造成告訐、彈劾之風盛行，其中京師尤甚，以至翰林士大夫之間私密交往亦能在短時間內被朱棣獲知。明張萱《西園聞見錄》卷二十三載：「廣東布政徐奇朝京師，載嶺南土簟諸物，將以饋廷臣。或得其單目以進，上閱視，無士奇名，獨召士奇問故，將以私交罪之。」〔註22〕可見，皇帝對臣子的不信任。在這樣情況下，臣子對皇帝充滿畏懼。這種畏懼的外在表現之一就是性格的轉變。他們一改昔日疏狂，偽裝起自我，變得謹慎自處。胡廣便是典型一例。其往日是何等疏狂，曾遊歷四方，詩學李白，狂放不羈，而永樂朝後，一改昔日性情，以謹慎靜默自守，《明史》稱「性縝密」〔註23〕，詩歌中一洗往日蹤影，以和平委婉示人。其他人亦是如此，金幼孜「簡易靜默，寬裕有容，眷遇雖隆，而自處益謙」〔註24〕、楊

〔註22〕趙季著：《明洪武至正德中朝詩歌交流繫年》，人民文學出版社，2014年版，第134頁。

〔註23〕（清）張廷玉等撰：《明史》14～16，中華書局，1974年版，第4125頁。

〔註24〕（清）張廷玉等撰：《明史》14～16，中華書局，1974年版，第4127頁。

溥「性恭謹，每入朝，循牆而走」〔註25〕、蹇義「小心敬慎」等。由此可見，環境對他們的改造之深。在這樣的環境中，如此謹慎的胡廣竟高調舉辦或參與熱絡的唱和活動並擔任首倡或為之序，其他謹慎的閣臣和部院大臣等亦積極配合，主動參與唱和，表現活躍，顯示出性格和行動的背離。這一錯位恰恰揭示了他們的偽裝，即在皇帝全方位凝視下的集體表演，共同演繹出一幅幅盛世同僚行樂圖。

概而言之，明初「元輔」胡廣是翰院官員的風向標，其以詩歌唱和為依託將眾人聚合一處，共同歌唱盛世，拉開明代「臺閣唱和」的序幕。其唱和以政治為核心，頌讚祖國山河、和諧君臣等，有意向世人傳達皇帝仁德和盛世光景等信息，表現出鮮明「為政治而藝術」的文學特質。撥開這一頌讚的表象，則發現其內在本質，唱和實質上承載著他們的政治功利性和偽裝性。

四、胡廣對臺閣體的影響

永樂時期，是臺閣體的初興期。胡廣是永樂朝的內閣元輔，在職業寫作方面，成果斐然，「起草了許多敕令」，參與國家意識形態的制定，「編撰了《古今列女傳》（參見徐皇后傳），此外，胡廣還負責再次修訂《太祖實錄》（1418 年），以及編撰《五經四書》和《性理大全》（1415 年）。」〔註26〕在非職業寫作方面，極其活躍，詩歌唱和不輟，多以鳴國家之盛為主，對臺閣體的興起起到推波助瀾的作用。

（一）胡廣奠定了臺閣體思想基礎

臺閣體是在程朱理學思想上建構起來的。胡廣作為內閣元輔，既是程朱理學思想的接受者，又是該思想的傳播者。其是程朱理學的接受者，於洪武間學習舉業。眾所周知，明初科舉是以朱元璋欽定的科

〔註25〕（清）張廷玉等撰：《明史》14～16，中華書局，1974 年版，第 4144 頁。

〔註26〕（美）富路特，房兆楹原主編：《明代名人傳　哥倫比亞大學　3》，北京時代華文書局，2015 年版，第 858 頁。

舉程序為內容——欽定「四書」「五經」、《大誥》系列、《大明律令》，而胡氏經過系統化的學習，最終在科舉考試中拔得頭籌，於建文二年（1400）進士及第，成為建文帝唯一一榜的狀元。這種系統化的儒家教育已經深入其肌理，故在創作和批評中都表現出來。在創作上，其追求的儒家文藝觀念，認為為詩作文，以理學為基礎，思想情感和平雅正，故其詩歌、序言等都呈現出此種風格。在批評方面，也體現了這一觀念，強調性情之正，有《草堂李先生挽詩序》「其學根於六經，其文章溫厚和平，氣沖而理暢，其居處動靜之間必由於矩矱而不苟，其才器有餘而所守益愨……」〔註27〕，《書高閒雲集後》「其言溫厚和平，無險刻峭礪之語，真君子之言哉」〔註28〕，《劉道章先生挽詩》「其言溫厚和平，不為町畦，故望而知其為有道之士」〔註29〕等語。其政治地位高，通常其創作及文藝觀念代表著國家主流的意識形態，故而其作品與人詩文往還之中，得到很好地傳播，北京八景的傳播即是一例。

　　胡廣參與國家意識形態的制定。永樂十二年（1414），其被任命為《四書大全》《五經大全》《性理大全》總裁官。在其帶領下，經過一年的努力，《四書大全》《五經大全》《性理大全》經注得到了統一。就內容而言，是將原始儒經的解釋統一至程朱理學之下，使經學和理學融合，確定為國家最高意志，進而確立程朱理學在思想文化界不可撼動的地位。這種意識形態很快在全國得以推布。《四書五經性理大全》編撰結束不久，便頒布六部、兩京國子監以及天下的郡縣學校，成為學校教育和考試的標準。〔註30〕由此可見，胡廣統一經注對全國

〔註27〕（明）胡廣：《胡文穆公文集》卷十二，清乾隆十五年（1749）刻本，第 9 頁。

〔註28〕（明）胡廣：《胡文穆公文集》卷十七，清乾隆十五年（1749）刻本，第 16 頁。

〔註29〕（明）胡廣：《胡文穆公文集》卷十二，清乾隆十五年（1749）刻本，第 31 頁。

〔註30〕黃卓越：《明永樂至嘉靖初詩文觀研究》，北京師範大學出版社，2001年，第 28 頁。

思想文化的影響。當然，在制定的過程中，這也無形中塑造了胡廣的文藝觀念，表現在「文以載道」、「詩言志」、「理性情」等論述中，誠如黃卓越所說：「採用這一表述式本身也隱含了他們試圖將文藝與意識形態確定性地同等起來的想法。」〔註31〕

（二）胡廣推動了臺閣體創作

胡廣是臺閣體創作的實踐者和倡導者。在文學理念上，胡廣認為為詩作文，應該以道德為中心的思維模式為基礎，在此之上強調以鳴國家之盛為內容，追求和平雅正、雍容典雅的風格。〔註32〕

胡廣是其詩歌理論的推廣者和踐行者。在風格上，胡廣讚賞詩文「雍容」、「春容」之風，並以此作為評價標準，如有「作詩古體追漢魏，五七言近體春容渾厚有盛唐音」〔註33〕（《故登仕郎兼修國史開封府儒學教授吳先生行狀》），「蓋其遇太平無事之時，演沖澹和平之音，一本於性情之正，是又以集為作也」〔註34〕（《集句詩序》），「諸公有作雍容大雅，宣暢發舒，可以傳於久」〔註35〕（《北京八景圖詩序》）等語。可知，胡廣提倡的詩文風格具有普遍性，是集體努力追求的風格。事實上，此種風格是傳統儒家文藝之風，體現了儒家文藝觀念，即詩文為載道之器的理念。在序、跋等中，胡廣不止一次強調這一觀念，比如「夫學者不以能文為工，而以窮理為尚；不以己知為得，而必以實踐為至，研幾扵精微之蘊致，要於道德之歸」〔註36〕（《贈劉氏

〔註31〕 黃卓越：《明永樂至嘉靖初詩文觀研究》，北京師範大學出版社，2001年，第29頁。

〔註32〕 周勛初等主編：《文學評論叢刊》第1卷第1期，江蘇文藝出版社，1997年，第75頁。

〔註33〕 （明）胡廣：《胡文穆公文集》卷十四，清乾隆十五年（1749）刻本，第30頁。

〔註34〕 （明）胡廣：《胡文穆公文集》卷十二，清乾隆十五年（1749）刻本，第55頁。

〔註35〕 （明）胡廣：《胡文穆公文集》卷十二，清乾隆十五年（1749）刻本，第54頁。

〔註36〕 （明）胡廣：《胡文穆公文集》卷十二，清乾隆十五年（1749）刻本，第6頁。

甥振歸未豐序》),「古之所謂文者,誠載道之器也。由其人之道德充積
於中,故發而為言,達而成章,有以垂世立教;世降俗移,道德不修,
文章隨而披靡,而人競趨為浮藻之習,言匪不文也,未免不出於自然」
〔註 37〕(《鍾啟晦文集序》)等。可見,胡廣創作目的不是在於抒發自
身的情感,而是在於傳達儒家理念,故而文學淪為載道的工具。

　　在創作上,胡廣餞行了自身的創作理念,內容以鳴國家之盛為主,
風格和平雅正,諸如有「優渥恩波重,升平樂事多。小臣無以報,稽
首進卷阿」〔註 38〕(《春日陪駕遊萬歲山十首》其一),「共喜草萊深
雨露,華夷從此樂雍熙」〔註 39〕(《內直次韻》(二首其一))等等,
處處彰顯國家繁榮與和平。其此種創作通常得到同僚、下屬、同鄉等
人熱烈呼應。以《贈劉僉事咸之蜀中》為例。對其產生因由和創作風
格,金幼孜在《贈劉士皆僉憲四川唱和詩序》云:「永樂癸巳冬,進
士劉咸士皆得擢四川按察僉事,於其行前,翰林學士胡公光大賦七言
唐詩五韻以贈其意」「于時縉紳大夫屬而和之者凡若干人」,其詩歌
「律呂相宣,雅正迭奏,渢渢乎盛世之音也。」〔註 40〕可知,此風格
與胡廣文藝理念是一致的,而在其首倡的引領下,和作者詩歌風格和
內容都向其詩歌靠攏。

　　概而言之,胡廣對臺閣文學起到推波助瀾的作用。在創作方面,
以頌聖為主題的胡廣唱和引領永樂初中期的時代風尚,在其帶領下,
其他成員,諸如楊榮、金幼孜等亦積極推動此種風格。其謝世後,楊
榮繼為元輔,但由於其對詩文興趣不大,故大約四五年的時間裏閣臣
唱和沉寂下來,直至楊士奇回到京師,才再次開啟。在題材上,胡廣
開了明代臺閣節日唱和的先河。但遺憾的是,胡廣早逝,僅活 48 歲,

〔註 37〕（明）胡廣:《胡文穆公文集》卷十二,清乾隆十五年（1749）刻本,
　　　　第 51 頁。
〔註 38〕（明）胡廣:《胡文穆公文集》卷五,清乾隆十五年（1749）刻本,
　　　　第 6～7 頁。
〔註 39〕（明）胡廣:《胡文穆公文集》卷六,清乾隆十五年（1749）刻本,
　　　　第 4 頁。
〔註 40〕（明）金幼孜:《金文靖集》卷七,清文淵閣四庫全書本,第 46 頁。

於永樂十六年（1418）退出歷史舞臺，其不論是政治還是文學成就，都被隨後超長待機歷經四朝楊士奇所遮掩。但是，其對臺閣文學的貢獻卻不容忽視。

第二節　以「三楊」為首的詩歌唱和

「三楊」是楊士奇、楊榮、楊溥三人的合稱，有「國初相業稱三楊」〔註41〕之說。對於「三楊」，焦竑《熙朝名臣實錄》卷十《吾學編》亦云：「時稱三楊學士，文貞為西楊，文敏為東楊，公為南楊。」〔註42〕一提到「三楊」，人們不約而同的將其視為明代永樂至正統時期的代表人物，然而，事實並非如此，「三楊」這一組合至洪熙元年（1425），朱高熾登基，才真正建立起來。需要說明的是，儘管楊士奇在建文四年（1402）就已入閣，但在永樂一朝並不受寵，一直留守南京輔佐太子監國，甚至多次下獄，直至洪熙元年，太子登基，其才越過楊榮成為內閣元輔。楊溥在永樂朝更不受寵，於永樂十二年（1414），因奪嫡之爭，下獄十年，直至太子登基，才得以釋放，進入內閣。事實上，三人中只有楊榮一直穩居內閣，且受到推重。由此可見，「三楊」組合開始於洪熙元年（1425），直至正統五年（1440）楊榮謝世結束，共同在閣時間為 15 年。

楊士奇（1365～1444），初名遇，後改為寓，字士奇，號毅軒，江西泰和人。建文帝時薦入翰林，充編纂官。建文四年（1402）九月入內閣，歷事永樂、洪熙、宣德、正統四朝，在閣近 42 年，歷任禮部尚書兼華蓋殿大學士、兵部尚書等職。卒贈太師，諡號文貞。著有《東里文集》《東里續集》等。〔註43〕

楊榮（1371～1440），初名子榮，字勉仁，號東陽，建安（今福

〔註41〕（清）錢謙益：《列朝詩集》乙集卷一，清順治九年毛氏汲古閣刻本，1050 頁。

〔註42〕（明）焦竑：《熙朝名臣實錄》卷十，明末刻本，第 5 頁。

〔註43〕本文引文均採用四庫全書本《東里集》。

建建甌）人。建文二年（1400）進士，充《太祖實錄》編纂官。建文四年（1402）九月入內閣，歷事永樂、洪熙、宣德、正統四朝，在閣近 38 年，官至工部尚書，後加少傅。諡號文敏。著有《楊文敏集》《後北征記》等。﹝註44﹞

楊溥（1372～1446），字弘濟，號南楊，湖廣石首（今屬湖北）人。建文二年（1400）進士，除翰林編修。宣德元年（1425）入閣，在閣 21 年，歷官至少保、武英殿大學士。諡號文定。著有《文定集》《水雲錄》。﹝註45﹞

提到明代文學尤其是明代臺閣文學，「三楊」是避不開的人物，其對明代文學產生了重要的影響。彭時《楊文定公詩集序》云：「當是時以文學顯用者，有三楊公焉。」﹝註46﹞可見，他們在當時的影響力。三人當中，楊士奇文學成就最高。錢謙益《列朝詩集小傳・楊少師士奇》云：「國初相業稱三楊，公為之首，其詩文號臺閣體。」﹝註47﹞《四庫全書總目》卷一七十《東里集》提要云：「明初『三楊』並稱，而士奇文筆特優，制誥碑版，多出其手。」﹝註48﹞其次是楊榮。對其文學特徵，四庫館臣評價最為中肯，有《楊文敏集》提要：「榮當明全盛之日，歷事四朝，恩禮始終無間，儒生遭遇，可謂至榮，故發為文章，具有富貴福澤之氣。應制諸作，渢渢雅音，其他詩文亦皆雍容平易，肖其為人。雖無深湛幽渺之思，縱橫馳驟之才，足以震耀一世，而透迤有度，醇實無疵，臺閣之文所由，與山林枯槁者異也。與楊士奇同主一代之文柄，亦有由矣」﹝註49﹞。最後是楊溥。楊溥文

﹝註44﹞ 本文引文均採用四庫全書本《文敏集》。
﹝註45﹞ 本文引文均採用四庫全書本《楊文定公詩集》。
﹝註46﹞ （清）黃宗羲編：《明文海》卷二百六十序五十一，中華書局，1987年，第 13 頁。
﹝註47﹞ （清）錢謙益輯：《列朝詩集》，上海三聯書店，1989 年，第 225 頁。
﹝註48﹞ （清）永瑢：《四庫全書總目》卷一百七十集部二十三，中華書局，1965，第 21 頁。
﹝註49﹞ （清）永瑢：《四庫全書總目》卷一百七十，中華書局，1965，第 1484 頁。

學水平較兩者來講很是一般。在詩歌方面，清代朱彝尊《靜志居詩話》指出：「三楊位業並稱，南楊詩名獨不振」〔註50〕，在散文方面，他亦低於楊士奇和楊榮。〔註51〕

雖然三人文學成就高低不同，但其文學風格卻是一致的。錢謙益《列朝詩集小傳・楊少師士奇》云：「今所傳《東里詩集》，大都詞氣安閒，首尾亭穩，不尚藻辭，不矜麗句，太平宰相之風度，可以想見。以詞章取之則末矣。〔註52〕四庫館臣《楊文敏集》提要：「榮當明全盛之日，歷事四朝，恩禮始終無間，儒生遭遇，可謂至榮，故發為文章，具有富貴福澤之氣。應制諸作，渢渢雅音，其他詩文亦皆雍容平易，肖其為人。」〔註53〕彭時《楊文定公詩集序》：「詩自《三百篇》而下，其體屢變，其音節高下世異而人不同，然其和平雅正，無雕刻險怪之弊者，大抵皆盛世之音也。」〔註54〕其詩文呈現出「雍容典雅」、「和平沖澹」的特徵。本節欲梳理三楊的唱和活動，分析他們唱和創作特徵，探索三楊唱和詩歌的影響。

一、三楊唱和活動概述

永樂十六年（1418）至正統十年（1445），「三楊」相繼成為元輔。永樂十六（1418）至永樂二十二年（1424），楊榮為元輔；永樂二十二年（1424）至正統九年（1444），作為朱高熾東宮舊臣的楊士奇替代楊榮升為元輔；正統九年（1444），伴隨著楊士奇謝世，楊溥升為元輔。三人中楊士奇作元輔的時間最久。「三楊」共同理政，相互倚重，使「官

〔註50〕（清）朱彝尊著，黃君坦校點：《靜志居詩話》卷六，人民文學出版社，1990 年，第 147 頁。

〔註51〕周寅賓：《明清散文史》，湖南人民出版社，2004 年，第 42 頁。

〔註52〕（清）錢謙益輯：《列朝詩集》，上海三聯書店，1989 年，第 225 頁。

〔註53〕（清）永瑢：《四庫全書總目》卷一百七十集部二十三，中華書局，1965 年，第 1484 頁。

〔註54〕（清）黃宗羲編：《明文海》卷二百六十序五十一，中華書局，1987 年，第 2724 頁。

民相安」〔註 55〕，促進了明代興盛。在文學上，他們創作理念相近，為詩作文，以程朱理學為根基，追求和平雅正和春容典雅的風格，其創作宗旨在於歌功頌德和粉飾太平。「三楊」創作在當時影響很大，受到時人的推崇，「一時公卿大臣類多能言之士……非獨職詞翰、官館閣者為然，凡布列中外政務理捕刑者，莫不皆然」〔註 56〕。「三楊」的作品之所以能夠迅速流佈海內，與其熱衷於詩文贈答尤其詩歌唱酬有關。三人集中留有不少詩歌：楊士奇《東里集》（68 卷）有詩 12 卷；楊榮《文敏集》（25 卷）有 7 卷；楊溥《楊文定公詩集》有 7 卷。其中，大部分為唱和詩。根據部分詩的題目、小序、內容可知，其是「三楊」參與雅集活動時所作。儘管雅集活動的結集多已散佚，但我們仍能通過散見的唱和詩以及結集目錄窺探當時的唱和情形。筆者通過整理「三楊」詩集，梳理出由三人主導，並頗有代表性的十二次唱和活動。

表 2-2：三楊唱和活動一覽

名稱	時間	地點	首唱	參與者	形式	結集	現存唱和序	現存唱和詩
西城雅集	永樂壬寅（1422）閏十二月二十六日	陳光世第	楊士奇	曾棨 王英 余學夔 桂宗儒 章敞 陳敬宗 錢習禮 張宗璉 周敘 陳循 彭顯仁 周敘 胡永齊 劉朝宗 蕭省身 共十七人	分韻賦詩以《賓之初筵》四章末句為韻，韻少者疊其一	《西城宴集》（已亡）	楊士奇《西城宴集序》	《西城雅集詩並序》（一軸）（今藏於故宮博物院）

〔註 55〕　（明）尹直：《謇齋瑣綴錄》，明鈔國朝典故本，第 12 頁。
〔註 56〕　（明）邱濬：《瓊臺會稿》卷九，清文淵閣四庫全本，第 8 頁。

聽琴詩	永樂二十一年（1423）正月十三	公署	楊士奇	余學夔 錢習禮 陳敬宗 周忱 曾鶴齡 陳循 彭顯仁 胡永齊 周敘 劉朝宗 等十一人	分韻賦詩	《聽琴詩》（已佚）	楊士奇《聽琴詩序》	楊士奇《齋宿聽周編修彈琴》
對雨詩	永樂癸卯（1423）正月乙未	公署	楊士奇	楊士奇 余學夔 錢習禮 陳敬宗 周忱 曾鶴齡 陳循 彭顯仁 胡永齊 周敘 劉朝宗 等十一人	分韻賦詩以杜甫「隨風潛入夜，潤物細無聲」為韻	《對雨詩》	永樂癸卯（1423）正月乙未	
聚奎宴集	宣德三年（1428）三月	楊榮長安門南第	楊榮	三楊和宣德二丁未前三甲馬愉、杜寧、謝璉以及館閣諸學士	分韻賦詩以《詩經》：「君子有酒，獻酢酬之」為韻	《聚奎堂詩》（已佚）	楊士奇《聚奎堂記》 金幼孜《聚奎堂銘》	
贈別唱和	正統三年（1438）		楊士奇	楊士奇 金實 徐有貞 吳節	步韻		金實《書楊允寬庭訓詩後》 楊榮《書楊氏訓子詩後》 王直《題楊氏訓子詩後》	楊士奇《送楊允寬賢良省觀後南還》（十首） 金實《贈楊允寬南還》（十首） 徐有貞《和少傅東里楊

名稱	時間	地點	發起	參與者	方式	詩集	詩序	存詩
							余學夔《跋少傅楊公榮訓子詩後》 楊榮《學箴》	先生送楊允寬還建安十絕句次其韻》 吳節《和東里先生二韻贈允寬楊秀才》
大祀宿齋壇倡和詩	宣德六年（1431）正月十五	南郊	楊榮		步韻	《大祀宿齋壇倡和詩》（已佚）	楊榮《大祀宿齋壇倡和詩序》	楊榮《郊祀恭侍大駕宿齋宮有作》 劉溥《和建安楊少師侍從聖駕大祀天地壇韻》 吳節《郊祀宿齋宮二首和建安楊少師韻》 周敘《奉和少師默庵楊先生大侍南郊恭侍大駕齋宿》（二首）
東郭草亭宴集	正統元年（1436）三月十五	楊善別業	楊士奇	楊溥 楊榮 胡濙 王直 周述 李時勉 錢習禮 王英 陳循 等九人		《東郭草亭宴集詩》（已）（三次）	王英《東郭草亭宴集詩序》 楊士奇《東郭草亭宴集詩序》	楊士奇《東郭草亭宴集》 楊榮《東郭草亭宴集》 陳循《丙辰三月十五日與少傅尚書學士九人同宴鴻臚寺卿楊善東郭草亭》
南園宴集	三月十五	楊善別業	楊士奇	李時勉 錢習禮 藺從善 陳循 王英 王直 胡濙	步韻	《南園宴遊詩集》（已佚）	楊士奇《南園宴遊詩序》 王直《南園燕集詩後序》	楊士奇《宴楊氏南園並和二首》 陳循《遊鴻臚楊卿城南別墅和東里先生韻》

			苗衷 馬愉 等十人				
杏園雅集	正統二年（1437）三月初一	楊榮居所	楊士奇	楊士奇 楊榮 楊溥 王直 王英 錢習禮 李時勉 陳循 周述 等共九人	《杏園雅集》	楊士奇《杏園雅集序》 楊榮作《杏園雅集圖後序》 王直《杏園雅集圖後序》	楊士奇《杏園雅集》 王直《杏園雅集詩》 楊溥《杏園雅集》 陳循《杏園雅集》（大學士楊榮宅） 周述《杏園雅集》
送別唱和	正統三年（1438）三月	楊榮居所	楊榮	三楊 陳敬宗 等九人	建安公舉：「君子有酒八言為韻」	楊士奇《送陳祭酒復職還南京》	楊榮《送陳祭酒復任南京》（分韻得君字）
登正陽門樓唱和	正統己未（1439）夏四月望日	楊溥		楊榮 楊溥 王直 王英 錢習禮 五人	《登正陽門樓唱和詩》	楊榮有《登正陽門樓唱和詩序》、楊士奇《都城覽勝詩後》	楊溥《陪觀正陽門呈諸先生二首》
真率會	正統五年（1440）	楊士奇		楊溥 楊榮 錢習禮 李時勉 王英 王直 等六人		楊士奇《真率會敘略》	楊士奇《館閣真率會詩》 楊榮《和真率會詩》（兩首）

通過上表可知，「三楊」主導的較有特色的唱和活動共十二次，其中楊士奇主持八次，楊榮主持三次，楊溥主持一次。在十二次活動中，參與西城雅集的成員最多有十七人，分別是曾棨、王英、余學夔、桂宗儒、章敞、陳敬宗、錢習禮、張宗璉、周敘、陳循、彭顯仁、周敘、胡永齊、劉朝宗、蕭省身。而參與真率會的唱和成員最少，只有

楊士奇、楊溥、楊榮、錢習禮、李時勉、王英六人。有趣的是，西成雅集是楊士奇主持詩歌唱和的開始，而真率會則是楊士奇唱和的結束。從永樂任寅（1422）的西城雅集到正統五年（1440）的真率會，歷時18年，可以看出來以楊士奇為首的唱和活動在唱和成員日趨固定。就唱和成員的籍貫看，其中大多數來自江西。之所以如此，與楊士奇重鄉誼有關。王直《抑庵文集》卷四《移居唱和詩序》自述：「永樂二十一年三月，予以內艱服闋至京師，主於東城予姻家歐陽君允和。而楊先生士奇則居西城之金城坊。所與鄰者，同邑余君學夔、劉君朝宗、臨川王君時彥、吉水錢君習禮、張君宗璉、周君恂如、周君功敘，皆予之舊也。先生重鄉誼，篤世好，不欲棄予於遠，思求近宅以處之，使薰炙為善。」〔註57〕可知，楊士奇通過聚居和宴集等方式將泰和同鄉緊密地團結在一起。

就唱和的形式來說，唱和主要有步韻和分韻賦兩種，其中分韻賦詩較有特色。所謂分韻賦詩，就是詩人聚集作詩時，先規定若干字為韻，各人分拈一字，然後以這一字所屬韻目中的字為韻，並以分得的字作為這首詩中的一個韻腳。「三楊」倡導的唱和活動，有一部分是以分韻賦詩的形式開展，比如新正宴集以杜甫「隨風潛入夜，潤物細無聲」為韻、西城雅集以《詩經·賓之初筵》四章末句為韻、聚奎宴集以《詩經》「君子有酒，獻酢酬之」為韻等。

就成員年齡而言，與「三楊」唱和的成員老中青均有，既有建文二年（1400）進士如胡濙、鄒緝等，又有宣德八年（1433）進士，如曹鼐、趙恢、鍾復等，這保證了唱和梯隊的接續性。中青成員的加入不僅為三楊唱和注入了新的活力，而且確保了三楊唱和的連貫性，即年輕的翰林院官在與三楊的唱和中，潛移默化地受到三楊的唱和意圖和創作觀念，並將這種理念傳播下去。

〔註57〕（明）王直：《抑庵文集》卷四，清文淵閣四庫全書本，第 10～11 頁。

二、「三楊」的唱和之作

根據上表可知,「三楊」主要的唱和活動有十二次,其中楊士奇主持八次,楊榮主持三次,楊溥主持一次。下面以時間為序,通過其唱和活動,瞭解其創作。

(一)平淡和緩:楊士奇的唱和之作

楊士奇《東里集》存詩 2000 餘首,其中有一部分為唱酬之作。隨政治地位的變化,楊士奇唱和詩的內容和蘊含的心態也在不斷變化,呈現出不同的時代樣貌。依據其仕途變化,將其文學分為四期:永樂後期的發軔期;洪熙、宣德上升期;正統元年(1435)至五年(1440)的鼎盛期;正統五年(1440)至九年(1444)的下降期。前三期有唱和詩,唱和詩中流露的不同心態,呈現出不同的面貌;在第四期中,楊士奇由於其子楊稷被處死,閉門不出,已不再參加公共的文學活動,所以此一期沒有唱和,故僅展示三期。

1. 沖淡平和:永樂時期的詩歌唱和

建文四年(1400)至永樂二十二年(1422),是楊士奇詩歌唱和的第一階段。這一時期見證了楊士奇政治地位和文學地位的變化。楊士奇以文學見知於永樂皇帝。楊士奇《聖諭錄上》中有三條皇帝對其文學稱讚的記載:「楊士奇文學於今難得;永樂二年六月一日,進呈文華殿大學士講義,上覽畢,稱善;永樂六年冬,巡狩北京,詔書命臣士奇視草,上覽之再三,喜曰:『簡當更勿改易,其擇日書之,頒下。』」〔註58〕可見,永樂皇帝推崇楊士奇文學,尤其是公文寫作。由於永樂皇帝以軍事起家,旨在開疆破土,更重視閣臣的軍事才能,故終永樂一朝,較之胡廣、金幼孜、楊榮三人,楊士奇並不受寵,留在南京監國,既未參與到國家大製作、大議論《四書五經性理大全》的撰修,又未參加享譽當時的北京八景唱和。也就是說,楊士奇一直

〔註58〕 (明)楊士奇:《東里集》《東里別集》卷二,清文淵閣四庫全書補
　　　　配清文津閣四庫全書本,第 6 頁。

遠離以朱棣為核心的政治中心。這種情況一直持續到永樂十九年（1421）遷都後才結束。遷都以後，楊士奇任職北京，加之同鄉聚居一處，所時常組織詩歌唱和。下面以時為序，具體瞭解楊士奇的詩歌唱和特徵。

永樂十九年（1421）以前，楊士奇唱和詩風頗有特色，既有魏晉古風，又有臺閣風，顯示出其詩風的多樣，這一變化在與胡廣的唱和中表現的尤為明顯。

楊士奇與胡廣既是江西同鄉，又是政壇盟友，所以關係較為親密。在政治上，楊士奇多得胡廣庇護。楊士奇與閣臣黃淮關係不睦。一次，永樂皇帝問及胡廣關於兩人不睦的原因，胡廣云：「淮有政事才，士奇文學勝，且簡靜無勢利心，蓋因解縉重士奇及臣而輕淮，故有憾。」〔註59〕可知，胡廣處處偏袒楊士奇。在私下，楊士奇與胡廣詩歌酬答不斷，其集中留有不少唱和詩。胡廣死後，楊士奇為之作神道碑，並為其遺稿作序。甚至在其去世十九年後，楊士奇彙集了兩人永樂七年的雪夜唱和詩，遍邀館閣諸同僚唱和，其後楊士奇又請楊榮作《題雪夜唱和詩後》，以及自己寫了《題雪夜清興倡和後》和《重題雪夜清興倡和後》兩篇後序，最後匯成《題雪夜清興唱和》。之所以如此，楊士奇在《重題雪夜清興倡和後》云：「胡公所云後日佳話。」〔註60〕也就是說，為了完成胡廣後日佳話的願望。下面試看楊士奇的《雪夜胡學士載酒見過劇飲四鼓乃罷明日辱詩次韻奉答》：

> 開歲已旬浹，消搖休暇中。良宵雪初霽，玉色明房櫳。
> 君子枉青盼，眷言寫懽悰。豁達高世情，脫略塵慮空。
> 從者陳豆籩，中筵粲鮮釀。雖云朋侶稀，屢促觴酌崇。
> 旋艫誚王子，投轄嗤孟公。氣合自淹留，清言益渢渢。
> 芬馨逼蘭茝，和洽諧絲桐。雲巾耀朱鬐，初疑降青童。

〔註59〕（明）楊士奇：《東里集》《東里別集》卷二，清文淵閣四庫全書補配清文津閣四庫全書本，第5頁。

〔註60〕（明）楊士奇：《東里集》《東里續集》卷二十三，清文淵閣四庫全書補配清文津閣四庫全書本，第1頁。

　　聽歌以成醉，復如對南翁。倏忽踰夜分，起視月朧朧。

　　參差仰象緯，沖融散條風。雞鳴戒朝謁，又促明發同。〔註61〕

這詩是楊士奇和胡廣詩。關於此詩創作背景，胡廣詩題中記錄甚詳：

「（永樂七年）正月十九日，大雪初霽。薄暮獨坐南軒，清興浩發，

載酒蹋雪，訪士奇楊諭德及門，士奇亦由雪中訪友歸，顧視大咲，開

尊共酌。」該詩寫了正月裏一個雪後初霽的夜晚，好友突然造訪，詩

人高興不已，擺盤宴客，席間兩人相談甚歡，斛光交錯，舉杯豪飲，

不覺間天已微亮，兩人只得各自散去。詩人通過選用「誚」、「咲」等

字塑造了詩人灑脫不羈的形象。整首詩頗有漢晉五古的格調。在未入

閣前的唱和中，其古調表現尤為明顯，比如與陸伯陽的唱和。陸闓，

生卒年不詳，字伯陽，明興化人。洪武十四年（1381）任楚王府伴讀。

他是楊士奇在武昌漫遊、教書時結識，兩人常聚集一處談論詩歌，在

古體上他們均推崇漢魏。楊士奇《跋與友闓生往復詩後》云：「詩古

體宗魏晉宋。」〔註62〕明人許學夷在《詩源辨體》後集纂要卷二評楊

士奇云：「國朝五言古，漢、魏、唐體兼善者僅東里一人。」〔註63〕

「宣廟尚文，五言古大多古體。東里五言古多法漢魏，正是風化所及。」

楊士奇集中有《雜詩三首贈陸伯陽》《詠水鏡同陸伯陽作》《夏夜用謝

宣城韻答陸伯陽》。下面試看《夏夜用謝宣城韻答陸伯陽》：

　　　　連柝起高城，微鐘飄廣陌。徘徊夏夜長，懷人未眠客。

　　林風有餘清，庭月流虛白。結思渺城南，如何違促席。〔註64〕

該詩起句「連柝起高城，微鐘飄廣陌」，寫景「林風有餘清，庭月流

虛白」，頗得小謝神理。〔註65〕也就是說，在永樂前期，楊士奇詩風

〔註61〕（明）楊士奇：《東里集》《東里詩集》卷一，清文淵閣四庫全書補
　　　　配清文津閣四庫全書本，第23頁。
〔註62〕（明）楊士奇：《東里文集》卷九，清文淵閣四庫全書本，第3頁。
〔註63〕（明）許學夷：《詩源辨體》，人民文學出版社，2001，第401頁。
〔註64〕（明）楊士奇：《東里集》《東里詩集》卷一，清文淵閣四庫全書補
　　　　配清文津閣四庫全書本，第7頁。
〔註65〕陳斌：《明代中古詩歌接受與批評研究》，上海三聯書店，2009，第
　　　　18頁。

接近漢魏。但隨時間的推進，政治的環境的嚴峻，其詩歌開始變化。

永樂七年（1409）至永樂十九年（1421），楊士奇詩中個人情感成分開始減弱，被家國情懷所取代。甚至回給摯友的詩中亦如此，比如其在《胡學士在北京聞予病寄詩慰問次韻奉酬》中云：

>玉堂新署綠陰涼，日想承宣近御床。班馬雄詞真特達，唐虞化日正舒長。

>平明閶闔九天開，玉佩趨朝百辟來。聖主正需調鼎用，諸公應薦和羹梅。

>盛世才華翰苑多，龍光星彩貫天河。自憐同在承恩地，不奈頻年遠別何。

>頭白目昏過五十，不禁四體病交攻。君恩未有涓埃報，卻怪書來感歎同。

>繡錦傳來五色絲，翔鸞翥鳳粲離離。知公頭白丹心在，況是文章老不衰。

>朝回清坐廣文氊，病起閒逃蘇晉禪。了徹六塵成夢覺，爾來三月已無眠。

>盡戀長生養性靈，力求大藥扣玄扃。莊生自有逍遙論，不道千齡勝百齡。

這組詩是楊士奇酬答胡廣慰問其病的詩，共七首，其中表露個人情感的「自憐同在承恩地，不奈頻年遠別何」一句，顯示出詩人同在內閣卻又命運不同的失落之情。其餘詩句，諸如「班馬雄詞真特達，唐虞化日正舒長」，「聖主正需調鼎用，諸公應薦和羹梅」，「盛世才華翰苑多，龍光星彩貫天河」〔註66〕等，開始誇讚盛世。顯然，與永樂七年恣意抒情的唱和詩相比，他此時的唱和詩缺乏一定的生氣。同時，通過其唱和詩可推知，胡廣的首倡亦是如此。這表明此一時期，閣臣開始將應制的套語帶入到日常的寫作中。這是基於一定的政治原因。隨著永樂皇帝多次北巡和北征，閣臣被分為兩隊：一隊

〔註66〕（明）楊士奇：《東里集》《東里詩集》卷一，清文淵閣四庫全書補配清文津閣四庫全書本，第16頁。

是楊士奇和黃淮，他們留守南京監國；一隊是胡廣、楊榮、金幼孜，
他們伴隨皇帝長期住在北京。楊士奇輔佐太子監國，境遇較為艱難。
這主要因為永樂皇帝對遠在南京監國的太子朱高熾並不信任，一旦
太子犯錯，便猛烈打擊其身邊的文官，其中最著名的則是永樂十二
年（1414）太子迎駕事件和永樂十六年（1416）的陳千戶事件。永
樂十二年（1414），朱棣北征回京，太子派遣接駕的人稍遲，漢王朱
高煦趁機進讒，朱棣一怒之下，將東宮身邊的文官楊士奇、黃淮、
楊溥等人逮捕入獄，其中黃淮和楊溥一直到朱棣去世，才得以重見
天日。永樂十六年（1416），太子朱高熾將朱棣已經定罪戍邊的陳千
戶放還。這件事傳到朱棣處，其非常憤怒，將陳千戶處死，並將太
子身邊的文臣梁潛、周冕下獄處死。而此時在太子身邊的文官，人
人自危，更無暇顧及唱和。關於此時狀況，蕭鎡在為陳循作的《墓
誌銘》亦有談及：「梁公（梁潛）以職務錯被逮且籍之，使者至自行
在，人皆惶懼。」〔註67〕在這樣人人自危的環境中，其唱和詩較少，
僅有幾首與胡廣的唱和詩。

　　永樂十九年（1421），隨著朱棣定都北京，南北內閣合二為一，
楊士奇任職京師，其間擔任左春坊大學士一職，所以日常較為清閒，
加之同鄉聚居一處，故時常組織同僚詩歌唱和。

　　西城雅集是永樂二十年（1422）十二月二十六日，在西城陳光
世府邸舉行的一次雅集。值得說明的是，明初翰林院官員多居北京
西城，故多在西城雅集。之所以聚集西城，與楊士奇分不開。王直
《抑庵文集》卷四《移居唱和詩序》云：「永樂二十一年三月，予以
內艱服闋至京師，主於東城予姻家歐陽君允和。而楊先生士奇則居
西城之金城坊。所與鄰者，同邑余君學夔、劉君朝宗、臨川王君時
彥、吉水錢君習禮、張君宗璉、周君恂如、周君功敘，皆予之舊也。
先生重鄉誼，篤世好，不欲棄予於遠，思求近宅以處之，使薰炙為

〔註67〕（明）陳循：《芳洲詩集》附錄，明萬曆二十一年（1593）刻後印本，
　　　　第2～3頁。

善。」〔註68〕也就是說，楊士奇是向心力，將同鄉聚集一處。故而，他們的唱和更多的是同鄉唱和。除主人外，參與雅集有楊士奇、曾棨、王英、余學夔、桂宗儒、章敞、陳敬宗、錢習禮、張宗璉、周敘、陳循、彭顯仁、周敘、胡永齊、劉朝宗、蕭省身等，共十七。其間，楊士奇以《詩經‧賓之初筵》「醉而不出，是謂伐德。飲酒孔嘉，維其令儀」〔註69〕，四句為韻，要求各探一韻，分韻賦詩。他們的創作結集為《西城雅集》，今藏於北京故宮博物院，卷首有楊士奇所作的序，他的《西城宴集》（得醉字）居各家詩之首。如下：

西城宴集（得醉字）（楊士奇）

置酒清軒下，衣冠聿來萃。皆我同朝士，各有祿與位。昧爽趨在公，日夕還未至。屬茲歲除暇，一觴聊共醉。匪徒展間闊，亦復解劬瘁。平生所相好，豈不在名義。中和誠可則，貪鄙誠可戒。俛勉以自強，前修庶足跂。〔註70〕

該詩勾勒了一副士大夫遊樂圖：他們縱情歡歌，喝酒行樂，極為愜意，但最後總是加了一個光明的尾巴，鞭策自我，報效皇恩。就風格而言，頗有漢魏古詩的風韻，但美中不足的是情感過於平淡。在楊士奇首倡之下，其他詩人創作亦表現出鮮明的趨同性。楊士奇詩中強調自身身份，其他詩中也有相似的句子，比如章敞《西城宴集》（得伐字）「各有祿與位，所重在名節」，陳敬宗《西城宴集》（飲）「群公薈城西，各食大口廩」；楊士奇詩歌中流露出感恩心態，其他詩人的創作亦是如此，諸如胡㮵《西城宴集》（得其字）「幸茲聖明世，洽此文會期」，陳敬宗《西城宴集》（得飲字）「作詩謝君恩，浩蕩百壺歌」，蕭省身《西城宴集》（得酒字）「飽德念報瓊，賡歌慚擊缶」〔註71〕等句。由此可以看出，在楊士奇的帶領下，其詩歌創作

〔註68〕（明）王直：《抑庵文集》卷四，清文淵閣四庫全書本，第10～11頁。

〔註69〕程俊英，蔣見元著：《詩經注析》，中華書局，1991年，第695頁。

〔註70〕（明）楊士奇：《東里集》《東里詩集》卷一，清文淵閣四庫全書補配清文津閣四庫全書本，第22頁。

〔註71〕徐邦達著，故宮博物院編：《古書畫過眼要錄‧元明清書法》，紫禁城出版社，2006年，第1360頁。

在風格和內容上趨於一致。

「齋宿唱和」是閣臣在齋宿其間與同僚發起的唱和。所謂「齋宿」是閣臣祭祀或典禮前，沐浴更衣住在公署，其間禁忌頗多，不能飲酒、不食蔥蒜等，所以其間百無聊賴，只能通過吟詩作對，消磨時光。金幼孜《郊祀齋宿翰林奉柬諸同寅》云：「清淡夜未央，澹然銷眾慮」〔註72〕，說的就是這類場景。〔註73〕楊士奇作為左春坊大學士，經常參與齋宿活動，其時他與同僚唱和不斷。其中，聽琴詩唱和最為典型。聽琴詩唱和發生於永樂二十一年（1423）正月十三，由楊士奇主倡，作五言古詩一首，其餘余學夔、錢習禮、陳敬宗、周忱、曾鶴齡、陳循、彭顯仁、胡永齊、周敘、劉朝宗等十人和，他們的詩歌結集為《聽琴詩》，楊士奇為之序。該集現已不存，僅楊士奇集中存詩一首，如下：

齋宿聽周編修彈琴

群處諒有適，單居恒鮮歡。樂只眾君子，齋沐此盤桓。
華缸照綺席，香氣藹焚蘭。爰理嶧陽桐，為我三四彈。遲
遲寫商意，宛宛含幽歡。怡我中和抱，滌我沉鬱端。所懷
在古操，焉知清夜闌。〔註74〕

這首詩寫於齋沐之時，詩人與同僚聚集在公署，聽琴自娛。在悠揚的琴聲之下，詩人煩躁的心靈得以淨化，性情也歸於中正。這與詩人追求性情之正的詩歌觀念相一致。同時，在追求性情之正的過程中，詩人的創作展現了閣臣悠然自得的心態。該詩一經寫成，便受到其餘十人的步韻唱和。雖然他們的作品已經亡佚，但從楊士奇的作品亦可以想見他們唱和的內容，亦旨在強調性情之正。

〔註72〕（明）金幼孜：《金文靖公集》卷一，清文淵閣四庫全書本，第6頁。
〔註73〕葉曄：《明代中央文官制度與文學》，浙江大學出版社，2011年，第210頁。
〔註74〕（明）楊士奇：《東里集》《東里詩集》卷一，清文淵閣四庫全書補配清文津閣四庫全書本，第20頁。

2. 感恩頌德：以皇帝為中心的唱和

洪熙、宣德時期，閣臣唱和以進呈詩居多。進呈詩是臣僚主動創作進呈皇帝的文學作品。〔註75〕這一時期，皇帝雅好文藝，尤其是詩歌。仁宗在《自師吟》中稱「工詩歲月深」。〔註76〕王直在《贈陳嗣初謝病歸姑蘇序》亦曾云：「昔仁宗皇帝在位時，銳意文學之事，特置弘文閣，擇天下之名能文章者處之，朝夕備顧問，典著述，最為華近，他人莫得至焉。」〔註77〕宣宗朱瞻基《御製詩集序》說：「朕喜吟詠，耳目所遇，往往有作。雖才思弗逮，而志乎正者，未嘗不自勉。蓋人之志必在乎正，而志必因言而可見。」〔註78〕甚至，在出征途中，亦不忘命楊士奇和詩，巡邊時曾「出示御製詩數篇，諭士奇曰『此朕馬上遣興也。』士奇拜觀畢，上命左右取楮筆，命士奇賦詩，遂賜酒饌。」〔註79〕可見，兩位皇帝有不錯的詩文功底，所以閣臣們投其所好，時常進呈詩文和賡和皇帝所作。〔註80〕黃佐《翰林記》卷十一「進呈書詩文字」條：「宣德二年三月，騶虞復見，大學士楊榮獻頌，上褒賞之。三年九月，榮扈從北征凱旋，進《平邊詩》，凡十篇，各立題命意，上覽之喜，屢沐白金、鈔幣之賜。自是每同遊匪頌，榮與士奇等多以詩進，遇令節被召宴遊，亦多以詩謝恩。」〔註81〕楊士奇集中有《喜雨詩》《賜從遊萬歲山詞》（有序　十章）、《賜遊東苑詩》（有序　九首）、《賜遊西苑同諸學士作》（四首）、《從遊西苑》（三首）、《元宵侍宴萬歲山》（五首）等不少進獻的詩

〔註75〕葉曄：《明代中央文官制度與文學》，浙江大學出版社，2011 年，第 53 頁。

〔註76〕朱高熾：《御製詩集》卷下，明洪熙間內府刻本。

〔註77〕王直：《抑庵文後集》卷八，清文淵閣四庫全書本，第 22 頁。

〔註78〕朱瞻基《大明宣宗皇帝御製集》卷三，《四庫全書存目叢書》影印明內庫鈔本，齊魯書社，1997 年，集部 24 冊，第 126 頁。

〔註79〕楊士奇等：《明宣宗實錄》卷一一二，臺灣中研院歷史語言研究所校印本，1962 年版，第 2534 頁。

〔註80〕湯志波：《明永樂至成化間臺閣詩學思想研究》，上海古籍出版社，2016 年版，第 75 頁。

〔註81〕傅璇琮，施純德編：《翰學三書》，遼寧教育出版社，第 137～138 頁。

歌和賡和皇帝之作。試看其和皇帝的《喜雨詩》：

> 好雨連朝蘇久旱，無邊喜意動辰宇。皇天洞鑒聖仁德，臣子深慚燮理功。每念升平均九土，已知舞蹈出三農。駢繁寵錫身難報，何幸衰年際屢豐。〔註82〕

根據其序「今夏自五月五日不雨。至六月十八日，上念田穀將實而生意枯瘁，命有司致禱，越三日大雨霑足，聖情欣悅，賜侍臣酒饌。臣士奇預被榮恩，喜而賦詩」可知，其作詩的時間、地點、原由等基本信息。可惜的是宣宗皇帝的首倡已亡佚，但從楊榮集中找到與之同步一韻的《喜雨》一首，可推知楊士奇此篇為賡和皇帝之作。該詩開篇點題寫一場大雨解除一連多日的旱情，這讓人們極其的高興；接著詩人將喜雨的到來歸結於皇帝的聖德所致；又寫皇帝關心民情；最後詩人感恩聖德，認為自己無比幸運能夠見證盛世。這首詩作於皇家宴會之中，其內容以頌聖為主題。就內容和風格而言，其餘此類賡和或進呈之作大致與此相似，不出歌頌太平盛世和皇帝聖恩，呈現出雍容和婉之風。

在皇帝影響下，楊士奇與閣臣日常生活中的唱和逐漸增多。甚至，在巡邊途中亦不偏廢，與金幼孜、楊榮等人唱和不歇。試看其《從狩密雲早發次韻幼孜》：

> 雞鳴滄海浴朝暾，起換征裘倒別尊。上馬好音喧鼓吹，逼人清氣滿乾坤。旌旗雲擁中軍幄，劍戟霜明列校屯。載筆從容侍田獵，暮年有幸共承恩。〔註83〕

該詩創作於宣德五年（1430）十月，是楊士奇在扈從北巡途中和金幼孜的作品。該詩由整裝待發的隊伍寫起，然後通過聲音描寫突出隊伍的朝氣，接著詩人寫隊伍的氣勢，最後詩人抒發出自己身處其中的幸福之感覺。再如《勉仁少傅行營置酒就席奉簡同寅》：

〔註82〕（明）楊士奇：《東里集》《東里續集》卷五十九，清文淵閣四庫全書補配清文津閣四庫全書本，第32頁。

〔註83〕（明）楊士奇：《東里集》《東里詩集》卷二，清文淵閣四庫全書補配清文津閣四庫全書本，第42頁。

萬乘行春日，千官得共陪。石林穿窅窱，澗道歷邅迴。

酒載黃封賜，人聯玉署才。解鞍盧帳下，隨意瀉金罍。〔註84〕

這是楊士奇答楊榮、楊溥之作。該詩首句通過「萬」「千」等量，凸顯出行軍皇家的宏大氣象；接著寫詩人的行軍；然後寫他們中途休憩，皇帝賞賜，最後寫他們解鞍下馬，飲酒為樂。這首詩通過皇帝賜酒，顯示出閣臣受到皇帝重視。其他諸如此類的作品甚多，內容大同小異，不再一一列舉。

3. 安閒自得：以楊士奇為中心的唱和

正統元年（1436）至正統五年（1440），是楊士奇政治生涯的巔峰期，亦是其唱和的鼎盛期。宣宗朱瞻基於宣德十年（1435）去世，皇太后獨掌大權，委政內閣，內閣權力增大，有了票擬權。內閣成員成為英宗的經筵官，負責小皇帝的教育。正統元年正朔，英宗「御經筵，以張輔知經筵，士奇、榮、溥同知經筵。王英、王直、李時勉、錢習禮、陳循、苗衷、高穀、馬愉、曹鼐並充講官」〔註85〕。英宗皇帝年幼，不能與文臣文學互動。以楊士奇為首的文官集團仍是詩歌唱酬不綴，延續了太宗、仁宗、宣宗時期文學鳴盛世的傳統。這一集團的核心成員就是帝國最上層的皇帝經筵官團隊，這些人除苗衷、高穀、馬愉外屬於後期之秀外，都是歷經三朝，在官場中摸爬滾打數十年的人物，他們與楊士奇關係親密，有的既是楊士奇的同鄉，又是他的門生，故而在皇帝缺席的情況下，緊跟楊士奇，努力為歌唱盛世。在公務閑暇之時，他們經常聚會唱和，比如有東郭草亭雅集、南園雅集、杏園雅集等享譽後世的雅集活動。就雅集內容而言，其唱和可分為贈別唱和、雅集唱和、結社唱和三類。

贈別唱和是較為傳統的一種唱和活動，一般而言，是士人們為將要遠行的友朋以詩餞行而形成的一種文學活動。在楊士奇的文集中，

〔註84〕（明）楊士奇：《東里集》《東里詩集》卷二，清文淵閣四庫全書補
配清文津閣四庫全書本，第 13 頁。

〔註85〕塗山：《明政統宗》卷一一，明萬曆刻本。

贈別唱和詩較多，從贈別對象的身份看，有即將出京任職的官員、將要歸鄉的朋友親人、來京述職的官員、任職家鄉的父母官等等。事實上，唱和詩充當了交際的工具，對此工具其並不避諱，反而來著不拒，一一應承，故其文集卷數眾多。下面以為楊允寬贈別唱和為例，來瞭解其在唱和中所處的地位，分析其詩歌創作。楊允寬是楊榮之子，在正統三年（1438）歸鄉，楊榮請楊士奇作贈別詩以餞其行。楊士奇作《送楊允寬賢良省觀後南還》（十首）：

> 家住龍津好山水，楊墊流澤百餘年。田園不待論生計，孫子森森秀更賢。
>
> 白鶴山前松栢地，春秋拜跪奠清杯。何堪父子衷情切，萬里天涯幾度來。
>
> 嚴親一片丹心苦，上為邦家下庶民。白髮滿頭躬匪懈，遠來深慰暮年情。
>
> 春趨門下侍親闈，秋別親闈出帝畿。已別欲行仍繾綣，為承親命敢遲違。
>
> 河上秋風九月高，臨河酹酒發歸舠。縣知一路思親意，回首京華夢寐勞。
>
> 曾看髫歲勤書卷，黑髮於今已抱孫。莫迓衰翁七十二，且同論舊倒離尊。
>
> 同宗同道同官署，金石交情三紀周。建安有子真龍種，慚愧吾家犬麂流。
>
> 娟娟玉樹照人明，儀表雍容意度新。珍重茂年勤德業，承芳終合到公卿。
>
> 良玉由來不自沽，但修天爵待時須。君家忠厚多餘慶，請視流傳萬木圖。
>
> 故相南去路迢遙，紅樹凌霜葉半凋。桑梓人人望歸客，沿流休駐木蘭橈。〔註86〕

這組詩誇讚了楊允寬的家風、家世、其父楊榮的功績、父子情誼等，

〔註86〕（明）楊士奇：《東里集》《東里續集》卷六十一，清文淵閣四庫全書補配清文津閣四庫全書本，第29～30頁。

雖為楊允寬贈別，但主要稱讚楊榮。其詩歌風格首尾停當，語言樸實，
情感平和，此詩一出，其他送行者爭相步韻唱和，留下不少作品，比
如金實有《贈楊允寬南還》（十首）、徐有貞有《和少傅東里楊先生送
楊允寬還建安十絕句次其韻》、吳節有《和東里先生二韻贈允寬楊秀
才》等。其不僅步了楊士奇的韻，還選擇了他詩句中意象。試以吳節
《和東里先生二韻贈允寬楊秀才》為例：

> 霜落都門秋氣高，潞河灘急快輕舠。知君不惜關山遠，
> 回首親庭北望勞。
> 劍津南去路迢遙，兩岸蒹葭色漸凋。和得棹歌猶未穩，
> 舟人已轉木蘭橈。〔註87〕

這兩首詩分別步韻楊士奇的第五首和第十首。具體來說，兩首詩歌均
步了首唱的韻和意象：第一首詩顯然步了楊士奇詩歌的「高」、「舠」、
「勞」韻，用了首唱者的意象，比如「秋風」、「河」等；第二首亦是
如此，用首倡的「遙」、「凋」、「橈」三韻，直接照搬了首倡的詞，比
如「去路迢遙」、「木蘭橈」等。由此可以看出，楊士奇的唱和成為大
家追捧的對象，他的詩歌具有一定的示範性。在他的引導下，其他和
作也呈現相同的風格。

　　雅集唱和是閣臣修沐之暇與同僚聚集一堂賦詩為樂的一種文
學活動。此一時期，楊士奇引領的雅集活動較多，其中以東郭草亭
雅集和杏園雅集最為典型。東郭草亭雅集是閣臣帶領同僚在楊善的
別墅舉辦的文學活動，共舉辦過三次。其中，楊士奇引領了正統元
年（1435）和正統三年（1438）的兩次文學活動。遺憾的是，他們
唱和活動的結集今已不存，其詩歌散見於個別集之中。現存情況如
下：正統元年（1435）雅集的詩歌有楊士奇《東郭草堂宴集》、楊
榮《東郭草亭宴集》、陳循《丙辰三月十五日與少傅尚書學士九人
同宴臚寺卿楊善東郭草亭》；正統三年（1438）的有楊士奇《重遊

〔註87〕　（明）吳節：《吳竹坡先生詩集》卷二十五，清雍正三年（1646）吳
　　　　　琦刻本，第5頁。

東郭草亭〉、楊榮〈遊東郭草亭〉。試看楊士奇正統元年的〈東郭草堂宴集〉：

> 帝城南畔尋韋曲，浩蕩風光三月中。衢路塵埃過雨淨，林園花樹競春紅。主人置酒興非淺，眾客題詩歡不窮。一杯一曲日西下，莫待銀蟾生海東。〔註88〕

此詩內容緊貼題目，直接點明宴集的地點、時間、環境，進而聚焦到宴集的熱絡場景，最後寫到歡快的時光易失，天色已晚，還是各自散去。這首詩的風格清新典則；情感不急不躁，緩緩流出，流露出安閒的閣臣心態。再如〈重遊東郭草亭〉：

> 園亭風日好，邀客綺筵開。重合金閨彥，兼聯玉署才。泉流經近席，花氣拂深盃。不斷勸酬意，更堪絃管催。〔註89〕

該詩刻意營造了一群閒來無事的文人士大夫飲酒賦詩的遊樂場景，側面反映出國家歌舞升平的太平景象。其風格與前一首並無二致，亦表現出安閒的閣臣心態。

杏園雅集是正統二年（1437）三月初一，楊士奇於楊榮居所參與的一次雅集活動。與會人員還有楊溥、王直、王英、錢習禮、李時勉、陳循、周述等共八人。該雅集的獨特之處在於以畫的形式將雅集活動記錄下來，畫中除以上九人外，有畫家謝環，還有童子九人，侍從五人，共二十四人。圖卷後保留當時雅集者手跡：前有楊士奇〈杏園雅集序〉，中有九人題詩各一首，其中楊士奇居各家之首，後有楊榮〈杏園雅集序〉。對於此次雅集的意義，何宗美說得較為準確：「杏園雅集是明代臺閣文臣一次重要的文學活動，生動展現了臺閣文學興盛的時代氣象，對臺閣文人結社及臺閣文學傳播產生了影響。」〔註90〕下面試看楊士奇的〈杏園雅集〉：

〔註88〕（明）楊士奇：《東里集》《東里續集》卷五十九，清文淵閣四庫全書補配清文津閣四庫全書本，第53頁。

〔註89〕（明）楊士奇：《東里集》《東里續集》卷五十八，清文淵閣四庫全書補配清文津閣四庫全書本，第33頁。

〔註90〕何宗美：《文人結社與明代文學的演進》，人民出版社，2011，第80頁。

鞠躬奉臣職，肅肅恒自旦。朝下趨經幃，臨夕出東觀。
鰲務日有常，黽勉在文翰。衰齡皆沉痾，寧不懷泮奐。仰
惟寵祿隆，而敢厭羈絆。茲晨屬休沐，聯鑣越閎閑。適我
同志良，蕭爽坐林館。維時天宇澄，青陽候過半。好鳥鳴
交交，芳卉羅絢爛。朱弦一再彈，圖帙亦娛玩。肥甘列中
筵，旨酒崇玉瓚。主賓相和敬，濟濟圭璋燦。清言發至義，
連續如珠貫。雅韻含宮商，高懷薄雲漢。合歡情所洽，輔
仁道攸贊。各期勵乃修，庶用表楨幹。〔註91〕

這首詩開篇便寫了他整天忙於政事，但並未忘記自己的詞臣身份，所
以公務之暇，吟詩作賦；接著寫自己已是暮年，半生榮祿，對皇帝心
存感激；又寫他趁休沐之時，與同僚聽琴賦詩的場景；最後落到頌聖
之上。整首詩首尾停當，情感平淡，語言樸素，流露出安閑自得的閣
臣心態。

　　結社唱和是楊士奇唱和的一種形式。正統三年（1438）二月，楊
士奇與館閣同僚楊榮、楊溥、錢習禮、李時勉、王直、王英七人，「仿
唐宋洛中諸老真率之會」，倡為真率會，「約十日就閣中小集，酒各隨
量，殽止一二味，蔬品不拘取」〔註92〕，席間楊士奇首倡賦詩，其他
人和。現僅存楊士奇《館閣真率會詩》一首和楊榮《和真率會詩》二
首。先看楊士奇的首唱：

館閣真率會詩

　　曾聞東洛集耆英，想慕高人物外情。白玉堂中千載會，
紫薇垣畔七星明。朝廷有道公多暇，尊俎相娛老益清。衰
朽自知難並列，擬循綠野看春耕。〔註93〕

該詩依舊為臺閣詩，其將鳴己之盛和鳴國家之盛融為一體。他在頌世

〔註91〕（明）楊士奇：《東里集》《東里續集》卷五十六，清文淵閣四庫全
　　　　書補配清文津閣四庫全書本，第 6 頁。
〔註92〕（明）焦竑：《玉堂叢語》卷七，明萬曆四十六年（1618）徐象橒曼
　　　　山館刻本，第 8 頁。
〔註93〕（明）楊士奇：《東里集》《東里續集》卷五十九，清文淵閣四庫全
　　　　書補配清文津閣四庫全書本，第 42 頁。

的過程中，流露出閣臣安然自得的心態。再看楊榮的和詩：

和真率會詩

　　每念耆年洛社英，合歡此日見高情。生來已幸逢昌運，
老至還欣際聖明。

　　視草金鑾恩獨厚，論文玉署興逾清。乞歸未遂春將半，
擬奉鑾輿出省耕。〔註94〕

顯然，楊榮的和詩與楊士奇的詩別無二致，也是旨在鳴國家之盛。

　　從上可知，楊士奇不同時期心態也不同：永樂時期，楊士奇仕途困頓，雖詩中心態平和，但多少有些壓抑成分；仁宗、宣宗時期，其得到皇帝重視，詩中呈現出感恩心態；正統初期，其已掌握了票擬權和推薦權，又歷經滄桑，所以詩中流露出安閒自得的心態。

（二）積極獻媚：楊榮的唱和之作

　　在「三楊」中，楊榮為人機敏，死後有「文敏」之諡。這一「敏」準確概括了楊榮性格和做事特徵，具體體現在三方面：在軍事上敏銳，能準確判斷敵情，有謀略，處事果斷，「以政事稱」〔註95〕；在做人上，為人機敏，懂得揣摩皇帝心意，從永樂至正統數十年間，一直伴隨皇帝左右，深得皇帝寵愛；在文學上，揣度皇帝心意，投其所好，經常獻詩、獻文等，屢次得到皇帝賞賜。著有《文敏集》25 卷，其中，詩 7 卷，文 18 卷。七卷詩中有不少以應制唱和、同僚唱和為主的唱和詩。對其詩歌風格，四庫館臣在《楊文敏集》提要中云：「應制諸作，颺颺雅音，其他詩文亦皆雍容平易，肖其為人。」〔註96〕對其整體文風，錢習禮在概括其創作時說：「至為文章，見於詔誥、命令，訓飭臣工，誓戒軍旅，撫諭四夷，播告萬姓，莫不嚴正詳雅，曲當人心。出其餘緒，作為碑、銘、誌、記、序、述、贊、頌，以應中外人士之求，又皆富贍溫純，動中矩度；詩亦備極諸體，清遠俊麗，

〔註94〕　（明）楊榮：《文敏集》卷六，清文淵閣四庫全書本，第22頁。

〔註95〕　（明）黎淳：《黎文僖公集》卷十二，明嘉靖刻本，第29頁。

〔註96〕　（清）永瑢等：《四庫全書總目》卷一百七十集部二十三，中華書局，1965，第22頁。

趣味不凡。」〔註97〕可見，其風格以一貫之，以典雅為宗。

　　與胡廣、楊士奇不同，楊榮並不熱衷於文學，其詩歌創作功利性更強烈，數量的多寡直接與皇帝喜好相關。永樂時期，其因軍事才能受知永樂皇帝，多次隨永樂皇帝北征、北巡，在行軍中掌握軍務。永樂一朝，楊榮唱和甚少。永樂十六年（1418）以前，主要參與永樂皇帝示意的唱和，比如胡廣引領的京師八景唱和。永樂十六年（1418）以後，其作為內閣元輔，幾乎沒有引領唱和。這主要有兩個方面的原因：一是其對文學興趣不大；二是他與同僚關係較差。關於此事，楊士奇《楊文敏公墓誌銘》記載甚詳：「胡公沒，公掌翰林院事，益見親密，一時廷臣狎恩，多縱忌，公抗直發其私。適太學闕祭酒，眾共舉公，實欲疏之，上不聽。公遂密言十弊，指斥五府六部都察院，章留中不下。」〔註98〕所以，他的唱和較少。

　　洪熙至宣德時期，楊榮的唱和驟然增多，其積極主動地參與宣宗皇帝的唱和，凡宣宗詩作一出，其必唱和，甚至連皇帝賜畫中的題詩，亦要和。這其實有著深層的歷史原因。與楊士奇相比，楊榮與仁宗和宣宗的關係實則一般。儘管其在永樂時期皇位鬥爭中，支持太子朱高熾，以及在朱棣死後，隱瞞死訊，穩定軍情，幫助仁宗坐定王位，但是這些難以和楊士奇與仁宗二十年的相伴相守相比，所以仁宗登基以後，楊士奇直接代替其升為元輔。其與宣宗的關係亦不如楊士奇。宣宗曾因楊榮養馬眾多而疏遠他。由於仁宗和宣宗是守成君主，他們並不熱衷戰事，對文學有濃厚的興趣，所以亦難與文學見稱的楊士奇相比，故為了表現自我，他在與皇帝唱和方面表現得極為積極。就詩的內容而言，其唱和詩多了幾分諂媚和卑亢。下面通過他的唱和詩，瞭解其詩歌特色。

　　應制詩在楊榮的詩中佔有不小的比例。他將應制詩單列一卷，置

〔註97〕（清）丁丙：《善本書室藏書志》卷三十六，清光緒刻本，第 5 頁。
〔註98〕（明）楊士奇：《東里集》《東里續集》卷三十六，清文淵閣四庫全書補配清文津閣四庫全書本，第 71 頁。

於集首。其應制詩題材眾多，有節日、祥瑞、陪駕、侍宴等。下面試看其《喜雪歌》：

> 聖皇御天敷化理，民安物阜天心喜。九重垂拱萬方寧，唐虞熙皞真堪擬。維時隆冬臘日後，同雲陰陰遍遐邇。一夕天風吹雪花，漏微更闌還未已。初疑巽二先驅來，呼號奮發如奔雷。忽然夜深萬籟寂，六花片片空中開。朝來碧空澄霽色，寒光恍映瑤階白。瓊樓玉宇粲相輝，積素晶瑩連四壁。趨朝矚目縱遐觀，蓬萊宮闕凝清寒。由來三白為佳瑞，自是陰陽葉和氣。方今何幸際明時，謳歌擊壤無休期。嘗聞治世已歆慕，況乃於今親見之。我皇登三仍邁五，聖德歸功在匡輔。賡詩願奉萬年歡，永享天心符聖祖。〔註99〕

關於該詩背景，朱瞻基《喜雪歌》序中記錄甚詳：「臘後五日之夜，大雪，待旦而霽，蓋豐年之祥也。因作喜雪之歌與群臣同樂之，已命光祿賜晏，其悉醉而歸。」臘月後五日天降大雪，宣宗賜宴，席間首唱《喜雪歌》，而楊榮亦作《喜雪歌》和其韻。這首詩開篇便將天降大雪歸功於皇帝的聖德；接著誇讚太平盛世；然後開始依次描繪降雪前的天氣、雪花、雪後景；最後寫詩人看到雪的感受，以感謝聖明作結。再看《喜雨》：

> 聖主純誠格上穹，甘霖一灑萬方同。山川流潤昭祥應，草木回蘇顯化工。已喜三農歌帝力，頓令四海慶年豐。太平氣象今尤盛，贊理深期竭寸衷。〔註100〕

該詩是楊榮在宣宗皇帝的宴會中所賦。這首詩開篇直寫聖主存誠感動上蒼，所以天降大雨；接著生發開去，寫山川、草木在雨水的滋養下呈現勃勃生機；然後寫到農民豐收，歌唱豐年；最後歌頌盛世。與楊士奇相比，楊榮的和詩更為誇張，頌讚更為直白。

　　題畫唱和詩是楊榮唱和宣宗皇帝賜畫上的題詩之作。筆者翻檢與他同一時期的閣臣文集，並未找到此類唱和詩，可以說它是楊榮

〔註99〕（明）楊榮：《文敏集》卷一，清文淵閣四庫全書本，第42～43頁。
〔註100〕（明）楊榮：《文敏集》卷六，清文淵閣四庫全書本，第22頁。

獨有的一類。可知，與其他閣臣相比，楊榮對待御賜物品的態度較
為恭敬，不僅收藏，而且還恭和上面的題詩。下面試看他的唱和詩，
如下：

恭和御賜春山圖詩有跋

　　畫裏雲山宛逼真，紫宸揮灑墨花新。微臣願效封人祝，
聲壽如山萬歲春。

恭和御製竹石圖詩有跋

　　植物紛紛著玉間，雲根新長碧琅玕。聖恩發育同天地，
願秉堅剛獨耐寒。〔註101〕

根據其跋可知，宣宗皇帝賜給他《春山圖》和《石頭圖》兩幅畫，並
在畫上題了詩。楊榮在收到畫之後，便唱和了畫上的題詩。其一極力
誇讚皇帝的繪畫功力，然後轉向皇帝祝壽。其二描繪了竹子生機勃勃
的景象，並將竹子耐寒的品格歸於聖恩。從其唱和行為和詩作可以看
出，楊榮較為諂媚。

　　同僚唱和在楊榮唱和詩中佔有很大的比例。其在日常與同僚的唱
和中，亦不忘頌聖，諸如《和胡學士韻》（四首）、《和答少傅東里先
生》《和少保楊先生退食之作》等。先看《和胡學士韻》其一：

　　兩京長許從和鸞，盛世賡歌興豈闌。在藻賦餘欣賜宴，
伐檀頌罷愧徒餐。只慚淺薄叨陪久，總謂明良際會難。葵
藿有心終向日，蒹葭歲晚獨禁寒。〔註102〕

該詩作於永樂中期，敘述了他深得聖恩，有幸伴駕左右，並得到皇帝
不少的賞賜，因此心存感激，一再向皇帝表忠心。再如《和答少傅東
里先生》：

　　齒德俱尊冠百僚，聖恩優寵免趨朝。丹心炯炯雲霄上，
白髮蕭蕭歲月遙。弘化已推嘉績著，論心長遣鄙懷消。明
廷倚託今逾重，肯許還山訪採樵。〔註103〕

〔註101〕　（明）楊榮：《文敏集》卷一，清文淵閣四庫全書本，第41～42頁。
〔註102〕　（明）楊榮：《文敏集》卷六，清文淵閣四庫全書本，第9～10頁。
〔註103〕　（明）楊榮：《文敏集》卷六，清文淵閣四庫全書本，第21頁。

該詩作於楊榮晚年，敍述了他和楊士奇深得聖恩，勉於早朝，對皇帝心存感念。

郊祀唱和實則是宿齋唱和的一種。閣臣在郊祀之前，住在宿齋宮，其間閒來無事，賦詩打發時間。正統四年（1439）正月十五，楊榮在宿齋宮中所作：

郊祀恭侍大駕宿齋宮有作

六合塵清化日熙，南郊有事致齋時。暖回玉殿春光早，漏轉銅壺夜景遲。五色雲霞依鳳輦，九天星斗映龍旗。侍臣穆睦惟瞻仰，滿袖天香近紫微。

虎旅龍驤列兩階，翠華今夕駐蓬萊。聖心靈靈祈天眷，星象森森拱上臺。已喜祥光調玉燭，更看和氣藹春臺。禮成明日同稱慶，歌頌無能愧讜才。〔註104〕

該詩以鳴國家之盛為主題。其詩一出，立刻得到同宿者的積極相應，比如劉溥有《和建安楊少師侍從聖駕大祀天地壇韻》，吳節有《郊祀宿齋宮二首和建安楊少師韻》，周敍有《奉和少師默庵楊先生大侍南郊恭侍大駕齋宿》（二首）。就風格而言，他們的和詩與楊榮首倡相同。

（三）亦步亦趨：楊溥的唱和之作

「三楊」之中，楊溥以德行和雅操稱名當世，而非文學。張廷玉《明史》云：「溥質直廉靜，無城府。性恭謹，每入朝，循牆而走。諸大臣論事爭可否，或至違言。溥平心處之，諸大臣皆歡服。」〔註105〕與楊士奇、楊榮比，楊溥的文學聲望並不高。清代朱彝尊《靜志居詩話》云：「三楊位業並稱，南楊詩名獨不振。」〔註106〕二楊死後，楊溥文學聲望日隆。彭時《楊文定公詩集序》說：「其後二楊公歿，公巋然獨存，年益高而望亦重，士大夫有得其詩文者莫不藏弆以為榮，

〔註104〕（明）楊榮：《文敏集》卷七，清文淵閣四庫全書本，第8頁。
〔註105〕（清）張廷玉等：《明史》卷一百四十八，中華書局，1974年，第4144頁。
〔註106〕（清）朱彝尊著，黃君坦校點：《靜志居詩話》卷六，人民文學出版社，1990年，第147頁。

公亦樂於應人之求，肆筆成章，皆和平雅正之言，其視務工巧以悅人者遠矣。」〔註107〕現存《楊文定公詩集》七卷。

楊溥詩集中亦有應制唱和詩和同僚唱和詩。與二楊相比，其唱和詩缺乏才氣，較為平庸，其詩用語多沒有新意。試看一例：

瑞雪詩應制

聖主精誠格上穹，喜看飛雪遍長空。九重閶闔瑤臺表，萬國山河玉鏡中。和氣氤氳彌海宇，恩波浩蕩及昆蟲。太平自古多豐歲，民庶謳歌四海同。〔註108〕

這首詩的背景是：宣德四年（1429）冬十一月，天降大雪，宣宗皇帝大為高興，作喜雪歌頒示群臣。閣臣紛紛作詩回應，楊溥作了這首詩。詩人將天降大雪的自然現象，歸功於皇帝的仁德。其風格雍容典雅。他的這一首詩中用聖主、九重、閶闔、萬國、恩波、太平、四海等詞，這些詞是同時代文人常用的詞，他在一首詩中集中使用，顯然沒有新意。

同僚唱和詩在楊溥的集子中佔有一定的比例。這些唱和詩多是和作，其中，僅二首由楊溥首倡。試看楊溥的首倡：

陪觀正陽門呈諸先生（二首）

列聖經營式廓同，幸逢當寧底成功。九天日月層樓表，萬國江山一望中。豐水豈徒懷禹績，冀都今喜復堯封。清遊況值開新霽，柳拂金河跨玉虹。

登樓直上最高層，下瞰中原萬里平。水出西湖環紫禁，山連東嶽接瑤京。累朝都邑於今盛，先帝經營此日成。自古臣勞君道逸，兔置千載詠干城。〔註109〕

這兩首詩的背景是：正統己未（1439）的四月十五，楊溥與楊榮、王直、王英、錢習禮四人登北京新建的正陽門，楊溥俯瞰山川，有感而發，作詩兩首，其餘四人和之。他們的唱和詩結集為《登正陽門樓唱和詩》，

〔註107〕（明）楊溥：《楊文定公詩集》卷五，明鈔本。

〔註108〕（明）楊溥：《楊文定公詩集》卷五，明鈔本。

〔註109〕（明）楊溥：《楊文定公詩集》卷五，明鈔本。

其中，楊榮作《登正陽門樓唱和詩序》，楊士奇作《都城覽勝詩後》。其一，開篇便是頌德，指出正是前代皇帝的苦心經營和努力，自己才有幸看到眼前的光景；進而轉向寫遠景，用「九」、「萬」等量詞來襯托出國家山河的氣勢；接著寫眼前景，來凸顯閣臣安然的心態。其二，與前一首相似，他極力地渲染山河的宏闊，來歌頌帝上的功績。

通過「三楊」唱和可知，其唱詩歌有著明顯的趨同性。這主要表現為內容以頌讚為主；詞語選擇趨於模式化，詩歌中頻繁出「千」、「萬」、「九」等量詞，以及「太平」、「雍熙」、「聖德」、「聖恩」等詞；在風格上，他們的感情較為平和。

三、「三楊」唱和詩的「臺閣體」品格

「三楊」柄國既久，道德功業，自為士人追慕，其文學創作自然也成為大眾追捧的對象，以致「凡文武大臣勳績之所紀述，中外名流先德之所表揚，以及海內縫掖之士欲有所借譽者，得片言隻字，莫不以為至幸」〔註110〕。「三楊」視為餘事的詩歌也受到士大夫的推崇，徑向索求。如楊士奇在《題東里詩集序》云：「余早未聞道，既溺於俗好，又往往不得已而應人之求。」〔註111〕彭時《楊文定公詩集序》評論楊溥詩曰：「公亦樂於應人之求，肆筆成章，皆和平雅正之音。」周敘在為楊榮《文敏集》作的序中云：「公亦隨其人之所求，樂然應之不倦，皆各適其意以往何其富哉。」〔註112〕面對文人士大夫求詩索文，「三楊」有求必應，其詩一經寫成，便受到士人競相唱和，故他們詩集中絕大數為唱和詩，尤其是首倡之作。由於在臺閣文學尤其是大製作、大議論之中浸潤既久，「三楊」詩歌特別是唱和詩也呈現

〔註110〕 陳文新主編；何坤翁卷主編：《中國文學編年史 明前期卷》，長沙：湖南人民出版社，2006 年版，第 292 頁。

〔註111〕 （明）楊士奇：《東里續集》卷十五，清文淵閣四庫全書補配清文津閣四庫全書本，第 24 頁。

〔註112〕 （清）黃宗羲編：《明文海》第三冊卷二六○，北京：中華書局 1987 年，第 2724 頁。

出典型臺閣特徵，突出表現在兩點：一是是內容上以鳴國家之盛為要；二是格調上以追求和平雅正為主。

第一、內容上，以鳴國家之盛為要

唐代韓愈在《送孟東野序》提出「自鳴其不幸」之餘，還提出了「天將和其聲而使鳴國家之盛」這一說法。所謂「鳴國家之盛」指的是為盛世唱讚歌，是《禮記・樂記》「治世之音安，以其政和」的延伸。「三楊」生逢盛世，放開喉嚨為太平唱讚歌，於是「鳴國家之盛」成為其文學創作的主要內容。「三楊」不論是職業性寫作，如大製作、大議論、應制創作，還是非職業性寫作，諸如序、跋、行狀、詩、詞等，均充斥著「聖明」、「聖主」、「聖恩」、「明主」、「皇仁」、「海宇」等鳴盛字眼。同時，他們非職業性寫作的唱和詩也不例外。

確切的說，「三楊」在唱和詩中的「鳴盛」主要體現在歌頌皇帝德行、聖治兩方面。在德行方面，「三楊」突出皇帝奉天敬神的虔誠之心，如楊溥有《奉和少師建安先生陪祀南郊韻》「神馭分明來赫赫，聖心祗敬益遲遲」，《呈少師廬陵楊公列位先生》「聖主憂民深引咎，諸公體國在輸忠」〔註113〕等句，塑造了上敬天下愛民的賢君形象。在治理方面，「三楊」描繪出人民知禮作樂或生活富裕的生機勃勃的國家氣象，如楊溥《太學新成幸得瞻覽有作》「行看聖化躬行至，四海從容禮樂中」，楊榮《喜雪歌》「聖皇御天敷化理，民安物阜天心喜。九重垂拱萬方寧，唐虞熙皞真堪擬」等句，傳達出國家穩定安全的信息，以此凸顯皇帝盛治。「三楊」如此不遺餘力地鳴國家之盛，與當時經濟、個人職責、君臣關係有著密切關聯。

鳴國家之盛的底氣是雄厚的經濟。「三楊」共同在閣時期是洪熙、宣德、正統初年，國家雍熙，民物康阜，經濟較為富庶。其中，仁宗和宣宗兩朝被認為是「仁、宣之治」。此一期距百廢待興的明初已過去半個世紀之多。國家經濟在朱元璋三十餘年的休養生息之

〔註113〕（明）楊溥：《楊文定公詩集》卷五，明鈔本。

下，逐漸呈現上升態勢，其間雖有「靖康之役」，但在朱棣的努力下，經濟很快復甦，並呈現勃勃生機。王直在《送曾學士詩序》談到此一點云：「太祖皇帝既安定之，承以太宗之聖，深仁厚澤，洽於天下，五六十年之間，人物生息，所在繁滋，以至於今，蓋太平極盛之時也。」在此基礎上，仁宗和宣宗兩位皇帝勵精圖治，選賢任能，使國家呈現出一片繁榮景象。此被後世稱為「仁、宣之治」。如谷應泰云：「明有仁、宣，猶周有成、康，漢有文、景。」谷氏對此給予很高評價，將其與周代成、康之治，漢有文、景之治相提並論。有學者認為：「此種安定之環境，亦成為深受程、朱理學薰陶之士人創作頌美之因由。」〔註114〕王直在《建安楊公文集序》中謂：「國朝既定海宇，萬邦協和，地平天成，陰陽順序，純厚清淑之氣鍾於人，於是英偉豪傑之士相繼而出，既以其學贊經綸興事功而致雍熙之治矣，復發為文章，敷闡洪猷，藻飾治具，以鳴太平之盛。」〔註115〕強調安定富庶的環境中，文學輔助政教的功能，一味追求鳴國家之盛，忽略了文學抒情特質。

鳴國家之盛是文學侍從之職責。除政治職務，「三楊」還擔任文學侍從之職。關於其具體職務，黃佐《翰林記》卷一「職掌」條記載甚詳：「學士之職，凡贊翊皇猷，敷人文，論思獻納，修纂制誥書翰等事無所不掌。」〔註116〕作為身兼學士職務的閣臣，自然擔負著潤色鴻業的使命和責任。具體來說，贊翊皇猷指的是「三楊」職業性寫作，如大製作、大議論。除公務性的文章，「三楊」等人還以詩、賦、頌等文體來歌頌盛世。楊士奇在《出師圖頌後》中云：「伏自思惟師出之歲，叨職詞林，實與扈從親睹文皇帝之誓師，東平王之祇命及軍容之甚盛，天日之融霽

〔註114〕羅宗強：《明代文學思想史》下，北京：中華書局，2013 年版，第153 頁。
〔註115〕（明）王直：《抑庵文集》卷六，清文淵閣四庫全書補配清文津閣四庫全書本。
〔註116〕（明）黃佐：《翰林記》卷一，清文淵閣四庫全書本，第 4 頁。

歡切於中，嘗作出師頌以紀當時之盛事。」〔註117〕楊榮也談到這一點，其在《御編為善陰騭書頌》序中云：「叨逢盛世，列職詞林，進得依日月之光，退得盡文翰之職，屢承聖訓，諄切懇至，恩眷之隆，榮幸已極！今既喜睹聖道之復明，樂斯民之盡善，安得不鋪張盛事以昭示於無窮乎！」〔註118〕強調自己身逢盛世，又恰在詞林，有義務將盛世之景記載下來，昭示天下，以傳永久。不獨閣臣如此，其他翰林學士亦認為鳴盛是其職責，如王直在《瑞應麒麟頌》序中云「臣忝職詞林，以文字為業，睹茲瑞應無任，忻抃宜有頌歌」〔註119〕，李時勉《瑞應景星賦》有序「今日於以見天眷，聖德有隆而無替，而國家萬萬年太平之盛，亦兆於此矣！何其幸哉！臣蒙國恩備詞林，躬睹嘉祥，不敢以默謹，撰賦詞一篇，以歌頌盛美，垂示無極」〔註120〕。「三楊」將這一職責帶入到非職業性寫作之中。如楊榮《正陽門樓倡和詩序》云：「吾輩叨逢盛時，得從容登覽勝，概以舒其心目可，無紀述乎？公遂賦二詩，予與諸公和之，詩成之。明日侍郎公又屬予為之引，遂僭書此於首，俾觀者知詩之作，所以頌上之大功也。」〔註121〕楊氏指出詩歌唱和的目的在於鳴國家之盛，這一言論與其職業性寫作理論保持一致。

　　鳴國家之盛是自安自得心態之表現。正統初，在皇帝缺席的情況下，「三楊」仍不遺餘力地鳴國家之盛，而這種鳴盛是基於其自安自得心態。與動輒見殺的永樂朝相比，「三楊」此一時期生存境遇得到大大改善，不再戰戰兢兢度日，故而心態較為自安；與同一時期失意文人相比，他們身居高位，抱負得以施展，故心態較為自得。「三楊」這種自安自得心態，主要通過結社唱和的形式表現出來。正統

〔註117〕　（明）楊士奇：《東里續集》卷二十三，清文淵閣四庫全書補配清文津閣四庫全書本，第 6 頁。
〔註118〕　（明）楊榮：《文敏集》卷八，清文淵閣四庫全書本，第 23 頁。
〔註119〕　（明）王直：《抑庵文後集》卷三十五，清文淵閣四庫全書本，第 5 頁。
〔註120〕　（明）李時勉：《古廉文集》卷一，清文淵閣四庫全書本，第 16 頁。
〔註121〕　（明）楊榮：《文敏集》卷十一，清文淵閣四庫全書本，第 3 頁。

－109－

五年（1440），楊士奇在館閣內仿唐、宋洛中諸老的樣子主持結真率
會詩社，成員共七人，平均年齡六十五以上：楊士奇七十四歲、楊
榮六十八歲、楊溥六十七歲，其七十四歲、楊榮六十八歲、楊溥六
十七歲。其間，楊士奇作近體四韻首倡，餘者皆和之，其詩不乏感
恩，如楊士奇《館閣真率會詩》「朝廷有道公多暇，尊俎相娛老益清」
〔註122〕，楊榮《和真率會詩》「明時優老聖恩深，雅會雍容集禁林」
〔註123〕。強調在國家之盛的基礎上，他們才能悠悠林下，安閒自得。
此外，他們自安自得還表現在對皇帝優老行為的歌頌上。宣宗和英
宗對「三楊」等臺閣重臣較為關照。一則，勉其行程之苦。宣德四
年（1429），楊士奇扈從西巡，一同隨行的還有老臣金幼孜、蹇義、
胡濙等，其間宣宗考慮四人年事已高，故讓其優先渡河，並許其先
行回京。對此，楊士奇頗為感動寫到：「聖主深恩恤老臣，賜歸先渡
白河濱。」〔註124〕金幼孜在《廿五日早奉旨同楊少傅先歸京》云：
「衰年同扈蹕，特詔許先歸。」〔註125〕可見，宣宗對舊臣的照顧。
二則，勉其早朝。正統時，「三楊」等人年事已高，英宗免去其早朝。
關於此事，楊士奇作詩一首，並得到楊榮的唱和。遺憾的是，其首
倡詩今已不存，僅從楊榮《和答少傅東里先生》中可知其為首倡。
楊榮《和答少傅東里先生》中有：「齒德俱尊冠百僚，聖恩優寵免趨
朝。」〔註126〕這種優待行為被「三楊」等人視為盛世之體現。楊士
奇在《送徐崇威僉憲致仕還鄉序》中云：「仁宗皇帝臨御制詔，吏部
居官年七十聽致仕去，有疾而年未及亦聽去，申著令典蓋於今四年
仕者老病不任，咸得所欲而士君子進退從容，無所羈繫，有以見太

〔註122〕 （明）楊士奇：《東里續集》卷五十九，清文淵閣四庫全書補配清
文津閣四庫全書本，第 43 頁。
〔註123〕 （明）楊榮：《文敏集》卷六，清文淵閣四庫全書本，第 22 頁。
〔註124〕 （明）楊士奇：《東里詩集》卷二，清文淵閣四庫全書補配清文津
閣四庫全書本，第 4 是時海內宴安 2 頁。
〔註125〕 （明）金幼孜：《金文靖集》卷三，清文淵閣四庫全書本，第 15 頁。
〔註126〕 （明）楊榮：《文敏集》卷六，清文淵閣四庫全書本，第 21 頁。

平盛致矣！」〔註127〕王直在《歸來堂記》提到：「我朝列聖，以深仁厚澤涵育天下，天下之人無無業之家。仕者之老而倦也，則不欲煩以政，使歸休於田里，而無留祿之人。此太平極盛之世也。」〔註128〕從兩者敘述看，當時對老臣待遇較為優渥，年老有疾者，將其放回田野，而對待「三楊」等老臣亦是如此，故他們通過謳歌此一行為鳴國家之盛。

第二、格調上，以和平雅正為主

「和平雅正」主要講詩中的情感，具體表現為創作中感情不溫不火，和平溫厚，甚少慷慨激昂，大悲大喜，深情纏綿。〔註129〕在論詩和創作方面，「三楊」多強調此一種格調。在評論他人詩歌中，「三楊」多用「和平」、「微婉」等作為溢美之詞誇讚對方。如楊士奇在《劉氏唱和詩序》：「作近體詩一章示咸，其寫情體物，和平微婉，蓋有得於詩人止乎禮義之意。」〔註130〕認為詩人有得於「發乎情，止乎禮儀」的儒家詩教觀念，故抒寫性情和描摹事物能夠做到和平微婉。又如，楊榮在《大祀宿齋壇倡和詩序》謂：「矧諸公才思振發，其言和平，蓋盛世之音」〔註131〕。認為和平是盛世的表現。無獨有偶，其他翰林院官員、六部官員等文集中持論與之大致相同。如任職翰院的王直在《劉仲良墓誌銘》中曰：「所著詩和平婉麗」〔註132〕。再如，久居翰院的陳循在《虛庵稿序》評劉君士之詩文云：「其言之見今者，和平而清潤，秀偉而暢達，為

〔註127〕（明）楊士奇：《東里續集》卷十，清文淵閣四庫全書補配清文津閣四庫全書本，第16頁。
〔註128〕（明）王直：《抑庵文後集》卷四，清文淵閣四庫全書本，第15頁。
〔註129〕羅宗強：《明代文學思想史》下，北京：中華書局，2013年版，第153頁。
〔註130〕（明）楊士奇：《東里文集》卷七，清文淵閣四庫全書補配清文津閣四庫全書本，第22頁。
〔註131〕（明）楊榮：《文敏集》卷十一，清文淵閣四庫全書本，第1頁。
〔註132〕（明）王直《：抑庵文後集》卷二十九，清文淵閣四庫全書本，第30頁。

可愛也」〔註133〕。六部官員文集中也不乏此類觀點，且看兵部右侍郎于謙在《玉岑詩集序》:「大凡士之未得志者，其氣未免於不平，而言亦隨之。今遂初於未達之時，而所作溫粹和平如此，是尤不可及也。非深於理，而適於趣者能之乎」〔註134〕。贊許詩人在仕途失意之時，詩中亦沒有一點怨恨不平，可見其性情之正。從上可知，以「三楊」為首的明初文化精英集團由上而下追求平和而溫婉的詩歌格調。

「三楊」的創作與理論大體一致，唱和詩中流露的情感溫和不激越，宛轉而不直白。以悼念閣臣金幼孜為例。金幼孜（1368～1432），名善，以字行，號退庵。明江西臨江府新淦縣人。金氏與「三楊」等有著多年的同僚之誼。其亡故後，「三楊」多有詩悼念。宣德九年（1434），楊溥在金氏謝世兩年後，伴隨皇帝西巡途中又記起亡友，於是作七絕《過舊店憶亡友金少保》:「昔年扈蹕度居庸，接帳聯鑣四友同。卻憶負託乘化去，重來把酒酹西風。」〔註135〕詩歌由回憶寫起，先寫往日四人扈蹕同行的場景，接著順勢寫出故地重遊對亡友的思念之情。楊士奇作《次韻弘濟過居庸佛院懷幼孜》（其一）:「又隨翠輦度金庸，不復當年語笑同。下馬還尋舊遊處，傷心寒樹起秋風。」〔註136〕楊士奇和詩受首倡影響，也選擇通過今夕對比模式來傳達自己的故舊之思。兩首詩雖為緬懷之作，但因多用套語，故其中感情較為平淡，所以整首詩很難動人。不僅如此，其他類型的唱和詩，諸如應制唱和詩、宴集唱和詩、節日唱和詩等，也多套語，如「太平」、「盛世」、「金蓮」、「祥雲」等，而這些華麗辭藻背後缺乏詩人真實情感，顯示是為了創作而創作，故而整首詩了無生趣。對於這種剝離情感的創作，後世學

〔註133〕 （明）陳循:《芳洲文集續編》卷二，明萬曆四十六年陳以躍刻本，第37頁。
〔註134〕 （明）于謙:《忠肅集》卷十二，清文淵閣四庫全書本，第37頁。
〔註135〕 （明）楊榮:《楊文定公詩集》卷七，明鈔本。
〔註136〕 （明）楊士奇:《東里詩集》卷三，清文淵閣四庫全書補配清文津閣四庫全書本，第55頁。

者頗有微詞。如朱彝尊《明詩綜》卷一九《楊士奇》云:「蔣仲舒云,少師韻語妥協,聲度和平,如潦倒書生,雖酬酢雅馴,無復生氣。」〔註137〕可見,剝離詩歌真性情的臺閣式創作違背詩歌原初的抒情理念,終究行之不遠。

　　憑實說來,「三楊」之所以形成和平雅正的文學觀念,與當時程朱理學的文教政策和皇帝的提倡密切相關。一則,「三楊」是明初程朱理學文教政策的接受者,又是推行者。「三楊」等人成長求學於洪武朝,以國家規定的程朱解釋的「四書五經」為教科書,以程朱理學為學習內容,並藉此進入仕途,其中楊榮和楊溥為建文二年(1400)進士。永樂朝,他們參與到程朱理學文教政策的推行,其中楊榮曾擔任《五經四書大全》和《性理大全》總裁官。據《明史·金幼孜列傳》載,永樂時「翰林坊局臣講書東宮,皆先具經義,閣臣閱正,呈帝覽,乃進講。解縉《書》,楊士奇《易》,胡廣《詩》,幼孜《春秋》,因進《春秋要旨》三卷」〔註138〕。可見,「三楊」具有較高的理學造詣。基於此,「三楊」文學追求的「和平雅正」首要表現性情之正。而這種性情之正的觀念可以在《五經四書大全》和《性理大全》找到淵源。《四書大全·大學或問》講正心,是指收其放心。放心,就是心起邪思邪念。正心,就是去掉邪思邪念,以回到自然本心。《性理大全》卷二十九論性理,引朱子說:「性是人之所受,情是性之用。」引程子論性情說:「情者,性之動也,要動之於正而已。」歸於正就是節制情感,去私欲,不要過度。〔註139〕這也就是說,「三楊」將理學中性情之正運用到文學之中,淡化文學中的情感,以此來表現盛世。二則,宣宗朱瞻基推尊雅正詩風,在《大明宣宗皇帝御製詩集序》中云:「孔子曰:『《詩》三百,一言以蔽之,曰思無邪。』」蓋人心之感物而

〔註137〕（清）朱彝尊:《明詩綜》卷十九,清文淵閣四庫全書本,第5頁。
〔註138〕（清）張廷玉等:《明史》卷一百四十七,北京:中華書局,1974年版,第4126頁。
〔註139〕羅宗強:《明代文學思想史》下,北京:中華書局,2013年版,第153頁。

形於言，心之所感不能以皆正，而言必歸於正。此《詩》之所以為教也。……朕喜吟詠，耳目所遇，興趣所適，往往有作。雖才思弗逮而志乎正者，未嘗不自勉。蓋人之志必在乎正，必因言而可見。間命左右梓錄積歲所作，將以自驗其志，總若干卷。」〔註140〕推崇儒家詩教觀念，強調詩歌世教風化功能，且突出創作中的正心修身之志，對創作中的才思卻不甚重視。基於此種觀念，其稱讚杜甫作詩「不失其正，卓然名家而行遠也。」在程朱理學「性情之正」的薰染下，以及宣宗皇帝推行的「和平雅正」之風的影響下，「三楊」在理論和創作上推崇和平委婉之風。

總之，「三楊」唱和詩深受職業性寫作的影響，具體表現在以鳴國家之盛為內容上與以和平雅正為格調等方面。基於政治、經濟等因素，他們強調詩歌的政教功能，鼓吹鳴國家之盛。在程朱理學的浸潤下，作為儒者的「三楊」在詩歌情感上追求感情不溫不火的平和之美。

四、「三楊」詩歌臺閣唱和的典範意義

「三楊」詩歌唱和不僅在當時掀起臺閣式的唱和風，吸引大批文人士大夫爭相傚仿，而且對以後臺閣唱和也產生了不小的影響，其唱和內容和形式成為後世臺閣唱和的典範。

首先，「三楊」唱和以其強烈政治鼓吹色彩而產生經久不衰的震撼力。洪熙元年（1425）至正統五年（1440），「三楊」倡導的唱和，可以說一呼百應，很快風靡大江南北。其唱和詩廣泛流佈京師內外，甚至連唱和地點也成為士大夫爭相雅集的餞行地。試以東郭草亭為例。正統元年（1436）三月十五，「三楊」遊覽鴻臚寺卿楊善的東郭草亭別業，參與者還有胡濙、王直、王英、周述、錢習禮、李時勉、陳循等，共十人，席間他們飲酒賦詩，其唱和詩由楊善匯總，結集為《東郭草亭宴集》。此後，在楊善倡導下，該雅集於正統二年（1437）和正統四年（1439）三月十五日又分別舉辦。對此，楊士奇《書東郭草亭宴集

〔註140〕 （明）朱瞻基：《大明宣宗皇帝御製集》卷三，明內府鈔本。

詩後》記載：「鴻臚卿大興楊君思敬，每歲季春之望，必置酒會文儒於東郭之草亭，自正統改元之歲至今己未凡會者三。」〔註141〕可知，東草亭宴集舉辦三次。此雅集雖在楊善主持下舉辦，但詩歌唱和卻由閣臣楊士奇或楊榮等首倡，眾人和之，最後楊善將唱和詩結集，並請楊士奇、楊榮等人作序，如楊士奇《東郭草亭宴集詩序》《書東郭草亭宴集詩後》、楊榮《重遊東郭草亭詩序》、王英《東郭草亭宴集詩序》。遺憾的是，這些唱和集均已亡佚。但從散存於諸家文集的唱和詩，可以窺見「三楊」熱絡的唱和場景，如楊士奇《重遊東郭草亭》有「園亭風日好，邀客綺筵開。重合金閨彥，兼聯玉署才。泉流經近席，花氣拂深盃。不斷勸酬意，更堪絃管催」諸句。從明人序跋和筆記的零星記載看，「三楊」一而再再而三的宴遊引來文人士大夫的跟風。就其唱和詩而言，「三楊」唱和詩在當時廣為流傳，得到京師士大夫的積極追捧，甚至溢出京師傳到地方。遠在南京任國子祭酒的陳敬宗看到《東草亭宴集詩》，其在《東郭草亭詩》序說：「正統二年春（1436），鴻臚卿楊公寄予以東郭草亭一集。自少傅尚書三楊先生而下，凡十首，皆傑作也。誦之，知勝景之佳，主賓勸酬唱和之樂，望之如瀛洲。然竊以不得預左右為恨。」可知，陳敬宗拜讀「三楊」等人的唱和詩，並給予很高評價。除成人外，甚至私塾少年亦能背誦「三楊」唱和詩。據曹安《讕言長語》記載：「正統初，鴻臚楊善《東郭草亭宴集詩》一冊，予時年十三四，獨喜少師楊士奇一首。」〔註142〕可知，《東郭草亭宴集詩》在當時廣泛流傳於縉紳間，以至連少年曹安亦能記誦。可知，「三楊」的東郭草亭宴影響較大：一是其流傳甚廣，遍布京師內外；二是波及老中青不同的年齡層，影響深遠。東郭草亭宴集僅是「三楊」眾多宴集中的一個，從中可以管窺到「三楊」唱和巨大的影響力。

　　「三楊」詩歌唱和的地點成為文人士大夫雅集唱和的宴遊餞行

〔註141〕　（明）楊士奇：《東里續集》卷十九，清文淵閣四庫全書補配清文津閣四庫全書本，第28頁。

〔註142〕　（明）曹安：《讕言長語》卷上，民國景明寶顏堂秘籍本，第8頁。

地。亦以東郭草亭為例。陳敬宗曾於正統二年（1437）和正統六年
（1441）至北京述職，離別之際，其昔日京師同僚均在東郭草亭為
他賦詩餞行。陳敬宗《東郭草亭詩序》：「今年春，予以報政趨朝，
於具復職而南也。詹事王公、學士李公期於餞別亭中。」〔註143〕再
如《重遊東郭草亭詩序》：「正統辛酉夏，五月三日，敬宗欽蒙聖恩，
賜歸故里祭掃。既陛辭。太宗伯胡公、少宗伯泰和王公、武城王公、
翰林學士李公、錢公、陳公、太僕少卿沈公、禮部郎中養正黃公，
皆餞送於鴻臚卿楊公東郭草亭。」〔註144〕此外，倪謙《同王侍御飲
東郭草亭並序》：「侍御王公滿績書最四月六日。謙持酒往賀至，則
棘寺沈先生、草窗劉先生、內翰徐先生、憲幙陳先生已先至置酒東
郭草亭之上。侍御遣人來，速遂往，同聲一歡，退而賦此，以紀其
勝。」〔註145〕由其序可知，東郭草亭在「三楊」宴遊之後，嫣然成
為京師高官宴遊餞行地。對此，李賢《明一統志》亦有記載：「每朝
士休暇，宴遊及餞迎賓友，咸憩於此（東郭草亭）。」〔註146〕清初
朱彝尊《靜志居詩話》卷六亦有記載：「鴻臚卿大興楊思敬築草亭於
東郭，自正統丙辰始歲（1435），會文學名流，極觴詠之樂，自後遂
為都城飲餞之地。」〔註147〕可知，「三楊」一言一行是京師乃至地
方士大夫行動的風向標，由此可知其巨大的影響力。值得一提的是，
東郭草亭在幾經風雨之後，其遺跡成為象徵前賢風流的文化象徵符
號，成為後世士大夫緬懷文人風流的對象。如明中吳寬《與諸友東
郭草亭看牡丹》（二首）：「風流前輩凋零盡，欲覓遺蹤事已賒。」〔註
148〕祝允明有《三月三日施侍御邀宴姚將軍莊宅即舊名東郭草亭遺

〔註143〕（明）陳敬宗：《澹然先生文集》，《四庫全書存目叢書》集部第 29
　　　　　冊別集類，浙江圖書館藏清鈔本，第 363 頁。
〔註144〕（明）陳敬宗：《澹然先生文集》，《四庫全書存目叢書》集部第 29
　　　　　冊別集類，浙江圖書館藏清鈔本，第 368 頁。
〔註145〕（明）倪謙：《倪文僖集》卷八，清武林往哲遺著本，第 2 頁
〔註146〕（明）李賢：《明一統志》卷一，清文淵閣四庫全書本，第 8 頁。
〔註147〕（清）朱彝尊：《靜志居詩話》卷六，清嘉慶扶荔山房刻本，第 34 頁。
〔註148〕（明）吳寬：《家藏集》卷四，四部叢刊景明正德本，第 2 頁。

址》（其三）有：「篇章傳保傳，地主識嫖姚。」〔註149〕其中，前句
旁標有「故相三楊諸公有《東郭草亭集》」。清人畢沅有《經東郭草
亭遺址》「樹掩朱門翠島西，風流群屐幾招攜。」〔註150〕從詩中可
知，東郭草亭業成為後世士大夫感懷先賢風流的地方。總之，東郭
草亭雅集唱和僅是「三楊」倡導的唱和活動之一。從該雅集唱和詩
的廣泛傳播到唱和廣受追捧，可以看到三楊唱和在當時影響甚巨。
當然，東郭草亭雅集僅是「三楊」眾多雅集活動中的一個，其還有
杏園雅集、南園宴集等亦影響甚大。

　　其次，「三楊」唱和憑著文人性較強的詩酒風流，產生令人油然
追慕的魅力。「三楊」唱和不僅在當時受到推崇，且在後世也有一定
的影響力，其唱和被奉為明代臺閣唱和典範。具體來說，「三楊」的
雅集活動成為後世臺閣文人追慕和模仿的對象。其一，「三楊」文學
活動受到後世，尤其是成化、弘治時期臺閣文人熱情追捧。例如，李
東陽在詩中不止一次表達對「三楊」的追慕之情，如《曰川會諸同年
用韓昌黎園林窮勝事鐘鼓樂清時二句分韻得時字因效韓體》「三楊二
王輩，風采猶當時。我初斂容立，已乃再拜之」〔註151〕，《用韻與喬
希人郎中》云「莫向蘭亭羨二王，杏園前輩憶三楊」〔註152〕等句，
對「三楊」文學風采愛慕溢於言表。其同年倪岳也表達了同樣的渴慕
之情，在《臘月二日諸同年會飲予家因作圖以紀終會云》曰：「憶歸
鵞禁直，愛說杏園圖。中朝仰盛謨，文章臻道妙」〔註153〕。作為臺
閣文人，他們推崇文人雅集，尤其是前輩「三楊」的杏園雅集，認為
其文章是盛世的反映。其二，「三楊」雅集活動成為後世傚仿的典範。

〔註149〕（明）祝允明：《懷星堂集》卷七，清文淵閣四庫全書本，第17頁。
〔註150〕（清）畢沅：《靈巖山人詩集》卷十一，清嘉慶四年經訓堂刻本，
　　　　　第3頁。
〔註151〕（明）李東陽：《懷麓堂集》卷四詩稿四，清文淵閣四庫全書本，
　　　　　第16頁。
〔註152〕（明）李東陽：《懷麓堂集》卷五十五詩後稿五，清文淵閣四庫全
　　　　　書本，第13頁。
〔註153〕（明）倪岳：《青溪漫稿》卷三，清武林往哲遺著本，第4頁。

以杏園雅集為例。該雅集於正統二年（1437）三月初一，在楊榮府邸舉辦，參與雅集者有三楊、王直、王英、李時勉、錢習禮、周述、陳循共九人，每人作詩一首，其特殊之處在於宮廷畫家謝環將此一過程繪成《杏園雅集圖》。後世臺閣文人對杏園雅集的模仿主要體現以下兩個方面：一是模仿杏園雅集活動；二是模仿杏園雅集繪圖形式。第一，臺閣文人傚仿杏園雅集，詩酒唱和，希望與之比肩。例如，吳寬在《竹園壽集》中云：「杏園雅集今重見，良史當筵亦寫真。」嘉靖閣臣嚴嵩《司徒許公宅修瀛洲之會限韻》（其一）云：「杏園繪事風流在，此會他時合共傳」〔註 154〕。追慕「三楊」杏園雅集之風流，期許能夠與之共傳於世。第二，臺閣文人模仿杏園雅集作圖形式。如吳寬在《竹園壽集序》提到：「屠公援宣德初館閣諸老杏園雅集故事，曰：「昔有圖，此獨不可圖乎？二公遂欣然模寫，各極其態悉。因按其次第繫於卷中。」〔註 155〕他們以杏園雅集故事為楷模，模仿其風流形式。不僅如此，臺閣文人甚至模仿杏園雅集圖的布局、組合、方位、動態乃至筆墨風格等〔註 156〕，由此產生一批雅集圖，如弘治二年（1489 年）翰林李東陽、吳寬、王鏊等人的《冬日賞菊圖》（不存），弘治十二年（1499 年）創作的尚書屠清、侶鍾、閔畦等人的《竹園壽集圖》（故宮博物院藏），弘治十六年（1503 年）尚書吳寬、李鏈、張憲的《同年三友圖》（不存），同年大學士李東陽、劉大夏等人的《甲申十同年圖》（故宮博物院藏），同年吳寬、吳洪等的《五同會圖》（故宮博物院藏）等。可知，「三楊」唱和在唱和形式對後世臺閣文人雅集的影響。

最後，「三楊」雅集對文人結社也有一定的影響。「三楊」作為臺閣文人的代表，開啟明代臺閣文人宴遊酬唱風氣，這種風氣被後世臺

〔註 154〕（明）嚴嵩：《鈐山堂集》卷十一，明嘉靖二十四年刻增修本，第 2 頁。

〔註 155〕（明）吳寬：《家藏集》卷四十五，四部叢刊景明正德本，第 7 頁。

〔註 156〕曹利祥主編；單國強編撰：《中國美術圖典 肖像畫》，廣州：嶺南美術出版社，2000 年版，第 66 頁。

閣文人所延續，其唱和風被世俗所傚仿，伴隨著官僚制仕或落職後帶到地方，由此形成文人結社的中心。〔註157〕如天順、景泰間，無錫張思安等十二人「同時致仕歸，結曹英社於山中」，「月輪一舉，分題賦詩，優游林下」〔註158〕像張思安一樣歸田後結社娛老並不少見，此種現象是臺閣雅集結社之風的遠播所致。

　　概而言之，「三楊」詩歌唱和在皇帝提倡和自覺引領之下，得到了翰院官員、部員官員、地方官員等自上而下的支持和呼應，一時風頭無二，佔據文壇，成為文壇主流。這種文學較為重視文學的政治功用性，以鳴國家之盛為己任，以和平雅正為格調。由於「三楊」身處臺閣，其唱和雅集結社成為當時和後世臺閣文人，以及山林文人傚仿的典範。

〔註157〕何宗美：《明末清初文人結社研究》，上海：上海三聯書店，2016 年版，第 18 頁。
〔註158〕李玉栓：《明代怡老社團考論》，《華夏文化論壇》，2012 年版，第 2 期。

第三章　正統十一年至天順八年的閣臣唱和

　　正統十一年（1446）至天順八年（1464），明代政局動盪，發生了王振篡權、土木堡之變、「奪門」等一系列歷史大事件，轉變了明代政局走向，同時也改了明代閣臣制度。進一步講，這主要表現在閣臣在閣時間縮短和閣臣關係變化上。此一時期十八年，共產生二十位閣臣：曹鼐、馬愉、陳循、苗衷、高穀、張益、彭時、商輅、俞綱、江淵、王一寧、蕭鎡、王文、徐有貞、許彬、薛瑄、李賢、呂原、岳正、陳文。此期平均在閣時間 5.6 年，最長的是彭時，18 年，最短的是俞綱僅 3 天。然而，永樂朝至正統朝中期，四十餘年的時間裏才產生九位，有解縉、胡廣、楊士奇、楊榮、胡儼、黃淮、金幼孜、楊溥，其中在閣時間最長的是楊士奇，在閣 42 年，最短的是胡儼，僅 2 年，他們平均在閣時間是 18.6 年。可知，此期在閣最長的 18 年仍略低於前期在閣時間的平均值。此期數據說明閣臣在閣時間變短短和閣臣更迭速度快。與此同時，閣臣關係也發生了巨大的變化，由三楊時期同寅協恭轉向相互爭鬥。此影響到閣臣唱和成員和唱和形式，由往日群體唱和轉為個人追和。

　　此期閣臣多數都有文集存世，比如馬愉《澹軒文集》、徐有貞《武

功集》、薛瑄《薛文清公全集》、岳正《類博稿》、商輅《商文毅公集》、江淵《錦榮集》《觀光集》、蕭鎡《尚約居士集》、陳循《芳洲集》《東行百詠集句》、李賢《古穰集》、彭時《彭文憲公文集》等。儘管文獻豐富，但由於大部分閣臣在閣時間短或唱和甚少，他們的唱和不具代表性，故很多閣臣創作被排除在外，只有在內閣 13 年的陳循和約 10 年的李賢創作頗值得研究。陳循自正統九年入閣（1444）至天順元年正月（1457），在閣十三年，有《和東行百詠集句》（三卷，現存兩卷）《再和東行百詠集句》（三卷，現存兩卷）。李賢自天順元年（1457）至成化二年（1466），在閣十年，有《和陶詩》（二卷）。

第一節　陳循的唱和詩

陳循（1385 — 1463），字德遵，號芳洲，江西泰和人。永樂十三年（1415）乙未科狀元。正統九年（1444）入閣，參與機務。景泰二年（1451）十二月進少保兼文淵閣大學士。其在閣期間並未有特別建樹。英宗復辟後，陳循謫戍鐵嶺衛。天順五年（1461），特放原籍為民，五月後卒。著有《芳洲文集》《芳洲詩集》《芳洲文集續編》《東行百詠集句》《和東行百詠集句》《再和東行百詠集句》等。

陳循以才思敏捷著稱於世。其才情得到皇帝和楊士奇的讚賞。據尹直《謇齋瑣綴錄》卷二記載，宣宗愛好文藝，選楊溥和陳循二人在南宮應制，兩人才思差異較大，其中楊溥不及陳循。比如，一天，皇帝讓二人作《壽星贊》，陳循援筆立就，云：「渺南極兮一星，燦祥光兮八絨。兆皇家兮永齡，我懷思兮治平。賴忠貞兮弼成，宜壽域兮同升。」楊溥認為「壽域」二字不妥，意欲更易但一時又找不到恰當詞語，躊躇之際，太監催促甚急，於是作罷。後來，皇帝將此文賜與內閣。太監問二楊先生曰：「『壽域』二字如何？」楊士奇說：「八荒開壽域。」太監反問楊溥曰：「八荒開壽域。此詩何如？」楊溥說：「好詩。」太監說：「先生指壽域為未好也。」楊溥就沉默了。不久，陳

循與楊士奇相遇，楊士奇對他說：「適賜《壽星贊》甚佳，必大手筆
也。」又如，正統年間，一日，皇帝命內閣作《祠鐘文》。楊溥在房
中翻找往日的舊稿。太監等得急了，催促陳循說：「先生何不作？」
陳循對楊溥說：「舊無此稿，先生第口占我寫。」楊溥起了一句，其
餘部分陳循一氣呵成。﹝註1﹞可見，陳循才思之敏捷。

　　除皇帝外，陳循才學深得元輔楊士奇賞識，並成為在仕途和文學
上著重提攜的後輩。在楊士奇提攜下，其仕途較為順暢：永樂二十二
年（1424），伴隨楊士奇成為元輔，陳循仕途星動，開始升遷，由六
品修撰升為翰林侍講學士；正統元年（1436），在楊士奇舉薦下，成
為英宗皇帝經筵講官；正統九年（1444），入閣。在文學上，陳循是
楊士奇臺閣體的重要羽翼之一。其幾乎參與了所有楊士奇倡導或引領
的大大小小的唱和活動，比如西城雅集、東郭草亭宴集、杏園雅集、
南園雅集等，都有他的身影。故而，陳循在詩歌創作主題和內容方面
與楊士奇有著極大的相似之處。

一、陳循的唱和歷程

　　自永樂十三年（1415）入職翰林院至景泰七年（1456）出閣，陳
循在朝廷任職42年，其中任職翰林院29年，在閣13年。其詩歌唱
和形式，隨著其政治地位的變化而變化，由集體唱和、不再唱和再到
自和。

（一）主動參與：任職翰院的唱和之作

　　自永樂十三年（1415），陳循考中狀元，留任翰林院為翰林修撰，
到永樂十九年（1423）遷都，其幾乎沒有唱和。這主要有兩方面的原
因：一是其大部分時間供職南京翰林院，遠離以永樂皇帝為主的北京
政治中心；二是緊張的政治氛圍致使同僚間文學往來幾近斷絕。因為
永樂皇帝對東宮太子的不信任，常常監視太子，致使太子周圍的文官

﹝註1﹞（明）尹直：《謇齋瑣綴錄》卷二，明鈔國朝典故本，第19頁。

小心翼翼，根本不敢有群集性的活動，故而處在其中陳循自然沒有唱和。

　　永樂十九年（1423）之後，唱和增多。同年四月，陳循護送南京翰林院文淵閣中的書籍至北京，就此留在北京為官。至北京後，其居住在北京西城，與楊士奇比鄰而居。與其一同住在西城的還有曾棨、王英、余學夔、桂宗儒、章敞、陳敬宗、錢習禮、張宗璉、周敘、陳循、彭顯仁、周敘、胡永齊、劉朝宗、蕭省身等人。這時，永樂皇帝已不大過問朝政，由太子監國，朝廷的緊張氣氛有所緩和，翰林院的詩歌唱和便開始了，而此時唱和主要以楊士奇為中心。處於其中的陳循極其活躍，積極參加楊士奇的各類唱和。下面試看其《西城宴集分韻得嘉字》（國子祭酒陳敬宗宅）：

> 冉冉歲云暮，融融氣已和。良辰不可負，況乃逢亨嘉。尊酒會朋儔，歡宴諒靡他。戶庭無塵俗，野簌良亦佳。觴酌心所諧，言笑亦何多。豪來發清詠，興適浩無涯。幸茲聖明世，不樂將奈何。報稱須及早，毋言日來賒。〔註2〕

該詩作於永樂二十年（1422）的十二月，關於此詩唱和背景已在「三楊」唱和一節作了詳細論述，現僅談其詩歌：就內容而言，這首詩先描繪了一副士大夫遊樂圖，即一個天氣晴朗的日子，詩人們聚集一堂，盡情歡歌的場景；接著寫他們遊樂的原因，其主要在於朝廷清明，所以他們可以心無旁騖，縱情歡歌；最後點出生逢這樣的盛世，感慨時代及人生的美好。他的詩中呈現一種祥和景象，反映出詩人一種平和的心態。

　　陳循還參與了其他唱和，比如齋居唱和、贈別宴集等。例如《送劉給事中考滿燕集詩得光字》（永樂甲辰出塞之作）：

> 玉殿曾同奉御床，繡衣日日帶天香。六年載筆慚無補，三載論功羨有光。華館過從多載酒，廣筵笑語半同鄉。明

〔註2〕（明）陳循，《芳洲詩集》卷二，明萬曆二十一年（1593）刻後印本，第11頁。

時侍近多情樂，補報相期答聖皇。〔註3〕

該詩作於永樂二十二年（1424），為同鄉劉士拯贈別而作。這首詩寫了兩人工作和生活方面的交集，追憶了御前共事十二年的場景，以及日常同鄉集會的場景，而最終將這一切美好歸功於皇帝仁德，由此產生努力報答聖皇的心態。

宣德時期，陳循因才思敏捷，深得宣宗喜愛，常伴皇帝左右，一路升遷：宣德三年（1428），與楊溥一起被宣宗召入南城齋宮前的西廊，負責備顧問和應制；宣德四年（1429），與楊溥夜宿直廬於南城河西以待召見；宣德五年（1430），其扈從巡邊；宣德九年（1434），再次跟隨宣宗巡邊。這一時期，其文學活動主要以應制為主，比如創作有《瑞星頌》《黃鸚鵡歌》等。與其他人不同，陳循應制詩一般比較長，有的洋洋灑灑近千言，比如《騶虞詩》《瑞應玄兔頌》等，頗見才情。其大多數應制詩不屬於唱和詩，只有《奉和聖製喜雪歌》一首是唱和詩，但因詩太長，又不見宣宗原韻，故此處不列。與永樂朝遠離政治中心相比，陳循此期已由邊緣進入政治中心，日夕伴隨皇帝左右，有機會施展人生抱負，並在適當的時機向皇帝建言。所以，其對宣宗皇帝的賞識心存感激，流露出感恩心態，詩中頻繁出現「太平」、「聖皇」、「明主」「萬歲」等歌頌聖明之詞。陳循只是宣宗文官集團中受惠成員之一。通過其唱和活動與唱和詩，我們可以窺探到這一時期文人生存境遇的改變，政治氛圍較為寬鬆，君臣關係較為和諧，故而其通過詩歌歌頌太平，高聲歌唱盛世，發出時代最強音。

正統元年（1435），在楊士奇推薦下，陳循兼職經筵官，在閑暇之時，多參與以楊士奇為首的宴集活動，比如有東郭草亭雅集、南園雅集、杏園雅集等。下面試看其《丙辰三月十五日與少傅尚書學士九人同宴鴻臚寺卿楊善東郭草亭》：

何處林園聚德星，卿家景物異郊坰。氣清天朗城東郭，

〔註3〕（明）陳循，《芳洲詩集》卷三，明萬曆二十一年（1593）刻後印本，
　　　　第31頁。

柳暗花明池上亭。曲水流觴催客醉，畫欄啼鳥喚人醒。東
風若與明年約，乘興還來叩竹扃。〔註4〕

該詩作於正統元年（1435）三月十五，陳循與楊士奇等人遊於楊善東
郭草亭別業其間所賦。這首詩直接點明其聚會的地點，然後點出草亭
的「景物異」，接著極力渲染草亭景色之異，最後寫詩人沉迷於此景，
約定明年再赴約。這首詩風格與楊士奇的《東郭草堂宴集》如出一轍。
其詩首尾停當，語言清麗，流出安閒的心態。再如《遊鴻臚楊卿城南
別墅和東里先生韻》：

卿家別業城南陌，百畝芳林錦繡開。日暖吞波魚數出，
風和語榭燕頻來。藥畦引水兼穿竹，客館看花更舉杯。清
勝自驚如物外，誰雲門巷有塵埃。〔註5〕

該詩亦是展現了詩人的安然自得的心態。

這一時期，陳循積極地參與唱和，他的唱和詩風格與三楊相一致，
均表現為一種頌聖的模式及貴為人臣安然自得之心態。

（二）自我追和：貶謫之後的唱和之作

正統十四年（1449）至天順元年正月（1457），陳循一躍成為內
閣元輔，達到仕途高峰。其間，由於陳循專斷獨行，與高穀、王文等
其他閣臣不合，故沒有詩歌唱和。天順元年（1457）正月二十二日，
陳循貶謫出閣，又開始了詩歌唱和。關於貶謫的歷史背景和原因，具
體如下：天順元年（1457），發生了歷史上令人矚目的「奪宮事件」。
正月十六日夜，石亨、徐有貞與宦官曹吉祥聯結，迎接出幽居南宮的
朱祁鎮，於十七日英宗復辟。英宗復位後便拿內閣成員開刀：斬王文
於市；杖責陳循一百後，謫戍鐵嶺衛（今遼寧鐵嶺縣）；將蕭鎡、商
輅削職為民；命高穀致仕。可知，除王文外，閣臣中陳循受到的打擊
最大，謫戍鐵嶺衛。探究陳循被貶原因有三：一是擁立代宗登基。正

〔註4〕（明）陳循，《芳洲詩集》卷三，明萬曆二十一年（1593）刻後印本，
第 10 頁。
〔註5〕（明）陳循：《芳洲詩集》卷三，明萬曆二十一年（1593）刻後印本，
第 13 頁。

統十四年（1456），在英宗被俘之時，陳循贊成于謙擁立郕王為帝。二是支持代宗易太子。景泰三年（1452）代宗想要廢除英宗兒子朱見深的太子之位，欲立兒子朱見濟為太子，但又怕大臣阻止，於是，在易太子之前，宴請內閣大臣陳循、高穀、江淵、王一寧、蕭鎡、商輅六人，誘之以利，賞賜少保陳循、高穀兩人各銀一百兩，學士江淵、王一寧、蕭鎡、商輅四人各銀五十兩。其後，在禮部會議立儲時，陳循等人果然沒有諫諍，還說：「父有天下，傳之子，三代享用長久，皆用次道。」〔註6〕由此可見，這一時期閣臣，尤其是元輔陳循，較為軟媚。三是在復議皇帝問題上，陳循保持中立。景泰七年（1456）十二月二十八日，代宗生病，其後病情日漸沉重。這時，朝中大臣開始籌劃下一任皇帝的人選，其中朝臣對於立皇太子還是迎上皇復位爭執不下，分為兩派：朝中禮部尚書與大學士商輅等議立太子朱見深；太監興安等支持迎立上皇朱祁鎮，而蕭鎡不同意，作為元輔的陳循則保持中立不表態。由此可以看出，元輔陳循並未在國家重大事件面前，發揮作用，而是保持中立，以求自保。所以，英宗一復辟，便開始清算陳循，杖責後貶謫鐵嶺衛。

　　在赴戍途中和謫居的日子裏，陳循根據所記前人詩句，集成絕句，並一和再和，得詩約千餘，匯成《東行百詠集句》《和東行百詠集句》《再和東行百詠集句》。

　　所謂「集句」就是截取古人及時賢詩詞賦文中現成的句子，符合對聯格律，拼集成文，其種類繁多，有集句詩、集句詞、集句文、集字和集句聯等。其中，集句詩又稱「集錦詩」產生最早，是集句的主流。明人徐師曾《文體明辨》六十一卷中就給其下了定義，即「集句詩者雜集古句以成詩也。」關於集句詩之難，閣臣胡廣曾說：「夫作詩為難，集句尤為難。情動於中而形於言者，詩也。隨所感而發，隨所至而止，意窮則辭盡，抑揚開合，宛轉布置，易於為工，作固不難餘集爾。若夫裒古人之句以為詩，得其上或遺其下，得於此而或忘於

<hr />

〔註6〕（明）談遷：《國榷2》卷三十，古籍出版社，1958年，第1925頁。

彼，苟不遺忘，求其意之聯屬，無相齟齬，油然如出諸己者，戛戛乎
其鮮矣。是以一篇之詩，必窮其智力，竭其心思，搜索研磨，協情比
類，既諧且和，始克成就，是故集又難於作也。」〔註7〕認為集句詩
不易作，且要求頗高，一方面上下句之間必須自然銜接，另一方面上
下聯之間意脈順暢。不僅如此，集句要求詩人不僅要有超高的記憶力，
而且還要有極強的謀篇構思能力，這樣才能寫出好的集句詩。明徐師
曾《文體明辨序說・集句詩》亦云：「蓋必博學強識，融會貫通，如
出一手，然後為工。若牽合傅會，意不相貫，則不足以語此矣。」〔註
8〕可見，集句之難。陳循不僅作了集句詩，而且一作便幾百首，可知
陳循的才情。陳循集句詩與明代集句主流一致，以集唐為主，尤好杜
甫和李白之詩。有趣的是，陳循不僅作集句詩，還一再步韻唱和自己
的集句詩。對於緣何一再唱和自己的集句詩，其在《漫興》中透露：
「羹藜飲黍幽窗下，倡詠賡歌孰與共。」〔註9〕詩人在貶謫途中和居
所，日子苦悶，又沒有同伴，就只能自己和自己作品，以此來緩解心
中苦悶。

　　陳循自和集句詩內容非常豐富，既有臺閣中常見表露忠心和歌頌
聖德的內容，又有抒發苦悶和感歎世事的真情之作。

　　表露忠心是陳循自和詩中的主要內容。陳循的這類作品主要集中
在《和同行百詠集句》《再和同行百詠集句》中卷。它是陳循在貶謫
途中和剛至居所時所作。陳氏表露忠心的方式主要有三種。一是通過
謳歌忠臣的忠貞行為，表達對忠貞的肯定和認同。在古往今來眾多的
忠臣中，陳循最推崇文天祥，比如《再和東行百詠集句》中有《懷文
山用自述韻》和《元文山祠用述懷韻》（十首），其中有不少肯定其忠

〔註7〕 （明）胡廣：《胡文穆公文集》卷十二，清乾隆十五年（1749）刻本，
　　　　第 35 頁。
〔註8〕 （明）徐師曾：《文體明辨序說》，人民文學出版社，1988 年，第 111
　　　　頁。
〔註9〕 （明）陳循：《東行百詠集句》卷中，見《四庫全書存目叢書》集部
　　　　第 31 冊，第 358 頁。

心的句子，比如《元文山祠用述懷韻》「九十三年祠恩堂，先生寧肯
寄忠魂」，《其四用討服野人韻》「公懷故國遊神遠，人羨精忠舉祀寬」，
《其六用聞砧聲》「千載芳名留信使，一生令德在丹心」《其十用自述
其三韻》「趙氏山河屬別人，不臣方見是忠臣」〔註10〕等，高度肯定
文天祥的忠貞。二是其在自和詩中直接表達忠君的思想。試看一組他
的自和詩（第一首為集句，後依次附和詩及再和詩）：

晴朝望梅

　　日光金柱出紅盆（唐・楊巨源），瑞氣東移擁聖君（唐・
陳上美）。

　　寸地尺天皆入貢（唐・杜甫），獨悲孤鶴在人群（唐・
皇甫曾）。〔註11〕

晴朝望梅

　　久被奸兒置覆盆，銜恩何日敢忘君。
　　莫攀天上鵷鴻侶，且友山中鹿豕群。〔註12〕

述懷用雪晴韻

　　少小窮經與學文，只緣志業在忠君。
　　亂臣賊子非吾類，語不同聲處不群。〔註13〕

陳循的這三首詩內容上較為緊密，感情上層層遞進，一再向皇帝辯解
自己不忘國恩。具體如下：第一首集句詩，詩人選用金柱、瑞氣、孤
鶴等意象，通過明暗對比，反襯出自己的孤獨和淒涼。第二首和詩，
不僅和了集句詩的韻，而且和了他的意，並在感情上推進一層，解釋
了淒涼原因。開篇便說自己受奸臣的陷害，才落到如此地步，接著辯

〔註10〕　（明）陳循：《再和東行百詠集句》卷中，見《四庫全書存目叢書》
　　　　　集部第 31 冊，第 365～366 頁。
〔註11〕　（明）陳循：《東行百詠集句》卷中，見《四庫全書存目叢書》集部
　　　　　第 31 冊，第 350 頁。
〔註12〕　（明）陳循：《和東行百詠集句》卷中，見《四庫全書存目叢書》集
　　　　　部第 31 冊，第 358 頁。
〔註13〕　（明）陳循：《再和東行百詠集句》卷中，見《四庫全書存目叢書》
　　　　　集部第 31 冊，第 365 頁。

解深受皇恩，絕不敢忘記皇帝恩德。其再和詩再一次強調他的忠君思想，從自身的教育說起，強調自己從小受到忠君愛國的教育，這一教育決定了他絕不會與亂臣賊子為伍。陳循此類作品集中亦有不少。之所以一再表忠心，是因為其想向英宗皇帝證明自己對皇帝絕無二心，在議論皇帝人選時，是站在皇帝這一邊的。

歌功頌德亦是陳循自和詩的一部分。陳循有四十二年的翰院經歷，是「三楊」倡導臺閣體的支持者和中堅力量，幾乎參與了楊士奇引領的所有唱和，故館閣浸潤日久，其詩不乏歌功頌德，粉飾太平之作。試看他的三首《群盜革心》：

> 群盜相隨據虎狼（唐・杜甫），願驅眾戍戴君王。
>
> 小臣拜獻南山壽（唐・李白），周宣中興望我皇（唐・
>
> 杜甫）〔註14〕
>
> 聖明仁化洽四方，孰敢不享不來王。
>
> 時和歲稔世熙皞，上同五帝符三皇。〔註15〕
>
> 盛世昭昭法令彰，出兵擒賊首擒王。
>
> 群胡不待加天詞，革面傾心戴聖皇。〔註16〕

這三首詩主要以頌聖為主題。陳循通過歌頌群盜革心這一事件，頌讚英宗的聖恩及國家的太平。陳循的其他詩中亦不乏頌聖詩句，比如《自述》「致君愧我老無術，惟祝聖皇萬萬春」，〔註17〕《漫興用懷當道韻》「憶昔唐虞君四海，仁聲仁聞作藩城」〔註18〕，《臘日立春用坐山下

〔註14〕（明）陳循：《東行百詠集句》卷下，見《四庫全書存目叢書》集部第 31 冊，第 373 頁。

〔註15〕（明）陳循：《和東行百詠集句》卷下，見《四庫全書存目叢書》集部第 31 冊，第 380～381 頁。

〔註16〕（明）陳循：《再和東行百詠集句》卷下，見《四庫全書存目叢書》集部第 31 冊，第 387～388 頁。

〔註17〕（明）陳循：《和東行百詠集句》卷中，見《四庫全書存目叢書》集部第 31 冊，第 359 頁。

〔註18〕（明）陳循：《再和東行百詠集句》，見《四庫全書存目叢書》集部第 31 冊，第 298 頁。

家人韻》「況逢堯舜君天下，德譽仁聲四海聞」〔註19〕，《其二用漫興韻》「唐虞三代城何長，堯明大德舜重光」〔註20〕等，均以頌聖為主題。

　　抒發個人愁苦的詩在陳循的集中亦佔有一定的比例。陳循一生大起大落，為永樂十三年（1415）乙未科狀元，正統九年（1444）入閣，景泰二年（1451）為內閣首輔，可謂榮耀之極，但是至天順元年（1457）英宗復位之時，被貶謫出閣，流放鐵嶺衛（今遼寧鐵嶺）。由高高在上的首輔，一夕之間成了階下囚，其心理落差可想而知。這種心理落差在其唱和詩中多有體現。在自和詩中，有不少感興、漫興、釋悶、自述、述懷為題的作品，多以抒發個人愁緒。試看《愁來》（該集句的再和詩現已不存，下面錄其集句及和詩）：

　　　　山川蕭條極邊土（唐‧高適），戰士軍前半死生（唐‧高適）。

　　　　日下鳳翔雙闕迴（唐‧劉長卿），愁來惟覺酒多情。

〔註21〕

　　　　自承恩譴出神京，縱酒銷愁愁更生。

　　　　紅日在天光射地，難照覆盆幽枉情。〔註22〕

陳循通過集高適邊塞詩《燕歌行》中的兩句，以及劉長卿《送陸灃倉曹西上》的一句，表達了自己身處苦寒之地的愁苦之情，而這種苦悶之情只能通過喝酒來消解。如果說集句詩只是含蓄地表達了這種愁苦，到了他的和詩那裡，則直接將自己的苦悶表達出來。其和詩第一句就直白的說出貶謫出京以後，喝酒銷愁，卻更加惆悵，而之所以惆悵，

〔註19〕　（明）陳循：《再和東行百詠集句》，見《四庫全書存目叢書》集部第31冊，第299頁。

〔註20〕　（明）陳循：《再和東行百詠集句》，見《四庫全書存目叢書》集部第31冊，第301頁。

〔註21〕　（明）陳循：《東行百詠集句》卷中，見《四庫全書存目叢書》集部第31冊，第356頁。

〔註22〕　（明）陳循：《和東行百詠集句》卷中，見《四庫全書存目叢書》集部第31冊，第364頁。

在於他被冤枉至此，難證清白，所以苦悶。他的和詩和再和詩中還有不少表達愁苦的句子，比如《清明》「客愁多為先隴生，隣哭況因祭清明」〔註23〕，《塞下曲》「家在天涯渺何所，長亭一顧一愁苦」〔註24〕等等。由此可見，陳循心中的苦悶。

感歎世事的作品是陳循自和詩中較有特色的一類。其人生變化極大，由柄國的元輔一下跌落到階下囚，其間看盡了世態炎涼。詩中亦有吟詠此類的作品，比如有《勢利交》《可惜》等。下面試看《可惜》一首：

> 罷官昨日今如何（唐·李頎），摧眉折腰事權貴（唐·李白）。
>
> 萬事反覆何所無（唐·杜甫），英雄有時亦如此（唐·杜甫）。〔註25〕

可惜

> 世人榮耀不由身，君子之貴能自貴。
> 盡人媚忏無喜怒，所務在己當如此。〔註26〕

其二用可惜世人韻

> 喪不衰慟徒弔慰，無間貧賤與富貴。
> 食稻衣錦如常時，傷哉何望能變此。〔註27〕

陳循集句詩寫了罷官以後，為了生存，不得不折腰事權貴，而後其以英雄多半如此，來寬慰自己。其和詩再和集句詩的韻和意，寬慰自己，榮辱不驚，才是君子。再和詩內容僅是和其韻，而不和其意。

〔註23〕（明）陳循：《和東行百詠集句》卷中，見《四庫全書存目叢書》集部第31冊，第363頁。

〔註24〕（明）陳循：《和東行百詠集句》卷中，見《四庫全書存目叢書》集部第31冊，第367頁。

〔註25〕（明）陳循：《東行百詠集句》卷下，見《四庫全書存目叢書》集部第31冊，第373頁。

〔註26〕（明）陳循：《和東行百詠集句》卷下，見《四庫全書存目叢書》集部第31冊，第387頁。

〔註27〕（明）陳循：《和東行百詠集句》卷下，見《四庫全書存目叢書》集部第31冊，第394頁。

　　總而言之，陳循自和詩類型豐富，既有頌聖之作，又有抒發個人愁緒之作，顯示出陳循創作與其提倡和平雅正文學觀念的背離。

二、相互作用：陳循與臺閣體之關係

　　陳循與臺閣體關係密切，是宣德、正統前期臺閣體骨幹成員，參與「三楊」各類臺閣雅集、唱和。

（一）臺閣體創作對陳循的影響

　　臺閣體創作對陳循的影響集中體現在仕途上。其一是臺閣體的創作促進了陳循仕途的升遷。宣德時期，由於宣宗熱愛文藝，陳循被命直廬南城河西，主要負責應制。在整個宣德其間，陳循一直伴皇帝左右，隨皇帝兩次巡邊。宣德九年（1434）年底，宣宗有意令陳循入閣，但因過早離世，此事遂寢。蕭鎡在為陳循作的《誌銘》中記載甚詳：「歲終，上不豫。（宣宗）遣中貴口諭旨於楊溥與公俱入文淵閣共事。乙卯，上賓天，入閣之命遂不果。」〔註28〕由此可見，陳循的詩文應制對其仕途的影響。此外，在詩文上對楊士奇的追隨促進了他仕途的升遷。永樂十三年（1415），陳循作為翰林修撰進入翰林院，其間約三十年，自永樂十九年（1421）遷都以後，其唱和主要對象是楊士奇。據三楊唱和一覽表，陳循參與了楊士奇主持或參加的大部分的唱和活動。這些唱和活動拉近其和楊士奇的關係，為其仕途升遷奠定了基礎。整個永樂朝，陳循在館閣中待了九年的時間，一直是翰林修撰，未有升遷，其官品僅為從六品。隨著楊士奇升為內閣元輔，其官位有所變化。正統時期，升為翰林學士，其官品為正五品。同時，在楊士奇的引薦下，他有更多機會。比如，正統元年（1435），在楊士奇的推薦下，陳循擔任皇帝的老師。陳循入閣，亦受到楊士奇的援引。由此可以看出，臺閣體在陳循仕途中扮演了重要角色。

　　其二是臺閣體的創作幫其擺脫了貶謫困境。陳循寫出了大量的臺

〔註28〕　（明）陳循《芳洲文集》附錄，明萬曆二十一年（1593）刻後印本，第4頁。

閣體詩，其中內容以頌聖為主題，目的在於歌功頌德。在貶謫其間，其創作了大量的此類作品，同時，又向皇帝獻詩。天順五年（1461），其撰寫《神功聖德頌詩》四章二十首，獻給皇帝。英宗皇帝覽閱之後，將詩送入翰林院加以保存。陳循獻詩的目的，一方面向皇帝表忠心，另一方面在於試探皇帝對他的態度。英宗皇帝接受了其獻詩後不久，陳循又獻《陳情疏》向皇帝力證清白。英宗閱讀之後，深受感動，將陳循放還故里。後世學者對陳循的詩評價甚高。清人朱彝尊將陳循的政治事蹟和作品聯繫，在《靜志居詩話》卷六《陳循》論之云：「裕陵復辟，吳人盛誇徐元玉社稷之功，然奪門二字豈可示天下後世？李文達之言當矣。予嘗見少保訟冤疏手稿，具陳元玉之讒，斯亦纂國史者所當知也。少保詩絕意規摹，饒越石清剛之氣。」〔註29〕可見，臺閣體不僅讓其在當時得到了益處，也為其在後世贏得了名聲。

（二）陳循對臺閣體的影響

陳循成長於永樂朝，見證了臺閣體由盛到衰的全程，其間扮演了重要角色，其是「三楊」時期臺閣體的主要成員，推動了臺閣體的發展，當元輔楊溥謝世以後，陳循接替成為元輔，但其整個的在閣時間無意於引領文壇，缺乏主盟意識，導致臺閣體的衰落。當然，臺閣體的衰落有政治、經濟、臺閣體自身的侷限等諸多方面的原因，但是，作為內閣元輔的陳循沒有像「三楊」那樣，即使在皇帝缺席的情況下，仍然歌唱不綴，其在閣其間沒有挑起館閣文權的大樑，這加速臺閣體的迅速衰落。這主要表現在兩方面：其一，陳循無意於推行臺閣文學。從文藝觀念看，其多重複楊士奇等人的文藝觀，缺乏一定的新意。同時，其文藝觀念並不成熟，缺乏系統性。其二，從創作看，儘管《芳洲文集》存有大量贈詩、送詩、雅集之詩、宴會之詩等類作品，但是詩歌多應人請求而作並非主動作詩，更不用說倡導或主持雅集活動。所以，陳循在內閣其間，很少有文學活動，更不用像「三楊」時期一

〔註29〕（清）朱彝尊：《靜志居詩話》卷六，人民文學出版社，1990 年，第164 頁。

樣的雅集唱和了。

　　概而言之,陳循詩歌唱和的歷程反映了臺閣文學由盛到衰的過程,同時也展現了臺閣文學與政治的緊密關係。陳循詩歌唱和促進了其仕途的升遷,並改變了其生存環境,反之,陳循作為元輔沒有肩負起引領文學的責任,導致臺閣文學地位的下滑。

第二節　李賢的唱和詩

　　李賢(1408～1466)字原德,號古穰,鄧州(今河南鄧州)人。宣德八年(1433)進士。天順元年(1457),繼徐有貞之後,成為內閣首輔,在閣十年,成化二年(1466)卒於任。在政治上,其成績斐然,王世貞《池北偶談》卷九「吳康齋李文達」條云:「王文恪評李文達云:『國朝三楊後,得君最久者,無如李賢,亦能展布才猷,然當時亦以賄聞。』云云。文達相業,視三楊有過無不及。」〔註30〕著有《古穰集》《天順日錄》等。

　　李賢《古穰集》存詩四卷,其中唱和詩200餘首。李賢唱和詩有同僚唱和詩和追和詩兩種形式,其中以追和為主。除唱和現場所作的作品或見寄的作品外,詩人常常唱和心怡的古人作品,一般這樣的唱和稱為「追和」。通常來說,陶淵明、王維、李白、杜甫、蘇軾等著名詩人的作品是唱和的熱門,尤其是陶詩。追和陶詩始於宋代蘇軾。據蘇轍《子瞻和陶淵明詩集引》云:「古之詩人有擬古之作矣,未有追和古人者也,追和古人之作,則始於東坡。」〔註31〕其後歷代均有和陶者,如南宋有陳與義、王質、陳造、陳起、朱熹等;元人有劉因、方回、戴表元、郝經、張養浩等;明人有梵琦禪師、張泐、李賢、陳獻章等;清人有施潤章、查慎行、舒夢蘭等。事實上,「明代前期和陶詩甚多,梵琦禪師、張泐、童冀、桂彥良、張洪、李賢、范仲彰、

〔註30〕 (清)王士禎撰,勒斯仁點校:《池北偶談》,中華書局,1982年,第205頁。

〔註31〕 (宋)蘇轍:《蘇轍集》,中華書局,1990年版,第1110頁。

吳景輝等人均有成書或獨立成卷者。」〔註32〕在這些人中，李賢和詩最有特色，其擺脫臺閣作家借陶淵明之口寫田園生活的寫作模式，轉向借陶氏口氣書寫己意，故寫得頗為動人。李賢《和陶詩》兩卷，其按陶集依次追和，僅《形影神三首》無和詩，共計158首。

一、李賢的《和陶詩》

　　李賢追和陶詩有明顯的時代特質。如果說以往的和陶詩著意描繪陶淵明詩中的田園元素，目的營建士大夫閒散心境的話，那麼到了李賢這裡，卻發生了極大變化，其和詩中個體意識增強，將隱藏田園背後的個體推到幕前，揭示苦悶情緒和壯志難酬的仕途挫敗之感，直白的說，其過濾了陶詩中人類共性的天真和機趣，取而代之的是基於理學的個人抱負和社會責任感。這種抱負和責任感具體體現在仕途困頓的心理呈現、融入了理學色彩、臺閣元素上。

（一）仕途困頓：李賢「和陶詩」中的心理呈現

　　在蘇軾影響下，人們往往傾慕的是陶淵明仕途受挫或者厭倦世俗之後，在田園生活中展現的安然自適的和平心境和呈現的悠然自得的超然形象。事實上，這一形象是中國以退為進老莊哲學的折射，又是魏晉時期的談玄理趣的體現，故而陶詩境淡遠而有深意。但是，李賢教育根植於程朱理學的儒家學說，師從理學家薛瑄，重視出仕，而一旦出仕路途不順暢，其失落之情、落魄之態則灌注至詩中的人物形象，呈現出壯志難酬、有志難伸的樣態。事實上，這一書寫方式自古有之，「詩仙」李白和「詩聖」杜甫詩中比比皆是，但是李賢將其援引至遠離官場的陶詩中就顯得十分醒目了。以《乙巳歲三月為建威參軍使都經錢溪》為例（將陶詩附於後，以便比較）：

　　　　古人英華髮，良由和順積。果能躡前蹤，未必今匪昔。
　　安得九霄上，矯然奮六翮。宗社孰扶持，忍使中原隔。試

<hr>

〔註32〕湯志波著：《永樂至成化間臺閣詩學思想研究》，上海古籍出版社，2016年，第111～112頁。

觀春秋人，尚報東門役。而我處畎畝，坐閱歲華易。蓄志
嗟莫申，此意向誰析。孔明去云久，空憐廟前柏。〔註33〕
（李詩）

　　我不踐斯境，歲月好已積。晨夕看山川，事事悉如昔。
微雨洗高林，清飆矯雲翮。眷彼品物存，義風都未隔。伊
余何為者，勉勵從茲役。一形似有制，素襟不可易。園田
日夢想，安得久離析。終懷在壑舟，亮哉宜霜柏。〔註34〕
（陶詩）

陶詩是奉命使都途中所作，展現詩人徘徊於出仕與歸隱田園的矛盾心
理，最後詩人仍選擇歸隱，而和詩卻不同，展現了詩人面對國家分崩
離析，焦慮不安，但又有志難伸的憤懣之情，這樣壯志難酬的詩人形
象躍然紙上。再如《詠貧士》（七首）：

其七

　　昔聞徐孺子，高風擅南州。豈無儻儻士，邈焉無前儔。
所以陳蕃榻，不肯下凡流。當時有高識，深為蒼生憂。亦
欲回狂瀾，斯志竟難酬。吾生千載後，徒茲慕前修。〔註35〕
（李詩）

　　昔在黃子廉，彈冠佐名州。一朝辭吏歸，清貧略難儔。
年饑感仁妻，泣涕向我流。丈夫雖有志，固為兒女優。惠
孫一晤歎，腆贈竟莫醉。誰云固窮難，邈哉此前修。〔註36〕
（陶詩）

陶詩讚頌了古代不為生活困苦改變節操的貧士黃子廉，以來自勉，而
李賢和詩則是用陳蕃下榻的典故，顯示古人對賢才的器重。詩人羨慕

〔註33〕（明）李賢：《古穰集》卷二十三，清文淵閣四庫全書補配清文津閣
　　　　四庫全書本，第21頁。
〔註34〕（晉）陶潛，龔斌校箋：《陶淵明集校箋》，上海古籍出版社，2011
　　　　年，第199頁。
〔註35〕（明）李賢：《古穰集》卷二十四，清文淵閣四庫全書補配清文津閣
　　　　四庫全書本，第15頁。
〔註36〕（晉）陶潛，龔斌校箋：《陶淵明集校箋》，上海古籍出版社，2011
　　　　年，第342頁。

古代有才之士受到的禮遇，但他只能空羨慕而已，所以他發出「徒茲慕前修」的悲歎。又如《擬古九首》：

其七

曉庭宿雨收，安坐養天和。有懷未能已，悠然發浩歌。古來賢達士，寂寂何其多。商也樂聖道，心猶蔽紛華。邈乎千載下，頹然將奈何？〔註37〕（李詩）

日暮天無雲，春風扇微和。佳人美清夜，達曙酣且歌。歌竟長歎息，持此感人多。皎皎雲間月，灼灼葉中華。豈無一時好，不久當如何？〔註38〕（陶詩）

陶詩擬的是古代「美人遲暮」之作。詩人代替佳人說出心中的苦悶之情，其將佳人的感情緩緩道出，情真意切。而李賢的和詩則是代替有志難伸的士人，將其不被世用，苦悶抑鬱的心態展現出來，從而發出無可奈何的悲歎。

飲酒詩（其二十）

六經不可尚，誰復得其真。後聖如有作，再使風俗淳。憶昔周邦舊，文王受命新。何意繼周者，而乃在強秦。遂使寰宇內，紛然渾泥塵。卯金成事業，為之亦辛勤。仁澤被四海，皇天固無親。萬物已枯槁，生意復津津。吾今處閒散，有此漉酒巾。清風北窗下，自謂羲皇人。〔註39〕（李詩）

羲農去我久，舉世少復真。汲汲魯中叟，彌縫使其淳。鳳鳥雖不至，禮樂暫得新。洙泗輟微響，漂流逮狂秦。詩書復何罪，一朝成灰塵。區區諸老翁，為事誠殷勤。如復絕世下，六籍無一親。終日馳車走，不見所問津。若復不快飲，空負頭上巾。但恨多謬誤，君當恕醉人。〔註40〕（陶詩）

〔註37〕（明）李賢：《古穰集》卷二十四，清文淵閣四庫全書補配清文津閣四庫全書本，第10頁。

〔註38〕（晉）陶潛，龔斌校箋：《陶淵明集校箋》，上海古籍出版社，2011年，第301頁。

〔註39〕（明）李賢：《古穰集》卷二十四，清文淵閣四庫全書補配清文津閣四庫全書本，第6頁。

〔註40〕（晉）陶潛，龔斌校箋：《陶淵明集校箋》，上海古籍出版社，2011

陶詩借純樸民風的失去，來表達對當下的不滿。而李賢的和詩卻與之大相徑庭，他的詩歌則是歌頌當下。他主要寫劉邦建國，通過渲染萬物復甦，凸顯其功業無窮；然後引到當下，突出詩人悠閒的心態。顯然，這首詩是臺閣詩人慣用的頌世主題。

　　通過一系列對比可知，兩人的區別在於思維哲學的差異，陶淵明立足老莊哲學，困頓後選擇歸隱，表現出不為世俗牽絆的不羈和灑脫，成為歷代士大夫嚮往的人物，而李賢和詩立足儒學，挫敗後傾向於宣洩個人心中的憤懣和不滿。事實上，其和詩過濾陶詩中的灑脫和不羈，使其俗化，可以說是一種倒退。

（二）一味說教：李賢「和陶詩」中的理學色彩

　　李賢的和陶詩中更多的是理學色彩。如果陶詩中的感情側重於默默的溫情，那麼李賢和陶詩則更多的是作為長者或者是拿出長者姿態來諄諄教導或叮嚀。之所以如此，與其理學的立論有關。儘管李賢未有理學著述，但從其對理學家薛瑄的推重和有關理學的言論看，其有很深的理學造詣。李賢曾師從薛瑄。薛瑄（1389～1464），字德溫，號敬軒，明代平陽府河津人。明代大臣、學者和文學家、理學家。其與和薛氏交往較早。宣德八年（1433），李賢去山西視察遭受蝗災的地區，在這裡，結識了薛瑄，並結下友誼。此後，李賢拜於薛瑄門下。關於為何拜於薛氏門下，李賢在《與薛僉憲書二》云：「僕之所以願遊其門不肯他適者，以閣下見道分明故也。」〔註41〕薛瑄的理學強調外在的日用工夫，注重生活實踐，並認為道在聖賢書中，關鍵在於身體力行。李賢深受薛氏思想的影響，認為如果不讀聖賢之書，只是憑藉自己的所思和所悟，終究難以去人慾。〔註42〕其在《雜錄》中云：「嘗於靜時體驗自己所思偏要思在富貴

年，第 265 頁。
〔註41〕　（明）李賢：《古穰集》卷三，清文淵閣四庫全書補配清文津閣四庫全書本，第 5 頁。
〔註42〕　暴鴻昌：《李賢與天順政局——兼論李賢的理學及經世思想》，《求是學刊》，1997 年第 6 期，第 103～109 頁。

利達上去，情意樂然。有時覺得所思是人慾，轉思向道德上去，終
是勉強，以此覺得遏人慾存天理之功甚難，且所思不正，便能知之
即奮然欲止之，只在心上驅遣不去，急引正道思之，亦不能奪。」
〔註43〕故而可知，李賢重視實用性，其反映到文學上，則從經世致
用的角度出發，強調文學的功用性。直白的說，就是傳統的儒教觀，
其強調的是詩歌的啟發和教育意義。下面以其和陶淵明的《贈長沙》
為例（後附陶詩）：

贈長沙公族祖

一章

君子之澤，世遠則疏。豈不念之，同一厥初。白日其
晚，歲月云徂。各慎其身，言莫蹲踽。

二章

美哉輪奐，言考其堂。克明厥德，如圭如璋。宗族聚
斯，永矣千霜。祖武其繩，邦家之光。

三章

前烈有訓，善與人同。尋此墜緒，障流以東。古人高
跡，邈矣桐江。夫何今人，惟命之通。

四章

在昔子騫，人無間言。遊余聖門，難為泰山。所以回
也，發此喟然。凡我宗人，孝友為先。（李詩）〔註44〕

贈長沙並序

同源分流，人易世疏。慨然寤歎，念茲厥初。禮服遂
悠，歲月眇徂。感彼行路，眷然蹲踽。

於穆令族，允構斯堂。諧氣冬暄，映懷圭璋。爰採春
華，載警秋霜。我曰欽哉！實宗之光。

〔註43〕（明）李賢：《古穰集》卷二十三，清文淵閣四庫全書補配清文津閣
四庫全書本，第3～4頁。

〔註44〕（明）李賢：《古穰集》卷二十三，清文淵閣四庫全書補配清文津閣
四庫全書本，第6頁。

　　伊余雲構，在長忘同。笑言未久，逝焉西東。遙遙三湘，滔滔九江。山川阻遠，行李時通。

　　何以寫心，此貽話言。進簣雖微，終焉為山。敬哉離人，臨路凄然。款襟或遼，音問其先。（陶詩）〔註45〕

陶詩一共四章，詩人以長者身份，從遠處說起，感歎宗族悠久歷史和良好的家風，肯定長沙公能子承父業，並鼓勵其努力不懈地學習，最後落腳於親情，希望能夠互通音信。整首詩語言懇切，體現了詩人長者風範。而李賢和詩則有很大不同，淡化陶詩中情感的成分，強調詩中的理性。雖然其詩仍以長者的身份展開，但是味道全變，一味說理，一方面感歎宗族的悠久歷史，另一方面叮囑後人要堅守家風家規，為族增光，同時，強調族人要以孝友為先。再如他的和《酬丁柴桑》

一章

　　作邑有道，儼乎容止。好善惟誠，士輕千里。竊有獻焉，慎終如始。

二章

　　道不易知，民可使由。豈弟君子，憂民之憂。民既樂矣，我心則休。崇酒於觴，與子遨遊。（李詩）〔註46〕

酬丁柴桑

　　有客有客，爰來宦止。秉直司聰，惠於百里。飡勝如歸，聆善若始。

　　匪惟諧也，屢有良遊。載言載眺，以寫我憂。放歡一遇，既醉還休。實欣心期，方從我遊。（陶詩）〔註47〕

陶詩首章盛讚柴桑丁縣令的為政美德，次章追憶二人攜手相遊之趣。而李賢首章雖也盛讚了桑丁縣令的為政美德，但其中消解掉陶詩中見

〔註45〕（晉）陶潛，龔斌校箋：《陶淵明集校箋》，上海古籍出版社，2011年，第19頁。

〔註46〕（明）李賢：《古穰集》卷二十三，清文淵閣四庫全書補配清文津閣四庫全書本，第4頁。

〔註47〕（晉）陶潛，龔斌校箋：《陶淵明集校箋》，上海古籍出版社，2011年，第27頁。

到客人之後的高興之情，而是一味強調他的為政之道；次章承接上章一再強調自己為民之憂。顯然，李賢的和詩中去掉了陶詩中能夠引人共鳴的個人感情，轉而從為官者的角度出發，強調其為官之道。

　　儘管李賢和陶詩極力向陶詩靠攏，但是由於詩中的情感成分被理性成分所取代，故很難寫作像陶淵明那樣感情豐富且真摯的作品。

（三）頌世模式：和陶詩中的臺閣色調

　　李賢宣德八年（1433）年進士，歷宣德、正統、景泰、天順、成化五朝，至天順成為內閣首輔。與出身翰林院的胡廣、楊士奇、楊溥、陳循等元輔不同，李賢沒有過翰林院的任職經歷，其出身部院，是在因緣際會之下入閣的，所以重實際。正統十年（1445 年）後，升任考功郎中、文選郎中。正統十四年（1449），跟英宗北征瓦剌，在土木堡之變中逃回。景泰二年（1451 年）上《正本十策》，被代宗視為座右銘，升兵部右侍郎，轉戶部侍郎，次年再遷吏部右侍郎。天順元年（1457）年英宗復辟後，遷賢為翰林學士，入內閣，升吏部尚書。可知，較之其他閣臣，李賢仕宦經歷豐富，對此期政局有較清醒的認識。這些經歷反映至其文學創作，則表現為臺閣與山林文學的融合。儘管其身處館閣，但並不排斥優游林下、沖淡自然代表的山林或田園，相反其「身在曹營，心在漢」對山林或田園有一定嚮往，推崇陶淵明，幾乎和遍陶詩。儘管李賢在和詩中極力描摹陶詩的田園，但作為臺閣體繁盛的見證人來說，其亦不可能置身事外，不被世俗文風影響，其詩中時常不自覺地出現頌國家之盛的臺閣身影。下面試看《和飲酒》（其二十）：

　　　　羲農去我久，舉世少復真。汲汲魯中叟，彌縫使其淳。鳳鳥雖不至，禮樂暫得新。洙泗輟微響，漂流逮狂秦。詩書復何罪？一朝成灰塵。區區諸老翁，為事誠殷勤。如何絕世下，六籍無一親。終日馳車走，不見所問津。若復不快飲，空負頭上巾。但恨多繆誤，君當恕醉人。〔註48〕（陶詩）

────────────

〔註48〕（晉）陶潛，龔斌校箋：《陶淵明集校箋》，上海古籍出版社，2011年，第 265 頁。

六經不可尚，誰復得其真。後聖如有作，再使風俗淳。
憶昔周邦舊，文王受命新。何意繼周者，而乃在強秦。遂使
寰宇內，紛然渾泥塵。卯金成事業，為之亦辛勤。仁澤被四
海，皇天固無親。萬物已枯槁，生意復津津。吾今處閑散，
有此漉酒巾。清風北窗下，自謂羲皇人。〔註49〕（李詩）

陶詩主要借上古純樸民風的逝去表達對當下的不滿，而李賢和詩與之
不同，詩中充滿對漢代的讚美，其中「卯金成事業」即指劉邦建國，
然後寫建國以後，由於劉邦治國有方，國家呈現出勃勃生機。顯然，
陶詩中的不滿已經不存，取而代之的是盛讚。〔註50〕再如，李賢的《蠟
日》對比：

農人蠟祭畢，聚飲情偏和。老翁扶醉歸，顛狂若風花。
傍人勿相笑，歲稔歡樂多！不見堯時叟，亦有擊壤歌。〔註
51〕（李詩）

風雪送餘運，無妨時已和。梅柳夾門植，一條有佳花。
我唱爾言得，酒中適何多！未能明多少，章山有奇歌。〔註
52〕（陶詩）

陶詩寫歲暮風雪，預兆明年的春夏佳景，詩人飲酒賞梅，沉醉其中，意
趣無限，表現出詩人悠然自得心態。而李賢的和詩描繪了蠟祭後，農人
飲酒行樂圖，反映出農人生活的富足，側面反映出國家的太平和樂。

概而言之，李賢的和陶詩有著鮮明的時代烙印，其詩中不僅塑造
有志難伸的詩人形象，而且在歸隱主題下出現了說理和頌世的詩句。
通過其和詩，可以管窺到明代前期臺閣文人對陶詩的接受和闡釋。顯
然，他們選擇出仕的陶淵明而非隱逸詩人陶淵明，並在這一理念下對
陶詩進行了忠君愛國的解讀，所以李賢的和詩中塑造了心繫國家，有

〔註49〕（明）李賢：《古穰集》卷二十四，清文淵閣四庫全本，第7～8頁。
〔註50〕湯志波：《明永樂至成化間臺閣詩學思想研究》，上海古籍出版社，
2016年，第116～119頁。
〔註51〕（明）李賢：《古穰集》卷二十四，清文淵閣四庫全本，第6頁。
〔註52〕（晉）陶潛，龔斌校箋：《陶淵明集校箋》，上海古籍出版社，2011
年，第286頁。

志難伸的詩人形象。

二、備受質疑：李賢為首的賞花唱和

　　天順時期，李賢為首輔，一度沉寂的閣臣間同僚唱和再次興起。
這主要因為李賢與次輔彭時、呂原關係極其融洽。雷禮《國朝列卿紀》
卷十一云：「（李賢）與學士呂文懿公原，陳公文，彭公時相處十餘年，
未嘗失辭色。」〔註53〕他雖掌閣事，但並不專斷，遇事多與兩人商議。
三人各有專長：李賢「通達，遇事立斷」〔註54〕；呂原「內剛外和，
與物無競」〔註55〕庶政稱理；彭時「孜孜奉國，持正存大體」〔註56〕
有古大臣風。所以，三人較為團結，悉心輔助皇帝處理政務。〔註57〕
暴鴻昌稱這種關係的內閣為「相協型內閣」。〔註58〕他們公事之暇，
多有詩歌唱和，其中以玉堂賞花唱和最有代表性。

（一）玉堂賞花唱和

　　玉堂賞花唱和發生在天順二年（1458）四月，李賢在公署設宴賞
花，邀請翰林院同僚彭時、呂原、林文、劉定之、李紹、倪謙、錢溥
七人，其間李賢首倡《玉堂賞花》一首，其他人和，其後又得到閣院
同僚四十多人的唱和，「已而闈院青宮諸僚友咸喜」，唱和詩彙集為《玉
堂賞花詩集》，該集前有李賢《玉堂賞花會詩序》，後有彭時所作序。
關於設宴賞花之緣由，黃瑜在《玉堂賞花》中記錄甚詳：「明年暮春，
忽各萌芽左二右三，中則甚多。而彭時、呂原、林文、劉定之、李紹、
倪謙、黃諫、錢溥相繼同升學士，凡八人。賢約開時共賞，首夏四月
盛開八花，賢遂設燕以賞之。」〔註59〕可知，李賢的賞花唱和實則是

〔註53〕（明）雷禮：《國朝列卿紀》卷十一，明萬曆徐鑒刻本，第14頁。
〔註54〕（清）張廷玉：《明史》卷一七六，中華書局，1974年，第4678頁。
〔註55〕（清）張廷玉：《明史》卷一七六，中華書局，1974年，第4679頁。
〔註56〕（清）張廷玉：《明史》卷一七六，中華書局，1974年，第4687頁。
〔註57〕馬嘉澤：《論李賢》，吉林大學，2013碩士論文。
〔註58〕暴鴻昌：《李賢與天順政局——兼論李賢的理學及經世思想》，《求是
　　　　學刊》，1997年第6期，第103～109頁。
〔註59〕（清）黃瑜：《雙槐歲鈔》卷八，清嶺南遺書本，第21頁。

慶賀唱和。其在序中記載：「明日會者八人，花即盛開八枝，各獻芳妍，無不佳者，咸以為異，以理觀之，固出於適然，以數觀之，似亦非偶然也。因思昔者，韓魏公在廣陵時，是花出金帶，圍四枝，魏公甚喜，乃選客具樂，以賞之。蓋花自合人之數也。」對於這次唱和，李賢從天人感應角度出發，將八位學士的升遷與開的八朵芍藥花比附在一起，以此來說明其升遷是上天的安排，證明其地位的合理性。遺憾的是，該集現已不存，僅明沈應文《（萬曆）順天府志》卷六藝文志中存詩六首，不能窺探其唱和的全貌。但是從現存的六首中，亦可以知道唱和的大致情況。試看李賢《玉堂賞花》（十首僅存二首）：

> 禁苑時和品匯芳，獨憐芍藥異尋常。倚闌著雨含香態，出砌迎風寒曉妝。下體曾資和鼎味，佳名不羨束腰黃。清吟愧我非元白，聊為儒寅泛一觴。

> 首夏花開第一芳，愛觀曾不厭時常。培根日盛非凡種，賦質天然豈靚妝。座上詩成看奪錦，禁中客貴對懸黃。儒林勝會人間少，棄醉蓬萊九醞觴。

其一，貼題而作：直接寫出芍藥花的不同尋常，進而描寫芍藥的嬌態，最後感歎自己並非元白，寫不盡它的百態，只能對花飲酒而已了。其二，直接引出芍藥，接著寫它們的獨特，然後轉寫賞花人尊貴的身份，誇讚玉堂雅集盛會的不同尋常。就內容而言，詩人雖表面寫了芍藥的風姿卓越，但其字裏行間無不透露著身處玉堂的優越感。其他的和詩大致與李賢相類，具體如下：

> 同前（彭時）
> 春風幾載惜餘芳，此日繁開迥異常。地脈暗培三種異，天工巧作五雲妝。香風玉署凝飛白，色借宮袍近柘黃。歡賞極知逢世泰，願歌天保佑堯觴。

> 同前（劉健）
> 名園萬卉歇殘芳，紅芍光榮始倍常。香氣晴薰蘭麝散，露華曉潤黛鉛妝。春魁只許梅先白，晚節誰誇菊後黃。緩步花前心自醉，未須縱飲盡餘觴。

同前（楊守陳）

　　先帝曾憐芍藥芳，賜栽綸閣寵非常。九重春色穠仙態，
一種風流不世妝。繞檻異香生錦繡，翻階絕豔間紅黃。退
朝吟對思無已，幾度徘徊謾舉觴。

同前（章懋）

　　暖風晴日正芬芳，草木鍾奇不類常。三種肯教先後發，
八花能自淺深妝。彩雲翻砌重重錦，金粟堆心顆顆黃。分
付東風好收管，明朝還欲盡餘觴。〔註60〕

這些詩從不同的側面，或是描繪了芍藥的形態之美，或是它的顏色之
麗，又或者是它的出身之高貴，但結語處卻高度一致表現他們玉堂生
活的優渥。

（二）玉堂賞花唱和的影響

　　李賢引領的玉堂賞花唱和在當時影響甚大，產生有兩種截然不同
的聲音。其一是積極的響應和擁護之聲。擁護者主要是翰林院同僚，
其和詩較多，結成《玉堂賞花集》，成為玉堂風雅的象徵，開了後世
館閣賞花唱和。黃佐在《賞花倡和》中云：「景泰中，內閣賞芍藥賦
黃字韻詩，本院官皆和之，有《玉堂賞花集》盛行於時。成化末，少
傅徐溥在內閣賞芍藥，賦吟扉二韻，次年又有詩二韻，本院官亦皆和
之。正德中，大學士梁儲、楊一清賞芍藥倡和，則用東冬清青為韻，
人各四首云。」〔註61〕由此可見，賞花唱和已成為館閣風雅的象徵，
承傳下來。需要更正的是，黃佐對於玉堂賞花唱和發生的時間記載有
誤，其唱和並非發生在景泰時期，此期李賢尚未入閣，內閣是陳循的
天下，直至天順元年，李賢才入內閣，至天順二年（1458）才有了賞
花唱和。

　　其二是對李賢賞花唱和遭的嘲笑和批評之聲。發出這些反對之聲

〔註60〕（明）沈應文：《（萬曆）順天府志》卷六，明萬曆刻本，第 87～89
　　　　頁。
〔註61〕（明）黃佐：《翰林記》卷二十，中華書局，1985，第 351 頁。

的是京師士大夫。關於對其嘲笑的原因，葉盛《水東日記》卷七記錄
甚詳載：「永新劉學士（劉定之）之弟行人寅之，一日笑謂其兄曰：『我
亦有和篇』，因即誦之，頗寓譏切意。卒章至有『從戎謫宦有倪黃』
之句，聞者不覺失笑。蓋賞花未幾，而倪學士戎開平、黃學士降授廣
州通判也。」〔註62〕除嘲笑外，他們的唱和還遭到士大夫陳真晟的抨
擊。陳真晟（1411～1474）字晦德，一作晦夫，改剩夫，明代學者。
漳州鎮海衛（今福建龍海）人。其在《題玉堂賞花集後》，對他們的
賞花唱和進行了強烈批評：

> 僕觀《玉堂賞花集》，知諸公之尊榮貴寵，皆出於天命
> 定數，固非人力之所能及矣。然周公之道，其益衰矣乎？
> 昔周公相周，承文武聖治之後，天下可謂無事矣。猶且一
> 食三吐其哺、一沐三握其髮，以勤相職。今士習之不正，
> 民風之不淳，皇上復位之初，拳拳以此為問，見於丁丑科
> 策制者，昭昭矣，諸閣老公豈盡不知耶？則今之天下，不
> 逮周公之世遠矣。設使周公生今之時，作今之相，不惟三
> 吐三握，以救之，必將並食與沐皆不及矣，何暇於賞乎哉？
> 又況玉堂非賞花之所，不惟無益而實有害也。何也？閣老，
> 君之師相也。為師相者，既自以賞花為樂，何怪乎所輔相
> 者不求名花珍禽異獸以為樂，是師相教之也。何以嚴憚以
> 成君德哉？既詠為詩，又繪為圖，又梓行以誇耀天下，「謂
> 之玉堂賞花盛事」。吁，未矣！周公所不暇為也。………玉
> 堂諸公，方賞花觴酒賦詩，故辭之也。雖然，諸公笑布衣
> 為迂儒，布衣亦恐人笑諸為俗相。〔註63〕

陳真晟對他們的批評主要有以下兩點：一是不務正業。其認為閣臣作
為輔相應該像周公那樣勤勤懇懇為人民服務，而不是不務正業去附庸
風雅。二是錯誤示範。認為閣臣作為皇帝的老師，不以身作則，反以

〔註62〕（明）葉盛撰、魏中平點校：《水東日記》卷七，中華書局，1980 年，
　　　　第 73 頁。
〔註63〕（明）陳真晟：《布衣陳先生存稿》卷七，明萬曆刻本，第 19～20
　　　　頁。

賞花為樂，為帝王作了不好的示範。

從以上兩種一熱一冷截然相反的態度看，一方面，閣臣在文學上的權威性已喪失，由明初上下一統，京師和地方一致的大文學圈萎縮到僅在翰林院中通行的小文學圈。另一方面，說明閣臣政治職能被凸顯出來，而文學職能文學性被削弱。

三、從李賢看臺閣文權的變化

李賢的賞花唱和遭到質疑，反映出臺閣文權的下降。其作為內閣首輔，有校正文風和應制等文化職能，但是其日常文學行為，比如唱和，卻遭到了士大夫的批評。這與「三楊」日常唱和得到部院官員和京師內外認同的時期已有很大不同。其日常唱和不僅未得到京師士大夫的唱和，而且也未得到地方士大夫的呼應。這不僅反映出天順時期閣臣權威的下降，也反映出臺閣文權的下滑。臺閣文權下滑有諸多方面原因，其中主要原因在於閣權下降和閣臣自我定位儒學化有關。

（一）閣權下降

天順朝，雖然閣臣同心協力，共同輔佐皇帝，但內閣權力並不太大。憑實說，整個天順朝，閣權一直受制於宦權。下面通過李賢與宦官曹吉祥、門達的爭鬥，具體瞭解：一是李賢與曹吉祥的爭鬥。天順元年（1456）正月十六，在宦官曹吉祥、石亨、徐有貞等人的擁護下，英宗成功復辟。因此曹吉祥和石亨等一下成為奪門功臣，他們權力日增，不斷干涉朝廷官員的任免。天順元年（1456）七月以前，內閣成員都在曹、石輩的操縱下實行任免〔註64〕，比如岳正的出閣、薛瑄的致仕、徐有貞的戍邊為民、李賢的離閣等。顯然，此時的內閣權力受制於宦權。其後，李賢在王翱的力薦下再次入閣。他再次入閣後，靜待時機，逐漸削弱石亨的軍事力量以及曹吉的在宮中的勢力，並在爭鬥中逐漸佔領上風。至天順五年（1460）七月，朱祁鎮處死曹吉祥，

〔註64〕王其矩：《明代內閣制度史》，中華書局，1989，第 107 頁。

他們的爭鬥才算結束。二是李賢與門達的爭鬥。石、曹之禍剛剛熄滅，英宗又寵信宦官門達、逯杲，遣緹騎侵擾四方，鬧得京城內外雞犬不寧。〔註65〕作為首輔的李賢多次向英宗告發門達、逯杲等人的惡事，但英宗置之不理。李賢累告不法，門達因此恨李賢入骨，誣告李賢貪污受賄，使英宗懷疑李賢，「不下詔者半載」〔註66〕。從此，英宗日漸冷落李賢。其實，在與宦官的博弈中，李賢雖一直屹立不倒，但他也經歷了下獄、貶謫、污蔑、彈劾、受到皇帝的冷落等事。其在《偶書》記錄最詳：「予在仕途，危險屢矣。初遭土木之害，次遭權奸之害，次遭逆賊之害，次遭誣枉之害，次遭謗毀之害。……一在正統十四年八月，一在天順元年六月，一在五年七月，一在七年九月，一在八年八月。官愈高而危險愈甚，旁觀者莫不寒心，予則若尚留戀而不去者，豈其本心哉！」〔註67〕由此可知，閣權受到宦權制約，內閣權力和權威也在不斷下降，故而與之密切相連的臺閣文權也出現下滑。

（二）閣臣定位的儒學化

閣臣文權的下滑還與閣臣自我定位的儒學化有關。仁宗和宣宗時期的閣臣是集政治、道德、文章於一身的複合型人才，其中以「三楊」為代表。作為閣臣，他們雖以處理行政事務為主，但仍不忘自己的詞臣身份。比如，正統時期，在皇帝不在場的情況下，閣臣仍唱和不綴，不忘用詩歌來潤色鴻業，歌頌太平。至天順時期，情況有所變化，閣臣內部出現分化，分為執政型和柄文型兩類。葉曄對此論述最詳，他說：「天順以後，閣臣內部開始有執政者（政治型閣臣）和柄文者（文學型閣臣）之分，李賢、彭時、商輅、徐溥、劉健等首輔已沒有『三楊』那樣的絕對權威，館閣文柄實際掌握在劉定之、柯潛、丘睿、李東陽等人手中，三位一體的盛世儒臣的形象

〔註65〕王其榘：《明代內閣制度史》，中華書局，1989，第 119 頁。
〔註66〕（清）張廷玉：《明史》卷三〇七，中華書局，1974 年，第 7881 頁。
〔註67〕（明）李賢：《古穰集》卷九，清文淵閣四庫全書補配清文津閣四庫全書本，第 19～20 頁。

已被時代邊緣化了。」〔註68〕而作為執政型的閣臣，李賢對臺閣文學不甚上心，主要體現在其對文學的態度和行為上。除政治家身份外，李賢對自我的定位是儒臣，比如在《玉堂賞花》云：「清吟愧我非元白，聊為儒寅泛一觴」，「儒林勝會人間少，棄醉蓬萊九醞觴」等句。〔註69〕可知，他認為自己是儒者，不必向文學家那樣有才氣。其實，「三楊」也是以儒臣自居，但是他們亦強調自己詞臣的身份。但是到了李賢這裡，對自己的定位就僅僅是儒臣，所以從其儒臣的身份出發，自然不必肩負起詞臣的職責，即通過詩文粉飾太平。所以，在為首輔其間，即使有黼黻皇猷的機會，他也很少獻詩稱頌。比如，天順三年（1459），英宗賜李賢與吏部尚書王翱等人遊覽西苑。其後，其作《賜遊西苑記》一篇稱頌，其內容多是客觀描述所見景象，僅在結束時出現臺閣用語。這比「三楊」時期的賜遊西苑的創作遜色太多。「三楊」一般在賜遊之後，創作長篇組詩頌讚皇帝仁德和國家太平。李賢和他們形成鮮明對比，反映出閣臣對文學認識的變化。此外，李賢作為內閣首輔，僅引領了一次唱和活動，這和正統時期「三楊」的唱和又有很大差異。由此可見，閣臣自我定位對臺閣文學的影響。

可知，隨著閣權的下降，臺閣文權也隨之下降，這具體表現為臺閣創作遭受到士大夫的嘲弄和批評；閣臣身份的分化也導致了臺閣文權的下滑。

四、李賢對臺閣文學的影響

就文學內部而言，李賢創作和引領對臺閣文學影響不大。但作為內閣首輔李賢採取的一系列政治舉措，對臺閣文學產生了深遠的影響。

李賢「非進士不入翰林，非翰林不入內閣」的提法促進翰林院人員身份的單一性或純粹性。天順二年（1458）正月，英宗命李賢等重

〔註68〕葉曄：《明代中央文官制度與文學》，浙江大學出版社，2011，第230頁。

〔註69〕（明）沈應文：《（萬曆）順天府志》卷六，明萬曆刻本，第87頁。

修《寰宇通志》。這時，李賢向英宗奏請剔除非進士出身的翰林官員，並要求其不得參與此書編撰。之所以如此，其在《古穰集》卷三十《雜錄》云：「翰林院實儒紳所居，非雜流可與。景泰間，陳循輩各舉所私，非進士出身者十將四五，率皆委靡昏鈍浮薄之流。至是重修通志，惟推擇進士出身者。」顯然，他是針對景泰時期由陳循舉薦進入翰林院的人員。而面對來自首輔的打壓，「此輩遂知不當居此，願補外職，賢乃言於上，命吏部外除之或當未曾列名乎？」〔註70〕自此以後，形成了「非進士不入翰林，非翰林不入內閣」〔註71〕的局面。也就是說，翰林官員來源僅剩進士一途，這樣對後期臺閣文學的純粹化、單一化產生了影響。〔註72〕

　　李賢舉措影響了天順以後翰林院官員籍貫分布，由此改變翰林院官員唱和的凝聚方式，由同鄉唱和轉向同年唱和。這需要從皇帝的喜好說起。英宗皇帝喜歡北人，曾多次要求庶吉士應多選北人。正統十三年（1448）戊庚科，王直選出 30 位「貫在江北」者〔註73〕。天順四年，英宗又命李賢考選庶吉士，在考選前，英宗叮囑李賢云：「永樂、宣德中，常選庶吉士教養待用。今科進士中，可選人物端正、語音正當者二十餘人為庶吉士。可止選北方人，不用南人。南方若似彭時者方選取。」〔註74〕在李賢的精心挑選下，該科得到 15 名庶吉士，其中 9 人是北人。由此北方庶吉士所佔比例有所提升，打破庶吉士地域集中的局面。同時，這也改變了臺閣文人詩歌唱和的形式，他們由同鄉聚會，轉變為同年聚會。

　　概而言之，李賢的和陶詩和賞花唱和詩頗有代表性。其唱和類型

〔註70〕（明）李賢：《古穰集》卷三十，清文淵閣四庫全書補配清文津閣四庫全書本，第 17 頁。

〔註71〕（清）顧炎武著，黃汝成集釋，欒保群、呂宗立校點：《日知錄集釋》卷十七，上海古籍出版社，2013 年，第 978 頁。

〔註72〕鄭禮炬：《明代洪武至正德年間的翰林院與文學》，中國社會科學出版社，2011，第 180 頁。

〔註73〕（明）張元忭：《館閣漫錄》卷二，明不二齋刻本，第 60 頁。

〔註74〕（明）黃佐：《翰林記》卷十四，中華書局，1985，第 184 頁。

豐富，既有個人追和詩，又有同僚唱和詩，這體現了閣臣唱和形式隨著時局的變化而發生的適應性的轉變。其和陶詩體現了明人對陶詩忠君愛國一面的接受和闡釋；同僚唱和詩遭到大眾的質疑，反映出臺閣文權的下滑。

第四章　成化元年至正德十一年
##　　　　　以李東陽為首的詩歌唱和

　　　　成化元年（1465）至正德十一（1516）年，閣權在宦權的壓制下
進一步萎縮：成化和正德兩朝，內閣一度淪為內臣的辦事機構；弘治
朝，內閣雖不至於淪落至此，但由於孝宗皇帝不信任閣臣，他們仍是
受制於皇帝左右的內臣，聽命於司禮監。成化、弘治、正德三朝的內
閣權力並不大，這三朝共產生 24 位閣臣，其中他們的行政能力、品
德、文學素養等參差不齊，大致可分為三類：一是政治型的閣臣，如
李賢、彭時、徐溥、楊廷和、梁儲等；二是文學型的首輔，如劉定之、
邱濬、李東陽等；三是權奸型閣臣，如萬安、彭華、劉吉、尹直等。
這些閣臣中對文學影響最大的是李東陽。李東陽供職朝廷近五十年，
見證了閣權的沉浮。在閣權下降的情況下，仍操文柄，主要通過兩個
途徑對文學產生影響：一是他在同年、同僚唱酬中逐漸脫穎而出，並
成為文壇盟主，主持文壇；二是通過與門生等的詩歌唱酬，傳達其文
藝觀念，從而使得他的理論主張頗具有群體效應。由此可見，唱和在
其主盟文壇中的重要性。本節從唱和角度出發，梳理其主要的唱和活
動，探討其唱和作品的特徵，瞭解其唱和影響。

第一節　李東陽詩歌唱和活動概述

李東陽（1447～1516）字賓之，號西涯，湖廣茶陵（今湖南茶陵）人。天順八年（1465）進士，二甲第一，選庶吉士，授翰林院編修。弘治八年（1495），入閣參與機務，在閣共十八年。著有《懷麓堂集》（100 卷）。

李東陽從天順八年（1465）進入翰林院學習，至正德七年（1512）出閣，為官近五十年，在閣十八年。是繼明初楊士奇之後，又一位引領文壇的閣臣。據《明史・李東陽列傳》中云：「自明興以來，宰臣以文章領袖縉紳者，楊士奇後，東陽而已。」〔註 1〕李東陽文學成就頗高，操文柄數十年，門生遍天下。靳貴在《懷麓堂文集後序》中云：「高文大冊，黼黻皇猷，即有以聳聖治於漢、唐、宋之上，而一篇一詠，又皆流播四方，膾炙人口。蓋操文柄四十餘年，出其門者，號有家法。」〔註 2〕又如《明史・李夢陽傳》云：「弘治時，宰相李東陽主文柄，天下翕然宗之。」〔註 3〕李東陽文學觀念之所以廣泛傳播，與其熱衷於唱和密切相關。在館閣近半個世紀，其間唱和不綴，具體的唱和活動如下。

表 4-1：李東陽唱和活動一覽

序列	類型	時間	主導	形式	人　物	結集	序	備註
1	聯句唱和	成化元年（1465）正月	羅璟	聯句	羅璟 計禮 謝鐸 劉淳 劉大夏			《齋居》

〔註 1〕（清）張廷玉等：《明史》卷一百八十一，中華書局，1974 年，第 4824 頁。

〔註 2〕〔清〕法式善：《明李文正公年譜》卷六，清嘉慶九年（1804）蒙古法式善詩龕京師刻本，第 12 頁。

〔註 3〕〔清〕張廷玉等：《明史》卷二百八十六，中華書局，1974 年，第 7348 頁。

				張泰 彭教 陸釴 倪岳 李東陽等			
2		成化元年 （1465） 正月	聯句	羅璟 計禮 謝鐸 倪岳			《齋居寄答鼎儀》
3		成化元年 （1465） 八月	羅璟	聯句	與同年諸僚友	《宴集文會錄》（亡佚）	
4		成化二年 （1466） 三月			陸釴 李東陽		
5		成化二年 （1466） 十月		聯句	羅璟 謝鐸 李東陽 彭教 焦芳		《出塞行》
6	分韻唱和	成化三年 （1467） 元宵	謝鐸	分韻賦詩	與同年諸僚友	《元宵燕集詩》（亡佚）	謝鐸《元宵燕集詩序》	謝鐸《元夕枉諸僚友燕坐分韻得吾》 陳音《元宵會鳴治宅分韻得金字》 倪岳《元宵會鳴治大雪得催字》
7		成化三年 （1467） 中秋	陳音		與倪岳 焦芳 羅璟 吳希賢 彭教 陳音	《中秋遇雨詩》	陳音《中秋遇雨詩序》	陳音《中秋諸同年飲予家遇雨》 謝鐸《中秋生病奉謝諸僚友》 彭教《中秋遇雨飲陳師召家明日奉柬》 倪岳《中秋大雨無月作霜娥怨詩會陳師召宅》

8	步韻唱和	成化四年（1468）端午	李東陽	步韻	與陳音彭教諸同年唱和			陳音《端午會賓之宅和韻》彭教《戊子五月初五飲賓之家席上和韻寄李賓之》
9	分韻唱和	成化四年（1468）春夏之交	程敏政	分韻賦詩	程敏政倪岳彭教汪諧宋爾章張弼七人	《梁園賞花詩》	程敏政《梁園賞花詩引》	
10	步韻唱和	成化七年（1670）夏	李東陽	步韻	與劉大夏尚敬王儼朱紳楊一清倪輔許章許盛姜諒馬璿等十一人	《送樸庵先生省墓詩》	李東陽《送樸庵先生省墓詩序》	李東陽有《奉送樸庵先生歸省》
11		成化十年（1475）六月	李東陽	步韻	與吳寬唱和			吳寬《次韻李賓之病暑》
12		成化十年（1475）冬	李東陽	步韻	與潘辰謝鐸張泰	《送李學士常》	李東陽《送李學士常序》	李東陽《再疊前韻送士常》《與時用陪士常話別聯句，翌日士常見和，因疊韻》謝鐸《次韻李賓之聯句贈李學士常舉人》張泰《賓之寒窗夜與客聯句送李學士，索予和送》

13	步韻唱和	成化十三年（1478）正月	李東陽	步韻	因病而賦止詩,諸同年皆有和章			李東陽《予病中頗愛作詩,舜咨以詩來戒者再,未應也。偶誦陶淵明止酒詩,自笑與此癖相近。因追和其韻,斷自今日為始》
14		成化十三年（1478）二月	李東陽	聯句	李東陽 謝鐸 羅璟 陳音			《飲陸鼎儀宅馬上作三首》
15		成化十三年（1478）三月	李東陽	聯句	與倪岳 李東陽 傅瀚 焦芳			《飲傅曰川宅席上二十韻》
16		成化十三年（1478）五月	李東陽	聯句	李東陽 謝鐸 陳音 傅瀚			《曰川盆以束花以詩促之》
17	聯句唱和	成化十三年（1478）五月	李東陽	聯句	李東陽 謝鐸			《與用貞小酌》《與用貞宿鳴治南樓話別》《是夜予與用貞宿樓上鳴治宿樓下枕上唱和復得一首》
18		成化十三年（1478）六月		聯句	謝鐸 陳音 李東陽			《酷暑簡》
19		成化十三年（1478）	陸釴	分韻賦詩	與陸釴 謝鐸 陳音 羅璟 張泰 六人		李東陽《書雞壇清話卷後》	謝鐸《鼎儀席上分韻得復字,束李賓之》
20		成化十三年（1478）三月十八	陳音	聯句	與翰林諸同年		李東陽《賀陳先生誕孫詩序》	聯句已無可考

21	分韻唱和	成化十三年（1478）三月	傅瀚	分韻賦詩	與翰林諸同年			李東陽《曰川會諸同年沒用韓昌黎『園林窮盛世，終鼓樂清時』二句分韻得『時』字，因效韓體》
22	步韻唱和	成化十五年己亥（1480）	李東陽	步韻	與謝鐸 張泰 吳希賢 李士實 等各賦詩贈行·賓之皆次韻			李東陽《和鳴治侍講贈行韻》
23		成化十五年己亥（1480）	楊守陳	步韻	與楊守陳唱和			李東陽《己亥中元，陪祀山陵，道中奉和楊學士先生韻》（十首）
24		成化十五年己亥（1480）九月八日	遊朝天宮	步韻	與謝遷 曾文甫 王世賞 馮蘭			李東陽《九月八日與謝於橋諸公遊朝天宮有作》《是日和王世尚韻》《和馮佩之韻》《和謝於喬韻》
25	聯句唱和	成化十五年己亥（1480）九月九日	聯句		與謝遷 馮蘭 王世賞 李士實 屠勳	《遊朝天宮慈恩寺詩》三十六首		李東陽《九日遊慈恩寺迭前韻》《九日和王世賞韻》《九日和謝於喬韻》《和李若虛韻》《和屠元勳韻》
26		成化十六（1481）二月一日	劉大夏	聯句	與劉大夏 謝鐸 焦芳 陳音 傅瀚 吳希賢 陸鈘 張泰		李東陽《會合聯句詩序》	

27		成化十六（1481）九月八日	李東陽	聯句	與何穆之王珣攜酒餞別			李東陽《九月八日登石城，泊龍江驛，何、王二侍御攜酒餞別聯句》
28	步韻唱和	成化十六（1481）九月八日	李東陽	步韻	與京中友人李經李士實李傑傅瀚曾文甫吳希賢楊守址周庚陳璚陸容林瀚等有瓜祝唱和詩	《瓜祝唱和詩》	程敏政《瓜祝唱和詩序》	李東陽《若虛饋瓜，仍疊前韻奉謝》《曰川饋無花果答絲瓜之贈，疊前韻》《士常得男，疊前韻奉賀》《饋瓜，楊維立編修以桃見答》等十二首
29	聯句唱和	成化十八年（1483）九月	邵敏	聯句	與黎淳羅璟陸釴陳音倪岳吳希賢楊時暢等	《南園別意聯句》（現存）	李東陽《送邵文敬知思南序》	
30	步韻唱和	成化十八年（1483）	吳寬	步韻	與吳寬唱和			李東陽《觀懷素自序帖真蹟，東原博太史》吳寬《次韻李賓之觀懷素自序帖真蹟》
31	聯句唱和	成化十九年（1484）冬至		聯句	與程敏政唱和			聯句詩存於程敏政《篁墩文集》（卷七十三）

32		成化二十一年（1485）三月十七	聯句	與程敏政謝遷王鏊李傑傅瀚劉震赴會，聯句七章贈行			
33	步韻唱和	弘治三年（1490）	步韻	充殿試讀卷官，與同官唱和	《讀卷承恩詩》	李東陽《讀卷承恩詩後》	李東陽《弘治庚戌三月十五日殿試，讀卷東閣，次都憲屠公韻》《十七日文華殿讀卷，次司馬馬公韻》《十八日傳臚有作》《十九日恩榮宴席上作》
34	聯句唱和	弘治三年（1490）五月	李東陽	謝鐸有南京國子監祭酒之命，賀之以詩，撰序贈行。復特錄近年與之唱和之作，合其聯句為《同聲後集》，跋而贈之	《後同聲集》（現存五十首）	吳寬《後同聲集序》	
35	步韻唱和	弘治七年（1492）正月	李東陽	程敏政奉命與賓之同教庶吉士，二人因有詩唱和。屠滽賦詩賀敏政，兼束賓之，三人復有詩唱和。諸僚友聞而屬和，多至數十百篇。	《簡命育英唱和詩卷》（已無可考）	楊守址《簡命育英唱和詩卷序》	李東陽《篁墩先生奉命同教庶吉士，有詩見貽，次韻奉答》等三首、程敏政《二十八日受命與賓之同教庶吉士於翰林》王鏊《程、李二學士承命教庶吉士》等

36		弘治八年（1493）		步韻	徐溥首倡劉健李東陽程敏政等人和之			徐溥《內閣芍藥呈李先生》 李東陽《內閣賞芍藥奉和少傅徐公韻四首》 程敏政《內閣賞芍藥次少傅徐先生韻四首》 儲巏《次徐少傅賞內閣芍藥四首》 費宏《和內閣賞芍藥》（四首） 顧清《內閣賞芍藥二首》 邵寶《奉次少傅徐公內閣賞芍藥》 石珤《奉和內閣芍藥詩四首》 王鏊《內閣賞芍藥四首》
37		弘治八年（1493）五月		步韻	與徐溥劉健等唱和			徐溥《內閣二瓷缸乃憲廟所賜種蓮者三年不開已今年盛開因賦二首紀事》 李東陽《內閣五月蓮花盛開奉和少傅徐公韻二首》
38	步韻唱和	弘治十一年（1496）七月	李東陽	步韻	傅瀚程敏政焦芳屠滽白昂朱輔侶鍾等皆,賦詩唱和,劉大夏亦有和詩	《西堂集》	程敏政《西堂雅集詩序》	劉大夏《次西涯學士陪餞衍聖公之作二首》

39		弘治十二年（1497）九月	李東陽	步韻	與楊一清謝鐸潘辰吳儼邵寶等卜居唱和詩			李東陽五有《卜居一首見南屏》《用韻答遽庵》等六首 楊一清《和西涯先生卜居韻》《西涯和韻見答，再疊一首》二詩、謝鐸《次西涯卜居韻》、吳儼《和西涯先生擬卜居宜興韻三首》詩、邵寶《卜居次西涯公》
40		弘治十四年辛酉七月	李東陽	步韻	其子兆先沒傅瀚謝鐸王佐李士實屠勳陳卿邵寶石珤顧清錢福何孟春等皆有詩慰弔。實之皆次韻答之。	《哭子錄》（存）		
41		弘治十六年癸亥（1503）三月	李東陽	步韻	與同年劉大夏謝鐸戴珊焦芳曾鑒張達陳清王賀等。	《甲申十同年圖》一卷（亡佚）	李東陽《甲申十同年圖詩序》	

42		正德六年（1511）六月九日	李東陽	步韻	與楊一清費宏等唱和			李東陽《生日邃庵太宰既以長律，用韻自述，並答雅懷》楊一清《奉壽涯翁先生詩》費宏《壽西涯先生次邃庵韻》
43		正德七年（1513）	李東陽	步韻	與楊一清邵寶等有紅梅唱和			《崔翙復借紅梅，病起次舊韻二首》《喜雨，疊前韻簡邃庵》等八首楊一清《西涯宅上賞紅梅》邵寶《紅梅一首，用涯翁壬申歲韻》
44	步韻唱和	正德八年（1513）	李東陽	步韻	與吳儼等			《十六夜與克溫諸客會東園，疊前韻》《十六與抑之兄弟諸客會東園，再疊前韻》
48		正德八年	李東陽	步韻	與故舊門生唱和	《壽李太夫人九十詩》	汪俊《壽李太夫人九十詩序》	《正德癸酉八月二十八日，老母麻太夫人壽八十，疊席間聯句韻四首》
45		正德八年（1514）	李東陽	步韻	與楊廷和梁儲費宏靳貴等唱和			李東陽《疊聯句韻答石齋》《再疊韻答後齋》《三疊答湖東》《是日靳充道不至，疊韻索和章》
46		正德九年（1514）八月十六	李東陽	步韻	與楊一清唱和			李東陽《十六夜次邃庵韻二首》楊一清《八月十六夜次庵韻二首》

47		正德九年（1514）	李東陽	步韻	等閣臣唱和			李東陽《饋生胡桃百個於閣中諸老，以歐陽公謝梅聖俞鴨腳百個雞毛千里詩為例，石齋、厚齋以詩見答，次韻謝之》 楊一清《涯翁惠家園胡桃，石、厚齋諸老有詩，次韻奉謝詩》 蔣冕《次韻奉謝李西涯惠胡桃》《再次韻奉謝李西涯老先生》詩二首
48	步韻唱和	正德十年（1515）	李東陽	步韻	與楊一清有唱和詩數首，復為毛澄、李宗易、盧雍等賦詩			李東陽《花朝約邃庵翁看梅，不至，有詩，次韻奉答》《薄暮邃庵攜酒見過，席間再疊前韻》等七首
49		正德十年（1515）	李東陽	步韻	與謝遷唱和			李東陽《次韻答木齋》
50		正德十年（1515）	李東陽	步韻	與楊一清唱和			李東陽《十三夜，邃翁見過，疊前歲韻》 楊一清《八月十三日，過涯翁東園賞月，席上和去年聯句韻》
51		正德十一年（1516）	李東陽	步韻	與楊一清唱和			李東陽《崔甥席上賞繚絲燈，次邃庵先生韻二首》

（說明：此表製作依據錢振民《李東陽年譜》和司馬周的《〈李東陽年譜〉補編——以李東陽《聯句錄》為考察中心》）

　　根據上表可知，從成化元年（1465）至正德十一年（1516），李
東陽參與或引領的主要唱和活動有 51 次。

　　就唱和對象而言，可歸為兩類：一是李東陽的天順甲申科同年。
天順八年（1464），十八歲的李東陽以二甲第一考中進士，選為庶吉
士，成化元年（1465），庶吉士散館，留任翰林院。與其同留翰院的
還有 11 人，分別是：彭教、陸釴、羅璟、倪岳、焦芳、陳音、謝鐸、
傅瀚、張泰、吳希賢、劉淳。此外，還有留於京師任職郎署的其他同
年。彭教《送陳朝彥序》云：「同賜第者二百四十有七人，於今五年，
而十人者補外，餘皆仕於兩京。」這一現象在明代極其罕見，恰恰為
同年之間的文學交流提供了契機。〔註 4〕二是李東陽的同僚執友，主
要有程敏政、吳寬、謝遷、王鏊等。其是李東陽在翰林院或內閣的同
僚，同時也是茶陵派的支持者和擁護者。三是李東陽的門生。李東陽
曾多次擔任考試官、讀卷官：兩次主考禮部會試；主持順天府和應天
府鄉試各一次；擔任八次廷試讀卷官，〔註 5〕故而門生眾多。在這些
門生中以邵寶、石珤、羅玘、顧清、魯鐸、何孟春六人成就最高。錢
謙益《列朝詩集小傳》將他們比擬為蘇門六君子，他說：「藁城（石
珤）以下六公，其蘇門六君子之選乎錄六公之詩，用以彰一代之盛事。」
〔註 6〕他們是茶陵派中後期的骨幹成員。這樣就形成了以李東陽為領
袖，以其同年、朋友、門生為羽翼的茶陵派。

　　就唱和形式而言，李東陽詩歌唱和主要有步韻唱和、聯句唱和、
分韻唱和三類。51 次唱和中步韻唱和有 29 次，聯句唱和 16 次，分
韻唱和 6 次。可見，李東陽的詩歌唱和主要以聯句和步韻為主。其中，
聯句唱和主要集中在成化中後期，而步韻唱和主要集中在弘治以後。

〔註 4〕葉曄：《明代中央文官制度與文學》，浙江大學出版社，2011 年，293
　　　　頁。
〔註 5〕（明）焦竑：《國朝獻徵錄》卷十四，明萬曆四十四年（1616）徐象
　　　　橒曼山館刻本，第 389～394 頁。
〔註 6〕（清）錢謙益輯：《列朝詩集》，上海三聯書店，1989 年，第 298 頁。

　　就唱和結集而言，李東陽參與或主倡的唱和活動多有結集，比如《宴集文會錄》（亡佚）《元宵燕集詩》《中秋遇雨詩》《梁園賞花詩》《送樸庵先生省墓詩》《送李學士常》《遊朝天宮慈恩寺詩》《瓜祝唱和詩》《南園別意聯句》《讀卷承恩詩》《同聲集》《後同聲集》《簡命育英唱和詩卷》《西堂雅集》《哭子錄》《甲申十同年圖》《壽李太夫人九十詩》等十七部，其中大多數已亡佚，僅《南園別意聯句》和《哭子錄》見存。有的集子雖已經亡佚，但其唱和詩散見於諸家集子之中。現特將現存詩放於表格備註之中，以便閱覽。除以上唱和集外，還有因唱和時間不明未列在內的兩部唱和集——《聯句錄》《西涯詩篆》。具體情況如下：《聯句錄》是李東陽官翰林時與翰林同年進士及同遊士大夫齋居宴遊時所作的聯句詩，涉及 44 人，存詩 255 首。〔註 7〕現存明成化二十三年周正刻本一卷（南京圖書館藏）。該集前有李東陽《聯句錄序》。《西涯詩篆》收李東陽致政後寄給還在浙江餘姚的友人謝遷的和詩。謝遷《歸田稿》卷二《題西涯詩篆卷後》：「甲戌夏，杏莊與雪湖唱和消遣，詩頗多。間因便摘寫數首寄西涯，已而西涯寄和還。以吾子正稍習篆學，素愛之，故特示以篆體。又慮傳附者或為殷洪喬，再寄一通至，此其後至者也。正什襲，謹藏之。」〔註 8〕

第二節　李東陽的唱和歷程

　　李東陽為明代詩歌聖手，有詩數十卷，多存於《懷麓堂全集》，有翰林院時期所作《詩前稿》二十卷，內閣所作《詩後稿》十卷，《雜記》中有《南行稿》一卷，《北上錄》一卷，《東祀錄》一卷，還有致仕所作《詩續稿》八卷。〔註 9〕其還有與同僚、同年唱和詩集，諸如

〔註 7〕司馬周：《〈聯句錄〉：一部鮮為人知的著作》，《中國韻文學刊》，2009
　　　　第 3 期，第 62～66 頁。
〔註 8〕（明）謝遷：《歸田稿》卷二，上海古籍出版社，1991 頁，第 23 頁。
〔註 9〕陳書良主編：《湖湘文庫·湖南文學史》，湖南教育出版社，2008 年，
　　　　第 276 頁。

《同聲集》（一卷）、《後同聲集》（一卷）、《西涯遠意錄》（一卷）、《聯句錄》（五卷）等等。李東陽詩歌成就頗高，引領弘治、正德文壇。明何良俊《四友齋叢說》云：「公於弘治、正德之間為一時宗匠。」〔註10〕王鐸《懷麓堂詩話序》云：「先生（李東陽）之詩，獨步斯世，若杜之在唐，蘇之在宋，虞伯生之在元，集諸家之長而大成之。」〔註11〕清人朱庭珍在《筱園詩話》云：「七子以前，李茶陵《懷麓堂集》詩，已變當時臺閣風氣，宗少陵，法盛唐，格調高爽，首開先派。」〔註12〕可見，李東陽詩歌成就之大，上接明初臺閣，並為之一變，開明代格調高爽之派，是明代詩歌集大成者。憑實說，其詩歌聲名和成就離不開詩歌唱和。

一、翰院時期以聯句為主的同年唱和

成化元年（1465）至成化十八年（1480），李東陽仕途困頓，十八年的時間裏，僅晉升一級，由正七品翰林編修升至正六品翰林修撰。所謂「官場失意，文場得意」，其在文學上逐漸展露頭角，並引領京師文壇。其之所以能夠在京師名聲大噪，與同年唱和密切相關。李東陽是天順八年以二甲第一中的進士，後館選為 18 位庶吉士之一，其他還有倪岳、謝鐸、張敷華、陳音、焦芳、汪谿、郭璽、計禮、傅瀚、張泰、吳希賢、劉大夏、劉道、王澄、董齡、杜懋、史芳等。成化元年（1465）八月散館，18 人中前後留下 11 人，有李東陽、倪岳、謝鐸、焦芳、陳音、吳希賢、劉淳、張敷華、傅瀚、張泰等。〔註13〕也就是說，加上前三甲，天順甲申這一榜，留在翰林院的就有 14 人。眾多同年留館為李東陽唱和奠定了人員基礎，其間他們唱和頻繁，產

〔註10〕何良俊：《詩三》，《四友齋叢說》卷二六，第 234 頁。

〔註11〕（明）李東陽撰；周寅賓，錢振民校點：《李東陽集 3》，嶽麓書社，2008 年版，第 1500 頁。

〔註12〕郭紹虞編選：《清詩話續編 4》，上海古籍出版社，1983 年版，第 2361 頁。

〔註13〕葉曄：《明代中央文官制度與文學》，浙江大學出版社，2011 年版，第 289 頁。

生大量唱和詩。儘管都是與同年唱和，但不同時期唱和形式也不同，反映出不同時期的文學趣味：成化元年（1465）至成化四年（1468），唱和主要以分韻為主；成化十三年（1477）至成化十六年（1480），唱和主要以聯句為主。

（一）嶄露頭角：李東陽與同年的節日唱和

成化元年（1465）至成化四年（1468），李東陽初登政壇，在翰林院任編修一職，其間與共留翰林院的甲申同年唱和。這一時期，唱和活動較有規律，定期在一年四季的節日中舉辦。關於此事，黃佐《翰林記》卷二十記載甚詳：「天順甲申庶吉士同館者羅璟輩為同年燕會，定春會元霄、上巳，夏會端午，秋會中秋、重陽，冬會長至。敘會以齒，每會必賦詩成卷。上會者序之以藏於家。非不得已而不赴會者與詩不成者，俱有罰。有宴集文會錄行於時。」〔註14〕羅璟於成化二年（1467）冬至舉辦第一會，其後依次是謝鐸的元霄會、劉淳的上巳（不詳）、焦芳的端午會、陳音的中秋會、吳希賢的重陽會、彭教的冬至會、陸鈇的元霄會、倪岳的上巳會、李東陽的端午會。〔註15〕同年節日雅會的一個週期是三年，根據倪岳《翰林同年圖記》：「明年（1466）始為會，會凡十人，歷三年，為十會。」〔註16〕

一般而言，唱和之「唱」又稱「倡」，有倡導之意，「和」有應和之意，兩者構成互動性文學樣式。但由於唱和是由兩個或兩個以上文人構成的文學互動活動，所以唱和的時間和地點不同，唱和形態也不一樣，可分為在場的即時唱和和不在場的後續唱和兩類，通常館閣唱和屬於前者。即時唱和一般要求唱和者在很短的時間裏以及在限韻的情況下創作，所以唱和具有一定的競賽性，同時又極其考驗創作者

〔註14〕（明）黃佐：《翰林記》卷二十，中華書局，1985年，第351頁。
〔註15〕其內容詳見葉曄的《明代中央文官制度與文學》第292頁的表3-3《天順八年科翰林的節會唱和活動》。
〔註16〕（明）倪岳：《青溪漫稿》卷十六，清武林往哲遺著本，第17頁。

的才情，而李東陽往往在唱和中脫穎而出，以至聲動京師，逐漸確立在京師文壇中的地位。〔註17〕楊一清《墓誌銘》中云：「少入翰林，即負文學重名，然恒持謙沖，未嘗以才智先人。」〔註18〕這裡的一個「即」字，說明李東陽進入翰林院後不久就聲名遠著了。邵珪於成化十三年（1477）給李東陽的贈答詩中云：「十載詞壇看敵手，先生未有折鋒時。」〔註19〕由此可見，李東陽逐漸在京城詩會中凸顯出來。成化四年（1468）端午以後，由於成員彭教和陸釴丁憂離京，同年節日唱和告於段落。

（二）引領文壇：李東陽與同年、同僚的聯句唱和

成化十年（1474）前後，李東陽逐漸引領文壇。楊一清在《懷麓堂稿序》中云：「弱冠入翰林，已負文學重名，金梓所刻，卷帙所錄，幾遍海內，大夫士得其片言以為至寶。」〔註20〕靳貴《懷麓堂文集後序》云：「蓋操文柄四十餘年，出其門者號有家法」〔註21〕。從上可知，李東陽操文柄的時間大約在成化十年左右。〔註22〕以成化十三年《止酒詩》唱和為例。成化十三年（1477），李東陽病中愛作詩，頗費精神，有一日讀到陶淵明的《止酒詩》，深有感觸，便追和陶詩，以來告誡自己。其《止酒詩》一出便得到士大夫的唱和，除翰林院同年外，吳寬、陸容、周經、湛若水、沈周等皆有和作。二月後，李東陽與謝鐸、陳音聯句，這一行為引來了翰林官員以及諸同年的唱和。其又作《書雞壇清話卷後》以示紀念。在止詩的兩個月間，其以集句的形式，與京師詩壇保持著種種聯繫。這期間，

〔註17〕陳慶元主編：《明代文學論集》，海峽文藝出版社，2009年，第263頁。
〔註18〕（清）法式善：《明李文正公年譜》卷六，清嘉慶九年（1804）蒙古法式善詩龕京師刻本，第6頁。
〔註19〕轉自錢振民：《李東陽年譜》，復旦大學出版社，1995年，67頁。
〔註20〕（清）曾國荃：《（光緒）湖南通志》卷二百五十四，清光緒十一年刻本，第8846頁。
〔註21〕（清）法式善：《明李文正公年譜》卷六，清嘉慶九年（1804）蒙古法式善詩龕京師刻本，第12頁。
〔註22〕薛泉：《李東陽與茶陵派研究》，人民出版社，2013年，第92～93頁。

他身體力行，在京師掀起了集句潮流。由此可知，李東陽在京師詩壇的地位逐漸確立。

　　除止酒唱和、集句外，李東陽的聯句唱和在其成為詩壇領袖的過程中起到推波助瀾的作用。「聯句」是古代文人唱和的一種特殊方式。清人王兆芳《文體通釋》云：「聯句者，作詩不一人，共以句相屬也。主於眾才合韻，屬詞接聲。」〔註23〕現代學者吳晟對聯句最有研究，他說：「聯句詩由兩人或多人各成一句一韻，兩句一韻乃至兩句以上，依次相繼，合而成篇。後多一人出上句，續者作成一聯，再出上句，如此輪流相繼。就體制而言，以五、七言為主，間有雜言及一至九字詩形式。」〔註24〕可知，聯句詩是詩人們在特定的時空，根據題旨，一人一句或數句聯合而成的詩作。聯句詩與詩人的獨創詩不同，它帶有一定的競技性和遊戲性。〔註25〕

　　最早的聯句詩是漢武帝和諸臣合作的《柏梁體》。劉勰《文心雕龍·明詩》云：「回文所興，則道原為始；聯句共韻，則《柏梁》餘製。」〔註26〕晉宋以來如陶潛、鮑照、謝朓等亦有聯句。至中唐，聯句詩創作出現了一次飛躍，進入了高潮，呈現一派繁榮景象。大曆浙東和湖州文人集團創作了大量的聯句詩，分別結集為《大曆浙東聯唱集》和《吳興集》，可惜均已亡佚。韓孟詩派的聯句詩現存15首，其中韓愈11首，孟郊3首，由劉師服、侯喜與軒轅彌明聯句1首。其中，韓愈和孟郊的聯句詩風格比較統一，「若出一手」，代表這一文體的最高水平。宋黃庭堅《跋退之聯句》評之云：「退之《會合聯句》，孟郊、張籍、張徹與焉。四君子皆佳士，意氣相人，雜之成文。世之

〔註23〕（明）吳納、徐師曾撰，于北山、羅根澤校點：《文章辨體序說·文體明辨序說》，人民文學出版社，1962年，第58頁。

〔註24〕吳晟：《論聯句詩》，《學術研究》，2008年第4期，第125～130頁。

〔註25〕司馬周：《李東陽〈聯句錄〉藝術特色初探》，《藝術百家》，2009年第A2期，第295～298頁。

〔註26〕〔南朝梁〕劉勰著，范文瀾注：《文心雕龍注》，人民文學出版社，1958年版，第68頁。

文章之士少聯句，嘗病筆力不能相追。或成四公子碁耳。」〔註27〕宋元以後，聯句不斷。

　　至明代，聯句在李東陽推動下再次興盛。其將與同年、同僚聯句創作編選成《聯句錄》，收詩258首，今缺3首，現存255首。其中，大部分作於成化十三年（1477）至十五年（1479），三年間聯句91次，共作詩202首，占總聯句詩的79%，具體如下：成化十三年（1477）聯句14次，作詩20首；成化十四年（1478）聯句25次，作詩33首；成化十五年（1479）聯句52次，作詩202首。《聯句錄》中涉及詩人達43人之多，諸如羅璟、計禮、謝鐸、劉淳、劉大夏、張泰、彭教、陸釴、倪岳、李東陽、焦芳、程敏政、吳希賢、陳音、宋應奎、傅瀚、潘辰、吳寬、姜諒、蕭顯、吳珵、沉鐘、陳瑀、李仁傑、李傑、王佐、周庚、張昇、馮仲蘭、屠勳、朱守孚、楊光溥、吳原、王臣、柳琰、馬紹榮、陳洵、謝遷、洪鐘、奚昊、蔣廷貴、陸簡、王汶。〔註28〕

　　李東陽聯句形式多樣，據司馬周統計有11種，分別是：A（1）B（1）C（1）D（1）〔註29〕式，比如《出塞行》《郊祀齋居》；A（1）B（2）C（2）D（2）式，如《再飲鳴治南樓》；A（1）B（2）C（1）D（2）E（2）式，如《郊祀畢承天門候駕》；A（1）B（2）C（1）D（1）式，如《雨坐》；A（1）B（1）C（1）D（2）E（1）式，有《遊大德觀答陸鼎儀其一》；A（1）B（1）C（1）D（2）式，如《春陰》；A（1）B（2）C（1）D（2）式，如《與用貞小酌》；A（2）B（4）C（2）D（2）式，如《對菊有作》；A（2）B（4）C（2）D（4）E（2）式，如《海榴》；A（2）B（2）C（2）D（2）式，如《會合》；A（2）B（2）C（4）D（2）式，如《鳴治崇澹軒

〔註27〕（宋）黃庭堅：《黃庭堅全集輯校編年》，江西人民出版社，2011年，第1494頁。

〔註28〕司馬周：《〈聯句錄〉——一部鮮為人知的著作》中對其人員的統計為44人，其中劉大夏統計兩次。

〔註29〕公式中字母「A」代表某詩人，「（1）」代表聯句詩作詩句數，「1」表示一句。下同。

小飲》。〔註 30〕李東陽聯句之所以方式多樣，與重視自然，重真情的文藝觀念有關。其在《聯句錄序》云：「予同年進士在翰林者十有餘人，凡齋居遊燕輒有詩，詩多為聯句，未嘗校多寡，論工與拙，凡以代晤語，通情愫，標紀歲月，存離合之念，申箴規之義而已，然時出豪險亦不之禁。」又在《懷麓堂詩話》說：「今泥古詩之成聲，平側短長，句句字字，模仿而不敢失，非唯格調有限，亦無以發人之情性。」對真情流露之法，他說：「若往復諷詠，久而自有所得，得於心而發之乎聲，則雖千變萬化，如珠珠走盤，自不越乎法度之外矣。」〔註31〕可知，李東陽論詩重視詩中之情，而非形式。在聯句創作中，此種觀念得以體現，「要其興之所至，不能皆同，亦不必皆同。故予之乖蹇不類，亦諸君所不拒也。」〔註32〕可知，聯句形式多變源於內在情理的變化。

李東陽聯句題材豐富。司馬周將《聯句錄》題材分為十八類，分別如下：飲酒、遊覽、詠物、感懷、題畫、宴飲、娛樂、祭祀、寫景、懷人、贈別、聚會、祝賀、訪友、贈友、敘舊、題壁、悼亡。其認為這些題材幾乎涵蓋了詩人題詠的範圍，這在明代之前比較少見，李東陽的聯句詩在題材上的擴大，使其表現內容得到了豐富和發展。〔註33〕而這十八類中贈別詩、懷人詩、飲酒詩、詠物詩佔了較大的比重。下面具體瞭解他的創作：

懷人詩是傳統常用題材之一。李東陽《聯句錄》中有懷人詩 39 首，占聯句詩總數的 15%。李東陽所懷對象，多是不在京師的同年和執友，如陸釴、謝鐸、劉大夏、彭教、傅瀚、潘辰等，有《齋居寄答

〔註30〕 司馬周：《〈聯句錄〉：一部鮮為人知的著作》，《中國韻文學刊》，2009 第 3 期，第 62～66 頁。

〔註31〕 （明）李東陽：《懷麓堂詩話》，清知不足齋叢書本，第 3 頁。

〔註32〕 （明）李東陽編：《聯句錄》，見《四庫全書存目叢書》集部 292 冊，第 563～564 頁。

〔註33〕 司馬周：《〈聯句錄〉：一部鮮為人知的著作》，《中國韻文學刊》，2009 第 3 期，第 62～66 頁。

鼎儀》《寄劉時雍》《待曰川師召不至各柬一首》《柬敷五》《柬孟陽》《寄丘蘇州時雍二首》《即席懷鳴治》《效齋柬明仲》等等。下面以《齋居寄答鼎儀》（丙戌正月在翰林西作），具體瞭解他們的創作：

良朋喜會合，高論共崢嶸（璟）。且搦班盛管，休持力士鐺（鐸）。書看逸少勁，聯學退之勍（東陽）。古樹盤壓錯，餘金擲地鏗（岳）。摩空回健鶻，吸海東長鯨（鐸）。磊魂銅盤蠟，參差雨箭更（璟）。尾爐藏宿碧彧，碧鹽凍餘羹（東陽）。饌出蝦魚美，茶分露穀清（岳）。園蔬思雨韭，鄉物訝霜橙（璟）。睡僕呼還醒，寒雞聽復鳴（鐸）。梅花低斗帳，月色照前楹。拍拍鴉驚木，寂寥鶴淚城。（淳）。風笙遞幽咽，雲陣來縱橫（東陽）。俯仰不成寐，歡呼如有爭（鐸）。去年同賦句，歷歷在東榮。今夕相看處，悠悠尋此盟（璟）。豈將誇竹簡，亦勝對揪抨（岳）。寄語騷壇客，無勞字字評。（東陽）〔註 34〕

此聯句作於成化二年（1466）正月，為同年陸釴而作。聯句者共五人，分別是羅璟、謝鐸、李東陽、倪岳、劉淳，其中羅璟首倡。他們以年長者為首倡。李東陽在《懷麓堂詩話》云：「凡聯句推長者為先，同年惟羅冰玉最長。羅以詩自許，每披襟當之。〔註 35〕該聯句首句勾勒出一副同年歡聚圖，接著寫他們席間模仿韓愈等人，以聯句為樂，然後寫才思迸發，佳句不斷，一直聯句到深夜，接著又寫了夜深露重圖，最後引到懷人的主題。整首聯句語言流麗平易，意境淡遠。

贈別詩也是聯句的主要題材之一。李東陽官京師翰院，其是全國政治、經濟、文化等中心，所以每年大量官員、士大夫等彙集京師，然後又四散到天涯，其間有其師友，一旦其離開京師，京師詩友以士大夫傳統的贈詩以別。當然，贈詩方式有多種，有限韻、分韻、聯句等。聯句是李東陽此期的主要選擇，《聯句錄》中有 33 首，諸如《出

〔註 34〕（明）李東陽編：《聯句錄》，見《四庫全書存目叢書》集部 292 冊，第 565 頁。

〔註 35〕（明）李東陽：《懷麓堂詩話》，清知不足齋叢書本，第 34 頁。

塞行》《與倪舜咨話別》《夜坐與李士常話別》《士常席上送乃兄士儀》《送周德淵同年》《與用貞宿鳴治南樓話別》等。雖都是贈別聯句詩，但贈別原因多種多樣。在詩中，有送朋友去塞外的聯句詩，比如《夜坐與李士常話別》：

> 缺月疏桐共此窗（東陽），故人相對倒離缸。青氈蠻久頻移榻（辰）。蠟炬燒殘更續缸，饑馬獨懷嘶夜秣（東陽）。斷鴻哀淚咽寒腔。風聲入坐松濤亂（辰）。漏水傳宮竹箭便，每覺病身多閒寂（東陽）。暫從賓館謝紛厭，苦吟閣筆成癖（辰）。高調懸鍾不受撞，關塞幾年青眼在（東陽）。半山今夕素心降，終暫跛隨千里（辰）。未信潛靖圖一江，愛客敢勞稱北海（東陽）。逃移誰觸隱南涂，人生離合關友誼（辰），爾重才名滿漠邦（東陽）。〔註36〕

聯句者是李東陽和潘辰，由李東陽首倡。詩中首句點明話別主題，描繪別後李士常塞外孤苦生活，然後讚頌他們之間的友誼，最後對李士常遠赴塞外，建功立業表達了祝願。也有送朋友出使外地的聯句，比如《送顧天賜使浙江二首》，其首句便奠定離別基調：「我友將遠行，離歌暮當發（東陽）。」一方面他為朋友擔心：「值茲冰雪交，適彼山水窟（鍾）。」另一方面又為朋友能夠展示才華，施展抱負感到高興：「家聲起三吳，才名動雙闕。骨奇天廄龍，翮健秋空鶻。」〔註37〕當然，詩中還有其他內容，比如懷念朋友缺席聯句詩、對遠在天邊朋友懷念的聯句詩，等等。

　　齋居聯句是李東陽在皇家祭祀之前，齋居在朝房，閒來無事，以聯句的方式打發時間。下面試看其《郊祀齋居》（朝房作正月）：

> 齋爐燒燭又分題（環），良會年年不易齊（泰）。紫陌紅塵成老大（希賢），逸韁高轍愧攀躋（東陽）。東西舊憶詩壇話（鐸），南北今分客秋攜（芳）。香嚼小園清睡思（環），

〔註36〕（明）李東陽編：《聯句錄》，見《四庫全書存目叢書》集部292冊，第571頁。

〔註37〕司馬周：《〈聯句錄〉：一部鮮為人知的著作》，《中國韻文學刊》，2009第3期，第62～66頁。

暖聯重榻火難棲（泰）。天家嚴祀逢春早（希賢），禁直通
宵望斗低（東陽）。月滿層城江海遠（鐸），煙深高閣漏鐘
迷（芳）。苦吟坐久愁銀鹿（璟），往事祠荒笑碧雞（泰）。
斗帳更闌聞酣睡（希賢），九衢人靜少輪啼（東陽）。長林
墜露驚鳴鶴，古鼎殘煙拂臥倪。分散有期應自愛，從渠一
飲醉如泥（瀚）。〔註38〕

該聯句作於郊祀齋居其間，由羅璟、張泰、吳希賢、李東陽、謝鐸、
焦芳、傅瀚七人接續完成，其中羅璟首倡。開篇點明他們再一次同年
聚會賦詩，同時用一個「又」字凸出聚會不易，接著順勢而下回憶當
年談論詩文的美好時光，接著寫回眼前的景色，點明作詩的時間，又
通過一系列的景色的渲染，說明他們沉迷於作詩而忘卻了時間；最後
又寫佳期難得，應該好好珍惜，與首句相互應。就風格而言，整首詩
體現了李東陽的作詩理念，其表現為在超塵脫俗之中追求淡雅閒遠之
美，而對這種美的追求，主要通過動中求靜、化動為靜的手法，比如
「斗帳更闌聞酣睡」、「長林墜露驚鳴鶴」等句。這顯然營造出了飄然
物外的空靈之美。

　　詠物詩亦是李東陽聯句的常用題材。比如，有《海榴》《曰川盆
荷未花以詩促之》《題計汝和紅菊》《詠石香童》《陶鼎》《聽雨亭》《雪》
《對菊有作》《春餅》《傅山爐》《曰川宅賞蓮四首》《苔石》等。下面
以李東陽首倡的《詠石香童》為例：

夜骨峻嶒立夜寒（東陽）。乾坤何意出神剜，入空煙霧
真疑墮（鐸）。隨地風塵且自安，詩得句時頭欲點（東陽）。
酒忘形慮意交歡，朝回幾度隨襟袖（鐸）。飽食典簽漢屬官
（東陽）。〔註39〕

這是李東陽和謝鐸的聯句，其中李東陽首倡。該詩首句直接點出石童
香不畏嚴寒，傲然獨立的品格，然後接著誇讚石童香的外形，接著寫

<hr />

〔註38〕（明）李東陽編：《聯句錄》，見《四庫全書存目叢書》集部292冊，
　　　　第569頁。
〔註39〕（明）李東陽編：《聯句錄》，見《四庫全書存目叢書》集部292冊，
　　　　第579頁。

其在風中晃動的姿態，最後寫它的香氣。這首詩用擬人的手法，描寫出了石香童不同的形態。顯然，詩人們在歌頌石香童時也在歌頌自己。該詩風格語言流麗平易，依舊是李東陽推崇的風格。再如《雪》：

> 散成膏雨積成冰，何事飄揚竟未能（東陽）。茅屋低垂
> 朝蔽日，紙窗虛白夜妨燈（鐸）。平城望遠應難極，巨石東
> 危豈易憑（東陽）。赤腳輕寒更戍卒，白頭爭暖入山僧（鐸）。
> 蓬門暫臥嗟誰獨，詩骨相遭愧我仍（東陽）。洗甲未收誰捷，
> 放舟真得刻溪朋（鐸）。留連意久如貪近，題詠才高尚怯勝
> （東陽）。王白去年渾不忘，屢豐先化見何曾（鐸）。〔註40〕

這首詩是李東陽與謝鐸的聯句，其中李東陽首倡。該詩首句直接點題寫雪，接著通過茅屋低垂、窗外明亮，寫出雪之大；通過寫難以看到遠景，凸顯出雪之密；直接寫天之寒冷，側面烘托出雪之大；寫詩人因雪大難以出門，只能在家聯句作樂了。該首詩語言清麗，其風格雅淡。

遊覽聯句是李東陽與友朋在遊覽之時所作，比如有《大德觀答陸鼎儀》《步出西華》《遊廣恩寺》（十首）《遊慈恩寺》（五首）《月河寺會餞天錫卻入朝陽門訪慈恩》《遊慈恩寺》（七首）等。下面以《遊慈恩寺七首·其一》為例：

> 碧山涼雨過城西（東陽），約伴追歡信馬蹄（顯）。十
> 里薰風乘爽氣（泰），六街晴日走芳泥（東陽）。市槐官柳
> 參差見（顯），水寺林亭點檢題（泰）。到此盡拋塵外事（顯），
> 尚餘身跡在金閨（東陽）。〔註41〕

此詩是李東陽、蕭顯、張泰三人聯句創作，每人一句，依次輪流聯句。該詩為寫景詩，以「遊覽慈恩寺」所見所感為詩歌。開篇直接點出詩人與同伴出遊，通過「追歡」側寫出詩人的歡快心情，接著依舊寫出詩人的感受，後又轉寫慈恩寺的風光，最後寫詩人沉浸於眼前的美景，

〔註40〕（明）李東陽編：《聯句錄》，見《四庫全書存目叢書》集部 292 冊，
　　　　第 577 頁。

〔註41〕（明）李東陽編：《聯句錄》，見《四庫全書存目叢書》集部 292 冊，
　　　　第 597 頁。

不想離去。該詩風格對偶工整、流麗。

　　至成化十六年（1480），由於諸同年離京，李東陽聯句唱和的時代結束。具體講，成化十六年（1480）六月，彭教病故；十一月，張泰去世；同年，謝鐸丁內艱歸鄉，直至弘治元年（1488）八月才再度出仕。接下來的幾年間，陸釴丁父憂歸，直至弘治二年（1489）卒。陳音成化十九年（1483）擢南太常少卿，此後一直供職南京。羅璟成化十九年（1483）丁憂歸，因坐尹旻黨，調南京禮部員外郎，直至南京國子祭酒致仕卒，未再回到京師詩壇。吳汝賢成化二十二年（1486）升南翰林侍讀，弘治二年（1489）卒。焦芳於成化二十二年（1486）謫胡廣桂陽州同知，日漸惡劣。一直留在京師的只有傅瀚、倪岳、李東陽三人。這意味著甲申同年的時代已經結束，弘治年間李東陽門生的時代已經來臨。〔註42〕

　　與此同時，李東陽在文壇的領袖地位已經確立，但距其執文壇牛耳尚有些時日。這是因為甲申同年與李東陽文學交流，並不存在依附或者居於他之下的現象，而是一種平等關係。在政治上，李東陽此時地位並不高，成化十年（1474）才升至從五品的翰林院侍講學士，居於同年羅璟、倪岳、傅瀚等之下。〔註43〕

二、次輔時期以步韻為主的內閣唱和

　　成化十九年（1483）後，李東陽仕途開始升遷，十餘年間，由正六品翰林編修升至從一品的少師。成化十九年（1483），以九年秩滿，擢翰林院侍講學士（從四品）；弘治二年（1489）四月，升為左春坊左庶子（正五品），兼翰林侍講學士；弘治四年（1491），《憲宗實錄》成，升太常寺少卿（正四品）；弘治七年（1494），擢禮部右侍郎兼侍讀學士（正三品），專管內閣誥敕；弘治八年（1495）二月，入閣內

〔註42〕葉曄：《明代中央文官制度與文學》，浙江大學出版社，2011 年，第
　　　　 295～296 頁。
〔註43〕陳慶元主編：《明代文學論集》，海峽文藝出版社，2009 年，第 267
　　　　 頁。

閣，參與機務；弘治十六年，進太子太保（從一品）戶部尚書謹身殿大學士；弘治十八年升少傅兼太子太傅；正德元年（1506），升少師（從一品）兼太子太師吏部尚書華蓋殿大學士。

　　隨著仕途升遷，李東陽擔任的職務豐富起來，主要以下四類：一是擔任經筵官。其於成化二十年（1484），以侍講學士侍東宮班；弘治五年（1492），值日講，兼經筵講官；弘治十一年（1498）九月二日，經筵、春坊開講；正德元年（1506），與謝遷同知經筵事。二是充當總裁官。弘治十年（1497），充《大明會典》總裁官；弘治十八年（1505），充《孝宗實錄》總裁官。三是多次充當殿試讀卷官。他分別於成化二十年（1484）、弘治三年（1490）、弘治九年（1496）、弘治十五年（1502）、弘治十八年（1505）、正德三年（1508）、正德六年（1511）擔任過殿試讀卷官。四是多次擔任鄉試會試考官：成化二十二年（1486），順天府鄉試官；弘治六年（1493），充當會試考官，弘治十二年（1499），充當會試考官。以上史館進書、經筵進講、奉天侍宴、謹身讀卷四件就是邱濬所說的「學士四榮」。〔註44〕黃佐《翰林記》卷十九「學士榮選」條亦云：「濬嘗與楊守陳諸人賦學士四榮詩，謂經筵進講、史局修書、殿試讀卷、禮闈主試也。」〔註45〕由此可見，李東陽的顯達。

　　伴隨政治地位提高，李東陽交際圈在不斷擴大，不再侷限於京師甲申同年和翰林院同僚，向上擴展到內閣大臣，比如徐溥、劉健、邱濬等；向下延伸至各科進士，比如石珤、吳儼、顧清、錢福、何孟春等。伴隨一系列的變化，李東陽的詩歌唱和的形式、對象、內容也發生變化。下面以時為順序來瞭解他的詩歌唱和。

　　由於唱和人員身份的變化，李東陽唱和形式發生變化，由聯句轉向步韻。這主要因為聯句唱和形式有一定侷限，其要求詩人「必其人

〔註44〕（明）邱濬：《瓊臺會稿》卷五，清文淵閣四庫全書本，第 28～29頁。

〔註45〕（明）黃佐：《翰林記》卷十九，中華書局，1985 年，第 335 頁。

意氣相投，筆力相稱」〔註46〕。此句有三層意思：一是詩人間有相似的創作傾向和理念；二是詩人間才力相當；三是詩人間關係平等。這種形式顯然不符合李東陽擴展的朋友圈。一方面，其與唱和者之間有兩種相反的詩歌觀念。李東陽以文學著稱於世的閣臣，熱衷作詩，獎掖後學，圍繞其周圍形成了茶陵派，《四庫全書總目·何燕泉詩》云：「孟春少遊戲李東陽之門，傳奇詩派。」〔註47〕而閣臣劉健卻與之相反，對作詩頗有意見，曾說：「做詩何用？好是李、杜，李、杜也只是兩個醉漢。撇下許多好人不學，卻去學醉漢！」〔註48〕顯然，兩人詩歌理念截然不同，一個愛，一個恨，更談不上聯句了。另一方面，李東陽與唱和者之間地位的不平等，比如與閣臣徐溥、劉健的唱和，李東陽是他們的下屬；與門生邵寶、石珤、錢福、何孟春等的唱和，李東陽是他們的老師。顯然，他們之間地位不平等。其次，他和唱和者之間才力的不相襯。此時，閣中成員徐溥、劉健屬於政治型的閣臣，在文學方面並不擅長。故而，李東陽的唱和形式隨之轉變為步韻唱和。這一時期，他有不少的唱和，其中賞花唱和最為典型。

　　賞花唱和是較為常見的翰院唱和之一。閣臣賞花唱和最早起於天順二年，由李賢發起，至李東陽已成為館閣風雅的標誌。該唱和是李東陽初入內閣的首次唱和。此次唱和發生於弘治八年（1493）四月，李東陽初入閣兩月。首輔徐溥便邀請劉健、李東陽、程敏政等人賞芍藥花，其間首倡《內閣芍藥二首呈李先生》二首，其餘人皆和。顧清在《內閣賞芍藥二首》和詩小序中：「時閣老義興徐公、洛陽劉公、長沙李公。徐、劉首倡，長沙及學士篆墩程公以下皆和。」〔註49〕徐溥（1428～1499），明宜興（今江蘇省宜興市）人。字時用，號謙齋。弘治閣臣，在閣十二年，從容輔導。其極為賞識李東陽的文學才華，

〔註46〕（明）蔡鈞：《詩法指南》卷一，清乾隆刻本，第 13 頁。
〔註47〕永瑢：《四庫全書總目》卷一百七十六，中華書局 1965 年版，第 1565 頁。
〔註48〕（明）陸深：《儼山外集》卷十四，清文淵閣四庫全書本，第 2～3 頁。
〔註49〕（明）顧清：《東江家藏集》卷七，清文淵閣四庫全書本，第 2 頁。

於弘治七年（1492）上奏請命李氏入內閣專管誥敕。張元忭《館閣漫
錄》載徐溥言：「今惟太常寺少卿兼翰林院侍講學士李東陽，文學優
贍，兼且歷任年深，乞量升一職，令在內閣專管誥敕。」〔註50〕從徐
溥和詩首倡的題目看，其作詩對象是李先生，而在這些唱和者中僅李
東陽一人姓李，顯然，李先生即指李東陽。可見，其對他的賞識。李
東陽亦推重徐溥。弘治六年（1491），其在為徐溥作的《雙瑞詩序》
中對其孝和忠稱讚不已。其集中存有 22 首為徐氏而作的詩，而在徐
氏去世後，又為其撰墓誌銘。可見，兩人交情匪淺。下面試看李東陽
的《內閣賞芍藥奉和少傅徐公韻四首》：

> 一春風日幾晴陰，數種名花競淺深。禁苑栽培真得地，
> 化工雕刻本何心？叢疑月下留鸞宿，香到人間許蝶尋。臺
> 閣風流前輩遠，彩毫重和玉堂吟。

> 次第紅芳又綠陰，好花留向玉堂深。多從雨過看生色，
> 不為春遲負賞心。清露著衣香易濕，彩雲迷眼夢難尋。杯
> 餘幸接韓公宴，詞罷先賡白傅吟。

> 曉聞花底佩聲歸，萬葉枝頭露未稀。力盡丹青空藻繪，
> 眼看紅紫漫芬菲。栽雲直傍瑤臺起，避日須將錦障圍。原
> 向人間分此種，莫教春秪在彤扉。

> 春逐長安擔上歸，此花真覺眼中稀。新題翰苑圖猶在，
> 舊事揚州草自菲。索賞向人心已醉，試開經日手頻圍。欲
> 知近侍承恩地，長共西垣與北扉。〔註51〕

這組詩並未直面寫芍藥，而是通過蝴蝶尋蹤、畫家難工等側面烘托
出它的香氣和神韻，以凸顯皇家芍藥的富貴和獨特。這首詩既寫了
芍藥，又暗喻詩人愉快的心情，可以看作李東陽自視高潔而又抱負
不凡的形象寫照。〔註52〕李東陽的和詩不僅有著一定的臺閣氣象，

〔註50〕（明）張元忭：《館閣漫錄》卷七，明不二齋刻本，第31頁。
〔註51〕（明）李東陽：《懷麓堂集》卷五十五，清文淵閣四庫全書本，第3
　　　頁。
〔註52〕尚永亮、薛泉：《李東陽評傳》，湖南人民出版社，2006年，第93頁。

也有一定的臺閣審美特質。

　　唱和活動結束後，李東陽用其唱和題目又作了庶吉士閣試的考題。從顧清編排到閣試詩之中，有《內閣賞芍藥二首》，此可以佐證這一點。所謂「閣試」，就是明代考核庶吉士的方式之一，其每月兩次，由內閣大學士出題，主試者又稱為閣師。此時，李東陽是庶吉士的閣師。其拿徐溥的首倡詩作了該月閣試的考題，以此與其交流唱和。現存的和詩可以佐證這一點：徐溥《內閣芍藥二首呈李先生》、李東陽《內閣賞芍藥奉和少傅徐公韻四首》、程敏政《內閣賞芍藥次少傅徐先生韻四首》、儲巏《次徐少傅賞內閣芍藥四首》、費宏《和內閣賞芍藥》（四首）、邵寶《奉次少傅徐公內閣賞芍藥》、石珤《奉和內閣芍藥詩四首》、王鏊《內閣賞芍藥四首》、顧清《內閣賞芍藥二首》。現存和詩的詩人中邵寶、石珤、顧清均是李東陽的門生。

　　通過賞花唱和可知，李東陽主要通過兩條途徑傳播其理論主張的：一是通過同年、同僚間互相推崇和揄揚，將其茶陵派的主張加深；一是通過對後學晚進的鼓勵、指點、獎掖來影響擴大。

三、首輔時期以步韻為主的同僚唱和

　　正德元年（1506）十月，繼劉健之後，李東陽升為內閣首輔。儘管如此，其在政壇和文壇均不如意。在政壇上，頗遭訕病。具體講，正德皇帝一登基，便任由內臣劉瑾、馬永成、高鳳、羅祥、魏彬、丘聚、谷大用、張永八人胡作非為，擾亂朝政。這一年十月，首輔劉健聯合次輔李東陽、謝遷等人，連章上疏請誅劉瑾等人，但由於焦芳告密，此事遂寢，結果劉健、謝遷二人被迫致仕，而李東陽由於在此事中態度緩和，留在閣中，並升為首輔。李氏雖貴為首輔，但在處理事情上，多聽從劉瑾意見，以致內閣成為內臣的辦事機構。李東陽行事遭到士林訕病。其門生羅玘甚至要與之脫離師生關係，根據《明史》云：「劉瑾亂政，李東陽依違其間，羅玘為李東陽所舉之士，貽書責

以大義，且請削除門生之籍。」〔註53〕在文學上，文壇地位受到李夢陽、康海等前七子的威脅。清張廷玉《明史・李夢陽傳》云：「弘治時，宰相李東陽主文柄，天下翕然宗之，夢陽獨譏其萎弱。」〔註54〕正德三年（1508），康海母親去世，他打破舊例，不求內閣諸老為碑表銘傳，而自為行狀，請李夢陽為墓表，段德光為傳，極大地冒犯了閣老的權威，侵犯了他們的利益，直接引起了李東陽的不滿，以致呼其文為「子字股」。〔註55〕由此可見，此一時期，李東陽在文壇和政壇皆失意，其反應到唱和詩中則表現為一種苦悶迷茫的心態。下面從李東陽與謝遷、楊一清的唱和中加以瞭解：

李東陽入仕之初，便與謝遷有詩歌往還。謝遷（1449～1531），字於喬，號木齋，浙江餘姚人。前後在閣12年，著有《歸田稿》。李東陽與謝遷共事多年，其間詩歌酬答不斷。下面試看其為謝遷作送行詩《木齋先生將登舟以詩見寄次韻二首》：

> 十年黃閣掌絲綸，共作先朝顧命臣。天外冥鴻君得志，池邊蹲鳳我何人。官曹入夢還如昨，世路論交半是新。仄舵欹帆何日定，茫茫塵海正無津。

> 暫從中秘輟絲綸，同是羔羊退食臣。偶為庭花留坐客，豈知宮樹管離人。杯餘尚覺情難盡，棋罷驚看局又新。極目春明門外路，扁舟明日定天津。〔註56〕

該詩作於正德元年（1506）十月，是李東陽為致仕的謝遷而作。其一，首聯直接點出兩人的親密關係，即同在內閣共事十年，又同是孝宗皇帝所託付的顧命大臣；頷聯點明送別主題，現在將要天各一方：友人

〔註53〕（清）張廷玉等：《明史》卷二百八十六，中華書局，1974年，第7345頁。

〔註54〕（清）張廷玉等：《明史》卷二百八十六，中華書局，1974年，第7348頁。

〔註55〕周寅賓：《李東陽與茶陵派》，湖南師範大學出版社，2008年，第128頁。

〔註56〕（明）李東陽：《懷麓堂集》卷五十七，清文淵閣四庫全書本，第11頁。

要離開是非的官場，而自己依舊留在這裡；頸聯寫他們離去的原因，官場一夜之間巨變；尾聯詩人表露心跡，不知自己何時歸去，顯示出迷茫的心態。其二，亦是在說兩人同居內閣，但是由於政局突變，改變了他們的人生軌跡，即友人即將離去，自己留在原地，顯示出詩人迷失的心態。

正德時期，李東陽交往最多是故舊楊一清。楊一清（1454 年－1530 年），字應寧，號邃庵，諡文襄，明朝鎮江丹徒（今鎮江）人。成化八年（1472 年）壬辰科進士。其先後兩次入閣：正德十年（1515）入閣至正德十二年（1517）出閣，在閣兩年；嘉靖四年（1525）入閣至嘉靖八年（1529）出閣，其前後在閣六年。就兩人關係而言，楊一清是李東陽的密友之一。李東陽在《送楊應寧三首》中說：「平生道義交，豈獨愛文史。」〔註 57〕說明兩人既是道義之友，又是文史之友。在文學上，他們也是盟友。楊一清在《懷麓堂詩序》中談到李東陽指點他的文章之事：「予辱先生知與四十年，多所規益，每有撰述，輒為指謫疵垢不少隱。」〔註 58〕由此可見，兩人交情之深。李東陽詩集中留有多首與其唱和詩，比如《生日邃庵太宰祝以長律用韻自述並答雅懷》《花朝約邃庵翁看梅，不至，有詩，次韻奉答》《薄暮邃庵攜酒見過，席間再疊前韻》《崔甥席上賞繚繞燈，次邃庵先生韻二首》《十三夜，邃庵翁見過，疊前歲韻》等。下面試看李東陽的《生日邃庵太宰祝以長律用韻自述並答雅懷》，來探討其詩歌特色：

生日邃庵太宰祝以長律用韻自述並答雅懷

莫將箕斗問星躔，花甲周時又五年。抱病每憐唐杜甫，謝官方慕漢韋賢。頭多白髮生新種，坐只青氈是舊傳。豈謂詩書非閫閾，縱居城市也山川。義方獨步韓公訓，仁里三懷孟氏遷。恩許曲江蒙燕齎，禮開東閣誤招延。黃扉忝

〔註 57〕（明）李東陽：《懷麓堂集》卷六，清文淵閣四庫全書本，第 5 頁。
〔註 58〕彭小中主編：《茶陵文選》，湖南人民出版社，2007 年，第 136 頁。

職經綸重，玉幾親承顧命專。犬馬有情難報主，鈞衡無力可回天。同心論議思金斷，末路功名笑瓦全。已愧元方曾有季，卻悲顏路早亡淵。空驚節序忙於我，頗怪聰明不及前。欹枕欲眠頻覺警，杖黎將步轉愁顏。如過漆室遙聞歎，誰為蒼生倒解懸。況值劬勞傷短日，敢耽荒樂醉長筵。鏡中勳業今衰矣，夢裏江湖更渺然。大義曷能逃覆載，餘生何以謝陶甄。家藏筆法猶存譜，手按琴徽錯記弦。公退久違鼇禁直，友聲先和鳥鳴篇。錦衣肉食非吾樂，蘗操冰心豈自堅。惟聽玉皇宣放敕，願從平地學神仙。〔註59〕

這首詩作於正德六年（1511）六月九日李東陽的生日之時。這一天，楊一清、費宏等人均賦長律為之祝壽，極力稱讚其文章和功業，其中楊一清作《奉壽涯翁先生詩》。李東陽隨之作了這首和詩。這首詩主要以歸隱為主題，開篇便是感歎時光流失，轉眼又是五年，而詩人在這五年中身心有了變化，頭髮白了，心態已趨於平和了；接著回顧自己受到皇帝賞識，想要努力回報國家，但又力不從心；接著又寫自己在流失的光陰中，越加地衰老，記憶大不如前，即便如此，但他仍不忘天下蒼生，不敢耽於玩樂；但是他確實已經老了，所以希望皇帝能將他放回山林，過上逍遙自在的田園生活。這首詩層層揭示了詩人的複雜心態：感歎時光易失；顯示詩人無可奈何之心，比如他有「犬馬有情難報主，鈞衡無力可回天」；接著展示了他憂國憂民的心態，其有「如過漆室遙聞歎，誰為蒼生倒解懸」；又寫了他渴望歸去的心態。整首詩風格語言平易流麗。

概而言之，李東陽唱和與人生仕途和文學觀念一致，不同時期呈現不同的風貌。成化時期，其初入官場，意氣風發，唱與同年、朋友唱和；弘治時期，仕途得意，其唱和呈現臺閣詩風，表現出安閒的心態；正德時期，雖身為內閣首輔，但卻受制於人，其唱和中呈現出抑鬱不平之氣。總之，其詩歌因其人生經歷，而呈現出不同的特徵。

〔註59〕（明）李東陽：《懷麓堂集》卷五十九，清文淵閣四庫全書本，第 9 ～10 頁。

第三節　李東陽唱和對文學的影響

李東陽少年成名，18 歲以二甲第一高中進士，以詩文聞名於世。其甲申科同年陸釴在《瓊林醉歸詩》云：「行過玉河三百騎，少年爭說李東陽。」〔註60〕楊一清在《懷麓堂稿序》中云：「（李東陽）弱冠入翰林，已負文學重名，金梓所刻，卷帙所錄，幾遍海內，大夫士得其片言以為至寶。」可知，李東陽年輕時就已知名當世。到了中年，隨著李東陽官位升高，成為弘治、正德時期的文壇盟主，執文壇牛耳，不僅詩文廣受士林歡迎，而且經其指點詩文亦得到追捧。楊一清云：「後進之士，凡及門經指授，輒有時名。中年益深造遠詣。」〔註61〕由此可見，李東陽詩文在當時的影響。其影響力之大與重視人才的觀念和採用的文學形式有關。

其一是獎掖後學，提攜門生，擴大了茶陵派的影響。何良俊《四友齋叢說》中云：「李西涯當國時，其門生滿朝。西涯又喜延納獎掖，故門生或朝罷，或散衙後，即群集其家，講藝談文，通日徹夜，率歲中以為常。」〔註62〕其又卷十五云：「李西涯長於詩文，力以主張斯道為己任。後進有文者，如汪石潭、邵二泉、錢鶴灘、顧東江、儲柴墟、何燕泉輩，皆出其門。」〔註63〕可見，李東陽借助講論和探討，將自己的文藝觀念施加於門生，又借助於門生的追隨，從而將他的詩文理論傳播開來。

其二李東陽聯句帶動聯句創作。對於自身推動聯句之功，李東陽在《懷麓堂詩話》毫不無避諱地說：「聯句詩，昔人謂才力相當者乃能作，韓、孟不可尚已。予少時聯句頗多，當對壘時，各出己意，不

〔註60〕（明）朱彝尊：《靜志居詩話》卷七，人民文學出版社，1990 年，第200 頁。

〔註61〕（清）曾國荃：《（光緒）湖南通志》卷二百五十四，清光緒十一年（1885）刻本，第 8846 頁。

〔註62〕（明）何良俊：《四友齋叢說》卷二十六，中華書局，1959 年，第234 頁。

〔註63〕（明）何良俊：《四友齋叢說》卷十五，中華書局，1959 年，第 127頁。

相管攝，寧得一一當意。惟二三名筆，間為商榷一二字，輒相照應。
方石嘗謂人曰：『西涯最有功於聯句。』」〔註64〕具體來講，李氏對聯
句的貢獻主要體現在創作引領上。李東陽以聯句形式與同年和同僚唱
和，在其帶領下，成化十三年（1477）至成化十五年（1480）翰林院
士大夫詩歌唱和以聯句形式展開。李東陽將與同年、友朋等的聯句詩
彙集成編，結集為《聯句錄》，並為之序，傳播甚廣，不僅在京師士
大夫間傳播，而且已經傳至地方，由此掀起全國士大夫聯句浪潮。周
正《書聯句錄後》云：「成化壬寅（1482），余捧萬壽節表文至都下，
癸卯（1483）還任，道經貴州之普定，會海豸蕭黃門文明出翰林李西
厓先生所編玉堂諸公及縉紳大夫士聯句一帙。」李毛紀《聯句私抄引》
亦云：「近時西涯、方石聯句有錄，二公之道義相與，多重於時，其
所論者亦盛矣。」〔註65〕由此可見，其聯句影響之大。不僅如此，其
亦影響嘉靖朝初期的閣臣唱和，閣臣費宏、蔣冕、毛紀等閣臣唱和亦
選聯句形式，毛紀將其聯句彙集起來，傚仿《聯句錄》編《聯句私抄》。
由此可見，李東陽的影響。

其三其復古通變文學觀念，開前七子復古先聲。對此，明清人已
經意識到這一點。張佳胤《跋楊用修詩卷》云：「本朝文體凡數變，
然莫盛於德、靖間。李賓之閣老為之嚆矢，李、何、徐、薛羽翼之，
文詞一時斐然中興。」〔註66〕王世貞《池北偶談》中「徐豐厓論詩」
云：「海鹽徐豐匡（厓）詩談云：『本朝詩，莫盛國初，莫衰宣、正。
至弘治，西涯倡之，空同、大復繼之，自是作者森起，於今為烈。』
當時前輩之論如此。蓋空同、大復，皆及西涯之門。」〔註67〕清人朱

〔註64〕（明）李東陽：《懷麓堂詩話》，清知不足齋叢書本，第 31 頁。
〔註65〕（明）毛紀編：《聯句私抄》，見《四庫全書存目叢書》集部第 292
　　　　冊，第 690 頁。
〔註66〕（明）張佳胤：《居來先生集》卷五十，見《四庫全書存目叢書補編》
　　　　第 51 冊，第 578 頁。
〔註67〕（清）王士禎撰，勒斯仁點校：《池北偶談》，中華書局，1982 年，
　　　　第 345 頁。

庭珍在《筱園詩話》評茶陵派時云：「七子以前，李茶陵《懷麓堂集》詩，已變當時臺閣風氣，宗少陵，法盛唐，格調高爽，首開先派。」〔註68〕由此可以看出，明人認為李東陽有興起七子之功。〔註69〕儘管李東陽文學觀念盛行一時，但至弘治時期，其學生李夢陽等人公然反對，提出「文必秦漢，詩必盛唐」文學觀念，一時間壓過茶陵派。四庫館閣臣云：「（李東陽）文章則究為明代一大宗。自李夢陽、何景明崛起弘正之間，倡復古學，於是`『文必秦漢，詩必盛唐』，其才學足以籠罩一世，天下亦響然從之，茶陵之光焰幾盡。」〔註70〕張廷玉《明史》云：「弘治時，宰相李東陽主文柄，天下翕然宗之，夢陽獨譏其萎弱，倡言文必秦漢，詩必盛唐，非是者弗道。」〔註71〕

　　概而言之，此一時期，李東陽逐漸在同年的詩歌競技中凸顯出來，並成為文壇盟主，其後又借助於較高的政治地位，將其詩歌理論施加給門生，通過門生積極主動地接受和宣傳，進而引導時代文風。傳播既久，其詩歌理論就遭到前七子等人的強烈反對。

〔註68〕（清）朱庭珍：《筱園詩話》卷二，見郭紹虞編《清詩話續編》，上海古籍出版社，1983年，第2361頁。

〔註69〕薛泉：《李東陽與茶陵派研究》，人民出版社，2013年，第72頁。

〔註70〕（清）永瑢等：《四庫全書總目》卷一百七十，中華書局，1965年，第1490頁。

〔註71〕（清）張廷玉等：《明史》卷二百八十六，中華書局，1974年，第7348頁。

第五章　正德末至嘉靖前中期的首輔唱和

　　正德十六年（1521）至嘉靖四十五年（1566），是嘉靖時期，嘉靖皇帝在位 45 年，其間產生 28 位閣臣，其中首輔有楊廷和、費宏、蔣冕、毛紀、楊一清、張璁、李時、夏言、嚴嵩、徐階十人。這一時期的內閣可分為前中末三期：嘉靖前十年內閣主要以楊廷和、費宏、楊一清、張璁為中心；中期以夏言、嚴嵩為代表；後期以徐階為中心。〔註 1〕由於嘉靖皇帝執政的中後期偏愛青詞，閣臣的文學才能被標出，成為他們入閣的踏板，也由此產生一批如顧鼎臣、夏言、嚴嵩、徐階等「青詞宰相」。儘管其被訴病，但不得不承認的是此一批閣臣有較高的文學素養。其寫作可以分為職業寫作和非職業寫作兩類：所謂職業寫作不僅包括大製作、大議論，還包括應制、撰寫青詞；非職業寫作體現為其與同僚、下級官員私下進行詩詞酬答之作。其中，非職業寫作的唱和頗有代表性。

〔註 1〕洪早清：《明代閣臣群體研究》，華中師範大學出版社，2012 年，第 68 頁。

第一節　「大議禮」前後閣臣的詩歌唱和

一、「大議禮」前後閣臣的唱和活動

　　嘉靖元年（1522）至嘉靖十五年（1536），是嘉靖皇帝由宗室入主大統的初期，其間皇帝與正德的閣臣之間關係緊張，以至劍拔弩張，故短短十餘年內閣成員換了四批：嘉靖元年（1522）至嘉靖三年（1524），內閣有楊廷和、蔣冕、毛紀三人；嘉靖三年（1524）至嘉靖五年（1526），內閣以費宏為主，石珤、賈詠、楊一清為輔；嘉靖五年（1526）至嘉靖八年（1529），內閣以楊一清為首輔，以謝遷、賈詠、張璁、翟鑾為次輔；嘉靖八年（1529）至嘉靖十四年（1535），主要以張璁為首輔，先後與桂萼、翟鑾、李時、方獻夫等共事。需要說明的是，張璁前後三次出閣，但回歸後依舊任首輔，所以此處以張璁為主。這四批閣臣比較有代表性的唱和有 12 次，具體如下：

表 5-1：「大議禮」前後閣臣的詩歌唱和一覽表

序號	唱和類型	唱和形式	唱和時間	首倡	參與者	唱和集	備註
1	同僚唱和	聯句		楊廷和	楊廷和 毛紀 蔣冕 石珤 費宏	《聯句錄》	《喜雨六十韻石齋礪庵同作》《內閣夜直》《淮陽災奏牘有感》《瑞蓮聯句二十韻》《寄賀梅軒司徒致仕敬所伯氏也》《喜晴》《迎春花》《盆荷漸開有懷石齋聯句三首》《西垣杏花》《雪後》《白芍藥》
2		步韻	嘉靖六年（1528）十二月初十	楊一清	謝遷費宏等		楊一清《誌感》《答湖東費先生和章四首》 謝遷《奉旨免朝和

						蓬翁老先生韻一首》 張璁《和楊少師翁奉旨勉朝參二首》
3		步韻		張璁	楊一清謝遷等		張璁《分獻大明壇》 楊一清《正月十四日慶成宴有述兼柬同事諸先生》 謝遷《和蓬翁慶成宴一首》
4		步韻		張璁	楊一清謝遷等		楊一清《恭和聖製賜輔臣張少傅詩韻一首》 謝遷《和御賜羅峰少保韻一章》《再和羅峰先生宸韻一首》
5				張璁	楊一清		張璁《齋宮謝恩二首》 楊一清《和羅峰先生齋宮謝恩韻二首》
6		步韻		張璁	楊一清謝遷等		張璁《分獻大明壇》 楊一清《和羅峰先生分獻大明壇二首》 謝遷《和羅峰郊壇韻一首》
7	君臣唱和	步韻	嘉靖五年六月（1526）	世宗	費宏 石珤 楊一清 賈詠	《宸章集錄》
8		步韻	嘉靖六年除夕（1527）	世宗	楊一清 謝遷 翟鑾 張璁	《輔臣贊和詩集》
9		步韻	嘉靖七年（1528）	世宗	楊一清 賈詠 翟鑾 謝遷 張璁	《翊學詩》

10	步韻	嘉靖七年（1528）	世宗	張璁楊一清等		張璁《敬一亭成會儒臣落成於翰林院恭賦進覽》《答和聖製兩首》楊一清《敕建敬一亭落成館閣諸臣大饗於翰林院之後堂羅峰先生席上有詩和韻一首》《敬一亭成恭和》
11	步韻	嘉靖十年（1532）三月		張孚敬李時方獻夫翟鑾	《春遊詠和集》	
12	步韻	嘉靖十二年		張孚敬李時方獻夫翟鑾		世宗遊西苑製古樂府七言五言各二章命閣臣和方獻夫《恭和聖製夏日與輔臣同遊》（並序）

　　根據唱和對象的身份，閣臣唱和可分為君臣唱和和同僚唱和兩類。在這兩類中，君臣唱和最有特色。根據《千頃堂書目》《明代敕撰書考》《百川書志》三書記載，嘉靖皇帝與臣子唱和的集子就有九部，分別是《詠春同德錄》《宸章集錄》《宸翰錄》《翊學詩》《輔臣贊和詩集》《詠和錄》《白鵲贊和集》《春遊詠和集》《奉制紀樂賦》。由此可見，當時君臣唱和相對頻繁。遺憾的是，大部分唱和集現已不存，僅存《宸章集錄》《輔臣贊和詩集》《翊學詩》三部。這些唱和詩主要產生於嘉靖五年（1526）至嘉靖十年（1531）。在這一時期，皇帝與閣臣頻繁唱和有兩個方面的原因。一是世宗雅好文學，有深厚的文學功底。其在藩王潛邸時，其父興獻王就已教吟誦唐詩，經過幾次吟誦便能背誦。稱帝後，其依舊熱愛詩歌，常與閣臣賡和，並請閣臣批改，一時傳為佳話。沈德符《萬曆野獲編》卷二「御製元夕詩」條云：「世宗初政，每於萬幾之暇喜為詩，時命大學士費弘（宏）、楊一清更定。或御製詩成，令二輔臣屬和以進，一時傳為盛

事。」〔註2〕田藝蘅《留青日劄》:「嘉靖十二年四月十三日,上演馬南城,召大學士張孚敬、李時、方獻夫、翟鑾同遊環碧殿、嘉樂館,錫宴重華殿,賜孚敬蟒服、時等飛魚服。上賜律詩二首紀之,群臣應制奉和。」〔註3〕可見,嘉靖皇帝執政初期善於通過詩歌唱和與閣臣交流。其不僅作詩,還評改臣子和詩。據《萬曆野獲編》卷二:「上常命一清擬賦上元詩進呈,有『愛看冰輪清似鏡』之句。上以為似中秋,改云『愛看金蓮明似月』,一清疏謝,以為曲盡情景,不問而知為元宵矣。聖資超快,殆非臣下所及。信乎非一清所及也。惜為璁輩所撓。使天縱多能,不遑窮神知化耳。」〔註4〕由此可見,嘉靖皇帝有一定詩歌功底,以詩歌唱和最為君臣交流的方式。

　　二是世宗通過詩歌唱和緩解君臣矛盾。由於「大議禮」事件,初登大統的嘉靖皇帝與閣臣以及部院大臣關係緊張。嘉靖三年(1524),堅決守護禮法的閣臣楊廷和、蔣冕、毛紀三人先後憤然離閣。世宗任命在「大議禮」事件中態度溫和的費宏作首輔,並命前朝閣臣楊一清入閣。其在閣後,世宗與其唱和不斷。比如,嘉靖五年(1526)六月十三日,世宗賜閣臣費宏、楊一清、石珤、賈詠詩歌各一首,分別為《賜大學士費宏藻潤朕所製詩章作七言古詩以酬其勞》《召大學士楊一清入閣賜五言詩一章慰諭之》《大學士石珤潤和朕所製詩句作五言古詩一章賜之》《大學士賈詠潤和朕所製詩句作五言古詩一章賜之》。在賜詩之前,其對費宏、石珤、賈詠三人說:「朕亦偶作一詩以賜卿等,其用心輔導。」後又單獨對楊一清云:「卿去年提督邊務,勞勛昭著,特茲召還。朕作一詩以賜卿,卿其用心供職。」〔註5〕由此可

〔註2〕　(明)沈德符:《萬曆野獲編》卷二,中華書局,1959年,第38頁。
〔註3〕　(清)田藝蘅:《留青日札》卷二十九,上海古籍出版社,1985年,第949頁。
〔註4〕　(明)沈德符:《萬曆野獲編》卷二,中華書局,1959年,第38頁。
〔註5〕　(明)費宏撰:吳長庚、費正忠校點,《費宏集》,上海古籍出版社,2007,第700頁。

見，此時賜詩帶有鼓勵之意。其後，其又多次在重要場合作詩，嘉靖
六年（1527）除夕，世宗作五言《除夕》，與閣臣賡和；嘉靖七年
（1528），其在聽經筵講官講《大學衍義》時頗有所感，作了五言
古詩一章，閣臣隨後和之。與以往皇帝詩歌不同，世宗首倡詩不斷
誇讚閣臣的輔佐之功，凸顯其在政治上的重要性。也就是說，世宗
與臣子的詩歌互動有雙重含義，一方面肯定其對國家的貢獻，另一
方面鼓勵他們履行好輔臣的職責。

　　需要指出的是，閣臣唱和一般採用步韻、分韻、聯句三種唱和形
式。從上表看，嘉靖初期閣臣唱和形式以聯句為主，其中聯句的代表
人物是楊廷和、毛紀、蔣冕、費宏。其聯句唱和詩收錄毛紀《聯句私
抄》。眾所周知，聯句形式是在前期首輔李東陽帶動下興盛起來的。
也就是說，其聯句唱和是對李東陽唱和的延續。毛紀《聯句私抄引》
曾云：「閣中前輩多以詩為禁，倡和絕少，而聯句則昉於今日也。……
近時西涯、方石聯句有錄。二公之道義相與名重於時，其所論著亦盛
矣哉！」〔註6〕由此可見，閣臣唱和具有一定的接續性。

二、「大議禮」之前以楊廷和為首的唱和

　　嘉靖初期閣臣間唱和由可分為兩期：前期是以楊廷和為首的內閣
唱和；後期是以楊一清、張璁為首的內閣唱和。

　　嘉靖前期閣臣主要有楊廷和、蔣冕、毛紀、費宏四人。楊廷和（1459
～1529），字介犬，號石齋，新都（今屬四川）人。正德二年（1507）
入閣，參與機務。蔣冕（1462～1532），字敬所，一作敬之，全州（今
廣西全州）人。正德十一年（1517）入閣，參與機務。毛紀（1463
～1545），字維之，號礪庵，山東掖縣（今山東掖縣）人。正德十二
年（1518）入閣，參與機務。費宏（1468年～1535），字子充，號健
齋，晚號湖東野老，江西鉛山縣人。正德十六年（1521）六月入閣，

―――――――――
〔註6〕（明）毛紀編：《聯句私抄》，見《四庫全書存目叢書》集部第 292
　　　　冊，第 689 頁。

參與機務。他們曾是李東陽的門生或故舊，深受李氏文學觀念的影響，所以其唱和詩呈現出茶陵派流麗平易的特徵。

正德十六年（1521）至嘉靖三年（1524），其唱和以聯句為主。聯句唱和詩收錄在《聯句私抄》的第四卷。與往日館閣唱和內容不同，其唱和內容豐富，既有傳統館閣賞花等題材，又有感傷、民生疾苦等題材。前者並無太多新意，後者更有特色，其無意中展現了館閣另一面。其詩歌中流露出憂國憂民的心態，如《內閣夜值》：

> 燭花頻剪坐深更（蔣），綸閣風清月正明。中使自天傳
> 詔草（毛），御香和露寫金莖。我隨先躍江南去（蔣），人
> 望文星斗畔橫。屈指凱旋應不遠，皇恩先喜被蒼生。（毛）

這是閣臣蔣冕和毛紀兩人夜值其間的聯句詩，其中蔣冕首倡。該詩首句直接點題，通過描寫「燭花」、「月」等物象表明創作的時間；接著通過寫「天子傳詔」，表明他們在夜值；然後蕩然開去，由星斗聯想到凱旋而歸，想到天下蒼生。該詩風格語言平易、流暢。這暗合了李東陽提倡的詩風。再如《淮揚災閱奏牘有感》：

> 水鄉連歲水為災（石），民瘼頻看奏牘來。野莩祇餘懸
> 磬室（礦），齊饑誰動發棠哀。禦寒聊借苔為衲（石），轉
> 壑無分富與孩。幸有恩綸如狹纊（礦），歡聲和氣一時回
> （石）。

這是楊廷和和毛紀的聯句詩。其中，石即是楊廷和號的簡稱；礦則是毛紀號的簡稱。該詩直接點題，寫他們通過看奏章瞭解到淮揚連年遭受水災的情況，然後反覆渲染水災後老百姓生活的悲苦，最後他們認為有皇帝的聖恩，百姓的情況馬上就會有所好轉。其詩展現了對現實民生的關照。

其聯句亦少不了臺閣傳統賞花題材。試看《瑞蓮聯句》：

> 國有禎祥異卉知（湖），花中君子應昌期。氣和自與形
> 相會（石），世泰先教物效奇。天上六龍乘御日（敬），城
> 頭一雨發生時。雲霞爛剪天孫錦（礦），風露清涵御沼游。
> 官蠟燭分光疑照夜，（湖）玉堂刻漏恍臨池。彰施欲象虞廷

彩（石），滑膩如凝渭水脂。植向污泥渾不染（敬），根蓮
苑御故難移。未論太華峰頭賞（礦），且續濂溪道院辭。地
切只宜紅藥近（石），興酣思共碧筒持。看當初夏驚偏早（湖），
問遍名園總較遲。何物神工能幻出（敬），誰知玄造與恩私。
綠箋青筆將奚試（礦），翠蓋紅妝儼不倚。即製楚裳應奪目
（湖），未隨陶杜肯攢眉。高樓鐘鼓催先發（石），深殿馨
香想共披。五月鑒湖何足異（敬），千年金谷未應遺。水仙
臨鏡顏初拭（紀），洛女凌波跡莫窺。盛事雅宜傳瑞牒（湖），
載賡還復放前規。南薰不隔分房地（石），夕照猶憐解語姿。
挺挺不枝仍不蔓（敬），盈盈堪畫更堪詩。來年心賞須無負
（礦），嘉話從今得永垂（湖）。〔註7〕

這首聯句是費宏、楊廷和、蔣冕、毛紀四人的聯句，其中費宏首唱。
湖即是費宏號的簡稱。該聯句作於正德十六年（1521）四月二十二日，
這時世宗剛登基。該詩屬於詠物詩。他們從不同角度描繪蓮的形態美、
意態美、內在美等，意在讚揚蓮的高潔和忠貞的品格，同時，以物喻
人反襯出他們的品性。該詩風格清新脫俗。

　　儘管其聯句唱和頗有特色，但唱和詩較少，僅有 11 首，加之僅
是閣臣間的唱和，所以影響很小。

三、「大議禮」之後閣臣的詩歌唱和

　　「大議禮」之後，世宗熱衷作詩，主要表現為頻繁賜詩、請閣臣
評詩以及與閣臣賡和。在皇帝帶動下，閣臣每逢祭祀、齋居，聚集一
堂，彼此唱和，掀起了唱和熱潮。

（一）互相推許：皇帝與閣臣之間的唱和

　　「大議禮」其間，世宗重創內閣和翰林院，迫使楊廷和、毛紀、
蔣冕等正德閣臣致仕，嚴懲「左順門」事件中參與的翰院官員。其後，
為緩和與閣臣關係，世宗頻繁與閣臣唱和，出現九部唱和集，現存僅

〔註7〕（明）毛紀：《聯句詩抄》，見《四庫全書存目叢書》集部第 292 冊，
　　　　第 713～717 頁。

三部。下面從唱和集入手，來探討他們的唱和詩。

　　《宸章集錄》不分卷，費宏編。該集收錄世宗與費宏、石珤、楊一清、賈詠四人的唱和詩，共八首，其中世宗首倡，閣臣和之。前有費氏所作序。根據序可知，該唱和詩作於嘉靖五年六月十三日，世宗賜四人每人一首詩，其後閣臣依韻和之。下面試看世宗與費宏的唱和詩：

賜大學士費宏藻潤朕所製詩章作七言古詩以酬其勞（世宗）

　　古昔明王勸聖學，必資賢哲為股肱。君臣上下俱一德，庶政惟和洪叢成。顧於眇末德寡昧，欽承眷命歷數膺。宵肝兢兢勉圖治，日御經幄延儒英。每從古訓尋治理，歌詠研磨陶性情。詩成朕意或未愜，中侍傳宣出紫清。補袞命卿作山甫，為朕藻潤皆精明。眷茲忠良副倚賴，舜臯彷彿康哉賡。朕所望者獨卿重，廟堂論道迓熙平。虞延盛治須百揆，商咨伊傅周兩情。朕纘大服履昌運，天休滋至卿其承。帝齎良弼匡吾政，協恭左右持均衡。大旱須卿作霖雨，淫潦亦賴旋開清。沃心輔德期匪懈，未讓前賢專令名。

恭和御賜詩韻（費宏）

　　臯陶賡歌始元首，帝舜作歌先股肱。明良喜起吾驚發，正妃一體交相成。吾皇聖德與舜並，穰穰百福亦躬膺。一從紹統御宸極，玩味經定求精英。間揮宸翰有所述，後兼孔思前周情。蕭韶闋奏諧律呂，宮聲和緩商輕清。天章煥爛映奎璧，坐見天下皆文明。小臣拭目輒心醉，豈有才力能酬賡？仰窺聖志甚宏遠，欲追隆古蹟生平。臣愚輔導愧無術，崇階屢進叨孤卿。平臺宣召賜聖作，褒逾華袞真難承。對揚休命竭忠盡，敢效傅說希阿橫。龍文五彩照蓬室，雲氣繞護無陰晴。恩深感極思獻頌，堯天蕩蕩誰能名？〔註8〕

這兩首詩明顯在相互誇讚。世宗對費宏的誇讚，主要表現在對其工作

〔註8〕　（明）費宏編：《宸章集錄》，見《四庫全書存目叢書》集部第 292
　　　　冊，第 646～648 頁。

態度和工作表現的肯定。其用「宵肝」、「兢兢」等詞，來肯定費宏工作態度。同時，世宗也對費宏在擔任經筵官期間深究義理的精神，和不厭其煩的潤色自己詩作的耐心表示贊許。所以，認為費宏作為內閣首輔對國家很重要。再看費宏的詩，主要以頌聖為主題。開篇直接將皇帝比作堯舜，接著順勢而下，反覆渲染國家的太平景象；然後用臺閣詩人慣用的謙卑，放低身段，抬高皇帝，進而感激皇帝的恩寵。顯然，皇帝與閣臣之間相互推許。再看世宗與楊一清的唱和詩：

> 召大學士楊一清入閣賜五言詩一章慰諭之（世宗）
>
> 邇年西陸擾，起卿督邊方。三辭乃承命，開心副予望。才兼文與武，內外資安攘。寬朕西顧憂，遂使吾民康。功勳既昭著，夙名滿華羌。敕使往宣召，復來坐巖廊。黃扉典政本，撼誠以匡襄。余奉祖宗緒，志欲宣重光。深恐德弗類，倚畀賴卿良。展其平生志，佐朕張皇綱。股肱職補袞，伊周並昭彰。助成嘉靖治，青史常流芳。

> 楊一清謹題
>
> 惟帝向南離，重明照四方。文謨與武烈，前作後相望。西陸隅多事，起臣督修攘。臣志匪邊功，所期民物康。天威信遐被，坐籌走氐羌。分將老邊塞，何意登廊廟。召臣復黃扉，期之日贊襄。奎章盛褒許，爛然雲漢光。君王自神聖，有位咸忠良。上下交期泰，君者臣之綱。臣老心未叶，聖言殊孔彰。欽承誓終始，百世為傳芳。〔註9〕

這組詩亦是君臣間的揄揚之作。世宗開篇點出起復楊一清原因──邊關告急，接著指出楊一清文武全才：在武方面，世宗著力寫在楊一清的指揮下邊關危機解除，進而凸顯其軍事才能，其後又著重強調他有謀略之才。所以，他才將其調入內閣，並希望楊一清能竭盡全力輔佐自己。楊一清的和詩先是自謙，將邊陲安寧歸結到皇帝身上，然後向皇帝表忠心。

〔註9〕 （明）費宏編：《宸章集錄》，見《四庫全書存目叢書》集部第292冊，第647～649頁。

　　《輔臣贊和詩集》一卷。是集收世宗與閣臣楊一清、謝遷、翟鑾、張璁等唱和詩五首，其中世宗首唱，閣臣和之。該集前有世宗序，後有楊一清序。

除夕

　　三冬寒去已，九陽春又來。辭殘省往過，迓歲善增培。
　　伊傅真耆碩，輔弼信英才。專賴交惰道，承之尚欽哉。

少師大學士臣楊一清恭和一章

　　詔賜履端慶，臚傳天語來。三陽方納祐，一德已深培。
　　帝有陽春調，臣非白雪才。恩深何以報，惟日贊襄哉。

少傅大學士岺謝遷恭和一章

　　宇宙三陽泰，衣冠萬國來。皇圖真永固，聖德厚加培。
　　麗日無私照，明廷足俊才。老臣愧朽拙，遭遇一奇哉。

尚書大學士臣張璁恭和一章

　　寒隨歲月日，春從天地來。七年底嘉靖，萬物荷栽培。
　　喜見唐虞主，愧非稷契才。賡歌今日始，庶事益康哉。

侍郎學士臣翟鑾恭和一章

　　舊歲今宵盡，新春明日來。乘陽恩並育，配地物均培。
　　光被瞻清化，賡歌愧匪才。百工熙帝載，元首頌明哉。

該組唱和詩的背景是：嘉靖六年（1527）十二月除夕，世宗作《除夕》五言律詩一首，其後初一入朝的楊一清、張璁和之，初二謝遷、翟鑾又和之。他們將唱和詩上呈。皇帝賜名為《輔臣唱和詩》。就內容來看，其唱和無非是皇帝與閣臣相互的推贊，皇帝讚揚閣臣輔佐之功，閣臣稱讚皇帝的聖治。閣臣將萬物復甦的景象歸功於皇帝的聖德，而他們有幸遇到這樣的盛世，感到無比榮幸。

　　《翊學詩》一卷。是集收世宗、楊一清、賈詠、翟鑾、謝遷、張璁唱和詩六首，其中世宗首倡，閣臣和之。前有世宗序。試看世宗和楊一清兩人的唱和詩：

御製聽經筵官講大學衍義五言古詩

　　帝王所圖治，務學當為先。下作民之主，上乃承乎天。

致治貴有本，本端化自平。人君所學者，其序有後前。正
心誠其意，志定必不遷。吾志既能定，理道豈復顛。身修
本心正，家國治同然。國治乃昭明，萬邦斯協焉。於變帝
堯典，思齋文王篇。萬化修身始，朕念方拳拳。

恭和御製聽經筵官講大學衍義

大學有綱目，所貴知後先。吾皇寔聰明，一德惟憲天。
四方會其極，正直還平平。西山宋真儒，義衍千古前。無
欲德乃明，主靜志不遷。一理散萬殊，察見毫芒顛。經惟
日勤講，寒暑無間然。從茲進不已，帝德何名焉。臣愚復
奚言，祇頌緝熙篇。海嶽自崇深，涓塵效勤拳。〔註10〕

關於為何寫這首詩，世宗《御製聽經筵官講大學衍義》五言古詩序中
記錄甚詳：世宗想要瞭解君德治道，就命經筵查閱《五經》《四書》
《通鑒》，而內閣認為「經書微奧，《通鑒》浩繁，一日萬機，恐難於
領會」，就「請以《大學衍義》進講」。世宗讀了《大學衍義》後，頗
為感慨說：「其書綱舉目張，始亂興亡，罔不該括。朕勉循是言，為
修己治人之則，豈不大有裨益哉？嗚呼！真西山作此書於宋，若今之
以此書致君者，非卿等其誰能乎？朕不敏，匪徒知之，實欲行之。尚
賴卿等竭誠協恭，輔導朕躬，則《衍義》之功不在真氏而在卿等也。」
〔註11〕於是，世宗就作了這首詩。其詩歌流露出積極向上的一種心態。
楊一清在詩中不斷地頌揚皇帝的聰慧，當然其中亦有勸勉皇帝讀書的
詩句，但終不脫離臺閣習氣，最後一句又回到頌聖或表忠心。其他的
和詩亦是如此，比如翟鑾最後一句有「小臣拜稽首，緝熙仰拳拳」、
張璁有「微臣恭進講，膺服同拳拳」等句。

從上可知，世宗以詩歌唱和形式實現與閣臣的交流。但是其唱和
不論是規模，還是影響力，都難與明初太宗、宣宗等皇帝掀起的上下

〔註10〕（明）費宏編：《宸章集錄》，見《四庫全書存目叢書》集部第 292
冊，第 650～651 頁。

〔註11〕（明）費宏編：《宸章集錄》，見《四庫全書存目叢書》集部第 292
冊，第 649～650 頁。

一體影響深遠的唱和相較。這主要是因為皇帝無意於引領時代文風。儘管世宗與仁宗、宣宗一樣雅好文藝，熱衷詩歌唱和，但兩者唱和動機不同，如果說前者唱和在於引導時代文風的話，後者則在於借唱和緩和君臣關係，也就是說，詩歌唱和僅僅是一種手段和工具，而一旦其工具性遭到質疑時，世宗就棄之不用了。《明史》費宏本傳稱：「璁、萼滋害宏寵。萼言詩文小技，不足勞聖心，且使宏得憑寵靈，凌壓朝士。帝置不省然則此書乃承世宗之命所編也。」[註12] 由此君臣唱和減少。

（二）相互推贊：以楊一清與張璁的步韻唱和

嘉靖五年（1427）至嘉靖十四年（1436），閣臣唱和以步韻為主。這時的閣臣有費宏、石珤、賈詠、楊一清、謝遷、翟鑾、張璁（張孚敬）、桂萼、李時、方獻夫十人，其中費宏、楊一清、石珤、謝遷、翟鑾、張璁（張孚敬）、方獻夫七人有詩集存世。其詩集中留有不少作於這一時段的唱和詩，其中以楊一清和張璁的唱和詩最有代表性。

楊一清（1454～1530），字應寧，號邃庵，別號石淙，明朝鎮江丹徒（今鎮江）人，著有《石淙詩稿》（二十卷）。其在詩集後單列《玉堂後類》一卷，收錄在嘉靖時期做閣臣時所作詩歌。嘉靖五年（1427），楊一清升為首輔。世宗對其寵愛有加，因其年老，免其朝參。有《十一曰初十有旨念臣一清拜艱難面朝其朝參只在內閣辦事誌感一首》：

聞道免朝新命下，帝憐老病怯朝寒。許身尚覺鷹楊健，
稽首翻愁虎拜難。兩鬢早驚衰後白，一心長抱少時丹。已
無尺寸酬明主，更沐殊恩敢自安。[註13]

該詩鳴己之盛的同時，處處頌揚皇帝恩德。其特殊待遇得到了同僚以詩為賀。其用此韻連作四詩，來答謝費宏。其他同僚亦有和詩，比如

〔註12〕（清）張廷玉等：《明史》卷一百九十三，中華書局，1974 年，第5109 頁。

〔註13〕（明）楊一清：《石淙詩稿》，見《四庫全書存目叢書》集部第40 冊，第 594 頁。

謝遷《奉旨免朝和邃翁老先生韻一首》、張璁《和楊少師翁奉旨勉朝
參二首》等。他們的和詩亦是在頌揚皇帝的聖德。楊一清還有《正月
十四日慶成宴有述兼柬同事諸先生》：

> 日色熒煌照袞衣，九重恩宴得攀依。三千界上群賢集，
> 二十年前大老歸。吾道隨陽共長，天恩不與露俱晞。三朝
> 供奉臣今老，慚愧初心與碩違。〔註14〕

該詩有明顯的臺閣特質。頻繁使用臺閣詩人慣用的量詞，比如「三」、
「九」、「千」等，來凸顯皇恩。其他僚友亦有和作，現僅存謝遷《和
邃翁慶成宴一首》。

除楊一清外，張璁的唱和亦有一定代表性。張璁（1475～1539），
字秉用、茂恭，號羅峰，後賜名為孚敬。明代永嘉（今浙江省永嘉縣）
人。是議禮派的代表性人物，於嘉靖六年入閣。儘管此時身為次輔，
但深得世宗信任。王世貞《嘉靖以來首輔傳》卷二云：「楊一清雖居
首揆，以老成為上所禮重，然信之不能如孚敬深。」世宗每月密問往
還十餘次之多，並「稱字及號而不名」〔註15〕。也就是說，世宗對自
己提拔的閣臣甚為重視，給予其不少特權。一是傚仿仁宗，賜給張璁
銀章，以作密封奏疏的時候使用。〔註16〕一是給予其特殊榮耀。世宗
單獨賜詩。其集中有《恭和聖製詩》：

> 都宮左清廟，尊祖兼親親。承祀擬同日，龍旗出楓宸。
> 綱常自天地，父子與君臣。吾皇匡建極，正論胡由伸。乖
> 違陋光武，奏對羞張純。咸知縻爾爵，孰肯忘吾身。迷邦
> 忍懷寶，待聘誰席珍。遭逢堯舜主，康濟唐虞民。〔註17〕

其詩歌內容多以頌聖為主題，處處歌功頌德。同僚多和其詩，比如楊

〔註14〕（明）楊一清：《石淙詩稿》，見《四庫全書存目叢書》集部第40冊，
第603頁。

〔註15〕（明）王世貞：《嘉靖以來首輔傳》卷二，清文淵閣四庫全書本，第
6頁。

〔註16〕王其榘：《明代內閣制度史》，中華書局，1989年，第194頁。

〔註17〕（明）張孚敬：《太師張文忠公集》詩稿卷四，見《四庫全書存目叢
書》集部第77冊，第229頁。

一清《恭和聖製賜輔臣張少傅詩韻一首》、謝遷《和御賜羅峰少保韻
一章》《再和羅峰先生宸韻一首》等。皇帝讓其擔任祭祀官，其間有
《分獻大明壇》：

> 郊壇東祭日，趨數蹶丹梯。已見星辰近，應知海嶽低。
> 穆穆一人在，蹌蹌百辟齊。受釐宜萬壽，禮徹欲聞雞。〔註18〕

該詩通過反覆渲染寫出了郊壇祭拜的莊嚴，襯托出皇家宏大的氣象。
同僚亦有和詩，比如楊一清《和羅峰先生分獻大明壇二首》、謝遷《和
羅峰郊壇韻一首》等。

雖然閣臣之間唱和頻繁，但他們的唱和並未得到文人士大夫積極
的呼應。這主要有兩個方面的原因。

其一，閣臣唱和缺乏基礎。這主要有體現在兩方面：一是閣臣
在閣時間短，尤其是內閣首輔頻繁更換。比如，費宏正德十六年（1521）
入閣，嘉靖五年（1526）出閣；楊一清嘉靖五年（1526）入閣，八
年（1529）出閣；張璁更是十年間三進三出。閣臣頻繁更迭造成成
員的不固定，難以形成固定的唱和團體。二是君臣和閣臣關係緊張。
由於「大議禮」事件，皇帝與正德閣臣楊廷和、蔣冕、毛紀等人關
係緊張；閣臣之間亦劍拔弩張，其分為護禮派和議禮派兩派，兩者
之間水火不容，相互攻訐。儘管其間有唱和，但內容僅圍繞國家事
件，私下並無交流。所以，唱和基礎不牢，更不用說去推廣其主張。

其二，閣臣唱和無外援。「三楊」和李東陽的唱和之所以傳播廣
泛，與其得到翰林院官員和部院官員的呼應有關，尤其是「三楊」
唱和幾乎帶動了全國社會精英群體，既有翰林院同僚、部員官員，
又有地方官員、山林士紳等，故而有了聲勢浩大的臺閣體。但是至
此期，即便是皇帝引領，唱和也僅限閣臣幾人的，未能走出翰林院，
由此可見影響力之小。這與翰林院官員受到兩次打擊有關。一是左
順門事件。關於此事件，吳瑞登《兩朝憲章錄》記錄甚詳：「（群臣）

〔註18〕　（明）張孚敬：《太師張文忠公集》詩稿卷四，見《四庫全書存目叢
　　　　　書》集部第77冊，第230頁。

相率詣左順門跪伏，或大呼『太祖高皇帝』或呼『孝宗皇帝』，聲徹於內。是日，上齋居文華殿，遣司禮監官諭，令退，群臣固伏不起，求俞旨。上乃遣司禮監官傳諭曰：恭穆獻皇帝神主將至，冊文祝文悉已撰定矣，爾等姑退。群臣仍伏不起。及午，上命錄諸臣姓名，執為首者學士豐熙，給事中張中張翀等八人詔獄，於是修撰楊慎乃撼門大哭，一時群臣皆哭聲震闕。上大怒命遠五品以下員外郎馬理等一百三十四人悉下獄拷訊。」〔註19〕可知，翰林院官員尤其是骨幹分子，比如楊慎等，遭到貶謫。二是嘉靖五年（1526）和八年（1529）科庶吉士外放。《明史‧選舉志二》云：「嘉靖八年己丑，帝親閱廷試卷，手批一甲羅洪先、楊名、歐陽德，二甲唐順之、陳束、任瀚六人對策，各加評獎。大學士楊一清等遂選順之、束、瀚及胡經等共二十人為庶吉士，疏其名上，請命官教習。忽降諭云：『吉士之選，祖宗舊制誠善。邇來大臣徇私選取，市恩立黨，於國無益，自今不必選留。唐順之等一切除授，吏、禮二部及翰林院會議以聞。尚書方獻夫等遂阿旨謂順之等不必留，並限翰林之額，侍讀、侍講、修撰各三員，編修、檢討各六員。著為令。」對其外放原因，其進一步講「蓋順之等出張璁、霍韜門，而心以大禮之議為非，不肯趨附，璁惡之。璁又方欲中一清，故以立黨之說進，而故事由此而廢。」〔註20〕也就是說，張璁因個人私怨，從源頭上截斷翰林院官員正常進入路徑。由於庶吉士是翰林院文學骨幹，其外放造成翰林院處在一個「青黃不接」狀態，即骨幹分子缺席，新鮮血液得不到及時補充。這樣，閣臣唱和在缺乏翰林官員的接應下，影響隨之減小。

概而言之，這一時期唱和頗有特色，其中既有皇帝參與，又有閣臣的呼應，但是影響甚微。這主要因為皇帝、閣臣、翰林院和部院官員上中下三級關係不協調，所以唱和影響相對較小。

〔註19〕（明）吳瑞登：《兩朝憲章錄》卷二，明萬曆刻本，第6～7頁。
〔註20〕（清）張廷玉等：《明史》卷七十，中華書局，1974年，第1706頁。

第二節　以首輔夏言為中心的唱和

夏言（1482～1548），字公謹，號桂洲。江西廣信府貴溪縣人。明正德十二年（1517）進士。夏氏閣臣之路較為波折：嘉靖十五年（1536）入閣參與機務，二十一年（1542）貶謫出閣，二十四年（1545）復入，二十七年（1548）因議覆河套事件棄市，諡號「文愍」。

一、夏言唱和活動概述

夏言著述頗豐，有《夏桂洲先生文集》《桂洲詩集》《南宮奏議》《桂洲集》《近體樂府》《賜閒堂詞》等。其詩歌存於《桂洲詩集》《夏桂洲先生文集》，其中兩部集中詩歌多有重複，僅幾首未見於《桂洲詩集》。本節主要以《桂洲詩集》為準。該集現存明嘉靖二十五年刻本，收詩 1254 首。他的創作中大多數為唱酬之作，共有 444 首，其中應制唱和詩 223 首，同僚唱和詩 221 首。夏言《桂洲詩集》中對應制詩作了較為細緻的區分，所以無需再作詳細介紹。下面以表格的形式，展示他的同僚唱和詩。根據是否首倡，將其唱和詩分為和詩與首倡詩兩類。具體如下：

表 5-2：夏言和作一覽表

序號	唱和對象	唱和身份	唱和數量	唱和作品
1	嚴嵩	閣臣	13	《海天春曉歌和答介溪少保》《題宗伯嚴介溪李太白把酒問月圖用白》《次嚴介溪病起韻》《書介溪卷次崔後渠張陽峰南宮賞蓮之作二首》《介溪少保鍾石司馬見和再疊二首》《次嚴介溪病起韻》《送嚴宗伯介溪之安陸》《送大宗伯介溪之南都》《次嚴介溪韻寄汪石潭宗伯二首》《九日宴介溪少保宅》
2	汪玄錫	中丞	12	《次汪東翁三湖壽歌》《題沈石田畫次韻壽東峰》《次韻東峰翁遣惠鰣魚歌》《次汪東峰》《上清焚黃次汪東峰二首》《焚黃禮成乃雨次汪中丞見東韻》《次汪東峰首夏登滕王閣見懷韻時占城貢象至》《菊節泛

			舟西濠奉邀東峰》《九日遊南岩歸飲丹桂堂席間次汪東峰韻》《次東峰韻》《又次東峰留別》
3	顧鼎臣	閣臣	12	《疊韻觀蓮歌贈顧未齋宮詹》《秋日同李宗伯序庵顧宮詹未齋張學士亭溪飲鄭氏莊五首》《初入院視事喜雨顧未齋即席有作見贈次韻答》《天壇賞牡丹次顧未齋韻》《次未齋九日送酒韻》《九日顧未齋邀飲翰林院賞菊即席賦》《次未齋九日送酒韻》《次顧未齋》
4	徐伯瞻	侍御	10	《次徐伯瞻清風亭十首》
5	張昌化	提學	10	《貴州提學署王雪堂次張合溪韻》《次張合溪》《席間次合溪見贈韻四首》《次張合溪》《次合溪見寄韻三首》
6	李夢陽		10	《遊象山書院次李空同韻》《龜峰次李空同韻》《唐大巡見過用空同韻》《奉次空同過象山書院韻三首》《次李空同韻答河南藩臬諸公》《曉泊龍興觀有懷空同用韻》《次李空同韻寄題麻姑山》《送葉君宦海陽用李空同韻》
7	閔東升	星士	10	《題星士閔東升梅花卷並次韻凡十首有序》
8	朱應登	大參	9	《平越道中次朱凌溪韻》《午日太平觀次朱凌溪韻》《五月一日寓清浪次大參朱凌溪韻》《曲靖與胡侍御對酌用朱凌溪韻二首》《曲靖逢朱大參凌溪劉憲副梅國酌酒教場尋別去次朱凌溪韻》《滇南相見坡郵壁次朱凌溪》《劉僉憲鴒原秋雨卷挽乃兄次朱凌溪杭雙溪韻二首》
9	楊一清	首輔	8	《楊邃庵園居雜詠次韻八首》
10	袁德修	貴溪縣令	7	《次袁佩蘭》《題八魚塘次袁佩蘭》《泛池袁尹佩蘭臥病以詩來即席和答五首》
11	張潮	禮部尚書	7	《疊韻觀蓮歌答張亭溪少詹》《陪駕祀谷祇壇從西苑臨泛太液和亭溪翰長韻二首》《省中聞鶴和亭溪韻》《次張亭溪二首》
12	沈少泉	黃門侍郎	6	《次沈少泉黃門六首嘉興道中》

13	毛伯溫	右都御史	6	《次毛東塘留別》《晚至寧鄉次謝邦用韻留寄毛侍御東塘》《良鄉公館次毛東塘壁間韻》《答毛東塘三首》
14	費案	司馬	5	《答費鍾石司馬海天春曉歌》《次費鍾石司馬海天春曉歌》《介溪少保鍾石司馬見和再疊二首》《和答費鍾石賜橄欖韻》
15	李時	首輔	5	《飲宮諭李序庵宅》《次李序庵東郊感舊韻》《壽少師羅翁六十次少保李序庵韻》《同序庵閣老西苑應制二首》
16	文徵明	待詔	4	《答文衡山用次韻四首》
17	王廷相	兵部侍郎	4	《次答王濬川雲龍歌》《訪方棠陵城南賈氏樓中用濬川王少司馬韻》《春日閣中述事次王濬川韻》（二首）
18	薛蕙	吏部考功司郎中	4	《次薛西原》《次劉吏部韻兼懷薛君采》《遊道士館次薛君采》《遊天壇沈道十館次薛吏部君采》
19	黃綰		3	《石龍書院次韻題黃久庵卷》《次黃久庵韻二首》
20	汪文盛		3	《蕭水部席上賞菊次汪希周韻三首》
21	方豪		3	《湖上歌用棠陵南江小閣韻》《梅花國人歌用方棠陵韻》《南江小閣歌用方棠陵韻為孫僉憲從一賦》
22	許誥	吏部侍郎	3	《疊韻觀蓮歌答函谷許少宰》《地壇齋居用函谷許少宰韻東晉溪王太宰》《和許函谷少宰韻》
23	李東陽	閣臣	2	《秦鳳山飲黃鶴樓次西涯公》《次涯翁為武昌羅典儀練乃艾翕泉翁賦》
24	杭淮	都御史	2	《題劉僉憲鴒原秋雨卷次朱凌溪杭雙溪韻二首》
25	席春	翰林資院修撰	2	《次席虛山》《翰林院觀蓮歌次席虛山翰長韻》
26	翟鑾	閣臣	2	《奉日賜宴遇雪奉和翟石門》《九日閣中小飲呈翟石門》
27	林春澤		2	《次林旗峰挽鄭少谷二首》
28	唐龍	總制	2	《次唐總制漁石出塞詩二首》

29	潘熙臺	巡撫	2	《次潘熙臺平寇之作二首》
30	江鵬峰		2	《喜雨次江鵬峰韻》《次招江鵬峰過溪南》
31	張璁	首輔	2	《元日次羅峰閣老》《次羅峰盆桃韻》
32	吳惠	學士	2	《疊盧山蓮歌答北川吳學士》《次吳北川》
33	郭維藩	學學士	2	《疊韻觀蓮歌答郭杏東學士》《次郭杏東韻》
34	邵寶	江西提學副使	2	《奉次二泉先生石床歌》 《太白樓歌次二泉老師》
35	徐縉	吏部尚書	2	《次徐崦西省中藤花盛開韻二首》
36	陸深		2	《壽胡司寇竹亭次陸三汀》《奉陪陸儼山先生登太白樓》
37	張黑	南京太僕寺少卿	2	《次張桂濱二首》
38	黃宗明	兵部右侍郎	1	《和黃致齋試士詩》
39	溫仁和	宮諭	1	《答溫託齋》
40	劉獅		1	《北堂榮壽卷為高太守時雍題次劉士鳳韻》
41	詹泮		1	《次前柬詹少華》
42	廖道南	學士	1	《疊盧山蓮歌答廖鳴吾學士》
43	蔡鶴江	學士	1	《疊韻觀蓮歌答蔡鶴江學士》
44	孫承恩	中允	1	《疊盧山蓮歌寄毅齋孫中允道別》
45	方定之		1	《齊樹樓歌次方思道韻》
46	許臺仲	黃門	1	《平遠臺次許黃門韻》
47		黃門	1	《次韻江上吟送龍黃門遂謫閩》
48	周子庚	太僕	1	《寶抵公館次周太僕子庚東》
49	崔元	都尉	1	《直夜崔都尉岱屏招飲用》
50	邵端峰	提學	1	《次邵提學端峰》
51	汪俊	侍讀	1	《雙江次汪抑之》
52	蔣山卿		1	《次蔣南泠》

53	劉汝撝		1	《除夕次劉汝撝韻》
54	費宏	首輔	1	《渭口王山人家次鵝湖閣老》
55	謝丕	左侍郎	1	《次謝汝湖》
56	穆孔暉	禮部右侍郎	1	《次穆玄庵》
57	林文俊		1	《次林方齋》
58	王三渠		1	《次王三渠》
59	余戀昭	編修	1	《中秋飲余戀昭編修宅得月字》
60	呂汝德	庶吉士	1	《小雨次呂汝德吉士韻》
61	劉潔	少參	1	《晚次平越劉少參一庵招飲》
62	王守仁	大司馬	1	《宿宣風公館次王陽明韻》
63	李廷相		1	《次李蒲汀春日喜雪》
64	許成名	禮部左侍郎	1	《次許龍石》
65	張璧	禮部尚書	1	《和張陽峰見示》

表 5-3：夏言首倡一覽

序號	首唱之作	和作
1	《上新賜直房誌感》《又次》	嚴嵩《無逸殿直舍和少師相公韻》、孫承恩《和夏桂洲感賜直廬詩》
2	《賜宴禮部恭紀恩遇二首》	孫承恩《和桂洲閣老賜宴禮部記恩遇詩二首》（四首）、張邦奇《飲宴禮部次韻答桂洲閣老二首》
3	《丙午元日早朝》	周用《丙午元日早朝》《元日賜上尊珍饌》
4	《夏日直宿無逸殿二首》	嚴嵩《直宿無逸殿次少師桂翁韻》
5	《元日上賜長春酒一瓶恭賦》	高叔嗣《奉和太保桂洲公二首》
5	《書介溪卷次崔後渠張陽峰南宮賞蓮之作》	陸深《夜集夏桂洲宅送崔後渠》張邦奇《八月十八日桂洲招飲席間疊來玉亭賞蓮詩韻贈崔後渠之南京》
7	《象麓草堂初成和杜韻六首》	張經《次夏桂洲給事象麓草堂用杜韻四首》、夏尚樸《題夏桂洲麓草堂二首》

8	《附夏桂洲原》	王慎中《春日和夏桂洲尚書韻》
9	《疊盧山蓮歌答廖鳴吾學士》	廖道南《秋日泛太液池觀蓮疊前韻答夏桂洲》
10	《辛丑冬至分獻夜明壇》	張邦奇《和桂洲至日分獻夜明壇之作》
11	《元日慶雪賜大紅紵私金彩雲雲鶴衣》	費宷《元日慶雪賜大紅紵私金彩雲雲鶴衣》《和桂洲入閣》
12		嚴嵩：《奉命視部篆歲除日履任奉呈桂翁少傅》（四首）、《奉和少傅桂翁郊壇喜晴奉天殿捧》（三首）、《賀序翁閣老新第落成》（二首）《奉和少傅桂翁閣蓮六花之作》 《桂翁壽詩同諸學士作》《海天春曉圖歌為桂翁作》《再次桂翁鄉會即席韻》（三首）《春日和夏桂洲尚書韻》《賀桂洲閣老西苑祀歸二首》
13		程文德《和夏桂洲學士謝賜犀帶詩》
14		范欽《曉行望玉笥次夏桂洲少師韻》
15		顧麟《題少傅桂洲夏公應制集後》
16		劉儲秀《奉次介翁老先生賀桂洲壽韻》
17		邵經濟《春深飲少洲中舍兼簡桂洲》
18		孫承恩《和夏桂溪祈雪之作二首》
19		唐龍《桂洲先生過臨次韻》
20		湛若水《奉和桂洲公試天文醫生之作》
21		張邦奇《大祀齋居枉桂洲閣老見懷之作次韻》《和桂翁寄王九潭編修》《八月廿二日憲廟忌辰上遣桂洲閣老代祭有詩見示次韻》《東閣閱卷枉桂翁製次韻六首》《鍾石少司馬以所和桂洲苑中夜直紀事詩見示次韻六首》
22		朱應登《旱後值大雨復次韻桂洲誌喜書寺壁》
23		費宷《廷試日東閣候讀卷次桂洲韻》
24		張邦奇《和桂洲九日遊邵家園之作二首》、童承敍《奉和桂洲九日邵園四首》、王立道《桂翁九日邵園和韻》（三首）、王維楨《和夏相公九日邵園賞菊》、嚴嵩和少傅相公九日邵園集飲（三）、駱文盛《九日邵園宴集次桂洲閣老韻二首》

　　從上可知，夏言唱和在唱和對象、唱和目的、唱和數量等方面有一定特徵。

　　就唱和對象而言，夏言唱和對象身份廣泛、多樣。根據唱和者是否有政治地位，可將其唱和對象分為在朝和在野兩類。根據在朝官員職務情況，可以分為四類：一是內閣大臣，比如楊廷和、楊一清、費宏、張璁、李時、顧鼎臣、嚴嵩、翟鑾等；二是翰林院官員，比如陸深、汪俊、廖道南、蔡鶴江、吳惠、郭維藩等；三是部院官員，比如禮部尚書張璧、禮部尚書張潮、黃門侍郎沈少泉、兵部侍郎王廷相、大司馬王陽明、督察院右都御史毛伯溫等；四是地方官員，比如江西提學副使邵寶、提學張昌化、縣令袁德修等。在野的唱和對象有吳中名士沈周、星士閔士升等人。由此可見，夏言唱和對象籠蓋朝野，遍布京師內外，以在朝官員為主。其唱和對象身份多樣，多是多棲性人才，除政治家身份外，還是其他領域的佼佼者。比如，與他唱和詩人遍布各個詩歌流派，比如茶陵派的李東陽和邵寶、前七子中的李夢陽和王廷相、江北四子的朱應登和蔣山卿；與他唱和的理學家有王陽明、湛若水、詹泮等等。可見，夏言唱和對象身份的多樣性。

　　二是唱和的政治性。這主要體現在唱和的功利性和遮蔽性上。其一是夏言唱和的功利性。由於唱和對象和唱和者身份的特殊性，閣臣唱和帶有政治性特質，但將這一特質發揮到極致的，則是嘉靖時期。如果說明初「三楊」等人唱和政治性的突出點在於借詩歌唱和引領時代文風的話，那麼到了夏言這裡，閣臣唱和政治性轉向自我，目的在於借用唱和達到升遷目的。比如，夏言與皇帝步虛詞唱和，深得帝意，其後所以升遷較快。又如，其與同僚的唱和，尤其是與首輔閣臣、尚書等人的唱和，意在建立良好的關係，故其詩中有明顯的恭維性質，「明良嘉遇古稱難，獨立公當霄漢端」〔註21〕（《壽少師羅翁六十次

〔註21〕　（明）夏言：《桂洲詩集》卷十九，明嘉靖二十五年（1546）刻本，
　　　　　第3頁。

少保李序庵》),「十里郊坰勞館閣,千年典禮賴君師」〔註22〕(《次李序庵東郊感舊韻》)等語。其二是唱和的遮蔽性。如果單從閣臣唱和文本看,一派盛世光景,比如皇帝仁德、國富民強、閣臣融洽等,但是如若翻開同時期史料,則發現其宣揚的盛世只不過是自我營造的假象、標榜道德人物亦多有不堪,故可知唱和具有遮蔽性,尤其是此一時期。從唱和詩看,夏言與同僚之間關係和睦,但實際上其關係並不融洽,彼此攻訐,其棄世益是嚴嵩所為。這主要由於閣臣間權力不平衡所致,首輔掌握一切權力,次輔僅是依附,沒有太多權力,故閣臣之間黨派分明,相互攻訐,相互傾軋,欲置對方於死地,但是這些很難在唱和詩中顯示出來。一般而言,其依舊通過唱和來維護表面的和平,以此來掩飾他們私下的不和,故唱和具有一定的遮蔽性。比如,夏言和張璁關係極差,張氏曾構陷他下獄,但他們之間仍有唱和。又如,夏言和嚴嵩已經到了水火不容的地步,其因嚴嵩背後使詐,而被迫幾次出閣。夏言回歸後,立馬將嚴嵩的黨羽唐龍、許成名、王國賓等罷官。嚴嵩不僅沒有反抗,依舊與夏言唱和,稱讚他,比如其在《賀桂翁閣老新第落成》中贊其「麒麟抱送天應眷,看取千年社稷功」〔註23〕。所以,詩歌唱和政治性和掩飾性在此增強。

　　三是唱和詩數量的不對等性。夏言集中有和詩 200 餘首,但是回和其詩不足 100 首。初步統計,夏言為 65 人寫了唱和詩,其中 20 人有集子存世,如下:林文俊《方齋存稿》、李夢陽《空同集》、方豪《棠陵文集》、郭維藩《杏東先生文集》、朱應登《凌溪先生集》、唐龍《漁石集》、文徵明《甫田集》、王廷相《王氏家藏集》、杭淮《雙溪集》、林春澤《人瑞翁詩集》、費宏《費文憲公摘稿》、唐龍《漁石集》、邵寶《容春堂集》、張璧《陽峰家藏集》、李東陽《懷麓堂集》、孫承恩

〔註22〕　(明)夏言:《桂洲詩集》卷十七,明嘉靖二十五年(1546)刻本,第 7 頁。

〔註23〕　(明)嚴嵩:《鈐山堂集》卷十三,明嘉靖二十四年(1545)刻增修本,第 10～11 頁。

《文簡集》、毛伯溫《毛襄懋文集》、陸深《儼山集》、嚴嵩《鈐山堂集》、張邦奇《張邦奇集》，而這些人中僅孫承恩、毛伯溫、陸深、嚴嵩、張邦奇五人集中留有幾首唱和夏言的詩。其餘集中對夏言隻字未提。除以上幾人外，留有唱和夏言詩的集子還有十二部：高叔嗣《蘇門集》、周用《周恭肅公集》、張經《半洲稿》、王慎中《遵巖集》、夏尚樸《東岩詩文集》、程文德《程文恭公遺稿》、范欽《天一閣集》、劉儲秀《劉西陂集》、童承敘《內方先生集》、王立道《具茨集》、王維楨《槐野先生存笥稿》、駱文盛《駱兩溪集》。由此可見，夏言詩歌唱和送出與回贈的比例並不對稱。由於夏言棄市，「相公中才死東市，門下客多削籍引去」〔註24〕，其門生或唱和者為撇清與其關係，刪減了唱和作品，故造成和詩甚少。

二、夏言的唱和之作

　　夏言詩歌類型豐富，有應制、扈從、感述、館閣、旅況、遊覽、邊塞、弔古、柬贈、答和、寄懷、燕集、送別、慶賀、悲悼、時令、物色、題詠、閒適、樂府二十餘種。其詩歌風格很有特色。四庫館臣云：「詩文宏整而平易，猶明中葉之舊格。」〔註25〕朱彝尊《靜志居詩話》云：「貴溪遊覽贈酬之作不及分宜，而應制詩篇，投頌合雅，不若袁文榮之近於褻也。」〔註26〕陳田云：「五言特具高韻，才本揮霍。長禮部時，與翰苑諸公賦《觀蓮歌》，聯篇次，層出不窮，雖未盡合節，要亦豪宕之作也。絕句尤有風致。」〔註27〕此外，他的詩亦有臺閣體之餘習。

〔註24〕（明）張萱：《西園聞見錄》卷十八，民國哈佛燕京學社印本，第18頁。

〔註25〕（清）永瑢：《四庫全書總目》卷一百七十六，中華書局，1965年，第1577頁。

〔註26〕（清）朱彝尊著：黃君坦校點：《靜志居詩話》卷十，人民文學出版社，1990年，第288頁。

〔註27〕（清）陳田輯撰：《明詩紀事》己簽卷九，上海古籍出版社，1993年，第1610頁。

（一）夏言的應制唱和詩

夏言集中將應制單列一類，收詩 223 首。其應制唱和詩多以頌聖為主題。但與前期應制不同，夏言頌聖內容有了新變，由歌唱君臣和睦、國家安定等轉移至皇帝仁孝的道德品格上來。之所以如此，與世宗看中仁孝有關。世宗登基後給自己的定了「仁孝」的人設。這主要體現在兩個方面：一是登基後與朝臣展開了曠日持久的「大議禮」之爭，重新調整了翰林院、部員等中樞機構的人員格局，最終取得勝利，為父母贏得了名號；二是登基後，頻繁舉辦謁陵、祭祀等活動，在實踐中踐行了仁孝。由此看出，孝是嘉靖皇帝最為看重的品德。既然皇帝推重孝，作為善於揣摩聖意的夏言自然不會放過迎合皇帝的機會，故孝成為此期應制和詩的主題。

恭和御製視二閣工程過睹世廟有感詩

> 高閣起南苑，帝駕乘春陽。承恩謝宣命，扈聖瞻清光。
> 金宮屢造膝，天語溫而詳。優眷及小臣，大孝追先王。言
> 念皇考廟，創構日已長。寢後何促迫，況近河水傍。咈哉
> 帝曰吁，茲焉感我腸。豈無松檜繁，欲植徒為妨。慨然思
> 永圖，改作庸何傷。禮官實贊決，庀工差時良。於穆昔歌
> 周，孔安亦頌商。邇觀翼翼成，萬世民所望。〔註28〕

該詩作於嘉靖十一年（1532）二月十一日，世宗看視二閣的工程後，作五言古詩一章賜給夏言。夏言便追和了皇帝的詩，並作《謝賜御製視二閣工程有感詩表》。該詩描繪了皇帝巡視二閣工程的畫面，接著極力渲染皇帝的功績，最後將皇帝比作聖君。又如《恭和御製謁陵次皇考》：

> 五雲長護燕山，王氣千秋滿漢關。烈祖逐胡開帝統，
> 神宗靖內滅臣奸。玄袍楚澤三江遠，龍袞星垣萬國環。天
> 眷考皇生聖主，七陵親掃雨苔斑。〔註29〕

〔註28〕（明）夏言：《桂洲詩集》卷二，明嘉靖二十五年（1546）刻本，第8頁。

〔註29〕（明）夏言：《桂洲詩集》卷十四，明嘉靖二十五年（1546）刻本，第3頁。

這首詩是夏言和世宗謁陵之作。該詩仍以頌聖仁孝為主題。其風格為典型的臺閣體，與大多數臺閣詩人一樣，多使用「五」、「千」、「三」、「七」等量詞，以此來營造皇帝宏大的氣象。再如《恭和御製韵再得二首》：

> 遙瞻奎璧煥天章，御筆秋揮煙霧鄉。百里園陵親祀重，
> 萬年丘壑慶源長。才兼文武真難得，志切安危耿未忘。聖
> 主中宵賜清問，小臣前席愧周行。

> 才疏廊廟愧平章，運際風雲戀帝鄉。為孝為忠心獨苦，
> 憂國憂民思偏長。風波艱道真堪畏，天地深恩敢暫忘。何
> 幸遭逢聖明主，囊封曾草數千行。〔註30〕

該組詩的創作背景是：嘉靖十六年（1537）秋，世宗奉皇太后之命祭祀皇陵，其在途中有感而發作詩兩首。夏言隨之作《恭和御製丙申秋露既降祭陵奉聖母觀途中景作二首》，後又再和這一組。兩首詩以頌聖為主題。第一首詩起句便誇獎皇帝有文學才能；又寫皇帝親自拜謁皇陵，孝心可嘉；接著寫皇帝文武全才，心繫天下蒼生；最後以臺閣詩人慣用的謙詞，壓低自己，在對比中凸顯皇帝的偉岸。第二首亦是不斷地誇耀皇帝的孝心和關懷天下蒼生之心。其詩內容以歌頌皇帝為主。在詞語選擇上，選用了臺閣詩人常用的「聖主」、「聖明」、「小臣」等詞，頗見臺閣色彩。

夏言唱和詩亦有傳統的頌世主題。比如，《恭和御製詩六首》：

> 神功欽六祖，聖德尊七宗。祈天崇報祀，萬國仰皇風。
> 至仁合天地，大孝光祖宗。萬邦歌帝德，四海同仁風。
> 禮崇祈報典，道闡玄元宗。庇民還福國，寰寓暢真風。
> 玄開啟靈秘，大道有真宗。一氣驅雷令，胡塵靖北風。
> 報歲賽方社，祈年享天宗。聖主所無逸，小臣獻豳風。
> 撻武邁商帝，除凶越唐宗。天聲震北漠，永絕腥膻風。〔註31〕

〔註30〕（明）夏言：《桂洲詩集》卷十四，明嘉靖二十五年（1546）刻本，第4～5頁。

〔註31〕（明）夏言：《桂洲詩集》卷十九，明嘉靖二十五年（1546）刻本，第10～11頁。

這組詩亦是以頌世為主題。其描繪了一副萬國來朝的畫面，反映國家軍事的強大，從而凸顯國家的太平。此外，他還通過描繪人民樂禮好俗，來反映國家的太平和繁榮。比如《恭和御製王政詩三首》：

> 大哉皇建極，神化自無方。熙皥同堯舜，規模狹漢唐。
>
> 心學傳千載，人文化萬方。遭逢真聖主，稽首拜虞唐。
>
> 王道無偏黨，民心有向方。坐令三代下，風俗見陶唐。〔註32〕

這組詩的模式相似，先是描繪一副人文興盛的畫面，然後將其成功歸結於皇帝的聖製。儘管頌讚詩大同小異，但是與永樂前期頌世內容大而空不同，夏言頌世詩則小而細緻，較為具體，比如《恭和御製念農苦力詩四首》：

> 鋤禾日當午，聖主民父母。歲歲慶秋成，烹羊祭田祖。
>
> 汗滴禾下土，禾盛日欣睹。去歲欠私租，今年當輸補。
>
> 誰知盤中餐，開口鼻先酸。憶昨荒歉時，柺腹向人看。
>
> 粒粒皆辛苦，生兒願愚魯。愚兒得力田，慧兒走齊楚。〔註33〕

該組詩每一首的第一句依次用了唐代李紳《憫農二首》（其一）的詩句。詩人通過今昔對比的手法，凸顯今天農民生活的富足，構建一副太平盛世圖。

夏言應制唱和詩中最有特色的是與皇帝唱和的步虛詞。步虛詞是道士們在道場上吟唱的讚頌詩歌，內容包括頌神、詠道等，其歌唱的節奏是以《周易》的八卦九宮方位的陰陽回復音律為本的，旋律悠揚，猶如眾仙縹緲輕舉步行於虛空之中，故稱之步虛聲。〔註34〕它主要通過豐富的想像，運用誇張修飾的修辭手法，以華麗豐贍的語詞把神仙境界描繪得色彩斑斕、奇異瑰麗，從而使作品富有濃厚的浪漫主義色彩。夏言應制唱和詩中有不少此類的作品。這與嘉靖皇帝的愛好有關。

〔註32〕（明）夏言：《桂洲詩集》卷十九，明嘉靖二十五年（1546）刻本，第6頁。

〔註33〕（明）夏言：《桂洲詩集》卷十九，明嘉靖二十五年（1546）刻本，第8～9頁。

〔註34〕孫亦平：《杜光庭評傳》，南京大學出版社，2005年，第448～449頁。

其登基後不久，便熱衷道教齋醮，為能和天上的神仙互通心意，每逢齋醮都需撰寫青詞，然後醮壇上焚化，以達天庭。起初撰寫青詞由道士承擔，但由於道士寫作能力有限，青詞缺乏文學色彩，故不能令皇帝滿意。至嘉靖十年（1531），其在祝禱之時，禮部右侍郎顧鼎臣呈《步虛詞》七章，深得皇帝之心，就此官運亨通，十七年入閣，參與機務，開啟詞臣撰寫青詞的大門，「詞臣以青詞結主知，由鼎臣倡也」〔註35〕，由此青詞寫作成為學士入閣必備技能之一，至嘉靖後期甚至演變成為進閣之本，出現了李春芳、嚴訥、郭樸、袁煒「青詞宰相」。嘉靖十八年（1538），世宗齋居西苑，下令應制大臣直廬無逸殿撰寫道教的禱祝詞。夏言作是應制大臣之一，《修醮詩》有「爐香縹緲高玄殿，宮燭熒煌太乙壇」句，深得得世宗稱讚。其《恭和靈幡步虛詞五首》中也寫道：

> 素練離離飛白虹，翩翩上引九虛風。雲中帝女施天巧，綰結長空雙玉龍。
>
> 萬歲宮中揭寶幡，赤霄天女御瑤壇。化工不作人間勝，玄武青龍上下蟠。
>
> 御筆揮呵黑帝符，天皇真無降虛無。靈旛曉結瓊花帶，仙苑春呈瑞雪圖。
>
> 一氣壇高北斗邊，玉書中夜禮瑤天。吾皇秘禱心如結，帝遣神旛託象傳。
>
> 百結盤盤寶帶文，空中如舞鶴鷥群。應知上帝回龍駕，十絕霓旛墜紫雲。〔註36〕

該組詩以詠靈幡為主。其用語華麗，將靈幡之靈描寫得淋漓盡致，有著強烈的色彩感。再如《恭和御製鍾粹宮成奉安玄真二首》：

> 金宮啟中禁，玉榜揭嘉辰。祥光導靈貺，精意禮明神。

〔註35〕（清）張廷玉等著：《明史 4》，中華書局出版社，2000 年版，第3408 頁。

〔註36〕（明）夏言：《桂洲詩集》卷二十一，明嘉靖二十五年（1546）刻本，第 15 頁。

壽祉介慈母，胤祚膺聖人。大哉馨香德，允矣格高旻。

中天騰瑞氣，北斗會元辰。降節紛朝帝，金鐘靜集神。

精靈通海嶽，福履協天人。彩婺輝南極，前星耀紫旻。〔註37〕

這兩首詩亦是如此。詩人多選「金宮」、「金鐘」、「彩婺」等鮮亮的詞語，來營造一副瑰麗的畫面，以仙化其描述的事物。

概而言之，夏言應制唱和詩的內容隨著皇帝的喜好而發生變化，其中以孝仁、頌世、玄修為主。

（二）同僚唱和詩

夏言集中同僚唱和詩頗多。其唱和詩界限較為分明，可分為在野所作和在朝所作兩類。夏言仕途並不順暢，可謂三起三落。沈德潛《萬曆野獲編補疑》卷二「宰相下獄」條云：「嘉靖間，夏言以少詹事與張孚敬互訐下獄，赦出，未幾拜相，後三逐三召還，再下獄，即死西市。」〔註38〕大起大落跌宕的仕宦經歷反映到其詩中表現為迥異的兩種情志：一是憂傷憤懣的失意之情；一是鳴己之盛的得意之情。

1. 憂傷憤懣：夏言的失意之作

在人生低谷時，夏言寫了不少反映個人心聲的作品，其中充滿了不平和怨恨之氣。這與傳統儒家提倡的溫柔敦厚、和平溫婉的創作觀念不同，亦與明初館閣典範「三楊」提倡「和平易直之心」〔註39〕的創作理念背道而馳。如果翻閱明初閣臣的集子，諸如因永樂十二年（1414）因奪嫡之爭下獄的黃淮、楊溥，他們作品仍延續永樂初期的風格，情感平和，並無怨恨之意。但至夏言則不同，其並未將自己的不平之氣轉化為平和的感情，而是將其宣洩出來，反映到詩歌上，則顯示為沮喪失落的心態和感傷的個人意緒。比如《平越道中次朱凌溪韻》：

〔註37〕（明）夏言：《桂洲詩集》卷十三，明嘉靖二十五年（1546）刻本，第8頁。

〔註38〕上海古籍出版社編：《明代筆記小說大觀》，上海古籍出版社，2005年，第2783頁。

〔註39〕（明）楊士奇：《玉雪齋詩集序》，見《東里文集》卷五，清文淵閣四庫全書本，第3頁。

山行多嶮巇，日夕驅我車。我後嗥猛虎，我前橫毒蛇。
巖壑莽榛翳，蛇虎以為家。蛟鼉據江潭，射工吹起沙。水
深不可渡，殺人如刈麻。〔註40〕

這首詩是夏言在旅途為朱應登而作。朱應登（1477～1526），字升之，
號凌溪，寶應（今屬江蘇揚州）人。該詩影射了自己仕途的艱難。第
一句便寫了道路多嶮巇，然後通過寫前有蛇、後有虎，來說明前路的
艱辛，最後他又指出水路亦是如此。這就說明詩人正處在人生無路可
走的階段，所以字裏行間中透露出其迷茫和沮喪的心態。在給朱應登
的其他詩中，其亦流露出此心態，比如《午日太平觀次朱凌溪韻》：

駐節西風裏，仙都得暫遊。煙霞秋日永，岐路此身浮。
廢殿殘陽入，空山紫氣流。何須問金液，白髮任盈頭。〔註41〕

這首詩通過描繪「西風」「廢殿」、「殘陽」、「白髮」等一系列衰殘的
意象，融情入景，反映出作者悲涼無助的心態。在唱和其他人的詩歌
中，其也流露出感傷情緒，比如《次崔都尉涉冰金海韻》：

十里龍池一望平，綠波渺渺化層冰。人情止戒當春履，
我見霜晨已戰兢。〔註42〕

這首是和崔元的詩。崔元山西代州（今山西代縣）人，字懋仁，號岱
屏，別號松湖。孝宗弘治六年（1493），選為永康公主駙馬，封為駙
馬都尉。這首詩向崔元吐露了自己戰戰兢兢的心理。此外，他還常有
孤獨感，比如《良鄉公館次毛東塘壁間韻》：

坐看龍劍動星文，永夜孤城擊柝聞。野迥呼號驚朔吹，
庭空蕭索蔽寒雲。新詩吟苦真成癖，濁酒禁愁不易薰。轉
憶鳳凰池上侶，天涯冰雪歎離群。〔註43〕

〔註40〕（明）夏言：《桂洲詩集》卷二，明嘉靖二十五年（1546）刻本，第
　　　　16頁。

〔註41〕（明）夏言：《桂洲詩集》卷十，明嘉靖二十五年（1546）刻本，第
　　　　6頁。

〔註42〕（明）夏言：《桂洲詩集》卷二十三，明嘉靖二十五年（1546）刻本，
　　　　第1頁。

〔註43〕（明）夏言：《桂洲詩集》卷十六，明嘉靖二十五年（1546）刻本，
　　　　第13頁。

這首詩是夏言唱和毛伯溫壁間的題詩。毛伯溫字汝厲，號東塘，江西吉水縣人。正德三年（1508）進士，官至兵部尚書。他和夏言多有交往：嘉靖十八年（1539），夏言立主征討安南，並推薦毛伯溫為主將，其集中有《送大司馬中丞東塘毛公沁園春詞》，而毛氏《毛襄懋文集》中留有答謝夏言的《謝夏桂洲閣老啟》。由此可見，兩人關係較為密切。故而夏言在詩中向毛伯溫吐露孤獨寂寞的心聲。再如《和張陽峰見示》：

> 畏人無計欲逃名，末世難容直道行。誰信從容鳳池裏，春來惟有碧山情。〔註44〕

這是寫給張璧的詩歌。張璧字崇象，石首（今湖北石首）人。世宗嘉靖二十三年（1544）以禮部尚書兼東閣大學士人閣，參預機務。翌年加太子太保。同年卒，諡號文簡。這首詩向張璧吐露了自己的煩惱，即人生的理念與世道背道而馳，所以他感到異常的痛苦，想要逃離這一世界，歸隱田園。

2. 鳴己之盛：夏言的得意之作

夏言是皇帝議禮事情的支持和擁護者。嘉靖九年（1530），世宗與首輔張璁在郊祀禮問題上產生分歧。此時，夏言上《請舉親蠶典禮疏》，在改制郊祀禮上支持天地分祀，並在討論太祖與太宗配享一事上，主張兩者分配，這契合了世宗的理念，皇帝由此大喜，更加器重夏言，進而多次提升夏言。夏言於嘉靖十五年（1536），入閣參與機務，兩年後升為首輔。其在受寵其間，寫了不少詩歌，以紀皇帝恩寵，其此類詩歌多得到同僚唱和。下面試看兩首：

賜宴禮部恭紀恩遇二首

> 嘉辰北闕皇恩降，春酒南宮御冥開。肉食久慚沾厚祿，布衣何意忝元臺。經綸大業臣無補，禮樂中興聖所裁。獨慶連逢千載下，獲從喜氣詠康哉。

〔註44〕（明）夏言：《桂洲詩集》卷二十三，明嘉靖二十五年（1546）刻本，第6頁。

聖朝禮重開賓宴，南省堂高近北宸。鳳闕暖風來四座，
龍池膏雨及三春。冠裳秩秩趨陪盛，鐘鼓喤喤寵數新。一
代幾逢今日典，百年真愧草茅身。〔註45〕

這兩首詩字裏行間透露出皇帝對臣子的恩寵，同時詩中亦傳遞了臣子
對皇帝的感激之情。其詩一經寫出，立馬得到在座同僚的積極呼應，
像孫承恩有《和桂洲閣老賜宴禮部記恩遇詩二首》（四首），張邦奇《飲
宴吏部次答桂洲閣老二首》等等。他們的和詩與夏言的詩歌風格相似。
除紀恩遇外，其還用詩歌歌頌皇帝的賞賜，比如《上新賜直房誌感》：

秘殿東頭內直廬，傳宣賜與輔臣居。雕甍繡闥連金屋，
碧瓦朱窗對玉除。不寐夜聞閶闔漏，有時晴檢太清書。鳳
池又沐恩波闊，更在蓬萊萬仞餘。〔註46〕

又用前韻

襆被朝來赴直廬，五雲清夢繞宸居。燒殘宮蠟宵方永，
飲罷天漿病已除。苑里每聞仙界樂，御前親賜紫皇書。玉
堂舊是承恩地，遭際吾生幸有餘。〔註47〕

這兩首詩顯然在鳴己之盛。這首詩的寫作背景是嘉靖十八年（1540），
世宗賜應制大臣直廬無逸殿以待召見，而夏言就是其中之一，他倍感
驕傲，於是寫了這首詩。該詩誇耀玉堂之清閒，皇恩之優渥。他的詩
得到了同僚的唱和，比如嚴嵩有《無逸殿直舍和少師相公》、孫承恩
《和夏桂洲感賜直廬詩》等。又如《元日上賜長春酒一瓶恭賦》：

春前一日逢元日，玉甕仙醪勅賜新。舜律三陽從地轉，
箕疇五福自天申。椒花柏葉猶堪頌，翠管銀罌詎足珍。薄
劣太平無以報，祇將歌詠答皇仁。〔註48〕

〔註45〕（明）夏言：《桂洲詩集》卷十五，明嘉靖二十五年（1546）刻本，
　　　　第10～11頁。
〔註46〕（明）夏言：《桂洲詩集》卷十五，明嘉靖二十五年（1546）刻本，
　　　　第9頁。
〔註47〕（明）夏言：《桂洲詩集》卷十五，明嘉靖二十五年（1546）刻本，
　　　　第9頁。
〔註48〕（明）夏言：《桂洲詩集》卷十八，明嘉靖二十五年（1546）刻本，
　　　　第16頁。

該詩點寫正月初一，皇帝賜酒，接著寫酒之獨特，最後引申為皇恩厚重，自己無以為報，只能歌頌聖明。再如《丙午元日早朝》：

> 三年不入紫宸朝，元日瞻依黼座高。旗影迴隨新御仗，爐煙偏龍舊宮袍。彤城曉漏催銀箭，黃閣春吟動彩毫。四海升平歌聖主，老臣盧劣愧時髦。〔註49〕

該詩作於嘉靖丙午（1446）正月初一，當時夏言閒賦三年再次被召入閣，所以他再次參加宮廷活動詩有感而發寫了這首詩。該詩第一句便說「三年不入紫宸朝」，接著寫他再次入朝所看所感，表達對皇帝的感激之情。他的詩歌得到同僚的推崇，比如周用有和《丙午元日早朝》。除首倡外，其唱和別人的作品中亦流露出鳴己之盛的心態。比如《陪駕祀谷壇從西苑臨泛太液和亭溪翰長二首》：

> 農祀恭陪立社初，省耕叨侍萬機餘。宮前草色迎仙仗，禁裏花香襲帝裾。御幄平臨瞻日近，翠華遙下自天如。春風秘苑同遊地，未信瀛洲別有居。
>
> 日上臨游明碧檻，雨晴太液漾金波。蘭舟泛曉分萍荇，玉殿藏春隱薜蘿。樂擬遊汾清興極，賜沾燕鎬渥恩多。豳風無逸開新構，歲歲年年御輦過。〔註50〕

這兩首詩是唱和張潮之作。張潮，字惟信，號亭溪，吏號玉溪。四川內江人。正德辛未進士，改庶吉士，授編修，終禮部尚書。該詩背景是夏言等人陪駕遊太液池。他的詩中極力渲染太液池的獨特和奇異，凸顯皇家氣象。其詩語言華麗，雍容典則，為典型的臺閣之作。

　　縱觀夏言唱和詩，其類型豐富，既有迎合皇帝的應制之作，又有鳴己之盛的得意之作，同時還有憂憤感傷失意之作，這全面地反映了夏言的人生歷程，使得夏言這一人物更為飽滿。

〔註49〕　（明）夏言：《夏桂洲文集》卷五，明崇禎十一年吳一璘刻本（1638）
　　　　　刻本，第 79 頁。
〔註50〕　（明）夏言：《桂洲詩集》卷十四，明嘉靖二十五年（1546）刻本，
　　　　　第 11 頁。

三、夏言對文學的影響

　　夏言作為政府高官，其文學觀念和創作對當時的文學影響很大。在創作觀念上，夏言認為文章應該體式「純正博雅」，格調「醇正典雅」，語言「明白通暢」，旨趣「溫柔敦厚」，氣韻「優柔昌大」。這主要針對當時前七子「文必秦漢」的觀念產生的流弊而提。當時，前七子理論風行一時，造成「士大夫學為文章，日趨卑陋，往往剽綴模擬《左傳》《國語》《戰國策》等書，蹈襲衰亂之文，爭相崇尚以自矜眩」的局面。針對這一問題，夏言提出從正文體、重程序、簡考官三方面入手，著力改變文風。他的文學理念得到了官方的認可，於是當年朝廷就要求科舉之文「務要醇正典雅、明白通暢的方許中式，如有仍前鉤棘奇僻，痛加黜落，甚則令主考官指名具奏處治。」〔註51〕在官方的積極推廣下，士大夫仔細研讀朝廷頒布的程文，並針對其要求作了策略性的寫作調整，他們認為要想做好文章，除必讀的規定書目《四書》《五經》外，還應該多讀唐宋八大家的文章。這樣，他們的師法對象由秦漢古文轉向唐宋古文，其文章中出現了「高古典雅」的風味。同時，文壇上出現了一批古文大家，其中以唐宋八大家為代表。這足以窺見夏言的文學觀念對時代文風的影響。

　　在創作上，夏言促進京師詩壇興盛。其執政前期，與京師各個詩派的代表人物多有詩歌往還，像茶陵派的邵寶；「前七子」的李夢陽和王廷相；嘉靖八才子之中的唐順之、高叔嗣、王慎中等；江北四子的朱應登和蔣山卿，等等。夏言與其唱和，無疑為京師詩壇注入了強心劑，由此京師詩壇開始活躍，出現一批著名詩人，比如唐順之、高叔嗣、王慎中、呂高、熊過、李開先、趙時春、任瀚等。除詩外，其詞亦引來眾人唱和。鄒祗謨在《遠志齋詞衷》中引用《虞山詩選》云：「夏貴溪喜為長短句，詩餘小令，草稿未削，已流佈都

――――――――――――――――

〔註51〕　（明）夏言：《夏桂洲文集》卷十二，明崇禎十一年（1638）吳一璘刻本，第20～25頁。

下，互相傳唱。」〔註 52〕可知，夏言的作品在當時影響範圍之廣和傳播速度之快。

〔註 52〕 （清）鄒祗謨：《遠志齋詞衷》，見唐圭璋編：《詞話叢編》第 1 冊，
中華書局，1986 年，第 658 頁。

第六章　嘉靖末期至崇禎末閣臣首輔的詩歌唱和

　　嘉靖末期至崇禎末，歷時 80 餘年，其間產生 100 餘位閣臣，其中 25 位首輔，分別是：徐階、李春芳、高拱、張居正、張四維、申時行、王家屏、王錫爵、趙志皋、沈一貫、朱賡、李廷機、葉向高、方從哲、史繼偕、顧秉謙、施鳳來、韓爌、周延儒、溫體仁、張至發、劉宇亮、薛國觀、陳演。其中，有文集存世者 13 人。十三人文集中有唱和詩者有九人：徐階《世經堂集》有詩二卷，含唱和詩 32 首；李春芳《貽安堂集》有詩一卷，含唱和詩 4 首；高拱《詩文雜著》中存詩 59 首，含唱和詩 2 首；張居正《張太岳先生文集》有詩六卷，含唱和詩 19 首；張四維《條麓堂集》有詩三卷，含 6 首唱和詩；申時行《賜閒堂集》有詩 6 卷，含唱和詩 60 首；王家屏《王文端文集》有詩二卷，含唱和詩，16 首；王錫爵《王文肅公集》有詩二卷，含唱和詩 9 首；沈一貫《喙鳴詩文集》有詩十八卷，含唱和詩 20 餘首；葉向高《蒼霞詩草》八卷，含唱和詩 25 首。從上可知，九位首輔唱和詩的總量有 193 首，這顯示出此一時期閣臣唱和不甚頻繁。本章選出不同時期具有代表性的徐階、張居正、申時行、葉向高四位首輔作為研究對象，分別從其文藝理論和文學創作入手，

瞭解他們的文藝觀念以及分析其創作特徵，進而探究此一時期唱和詩數量銳減的原因。

第一節　閣臣的文藝觀

　　嘉靖末期至崇禎末，時間跨度較大，約有 80 餘年，其間歷經世宗、穆宗、神宗、光宗、熹宗、毅宗六位皇帝，產生百餘名閣臣。不同皇帝對內閣親近程度和不同時期政局事態有所差別，閣臣權力大小在不同時期呈現很大差異。這種區別體現在文學上，則表現為文學觀念的不同。本節選擇探討徐階、張居正、申時行、葉向高四位具有代表性首輔的文學觀，來透視這一時期的文學。

一、重視道德修持的徐階

　　徐階（1503～1584），字子升，號少湖，明松江華亭（今上海松江）人。嘉靖二年（1523）進士。嘉靖三十一年（1552），徐階入閣參與機務，四十二年（1563）升為首輔，隆慶二年（1568）出閣。著有《世經堂集》（26 卷）。徐階雖是政治型的首輔，但在文學方面亦有自己的見解和創作特點。

　　徐階是王陽明私淑弟子聶豹的學生。在思想上，遵奉程朱理學，篤信陸王心學，是儒家忠實信徒。作為聶豹弟子，徐階繼承恩師傳統，重視士大夫道德修持的培養。對道德素養方面的提升，徐階採取陽明心學慣用的聚眾講學方式，請來當時著名心學大家，登壇開講，吸引眾人，據吳長元《宸垣識略》卷七記載：「嘉靖癸丑甲寅，大學士徐階等於靈濟宮講學，縉紳扳附，學徒至千人。」〔註 1〕可見，徐階在傳播心學思想方面的積極性和主動性。其憑藉較高的政治地位，凝聚了不同階層的知識分子，對其施加自己的思想觀念，又借助於他們的追從將這種觀念加以推衍開去，進而擴大影響。他的這種重視道德修持的思想觀念，亦遷移到文學上，表現為詩作文重視積養。

〔註 1〕　（清）吳長元：《宸垣識略》卷七，清乾隆池北草堂刻本，第 93 頁。

關於如何積養，徐階從道德修持的角度出發，認為應該一本於六經，通過誦讀和理解儒家經典，以理義養心，在此基礎上，才能寫出好的文章。其在《吳文端公集序》說：

> 文章之高下，繫於所養。養不厚，則廢也。工矣而或失之巧，奇矣而或失之露，深矣而或失之晦，簡矣而或失之削。士之善為文者羞稱之，至於怪誕鄙背之詞不論也。自有文章以來，六經不可尚矣！《國語》《戰國策》其作者往往皆人世之雄，此其文亦足以訓，而君子至以為衰世亂世之文，非獨以其間，時有怪誕鄙背也。工而巧奇而露深而晦簡而削彼二書者，誠不免焉，然以是為文之疵足矣！而國家之氣運，乃直有關於是文，其可易作哉！雖然詩之失愚，書之失誣，樂之失奢，易之失賊，禮之失煩，春秋之失亂，則夫六經而不至者，猶不免於弊也。矧諸人以其縱橫捭闔之術，嗜利干進之心為之耶！故養莫貴於正，正莫貴於厚。仁義之人，其言藹如斯。吾所謂養之微也。〔註2〕

這裡徐氏直接指出文章的高下在於積養，養不厚則文章就會流於表面，而對於如何積養，其認為作文應該一本於經，在此基礎上培養自己的正厚之氣。此外，他認為養心也很重要，其在《二楚集序》云：

> 昔韓子有云：「歡愉之言難工，而窮苦之言易好。」以階觀之不然。夫言非出於心者耶！古之人理義以養其心，富貴貧賤，患難夷狄泊乎！無所動於中，而其形諸言也，無戚無喜無得無喪，藹然中和之發，則雖歡愉窮苦且猶無之，又安得而工拙其詞也。後世心學不明，人溺於利中之盈歉，一系乎外之所遭。於是縉紳之徒：明志得者失之驕，敘成功者流於伐，迷燕樂者其說靡以滛衒，光榮者其辭鄙以陋，壯夫貞士相與誦而羞之。退考諸山林之作，則見其規模氣象，雖或病於枯槁悲慼，而興致格律猶有可觀者，遂以為詩之工拙由於歡愉窮苦之異狀，而不知彼不善言，歡愉者乃其動於歡愉者也。〔註3〕

〔註2〕（明）徐階：《世經堂集》卷十三，明萬曆間徐氏刻本，第3頁。
〔註3〕（明）徐階：《世經堂集》卷十一，明萬曆間徐氏刻本，第47頁。

文章中以韓愈「歡愉之言難工，而窮苦之言易好」引入，通過身處困境的古人仍能寫出和平雅正之文的例子來駁斥韓氏的論文觀念，進而反觀當下，指出當下文章弊病百出的問題，然後探討其因由，得到心學不明所致的緣故，從而強調了養心的重要性。除針對士大夫的問題外，其還具體到庶吉士的培養，其在《規條》（示乙丑庶吉士）中言：

> 文章貴於經世，若不能經世，縱有奇作，已不足稱，況近來浮誕鄙庸之辭乎！故諸士宜講習四書六經以明義理，專觀史傳，評騭古今，以識時務。而讀《文章正宗》《唐音》、李杜詩，以法其體制；並聽館師日逐授書稽考，庶所學為有用。其晉、唐法帖，亦須日臨一二，副以習字學。〔註4〕

在庶吉士的教育中，徐階將其重視經學的觀念一以貫之，認為應該學習四書、六經，夯實理學基礎，在此基礎上再去學習為詩作文之法。由此可見，他重視詩文內容和形式的統一。

徐階之所以提出文章在於積養主要與當時的詩文風氣有關。當時後七子倡導的復古之風盛行，文壇上出現剽竊、摹擬成風的現象，顯露出文章流於表面而缺乏質實的問題。其在《兩厓集序》中，亦指出這一點：「予每讀近世士大夫所為文章，怪其所理者或失之腐聘，詞者或失之浮，好古者或艱深而難知，炫博者多或泛濫而無統。」〔註5〕又在《明故右春坊右中允兼翰林院編修陳君墓誌銘》陳述利弊：「國家以文章取士，往往因言以得人，而邇年士所為文率怪誕浮靡，豐肉而少骨。」〔註6〕由此可見，當時文壇流弊之廣，問題之大。所以，他的積養觀念有著一定的現實針對性。

二、重視世用性的張居正

張居正（1525～1582），字叔大，號太嶽。明代湖廣江陵（今屬

〔註4〕（明）徐階：《世經堂集》卷二十，明萬曆間徐氏刻本，第38頁。
〔註5〕（明）徐階：《世經堂集》卷十三，明萬曆間徐氏刻本，第36頁。
〔註6〕（明）徐階：《世經堂集》卷十八，明萬曆間徐氏刻本，第14頁。

湖北省荊州市）人。嘉靖二十六年（1547）進士。隆慶元年（1567年），入閣參與機務。隆慶六年（1573），張居正代替高拱為首輔，直至萬曆十年（1582）卒於位。著有《張太岳先生文集》（47卷）。張居正是一位政治型閣臣，創立和推行「考成法」，將分散六部的權力集中至內閣，使內閣權力空前高漲，相當於中書省，首輔也就等同於宰相。作為實幹家，其從世用性的出發，強調詩文的功用性。對於文章之「用」，與「三楊」重視詩文的道德或者說詩教功用不同，張居正更看重文章內容可行性，進而通過詩文內容，判斷個人政治才能。除理論上強調用外，其詩歌創作也有著明確的政治目的，其中應制詩、進呈詩均為拉攏皇帝和聖皇太后，為其政治改革服務。

　　張居正的世用性觀念，主要體現於國家人才的教育和進士的選拔上。對於國家人才培養的書目，其在以往考試的書目上，又增設了「當代誥律典制等書」。在《陳六事疏》中「計開」條云：

　　　　國家明經取士，說書者以宋儒傳注為宗，行文者以典
　　　實純正為尚。今後務將頒降四書五經、《性理大全》《資治
　　　通鑒綱目》《大學衍義》《歷代名臣奏議》《文章正宗》及當
　　　代誥律典制等書，課令生員誦習講解。俾其通脫古今，適
　　　於世用。〔註7〕

認為生員在通覽古今書籍的基礎上，應該學習當下誥律典制等書，以便用。同一期的閣臣高拱持論與張居正頗同。高拱（1513～1578），字肅卿，號中玄，河南新鄭人。嘉靖二十年（1541）進士。朱載垕為裕王時，任侍講學士。嘉靖四十五年（1566），高拱得徐階引薦，入閣參與機務。其在《本語》卷五中，指出當前庶吉士培養僅重詩文的弊端：

　　　　翰林庶吉士固未嘗不可也。今也止教詩文，更無一言及
　　　於君德治道，而又每每送行賀壽以為文，栽花種柳以為詩，
　　　群天下英才為此無謂之事，而乃以為養相材，遠矣。〔註8〕

〔註7〕（明）張居正：《張太岳先生文集》卷三十九，明萬曆四十年（1612）
　　　　唐國達刻本，第11頁。
〔註8〕（明）高拱：《高拱全集》，中州古籍出版社，2006，第1277頁。

其認為庶吉士作為儲備相才，不能僅學習詩文，附庸風雅，沽名釣譽，而是應該學習治國之道，以防造成理論和實踐脫節。對於怎麼培養這些人才，其在《分撥進士觀政講求律例疏》云：

> 我朝設科取士，固非一途，而首重者進士之科。中間建功立業、克稱任使者固多，然昧於法律、誤罹憲章者亦有。推原其故，蓋由其以科第自足，於法律全不究心，一旦任用，罔知攸措。乞敕吏部等衙門，將分撥辦事進士，俱令講習法律等因，該本部覆題。〔註9〕

指出進士由於對法律瞭解不足造成誤判的現象，進而分析造成該問題的原因，最後提出解決途徑，即應該讓進士去學習法律。他的理論與張居正暗合。雖然兩人針對的對象不同，一個是針對庶吉士和進士，另一個針對全國生員，但目的卻是一致的，那就是重視國家人才的實踐性。也就是說，實用是此期閣臣共同的選擇。

在進士選拔上，張居正非常重視文章內容的實用性，企圖通過文章的質實性來判斷其行政的能力。他在《辛未會試錄序》中云：

> 蓋閱二旬而告竣。遵宸斷取四百人，梓其姓名與其文之優者，為錄以獻。錄既成，臣與臣調陽暨諸執事，聚而觀之，曰：「文不近實矣乎？」僉曰：「實矣。」「士能盡如其文矣乎？」曰：「未可知也。」雖然，既以是取之，敢不以是望之。顧諸士脫蒯屨而登王庭，猶未知上意之所向，與己之趨者，宜何如也，臣請告之，以定厥志。〔註10〕

其對話生動地展示張居正對於文章世用性的重視，以及對人才行政能力的看重。高拱亦是如此，他在《順天府鄉試錄後序》中云：

> 茲役也，臣實夙夜惴惴焉殫厥心，惟其言平正通達是取。厥或鈎棘為奇，浮誇為博，閃爍而無當，遊揚而不情，諸若此者，即華采烜爛，如綺如繡，直黜之不復顧惜。何

〔註9〕（明）高拱：《高拱全集》，中州古籍出版社，2006，第234頁。
〔註10〕（明）張居正：《張太岳先生文集》卷七，明萬曆四十年（1612）唐國達刻本，第2頁。

也？國家取士，非為言也，將緣是以覘知其為人也。即皆平正通達，如所取者，且所覘或未可諒，乃其言即爾爾，斯其人已可識矣，而又何覘焉？

臣竊觀時俗：率好以虛辭為業。不溯本始；以僥利為才，不右質直；以形跡為行誼，不崇心術；以文飾為事功，不求真實。允若時，即所自處，亦既欺甚矣，尚敢望其身致誠信，奉主上之役使哉？故臣於覘知之際，其去取乃如此也。〔註11〕

他很重視文章的事功性，而排斥文章的文藝性，認為其為虛辭，妨礙文章的實用性。

從上可知，張居正和高拱作為當政者，重視文章的實際功用性，強調文章為了用服務。

三、重視政教的申時行

申時行（1535～1614），字汝默，號瑤泉。明朝中南直隸蘇州府長洲（今江蘇蘇州）人。嘉靖四十一年（1562）狀元。萬曆六年（1578），申時行入閣，於萬曆十一年（1583）升為首輔，直至萬曆十九年（1591）出閣，在閣十三年。著有《賜閒堂集》（40卷）。

與雷厲風行的高拱、張居正等人不同，申時行是一個較為沉穩和緩的人。王世貞《嘉靖以來內閣首輔傳》卷八評之云：「蘊籍不輕崖異。」〔註12〕在任首輔其間，他一反張居正激進的改革，在和緩變革中尋求出路。如同他的為人處事，他的文藝觀念也較為中庸，重視詩文的政教功能。〔註13〕

對於進士文章，申時行仍是強調政教功能，未出前人窠臼。但與

〔註11〕　（明）高拱：《高拱全集》，中州古籍出版社，2006，第 1017～1018頁。

〔註12〕　（明）王世貞：《嘉靖以來首輔傳》卷八，清文淵閣四庫全書本，第1頁。

〔註13〕　羅宗強：《隆慶、萬曆初當政者的文學觀念》，《文學遺產》2005第4期，第4～15頁。

張居正和高拱不同，論文亦較為和緩，其在《會試錄後序》云：

> 二百餘年，士之秉道循法稱學術事功者，炳焉可述，
> 即成周何以異。然臣嘗過計，以為文敝於太盛，法玩於久
> 安，敝則緣飾愈巧而實不修，玩則檢柙常疏而節不立，此
> 士之所大患也。比見占畢之士，多騖詭奇；談說之家，常
> 持空幻，非徒繡其盤悅，又設淫詞而助之。當官蒞眾，則
> 微文避課，先名譽而後職業，即重禁之，其勢不止，何也？
> 則習尚已成而溺焉者眾也。〔註14〕

他從取士角度論文與為政的關係出發，認為為政之士，應當免於談說，
重視政教。

除政教外，申時行為詩作文作一本於性情，其性情論亦不出前人
車轍，強調傳統的政教觀念。他在《陳雨泉先生已寬堂集序》中云：

> 余謂詩本性情，而文從義理，無俗韻者，風推之源流，
> 達意者詞章之體要。〔註15〕

顯然，他將詩和文分為兩途，各有側重，重視詩歌的性情，強調文章
的義理。從詩歌的性情出發，重視本於道義而質樸無華的文章，其在
《織裏草引》云：

> 余睹簡棲，其氣溫，其色和，其持論不詭於道，其為
> 詩能以博贍助，其菁藻以微婉收，其鄂鞾以雋朗標，其韻
> 度以莊嚴韞，其色澤連篇累牘不疏於位置，單言隻字無窘
> 於才情，不飾而葩，不抗而豪，不束而律，颯颯乎遠媲黃
> 初而高視大曆矣。〔註16〕

申時行推許錢簡棲詩歌的和平雅正風格。在《芻蕘集序》中，他也強
調性情之文：

> 其詠歌論著，皆陶寫性靈根極理要，質而不俚，贍而
> 不浮，步趨拒鑊而不詭於正，往往出其胸中之所自得，以
> 開發朦瞽，匡世而拯俗，其與世之棘猴葉玉，牛鬼蛇神以

〔註14〕（明）申時行：《賜閒堂集》卷九，明萬曆刻本，第5頁。
〔註15〕（明）申時行：《賜閒堂集》卷十，明萬曆刻本，第26頁。
〔註16〕（明）申時行：《賜閒堂集》卷十，明萬曆刻本，第33頁。

> 炫巧騁奇，出入乎貝編雲笈之旨而究若搏沙嚼臘，索然無
> 味者可同日語哉？〔註17〕

申時行亦推贊繆仲醐的文章，推重其質樸無華的風格，同時，又欣賞
其世用性。

從申時行的論文觀念可知，他重視詩文的政教功能，追求質樸無
華的風格，強調其世用性。

四、倡導文歸臺閣的葉向高

葉向高（1559～1627），字進卿，號台山，福建福清人。葉氏任
兩朝閣臣，前後在閣十二年：萬曆三十五年（1607）至萬曆四十三年
（1615），在閣八年；天啟元年（1621）至天啟四年（1624），在閣四
年。葉氏著述頗豐，有《蒼霞草全集》一百十八卷，包括《蒼霞草》
《蒼霞續草》《蒼霞餘草》《蒼霞詩草》《後綸扉尺牘》《綸扉奏草》《續
綸扉奏草》等所謂「七草」。

葉向高在內閣之時，館閣文權已下移，以七子為代表的郎署官員
成為文壇主流，其文學復古觀念已深入人心。面對這樣局面，作為首
輔葉氏多次呼籲館閣文權的復歸。針對當時風靡文壇郎署文學，葉氏
極其不滿，指出復古帶來的種種弊端，在《玉亦泉詩序》云：

> 詩蓋甚難矣，而近世率易言之。其易言之也，失在於
> 尊唐。唐於詩稱律令矣，尊唐奚失也？尊之而至於摹，摹
> 之而轉相仿以成風，不復知本來性情之謂何，則尊唐之失
> 也。故寡鰥之夫而摹其靚麗，快心之子而摹其憂危，兢逐
> 之士而摹其簡遠。登高摹曠，惜別摹愁，弔古摹傷。甚者
> 身居宋後，語必唐先。至使五季以來，數百年衣冠文物之
> 雅，曠絕幽奇之事，不一入詞人之筆端，則是學遷史者不
> 紀東漢，而源流三百者必舉春秋以前之故實也。以故摹之
> 愈似，合之愈舛，不知其舛之深，而徒炫其似之易，此所
> 以易言詩也。〔註18〕

〔註17〕（明）申時行：《賜閒堂集》卷十，明萬曆刻本，第29頁。
〔註18〕（明）葉向高：《蒼霞草》卷四，明萬曆刻本，第32頁。

認為復古只是摹擬了古人用語和形式，未將時代和語言變遷等因素考慮在內，故用古人之語表達現代觀念顯然行不通。所以，其反對復古，也反對詩歌因襲模擬和過於雕琢。在《穀城山館詩序》中，其批判時人創作過度摹擬，故喪失了雍容典則的雅頌之聲：

> 余觀近世說者，以為三代而降，天下多感慨而鮮稱述，故《風》之用廣而《雅》《頌》微。非無《雅》《頌》也，風會日流，醇和日散，人與世交閱而交喪也。即極力摹擬，而君聲者不存焉。〔註19〕

對文學形式的看中和模擬使士大夫缺乏忽略文章內在的情理，故往往文中缺乏思想。其在《林仲山先生詩序》中，以「金石」、「鳳鳴鶴鳴」等生動的實例，來說明摹擬雕琢之害：

> 世之談詩者，必以為摹擬雕琢而後工，余謂不然。物之有聲，皆繫於其質，金為金聲，石為石聲，肉為肉聲，皆自然而然，不可得紊。故鳳則鳳鳴，鶴則鶴鳴，蟋蟀則蟋蟀鳴，鷗鶿則鷗鶿鳴，非此類也而欲為此聲，雖勉強求似，必不肖矣。〔註20〕

葉氏以生動的事例展示出模擬之流弊。

其在對比中強調館閣文學的獨特之處。在《海岳山房存稿敘》中，葉氏館閣文學的優越性：

> 求之近代作者，稍類李于鱗，而于鱗棘，先生典；于鱗滯，先生達；于鱗以古語傳今事；先生能使古語今事混合無跡。此其所以異耳！自七子之徒推尊于鱗，而詞林館閣諸君子，不能無異同，遂使文章之途分軌而岐趨。先生能為于鱗能不為。于鱗概之於館閣，馳驅範矣，徒以縫掖諸生，不得翱翔石渠天祿間，為諸公所推轂。既沒，而乃有於先生為之表章，豈非此道之顯晦離合，亦自有數存歟！〔註21〕

將郎署李攀龍和館閣郭建初進行對比，認為兩人仕途不同，所以文章

〔註19〕（明）葉向高，《蒼霞草》卷四，明萬曆刻本，第26頁。
〔註20〕（明）葉向高：《蒼霞草》卷五，明萬曆刻本，第30頁
〔註21〕（明）葉向高：《蒼霞草》卷八，明萬曆刻本，第36頁。

風格也迥異：李攀龍仕途困頓，文章棘；郭建初仕途順暢，文章典則。郎署官員多推崇李攀龍，而館閣士子推崇郭建初，葉氏作為閣臣自然推崇後者，認為館閣士子因為有機會徜徉於石渠、天祿等皇家書庫之中，其文章更勝一籌。在《孫宗伯集序》中，葉向高梳理了明代館閣文學之流變：

> 蓋明興以來，文章幾變。其始也，以館閣為宗，而詞林重。乃詞林之文實萎薾不振，不足以追秦漢唐宋之盛。於是海內修辭之士，雄飛直上，至以館閣為詬病，而詞林輕。乃詞林是時作者遞興，力振往日之衰，即海內之自負登壇者，亦卻步而退舍，而詞林復重。〔註22〕

將明初至萬曆間的館閣文學分為三個階段：明初臺閣方興之時，引領一時之風；其後由於館閣成員良莠不齊，臺閣文學日漸衰落，被詬病，為「七子」取而代之；至隆慶萬曆年間，館閣成員的文學水平提高，因而臺閣體再度復興，引領文壇。〔註23〕

概而言之，由於政局不同，閣臣的文藝觀念存在一定的差異，諸如徐階重道德、張居正重實用、申時行重教化、葉向高重性情，呈現出典型的時代特徵。雖然如此，但其文藝觀亦有一定共性，在功用上強調文藝之用，儘管用的程度和方法有所不同，但重視文藝的政教性卻是一致的。

第二節　閣臣的唱和之作

這一時期，閣臣文藝理論與創作並非一致，出現對立。在理論上，大多數閣臣重視文藝的實用性，強調其功用性，尤其是它的教化功能；在創作上，他們重自我和重性情，詩中時常流露出苦悶之情和不平之氣。顯然，理論和創作實踐存在一定矛盾。下面以時為序，具體瞭解

〔註22〕　（明）葉向高：《蒼霞續草》卷五，明萬曆刻本，第25頁。
〔註23〕　趙瑩瑩：《晚明臺閣體的復振與終結——論葉向高臺閣體創作》，《東南學術》2014第4期，第238～244頁。

不同閣臣的唱和之作。

一、苦悶之情：徐階的唱和詩

　　徐階《世經堂集》存詩二卷，其中唱和詩 32 首。對其詩歌風格，朱彝尊《明詩綜》卷四十四「徐階」條評之云：「陳臥子云：『徐公經世之才，其詩不專臺閣。』」〔註 24〕儘管徐階身為閣臣，但其詩並不全是臺閣體，詩中不乏真情流露。這與其仕宦經歷有關。徐氏有十年任職外僚經歷。嘉靖九年（1530），其因上疏爭祀孔事，得罪當時首輔張璁，被貶謫為福建延平府推官，其間政績卓著，歷任浙江按察僉事、江西按察副使等職，於嘉靖十八年（1539）二月，才得以重回京師。故而，其詩歌中亦有「不平之氣」。

　　對這段經歷，徐階在與友人的唱和詩中亦常提及，詩中流露出有志難伸的苦悶之情，比如《和答龍湖太宰河上見懷》：

> 十年心事同平子，一代人才屬孔明。
> 看劍正懷匡濟業，得詩彌重別離情。
> 紅蓮病裏開仍落，白髮愁中鑷更生。
> 無路從君惟瘁甚，益知金馬是虛榮。〔註25〕

這是徐階和答同僚張治的詩。張治（1488～1550），字文邦，號龍湖，茶陵人，官至禮部尚書兼文淵閣大學士，嘉靖二十八年（1549）入閣，在閣一年。這首詩透露出詩人官場失意的情緒。首句以人生經歷寫起，「十年心事同平子」，流露滄桑之感，直接著道出自己有志難伸，懷才不遇的苦悶心情。在與其他僚友的詩中，其亦傾述了自己的愁苦心緒，如《述懷次張白灘韻》：

> 十年猿鶴夢魂偏，高蹈誰同魯仲連。
> 三殿佩蒙愁裏月，五湖舟楫望中煙。
> 林棲倍覺卑枝穩，棋局真輸勝著先。
> 浮白莞然聊自慰，古來顏禹各稱賢。

〔註24〕（清）朱彝尊：《明詩綜》卷四十四，清文淵閣四庫全書本，第 3 頁。
〔註25〕（明）徐階：《世經堂集》卷二十六，明萬曆間徐氏刻本，第 29 頁。

徐階的鬱悶之情在傳統的翰院賞花唱和詩中也有顯現，比如《次張龍湖吏侍院中觀蓮四首》（其二）：

> 水面紅英入望多，瀛洲清夜雨新過。
> 涵濡御澤依瓊島，披拂宮韻下玉河。
> 苑樹謾勞誇剪採，仙衣真許見凌波。
> 溪毛自昔堪時薦，獨攬幽芳意若何。〔註26〕

這首詩不僅處處凸顯蓮花的高潔，也寫出蓮花孤芳自賞情形。再看他的另一首《兩崖中丞和予觀蓮詩首章有欲借為裳之句次韻贈答》：

> 積雨紅芳落漸多，玉堂清曉獨來過。
> 日華幸尚臨朱檻，雲氣愁仍繞絳河。
> 寂寞蘭芝同晚歲，浮沉萍藻自秋波。
> 聞君近有紉裳興，刀尺寒生欲奈何。〔註27〕

這首詩在第一首唱和詩的基礎上，感情更近一層，寫了詩人的惆悵之情。整首詩將詩人孤獨寂寞之情表現得淋漓盡致。

概而言之，在創作上，徐階擺脫臺閣體的束縛，一本於自我，重視自我感情的抒發。從其理論和創作看，他的觀念和創作存在一定的背離，反映出閣臣文學的變化。

二、頌聖獻媚：張居正的應制詩

在閣其間，張居正唱和詩不多，但應制詩相對來說卻不少。應制詩雖已溢出本文研究的範疇，但其頗有代表性，值得一說。

作為萬曆初期首輔，張居正權傾一時，為了更好地推廣自己的政治主張和觀念，其通過寫應制詩，甚至主動獻詩，以此來拉近與皇帝、聖皇太后的關係。其《張太岳先生文集》（47 卷）中存有不少應制詩，比如《應制題四景翎毛》《應制題畫馬》（二首）、《玄兔》《應制題百子圖》《應制荷花詩》《恭題文皇四駿圖》（四首）等。與前期應制詩相比，應制詩並無多大新意，亦多以頌世、頌德為主。

〔註26〕 （明）徐階：《世經堂集》卷二十六，明萬曆間徐氏刻本，第 33 頁。
〔註27〕 （明）徐階《世經堂集》卷二十六，明萬曆間徐氏刻本，第 33 頁。

例如《應制荷花詩》：

> 液池涵聖澤，靈卉吐仙葩。
> 皎素凝瓊雪，輕妍簇絳霞。
> 蟠桃同介壽，萱蓴並敷華。
> 歲歲鄰長景，呈祥應帝家。〔註28〕

該詩為詠物詩，開篇便點明荷花的生長環境——皇家池園，接著描寫它的美麗和高潔，最後點出它是一種祥瑞的象徵，是典型的頌德之作。

再如《文華殿進講大寶箴應制二首》：

> 天位艱難保泰年，昔賢獻納有遺編。
> 圖陳虎觀開細帖，喜動龍顏促講筵。
> 問道軒宮風自遠，談虛漢殿席空前。
> 恭逢帝代師臣禮，彤管長令奕世傳。
>
> 彤悍高敞翠華臨，納誨先陳大寶箴。
> 造膝從容承顧問，當宸延佇見虛襟。
> 酒池瓊室傷心麗，塞纊垂旒鑒古深。
> 天藻殷勤清漏午，愧無明保作商霖。〔註29〕

這兩首詩以頌聖為主題，塑造了勤勉好學的皇帝形象。

除應制外，他還主動獻詩，其中以《白燕頌》《白蓮頌》最具代表性。萬曆二年（1574），翰林院飛來一雙白燕，又恰逢內閣庭院白蓮早開，於是張居正作《白燕頌》《白蓮頌》。對於其進獻，皇帝十分高興，隨即下一道手諭：

> 白燕、蓮花俱進獻聖母，甚是嘉悅，卻獨產翰林院中，
> 先開於密務之地，上天正假此以見先生為社稷祥瑞，花中
> 君子。朕賴先生啟沃，故不敢顛縱，何德之有！〔註30〕

〔註28〕（明）張居正：《張太岳先生文集》卷三，明萬曆四十年（1612）唐國達刻本，第1頁。

〔註29〕（明）張居正：《張太岳先生文集》卷三十八，明萬曆四十年（1612）唐國達刻本，第19頁。

〔註30〕（明）張居正：《張太岳先生文集》卷三十八，明萬曆四十年（1612）唐國達刻本，第18頁。

這裡皇帝先是自謙，而後將這種祥瑞歸結於張居正的輔導。〔註31〕張居正《白蓮頌》現已無可考，其集中僅有《白燕曲四首》：

> 白燕飛，兩兩玉交輝，生商傳帝命，送喜傍慈闈。有時紅藥階前過，帶得清香拂繡帷。〔註32〕

這是一篇恭維慈聖皇太后的詩句，張居正之所以恭維慈聖皇太后，為的是博得她的好感。萬曆初，張居正和內臣馮保兩人聯合，將閣臣高拱擠出內閣，此後兩人一直保持合作關係。馮保是司禮監的秉筆太監，又掌管東廠，權力極大，而他的大權全靠李太后。張居正討好皇太后，有兩個好處：一是得到皇后的信任；二是減輕馮保的負擔。因此，在張居正執政其間，內閣與司禮監沒有太多衝突。

張居正獻瑞行為遭到同僚彈劾。萬曆三年（1575）二月，南京戶科給事中余懋學批評張居正，認為時當夏旱，皇帝剛下詔旨罪己，與百官共圖修禳之時，張居正在這個時候獻瑞，不是人臣該做的事。《明史·列傳》一百七十五「劉臺」亦云：「至若（張居正）為固寵計，則獻白蓮白燕，致詔旨責讓，傳笑四方矣。」〔註33〕同時，他們認為張居正的獻瑞詩是一種諛詞。〔註34〕這說明出士大夫對於應制文學的認識發生了變化，由認同，到質疑，再到批判。值得注意的是，雖然天順時期，李賢的賞花唱和遭到了批判，但是士大夫批評的是他們日常生活中唱和行為。此外，士大夫對李賢等人的批評僅停留在道德指責上，而未上奏公開批評。至萬曆，張居正獻瑞的行為和祥瑞詩均遭到士大夫的公開批評，這側面反映出臺閣文學的生存空間正逐步萎縮。

〔註31〕朱東潤：《張居正大傳》，九州出版社，2016 年，第 120 頁。

〔註32〕（明）張居正：《張太岳先生文集》卷二，明萬曆四十年（1612）唐國達刻本，第 3 頁。

〔註33〕（清）張廷玉等：《明史》卷二百二十九，中華書局，1974 年，第 5991 頁。

〔註34〕韋慶遠：《張居正和明代中後期政局》，廣東高等教育出版社，1999 年，第 795 頁。

三、重視性情：申時行的唱和詩

　　以出閣為界，申時行詩歌呈現兩種迥異的風格。自萬曆六年（1578）至萬曆十九年（1591），申時行共在閣 13 年。其在閣時主要文學活動是應制。《賜閒堂集》將應制詩單列一卷，置於卷首，有《應制題飲馬圖二首》《應制題山水小景》《應制題山齋隱居冊》《應制題廣陵觀濤冊》《應制題畫馬》《應制題扇四首》《應制題畫二首》《應制題花瓶》《應制題魚》等。〔註35〕

　　就風格而言，其應制詩沒有跳脫前人的窠臼，但其詩作具有一定觀賞性，如《大閱白馬恭題宣皇帝御筆》：

　　　　臺上黃金駿，毫端白雪驄。
　　　　玉花生御扇，寶繪奪天工。
　　　　照夜雙珂瑩，凝霜疋練空。
　　　　瑤池仙馭遠，猶向畫圖雄。〔註36〕

該詩對白馬的形貌描述頗為傳神，短短四十字，活靈活現地將白馬展現出來。再如《應制題廣陵觀濤冊》：

　　　　淮海孤城夕，江門八月濤。
　　　　波搖銀漢動，浪卷雪山高。
　　　　浴日時吞吐，憑風欲怒號。
　　　　巨川思共濟，無乃聖心勞。〔註37〕

該詩氣象宏闊，通過銀漢動、雪山高、怒號等凸顯出觀江濤的氣勢，令人耳目一新。

　　萬曆十九年（1591）九月，申時行因在冊立太子的時間問題上，立場不夠堅定，遭到羅大紘、黃正賓兩人連章上書彈劾，被迫離閣。離閣後，閒賦在家，日常多與友人詩酒唱和，其詩風為之一變，轉而追求情感的抒發。如《和王百穀元旦韻》：

〔註35〕胡廉潔：《申時行研究》，2012 年華東師範大學碩士論文。
〔註36〕（明）申時行：《賜閒堂集》卷一，明萬曆刻本，第 7 頁。
〔註37〕（明）申時行：《賜閒堂集》卷一，明萬曆刻本，第 8 頁。

> 郢裏春回見雪飛，草堂詞客思依依。
> 崢嶸藝苑推先達，寂寞江天隱少微。
> 歲序頻驚椒柏酒，風塵不上芰荷衣。
> 年來屈指論交態，白首如新世轉稀。〔註38〕

這是申時行唱和王稚登的作品。王稚登（1535～1612），字百穀，長
洲（今江蘇蘇州市）人。申時行與同鄉王稚登為至交，兩人年齡相仿，
申時行以兄稱之。〔註39〕這首詩以感歎光陰為主題。首聯點明作詩的
時間和人物，頷聯寫詩人的由輝煌到沉寂的人生經歷，頸聯寫到當前
的致仕生活，尾聯感歎時光流失。整首詩感情較為深沉。例如《除夕
次王百穀韻》：

> 開尊殘臘破愁顏，為報春從泰穀還。
> 驥老不堪馳遠道，鹿遊祇合在深山。
> 賜金揮盡供垂白，宮錦攜將學舞斑。
> 忼慨未須論往事，畏途早已謝機關。〔註40〕

該詩顯示出詩人的歸隱心態。首聯亦點明作詩時間，頷聯寫自己已年
老不能再為朝廷效勞，所以只能歸隱山林。頷聯寫歸隱後的生活。尾
聯寫自己已從仕途中退出，不想再回顧往事。兩首詩作情感緩緩流動，
頗為動人。申時行作詩不僅重抒情，而且重視詩歌的形式，而其對形
式的注重主要表現在用典上。例如其《和朱兆嘉秋日感懷韻八首》（其
二）：

> 花草吳宮入夢思，空將俠骨弔要離。
> 鷗江水冷鷗夷宅，虎阜雲深短薄祠。
> 鼓腹康衢頻望歲，關心末路轉憂時。
> 謾云辟穀尋松子，瀛島仙蹤詎可追。〔註41〕

該詩將自己的情感與典故合二為一，無論是「吳宮如夢」的愁苦，還

〔註38〕（明）申時行：《賜閒堂集》卷五，明萬曆刻本，第30頁。
〔註39〕羅宗強：《明代後期士人心態研究》，南開大學出版社，2006，第410頁。
〔註40〕（明）申時行：《賜閒堂集》卷四，明萬曆刻本，第31頁。
〔註41〕（明）申時行：《賜閒堂集》卷六，明萬曆刻本，第16～17頁。

是「對瀛島仙蹤」的渴求，都巧妙地表達了他的隱逸心態。

縱觀前文，申時行出閣後的詩歌創作一改往日臺閣風，重視詩歌情感的抒發，使詩歌有了一定的活力。

四、憂國憂民：葉向高的唱和詩

葉向高曾先後擔任萬曆和天啟兩朝閣臣。萬曆三十五年（1607）至四十二年（1614），由於萬曆皇帝殆政，僅葉向高一人在閣。泰昌元年（1620）至天啟四年（1624），其再次入閣擔任首輔，但政局新變，此時魏忠賢把持朝政，內閣已無可為之事，首輔形同虛設。隨著政局和閣臣地位的變化，葉向高的唱和詩也發生了變化，出現美刺之聲。前期臺閣詩人，雖然強調詩歌的政教功能，但其僅突出詩歌美的一面，一味頌世和頌聖，而忽略傳統詩歌中刺的一面。其《蒼霞草詩》存詩八卷，其中唱和詩 25 首，多以憂國憂民為主題，如《奉和趙心堂先生祈雨齋居作用韻》（三首其二）：

> 火龍共擁玉皇居，石燕商羊事總虛。
> 此日民艱真可念，何年大有更堪書。
> 甘霖欲作思良弼，繁露空傳感仲舒。
> 記得桑林躬禱日，雩壇親卻五車時。
>
> 三伏炎蒸異昔時，郊原請雨亦驅馳。
> 但愁薄海多微稅，敢說清朝有闕遺。
> 七月誰陳農事苦，萬年共祝聖人釐。
> 老臣自有回天力，莫遣蒼生望更遲。〔註42〕

這是葉氏唱和同僚趙心堂的齋居唱和詩。在仁宗、宣宗時期，齋居唱和最為盛行。齋居其間的閣臣無事可做，他們一般通過作詩聽琴打發時光，唱和內容多以頌聖為主題。至葉向高，唱和詩一反傳統的頌讚題材，轉而揭示社會問題和人民生活貧困不堪的社會現狀。再如《再次贊一拂先生》（二首）（先生吾邑人嘗讀書清涼寺）：

〔註42〕（明）葉向高：《蒼霞詩草》卷七，明萬曆刻本，第 16 頁。

> 上相宣麻出禁城，紛紛新法盡逢迎。
> 蒼生幾下監門淚，青史長留抗疏名。
> 啼盡杜鵑應有恨，歌殘鴻雁不勝情。
> 只今多少流民在，猶向清朝望太平。〔註43〕

該詩主要紀念鄭俠。鄭俠，字介夫，號一拂居士，北宋福州福清（今屬福建）人。他因反對王安石變法聞名天下。葉向高頌讚鄭俠的剛直，對出張居正變法迎合者的無氣節進行了批判，為人臣子應該為君為民憂天下，對諂媚之士他深惡痛絕。

　　概而言之，隆慶至崇禎，隨著政局和內閣權力的變動，閣臣首輔文藝理念和詩歌創作也在不斷地變動，不同時期呈現不同特徵，頗具有時代性。在理論上，雖從道德修持、世用性、政教性等不同角度論文，但結果卻高度一致的，即重視詩文的功用性；在創作上，因其個人性格迥異，詩歌也呈現出不同的風貌，有的重視詩歌情感抒發，有的重視政治功用等。

第三節　嘉靖末至崇禎閣臣唱和式微的原因

　　嘉靖末至崇禎末，80餘年間，9位首輔共創作193首唱和詩，這一數量不及嘉靖中期夏言唱和詩的一半，顯示出該期閣臣詩歌唱和的式微。造成閣臣唱和詩銳減的原因眾多，其中有三點頗值得一說：一是皇帝的漠視；二是閣臣關係的不協調；閣部關係的不和諧。

一、皇帝的漠視

　　皇帝在明代文學中扮演著重要的角色，臺閣文學主要以其為中心光盛起來的，閣臣的詩歌唱和也以其為主要假想觀眾而紅火起來的。但是自嘉靖末至崇禎末，六位皇帝中有詩文集存世者，僅有世宗和神宗兩人，其中根據《千頃堂書目》《明史藝文志》《明代敕撰書考》等書記載，世宗有詩文集約22卷，諸如《世宗肅皇帝御製詩賦集》（七

〔註43〕（明）葉向高：《蒼霞詩草》卷七，明萬曆刻本，第21頁。

卷)、《御製禱雨不應自咎》(一卷)、《中宮詩集》(一卷)、《詠春同德錄》(一卷)、《宸章集錄》(一卷)、《宸翰錄》(四卷)、《闕學詩》(一卷)、《輔臣贊和詩集》(一卷)、《詠和錄》(一卷)、《白鵲贊和集》(一卷)、《春遊詠和集》(二卷)、《奉制紀樂賦》(一卷) 等，這些詩文均作於嘉靖前期。嘉靖中末期，世宗越加沉迷於長生之術，殆於朝政，不再與閣臣詩歌唱和。也就是說，此一期世宗沒有唱和詩。神宗有詩文集二卷，包括《神宗顯皇帝御製詩文》(一卷) 和《神宗勸學詩》(一卷)。從創作數量上看，世宗和神宗創作的詩歌較少，更不用說唱和詩。由此可見，此一期皇帝對文學的漠視。由於皇帝的詩文偏好影響時代文風，胡雲翼先生將「君主的提倡」列為宋詩發達的主要原因，他說：「歷代文學發達，與君主的提倡都是有很深的關係。如漢賦、唐詩都是受了政治的特別提摘，才得格外發展。宋代雖不是詩的時期，然那些帝王都有些詩癖，竭力獎勵提倡於上，一般文人為了陞官發財起見，自然風靡於下。」〔註44〕這一說法同樣適用於明代臺閣文學。洪熙、宣德時期，臺閣體的興盛與仁宗和宣宗的提倡有關。兩位皇帝有著較高的文學素養，並熱衷於作詩。朱高熾自稱「工詩歲月深」〔註45〕。朱瞻基自稱「朕喜吟詠，耳目所遇，興趣所適，往往有所作。雖才思弗逮，而志乎正者，未嘗不自勉。」〔註46〕宣宗喜與群臣賡和，「宣德中每遇令節，令詞臣應制賦詩」，「是時太平無事，上留意詞藝。翰林儒臣嘗被命賦《京師八景詩》以獻。」〔註47〕在仁宗和宣宗的鼓勵和影響下，臺閣體風行一時，占居文壇主流。由此看出，皇帝的詩文偏好對時代文風的影響。反觀此期，世宗、穆宗、神宗、光宗、熹宗、毅宗六位皇帝，其中神宗在位最久 48 年，消極怠政，數十年不上朝，空缺不任免，任由政事荒廢，內閣亦閒置，甚至出現

〔註44〕胡雲翼：《宋詩研究》，嶽麓書社，2011 年，第 20～21 頁。
〔註45〕朱高熾：《自師吟》，見《御製詩集》卷下，明洪熙間內府刻本。
〔註46〕(明) 朱瞻基：《大明宣宗皇帝御製集》卷三，明內府鈔本，第 6 頁。
〔註47〕(明) 黃佐，《翰林記》卷十一，中華書局，1985 年，第 143 頁。

葉向高一個人在閣4年的情況；明光宗在位時間短，僅1月；熹宗文化程度不高，十五歲仍未啟蒙，並未「授一經，識一字」，所以文學並非其志趣所在；毅宗是明代最後的皇帝，其在位時期外有強敵虎視眈眈，內有不斷爆發的農民起義，內憂外患致其焦頭爛額，更無暇顧及文學。總而言之，此期是明代的衰亡期，皇帝沉湎享樂，不理朝政，在文學上與閣臣幾乎沒有交流。

二、閣臣關係的不協調

　　嘉靖末至崇禎末，首輔權力一家獨大，內閣由前期的各司其職發展為集權制，由此閣臣間關係日益惡化。為爭奪權力，首輔和次輔彼此傾軋，比如嚴嵩與徐階、徐階與高拱、高拱與張居正、張居正與李春芳、沈時行與沈鯉、沈鯉與沈一貫，其中，高拱與張居正的爭鬥最為典型。儘管高拱與張居正在主張和行政能力等方面存在很大相似性，兩人早年相互欣賞，度過一段時間的甜蜜期，但是隆慶後期，高拱成為首輔後，獨斷專行。而張居正只能「肩隨之」「退然下之」〔註48〕，但時間一久其就開始對高氏流露出不滿，隆慶死後，張氏與宦官馮保聯手將高拱拉下首輔之位，自己取而代之。其他首輔和次輔爭鬥亦是如此。萬曆中後期，內閣權力下降，但由於黨爭日起，閣臣間依舊相互傾軋。天啟時期，次輔魏廣微勾結宦官魏忠賢，分了首輔的決策權。崇禎時期，閣臣周延儒和溫體仁又再次相傾。〔註49〕在這樣的關係上，閣臣唱和也就逐漸消歇。

三、閣部關係的不和諧

　　和諧的閣部關係是閣臣詩歌唱和影響深遠的基礎。仁宗和宣宗時期，「三楊」唱和之所以影響範圍廣和影響深遠，離不開部院官員積

〔註48〕（明）王世貞，《嘉靖以來首輔傳》卷六，清文淵閣四庫全書本，第24頁。

〔註49〕洪早清：《明代閣臣群體研究》，華中師範大學出版社，2012，第156～163頁。

極的響應和助推。明初臺閣文風影響範圍之廣,「不但館閣作家是如此,非館閣作家亦受浸淫。」部院諸人夏原吉、唐文鳳、王紱等人文風與之一致。夏原吉詩文「平實雅淡,不事華靡」(《忠靖集》卷首四庫館臣提要轉自楊溥序:「雖原吉以政事著,不以文章著,洪、永之際作者如林,固不能與宋濂、王褘諸人齊驅方駕;然致用之言,疏通暢達,以肩隨楊士奇、黃淮等,殆可無愧色矣」);如唐文鳳:「詩文豐縟深厚,刊落纖浮,猶為不失家法」(《梧岡集》卷首四庫館臣提要);如王紱「詩雖結體稍弱,而清雅有餘。」(《王舍人詩集》卷首四庫館臣提要)〔註50〕部院官員的加入擴大「三楊」唱和的規模和聲勢。儘管每一時期閣部關係都有一定摩擦,但從整體上閣部關係較為和諧。在詩歌創作上,部院官員是他們堅定的支持者。此一期,內閣與部院逐漸惡化,爭鬥愈演愈烈。最為明顯的是,作為首輔的張居正直接侵奪了部權。明沈德符《萬曆野獲編》卷九「閣部重輕」云:「張江陵以受遺當阿衡之任,宮府一體,百辟從風,相權之重,本朝罕儷,部臣拱手受成,比於威君嚴父又有加焉。」〔註51〕對於張居正侵奪部權,不少部院官員援引明朝祖制「六部分蒞天下事,內閣不得侵」〔註52〕,上疏云:「閣臣銜列翰林,止備顧問,從容論思而已。居正創為是說,欲脅制科臣,拱手聽令。祖宗之法若是乎?」〔註53〕至崇禎,內閣與部院鬥爭不斷升級,逐漸形成「內閣所是,外論必以為非;內閣所非,外論必以為是」〔註54〕的局面。〔註55〕在這樣的閣部關係上,唱和詩

〔註50〕饒龍隼:《接引地方文學的生機活力:西昌雅正文學的生長歷程》,《文學評論》,2012 年第 1 期。

〔註51〕(明)沈德符,《萬曆野獲編》卷九,中華書局,1959 年,第 245 頁。

〔註52〕(清)張廷玉等:《明史》卷二百二十五,中華書局,1974 年,第5917 頁。

〔註53〕(清)張廷玉等:《明史》卷二百二十九,中華書局,1974 年,第5991 頁。

〔註54〕(清)黃宗羲著,沈芝盈點校:《明儒學案》,中華書局,1985 年,第 1377 頁。

〔註55〕朱子彥:《中國朋黨史》,東方出版中心,2016 年,第 397~402 頁。

作自然傳播不廣。

　　總之，嘉靖末至崇禎，閣臣既不積極主動地主持唱和活動，也未有意識地參與到同僚的詩歌唱和活動之中。他們的詩歌唱和活動較少，與之相關的唱和詩也隨之減少，其中，9 位為首輔，共有唱和詩 193 首。這些唱和詩並非產生於大型的唱和活動之中，而是來自於閣臣友朋間小範圍的唱和。故而，閣臣的唱和影響不大。而他們的唱和之所以如此式微，與皇帝的漠視，還與同僚關係的不和諧有關。

結　語

　　明代閣臣詩歌唱和與臺閣文學關係密切，促進臺閣文學的生成和泛衍。如果沒有詩歌唱和，皇帝和閣臣以及閣臣和其他成員很難在文學上實現交流，臺閣文學觀念亦不會複製黏貼一樣迅速傳至大江南北。直白的說，臺閣文學的發展離不開閣臣詩歌唱和。進一步講，閣臣詩歌唱和是臺閣文學的表徵之一，它的發展脈絡清晰地展現出臺閣文學發展的軌跡：

　　從歷時性角度講，明代閣臣與文學的關係呈現由盛到衰，直線下降的趨勢。建文四年至正統十年，明代閣臣詩歌唱和逐漸走向興盛，表徵有四：一是皇帝積極主動的提倡。明初皇帝，尤其是仁宗和宣宗，熱衷詩歌，時常與臣子賡和，並評點批改臣子和詩，鼓勵群臣詩歌唱和。二是閣臣的積極推動。閣臣們不分公私領域，均放開喉嚨大聲歌唱盛世。在辦公其間，其以應制的形式與皇帝賡和；在日常生活中，閣臣胡廣、楊士奇等人一以貫之，積極組織或參與唱和活動，比如節日、送行、修沐等均有唱和。三是部院官員積極呼應。對於皇帝和閣臣發起的唱和，部員官員亦積極加入，擴大了唱和的範圍。四地方官員的加入。地方官員和地方教諭亦加入此行列，在地方與之呼應。總之，從皇帝到臣子，從中央到地方，從成人到兒童，明初閣臣詩歌唱和無所不在，滲入帝國的每一寸肌理，唱和詩攜帶的審美傾向和文學

趣味，被和者接受並加以傳播，擴大了唱和的影響力。

正統十一年至天順八年，明代閣臣詩歌唱和逐漸開始走向下坡路，表現為唱和活動頻率低、參與人員數量少（僅現於翰林官員）、唱和影響小。進一步說，一是唱和核心力的缺席。一般來說，皇帝是詩歌唱和的主心骨，閣臣的唱和是以其為中心的，但此期由於英宗、代宗對詩歌並沒有太多的興趣，加之宦官阻隔，故幾乎沒有唱和。二是唱和成員的銳減。此期閣臣唱和僅限於翰林院官員，未得到部員官員的響應。三是是唱和形式由步韻唱和轉向自和、追和。四是士林對唱和態度的轉變。與前期士林擁護唱和不同，首輔主持的唱和活動不僅沒有得到士大夫的積極呼應，反而受嘲笑和質疑，這也就意味著他們的文藝觀念和詩歌創作，得不到呼應，側面反映出臺閣文學影響力的減弱。

成化元年至正德七年，李東陽力挽狂瀾，阻止閣臣詩歌唱和的衰落，並為其注入了新的活力，使閣臣唱和煥發生機。這主要表現為以李東陽為首的聯句和步韻唱和，得到了翰院同僚、部院官員等的積極響應，他們在你唱我和之中，促進了臺閣文學復甦。但此時，由於缺乏皇帝的參與和其他閣臣的積極配合，李東陽在閣的詩歌唱和未能掀起像「三楊」那樣影響巨大臺閣狂潮。同時，由於時局的變化，李東陽的唱和詩中多了一些抑鬱不平之氣和憂患意識，多了一些對臺閣政治和廟堂文化的離心力。

正德末至嘉靖前中期，閣臣唱和再次出現生機。這時的閣臣詩歌唱和以君臣唱和為主。根據《千頃堂書目》《明代敕撰書考》《百川書志》三書記載，君臣唱和的集子共有九部，分別是《詠春同德錄》《宸章集錄》《宸翰錄》《翊學詩》《輔臣贊和詩集》《詠和錄》《白鵲贊和集》《春遊詠和集》《奉制紀樂賦》。遺憾的是，大部分唱和集現已不存，僅存《宸章集錄》《輔臣贊和詩集》《翊學詩》三部。唱和詩主要以互相誇讚為主：世宗在首倡詩中肯定閣臣的忠心、功績等；閣臣和詩以頌聖為主題。但因為其唱和僅限皇帝與閣臣之間，將翰林院官員、

部院官員排除在外，屬於小範圍的詩歌唱和，所以其影響力相對較小。

　　嘉靖末期至崇禎末，閣臣的詩歌唱和僅限於翰林院同僚的小範圍步韻唱和。此期，其唱和特徵表現為唱和頻率低、成員少、人員身份單一。唱和詩中出現諷諫的聲音，但未對當時主流文壇產生太大的影響。

　　從共時性角度講，明代閣臣詩歌唱和在明初和明代中期對當時文壇產生巨大影響。在「三楊」帶領下，明代臺閣文學佔據文壇主流，上下傚仿，「一時公卿大臣類多能言之士，……非獨職詞翰、官館閣者為然，凡布列中外政務、理兵刑者，莫不皆然。」〔註1〕（《雲菴集序》）沈德潛《明詩別裁集》卷三亦云：「永樂以還，尚臺閣體，諸大老倡之，眾人靡然和之，相習成風，而真詩漸亡矣。」〔註2〕可知，明初臺閣文學的興盛得益於詩歌唱和。詩歌唱和是互動性文學活動，先倡後和，大多數和詩的內容是對首倡詩的呼應。「三楊」在唱和活動中多擔任首倡，首倡詩一般起到示範性作用，得到當時翰林官員、部院官員、地方官員等的積極呼應。在一唱眾和中，「三楊」的創作觀念和風格被廣泛的接受和傳播，這樣以其為代表的臺閣文風逐漸成為當時文壇的主流。

　　二是明代閣臣詩歌唱和促進了聯句興盛。李東陽帶動了聯句唱和的風尚。其友人謝鐸在《書郊祀詩卷後》說：「予在翰林時，從西涯諸公後，凡郊祀齋次，必有聯句唱和之作。一時朋遊口口口口，以為故事。」〔註3〕李東陽不僅喜歡作聯句詩，還熱衷於推廣聯句詩。其將與同年進士和同遊士大夫的聯句彙集成《聯句錄》一帙。李東陽的

〔註1〕（明）丘濬：《瓊臺會稿》卷九，清文淵閣四庫全書補配清文津閣四庫全書本，第8頁。
〔註2〕（清）沈德潛，（清）周準編：《明詩別裁集》，上海古籍出版社，2013年版，第59頁。
〔註3〕（明）謝鐸撰：《桃溪淨稿》卷五十六，嘉靖二十五年刻本，第31頁。

《聯句錄》在當時流傳很大，地方官員不僅收藏該集而且加以刊刻，據周正《書聯句錄後序》云：「（周正）經貴州之普定，會海釣蕭黃門文明，出翰林李西厓先生所編玉堂諸公及縉紳士大夫聯句一帙。……丁未余專睹篆章，始刻刊成。」〔註4〕受到李東陽的影響，他的學生毛紀仿照其《聯句錄》將與翰院同僚、部院官員、同年等的聯句詩彙集成卷，稱《聯句私抄》。他在《聯句私抄》云：「近時西涯、方石聯句有錄，二公之道義，相與名重於時，其所論著亦盛矣哉！」〔註5〕可見，李東陽帶動了聯句唱和。

概而言之，明代閣臣詩歌唱和對於研究明代文學，尤其是臺閣文學形成至關重要。閣臣詩歌唱和的發展脈絡與臺閣文學的發展是一體的，通過閣臣詩歌唱和的運行軌跡能夠透視臺閣文學的發展軌跡，揭橥臺閣文學繁盛和衰落的原因。

〔註4〕（明）李東陽編：《聯句錄》，見《四庫全書存目叢書》集部292冊，第604頁。

〔註5〕（明）毛紀編：《聯句私抄》，見《四庫全書存目叢書》集部292冊，第604頁。

參考文獻

（按著者音序排列）

一、元典類

史部

1. 〔明〕陳建，《皇明通紀法傳全錄》，明崇禎九年（1636）刻本。
2. 〔清〕法式善，《明李文正公年譜》，清嘉慶九年（1874）蒙古法式善詩龕京師刻本。
3. 〔明〕黃佐，《翰林記》，北京：商務印書館，民國二十五年（1936）。
4. 〔明〕黃佐，《南雍志》，明嘉靖二十三年（1544）刻增修本。
5. 〔明〕焦竑，《熙朝名臣實錄》，明末刻本。
6. 〔清〕龍文彬，《明會要》，清光緒十三年（1887）永懷堂刻本。
7. 〔明〕申時行，《大明會典》，明萬曆內府刻本。
8. 〔明〕沈德符，《萬曆野獲編》，清同治八年（1828）補修本。
9. 〔明〕沈應文，《（萬曆）順天府志》，明萬曆刻本。
10. 〔清〕萬斯同，《明史》，清抄本。
11. 〔明〕王世貞，《嘉靖以來首輔傳》，清文淵閣四庫全書本。
12. 〔明〕文秉，《先撥志始》，清寫刻本。
13. 〔明〕吳瑞登，《兩朝憲章錄》，明萬曆刻本。
14. 〔明〕吳長元，《宸垣識略》，清乾隆池北草堂刻本。
15. 〔明〕徐學聚，《國朝典匯》，北京：書目文獻出版社，1996。

16. 〔明〕葉盛,《水東日記》,清康熙刻本。

17. 〔明〕尹直,《謇齋瑣綴錄》,明鈔國朝典故本本。

18. 〔清〕張廷玉等撰,《明史》,清乾隆武英殿刻本。

19. 〔明〕張元忭,《館閣漫錄》,明不二齋刻本。

20. 〔清〕曾國荃,《(光緒)湖南通志》,清光緒十一年(1883)刻本。

子部

1. 〔明〕曹安,《讕言長語》,民國景明實顏堂秘籍本。

2. 〔清〕丁丙,《善本書室藏書志》,清光緒刻本。

3. 〔清〕黃汝成,《日知錄集釋》,清道光西谿草廬刻本。

4. 〔清〕黃宗羲,《明儒學案》,清文淵閣四庫全書本。

5. 〔明〕焦竑,《玉堂叢語》,明萬曆四十六年(1618)徐象橒曼山館刻本。

6. 上海古籍出版社,《明代筆記小說大觀》,上海:上海古籍出版社,2005。

7. 〔清〕吳肅公,《明語林》,清光緒刻宣統印碧琳琅館叢書本。

集部

1. 〔清〕陳田,《明詩紀事》,清陳氏聽詩齋刻本。

2. 〔明〕陳循,《芳洲詩集》,明萬曆二十一年(1593)刻後印本。

3. 〔明〕陳循,《芳洲文集續編》,明萬曆四十六年(1618)陳以躍刻本。

4. 〔明〕陳子龍,《明經世文編》,明崇禎平露堂刻本。

5. 〔明〕程敏政,《明文衡》,四部叢刊景明本。

6. 〔明〕費宏編,《宸章集錄》,明藍格鈔本。

7. 〔明〕費宏撰、吳長庚,費正忠校點,《費宏集》,上海:上海古籍出版社,2007。

8. 〔明〕高拱,《高拱全集》,鄭州:中州古籍出版社,2006。

9. 〔明〕胡廣,《胡文穆公文集》,清乾隆十五(1750)年刻本。

10. 〔明〕黃瑜,《雙槐歲鈔》,清嶺南遺書本。

11. 〔清〕黃宗羲,《明文海》,清涵芬樓鈔本。

12. 〔清〕紀昀，《紀文達公遺集》，清嘉慶十七年（1812）紀樹馨刻本。

13. 〔明〕解縉，《文毅集》，清文淵閣四庫全書本。

14. 〔明〕金日升，《頌天臚筆》，明崇禎二年（1629）刻本。

15. 〔明〕金幼孜，《金文靖集》，清文淵閣四庫全書本。

16. 〔明〕黎淳，《黎文僖公集》，明嘉靖刻本。

17. 〔明〕李東陽，《懷麓堂集》，清文淵閣四庫全書本。

18. 〔明〕李東陽，《懷麓堂詩話》，清知不足齋叢書本。

19. 〔明〕李東陽編，《聯句錄》，明成化二十三年（1487）周正刻本。

20. 〔明〕李賢，《古穰集》，清文淵閣四庫全書本。

21. 〔明〕劉儲秀，《劉西陂集》，明嘉靖刻本。

22. 〔明〕毛紀編，《聯句私抄》，明嘉靖刻本。

23. 〔明〕倪謙，《倪文僖集》，清文淵閣四庫全書本。

24. 〔清〕錢謙益，《列朝詩集》，清順治九年（1652）毛氏汲古閣刻本。

25. 〔明〕邱濬，《瓊臺會稿》，清文津閣四庫全書本。

26. 〔明〕申時行，《賜閒堂集》，明萬曆刻本。

27. 〔清〕沈德潛，《明詩別裁集》，清乾隆刻本。

28. 孫克強、岳淑珍編著，《金元明人詞話》，天津：南開大學出版社，2012。

29. 〔明〕王偁，《虛舟集・外五種》，上海：上海古籍出版社，1991。

30. 〔明〕王世貞，《弇山堂別集》，北京：中華書局，1985。

31. 〔明〕王直，《重編王文端公文集》，明嘉靖四十二年（1563）王有霖刻本。

32. 〔明〕吳節，《吳竹坡先生詩集》，清雍正三年（1725）吳琦刻本。

33. 〔明〕夏言，《桂洲詩集》，明嘉靖二十五年（1546）刻本。

34. 〔明〕夏言，《夏桂洲文集》，明崇禎十一年（1638）吳一璘刻本。

35. 〔明〕夏原吉、〔明〕李湘著，《夏原吉集・李湘洲集》，長沙：嶽麓書社，2012。

36. 〔明〕謝遷，《歸田稿》，清文淵閣四庫全書本。

37. 〔明〕徐階，《世經堂集》，明萬曆間徐氏刻本。

38. 〔明〕嚴嵩,《鈐山堂集》,明嘉靖二十四年（1545）刻增修本。

39. 〔明〕楊榮,《文敏集》,清文淵閣四庫全書本。

40. 〔明〕楊士奇,《東里集》,清文津閣四庫全書本。

41. 〔明〕張孚敬,《太師張文忠公集》,明萬曆四十三年（1615）張
汝紀等刻增修本。

42. 〔明〕張佳胤,《居來先生集》,《四庫全書存目叢書補編》,齊魯
書社,2001。

43. 〔明〕張居正,《張太岳先生文集》,明萬曆四十年（1592）唐國
達刻本。

44. 〔清〕朱彝尊,《靜志居詩話》,清嘉慶扶荔山房刻本。

45. 〔清〕朱彝尊,《明詩綜》,清文淵閣四庫全書本。

二、研究類

專著

1. 陳伯海,《中國詩學之現代觀》,上海：上海古籍出版社,2006。

2. 陳書良主編,《湖湘文庫·湖南文學史》,長沙：湖南教育出版社,
2008。

3. 陳書錄著,《明代詩文的演變》,南京：江蘇教育出版社,1996。

4. 費孝通,《鄉土中國》,上海：世紀出版集,2007。

5. 鞏本棟,《唱和詩詞研究——以唐宋為中心》,北京：中華書局,
2013。

6. 何宗美,《文人結社與明代文學的演進》,北京：人民出版社,
2011。

7. 洪早清,《明代閣臣群體研究》,武漢：華中師範大學出版社,
2012。

8. 黃卓越著,《明永樂至嘉靖初詩文觀研究》,北京：北京師範大學
出版社,2001。

9. 江力心,《明代內閣官僚群體形成因素析論》,《史學集刊》,1996
年第3期。

10. 李若晴,《燕雲入畫：〈北京八景圖〉考析》,《新美術》,2009 第
6期。

11. 廖可斌,《明代文學思潮史》,北京：人民文學出版社,2016。

12. 羅宗強，《明代後期士人心態研究》，天津：南開大學出版社，2006。

13. 羅宗強，《明代文學思想史》，北京：中華書局，2013。

14. 羅宗強，《因緣居存稿》，上海：復旦大學出版社，2016。

15. 錢振民，《李東陽年譜》，上海：復旦大學出版社，1995。

16. 尚永亮、薛泉，《李東陽評傳》，長沙：湖南人民出版社，2006。

17. 四庫全書存目叢書編纂委員會編，《四庫全書存目叢書》，濟南：齊魯書社，1997。

18. 譚天星，《明代內閣政治》，北京：中國社會科學出版社，1996。

19. 湯志波，《明永樂至成化間臺閣詩學思想研究》，上海：上海古籍出版社，2016。

20. 王其矩，《明代內閣制度史》，北京：中華書局，1989。

21. 韋慶遠，《張居正和明代中後期政局》，廣州：廣東高等教育出版社，1999。

22. 吳琦，《漕運‧群體‧社會 明清史論集》，武漢：湖北人民出版社，2007。

23. 徐邦達著、故宮博物院編，《古書畫過眼要錄‧元明清書法》，北京：紫禁城出版社，2006。

24. 薛泉，《李東陽與茶陵派研究》，北京：人民出版社，2013。

25. 葉曄，《明代中央文官制度與文學》，杭州：浙江大學出版社，2011。

26. 岳娟娟，《唐代唱和詩研究》，上海：復旦大學出版社，2014。

27. 張顯清，《明代政治史》，桂林：廣西師範大學出版社，2003。

28. 張仲謀，《明詞史》，北京：人民文學出版社，2002。

29. 趙季，《明洪武至正德中朝詩歌交流繫年》，北京：人民文學出版社，2014。

30. 趙以武，《唱和詩研究》，蘭州：甘肅文化出版社，1997。

31. 鄭禮炬，《明代洪武至正德年間的翰林院與文學》，北京：中國社會科學出版社，2011。

32. 中華書局編輯部編，《文史》第 33 輯，北京：中華書局，1990。

33. 中華文化復興運動推行委員會主編，《中國史學論文選集 第四輯》，臺北：幼獅文化事業公司，1981。

34. 周勳初等主編,《文學評論叢刊》第 1 卷,南京:江蘇文藝出版社,1997。

35. 周寅賓,《李東陽與茶陵派》,長沙:湖南師範大學出版社,2008。

36. 周寅賓,《明清散文史》,長沙:湖南人民出版社,2004。

37. 朱子彥,《中國朋黨史》,上海:東方出版中心,2016。

論文

學位論文

1. 紀榮,《崇禎時期的閣臣群體》,2009 年西北師範大學碩士論文。

2. 胡廉潔,《申時行研究》,2012 年華東師範大學碩士論文。

3. 時江玲,《明朝嘉靖至萬曆前期的內閣首輔制研究》,2010 中國政法大學碩士論文。

期刊論文

1. 陳廣宏,《明初閩詩派與臺閣文學》,《文學遺產》,2007 年第 5 期。

2. 范新陽,《韓孟聯句接受史論》,《學海》,2015 年第 4 期。

3. 葛恒剛,《浙西稱派與「擬補題唱和」》,《南京大學學報》,2010 年第 2 期。

4. 鞏本棟,《關於唱和詩詞研究的幾個問題》,《江海學刊》,2006 年第 3 期。

5. 鞏本棟,《論元、白唱和及其詩歌演進》,《西南大學學報》,2012 年第 4 期。

6. 黃文吉,《唱和與詞體的興衰》,《彰化師範大學國文系集刊》,1996 年第 1 期。

7. 賴燕波,《論查慎行兄弟唱和詩》,《中國文學研究》,2009 第 1 期。

8. 李桂芹,《唱和詞的演變及其特徵》,《五邑大學學報》,2008 年第 3 期。

9. 李桂芹、彭玉平,《唱和詞演變脈絡及特徵》,《甘肅理論學刊》,2008 年第 3 期。

10. 林樺,《略論明代翰林院與內閣的關係》,《史學月刊》,1990 年第 3 期。

11. 林延清,《明代中葉的皇權和內閣》,《文史知識》,1998 年第 10 期。

12. 劉東海，〈「秋水軒」後期唱和主題及其對康熙朝詞風的影響〉，《南陽師範學院學報》，2010 年第 11 期。

13. 劉東海，〈從「樂府擬補題」創作看清初士人心態〉，《史林》，2008 年第 5 期。

14. 劉東海，〈明遺民詞人傅占衡、陳孝逸「癸秋詞」多組步韻唱和述論〉，《德州學院學報》，2010 第 5 期。

15. 劉東海，〈清初詞壇「辛酉唱和」論述〉，《河池學院學報》，2011 年第 4 期。

16. 劉東海，〈順康詞壇「江村」後期唱和考述——兼論推擬清初詞風變革的主要因素〉，《南陽師範學院學報》，2011 年第 10 期。

17. 劉明華，〈古代文人酬唱詩歌論略——以聯句詩為中心〉，《重慶教育學院學報》，2003 年第 2 期。

18. 劉榮平，〈聚紅榭唱和考論〉，《福建師範大學學報》，2006 年第 3 期。

19. 劉榮平，〈論鄧廷楨、林則徐唱和詞及其詞史意義〉，《長江學術》，2010 年第 4 期。

20. 羅宗強，〈隆慶、萬曆初當政者的文學觀念〉，《文學遺產》，2005 年第 4 期。

21. 呂肖奐，〈宋代詩人酬唱圈研究〉，《國學學刊》，2012 第 3 期。

22. 呂肖奐、張劍，〈酬唱詩學的三重維度建構〉，《北京大學學報》，2012 年第 2 期。

23. 牛繼清，〈爐橋方氏三代著作述略〉，《古籍研究》，2014 年第 1 期。

24. 時亮、郭培貴，〈明代閣臣群體的構成特點及其成因和影響〉，《北方論叢》2015 第 3 期。

25. 史華娜，〈明代追和詞的興盛及原因〉，《北方論叢》，2011 年第 4 期。

26. 史華娜，〈追和詞的產生及其發展脈絡〉，《閩江學刊》，2012 第 5 期。

27. 史華娜，〈追和詞研究的現狀、價值與意義〉，《中國韻文學刊》，2009 年 2 期。

28. 司馬周，〈《聯句錄》：一部鮮為人知的著作〉，《中國韻文學刊》，2009 第 3 期。

29. 田澍，〈明代閣臣數考實〉，《文獻》，2010 第 3 期。

30. 童向飛，《詩詞唱和的歷史、研究意義及研究現狀概述》，《湖北大學成人教育學院學報》，2001 年 10 月第 5 期。

31. 王靖懿、錢錫生，《明代追和詞的文化意味》，《文藝理論研究》，2014 年第 4 期。

32. 魏崇新，《臺閣體作家的創作風格及其成因》，《復旦學報》，1999 第 2 期。

33. 徐俊穎，《徐燦、陳之遴唱和詞比較》，《綿陽師範學院學報》，2014 年第 3 期。

34. 楊萌芽，《金陵唱和：清末陳三立在南京的交友》，《洛陽師範學院學報》，2008 年第 3 期。

35. 姚蓉，《論交往場域中的詩詞唱和》，《國學學刊》，2014 年第 1 期。

36. 姚蓉，《楊慎、黃峨夫妻往還之作考論》，《中南大學學報》，2013 年第 3 期。

37. 姚蓉、王兆鵬，《從唱和活動看雲間詞風的形成》，《江漢論壇》，2004 年第 1 期。

38. 尹楚兵，《從吳中唱和看皮陸詩派在唐宋詩史中的地位》，《中國文學研究》，2004 年 1 期。

39. 趙林濤、何東、高新文，《次韻唱和探源》，《河北大學學報》，2009 年第 5 期。

40. 趙以武，《「和意不和韻」：試論中唐以前唱和詩的特點與體制》，《甘肅社會科學》，1997 年第 3 期。

後　記

　　十年如一日，歲月竟無聲。負籍滬上，五年；由滬回魯又二年矣。人生幸遇兩位名師指點，於故紙堆中研讀中國古典文學，從詩詞到小說，從唱和到理論，學海真無涯也。姚師蓉，擅吟誦，專詩詞，立足於文獻，教我為學之正軌；李師桂奎，精小說，重理論，視野宏闊，導我覽中西之互通。時光匆匆，歲月蹉跎，吾資質駑鈍，不能承襲二師之長，融會貫通，於學術之路綻放光彩，唯求無愧於心，勤勉為之。

　　《明代閣臣詩歌唱和研究》是我博士論文，先後經姚、李二師指導，雖不為大創舉、新領域，但亦可為明代文學乃至唱和文學研究盡自己綿薄之力。回憶過往，不甚感慨，從滬上花津至泉城聽雨，將這人生美好十年安置於圖書館一隅，唯有書籍相伴，沒有外人眼中的寂寞與孤苦，更多是紅塵喧囂中的清歡。桂奎師，從上財讀碩到山大博後，老師一直給予我殷切的希望與熱心的幫助，從頭歷數，唯有一言，師恩難忘！舊文重拾，自愧於往日之學淺；新句再造，有感於今朝之思進。在姚師的指導下，於明清之間，選擇明代閣臣唱和作為研究對象，可惜筆力有限，未能達姚師之初衷；李師，在框架與語言上對我稚嫩初稿提出建設性意見，我亦有愧於二師之點撥指導之恩，終不能百尺竿頭再進一步，實現自身突破。小書淺陋，望大方之家不吝賜教，若有粗疏舛誤之處，均為筆者之過，與二師指導無關。

人生之幸，莫過於得良師、畏友。此書習作，須感謝我的同門，尚慧萍、王天覺、肖克毛、尚鵬、王千平、胡劍、張晨晨、王玥、張靜、胡燕子諸人，他們是本書的第一批讀者，在論文寫作其間，助益良多，查資料，核引文，指謬誤。居一室之內，雖非奇文共讀，雅趣橫生，但亦可稱為人生之樂事，終生不敢忘卻。小書既成，終有所憾，學者無涯，希待來日。

賈艷艷